记忆碎片5.0

关于校园的记忆碎片

关于足球的记忆碎片

关于写信的记忆碎片

关于评书的记忆碎片

关于买碟的记忆碎片

关于喝酒的记忆碎片

……

闪开，让我歌唱八十年代

张立宪 著
（江湖人称老六）

人民文学出版社

图书在版编目(CIP)数据

闪开,让我歌唱八十年代/张立宪著. —2 版. —北京:人民文学出版社,2021
ISBN 978-7-02-017056-2

Ⅰ.①闪… Ⅱ.①张… Ⅲ.①随笔—作品集—中国—当代 Ⅳ.①I267.1

中国版本图书馆 CIP 数据核字(2021)第 122600 号

责任编辑 杜 丽 刘 静
装帧设计 刘 静
责任印制 任 祎

出版发行 人民文学出版社
社 址 北京市朝内大街 166 号
邮政编码 100705

印 刷 三河市宏盛印务有限公司
经 销 全国新华书店等

字 数 255 千字
开 本 880 毫米×1230 毫米 1/32
印 张 12.75 插页 10
版 次 2008 年 4 月北京第 1 版
2012 年 1 月北京第 2 版
印 次 2021 年 11 月第 1 次印刷

书 号 978-7-02-017056-2
定 价 58.00 元

献给

我那一点儿小小的

渗入骨髓的忧伤

我们一直以为活的是未来，其实拥有的只有回忆。

目　录

关于校园的记忆碎片/1

破吉他·烂城市·想回家

你现在已经三十开外，肚子像锅盖一样扣在小腹上；你一副见多识广的样子，什么都不能让你兴奋起来；你脸上的表情越来越俗气，正是你年轻时最讨厌的那副样子。

而当年，你什么都敢唱，哪怕自己五音不全；你什么都敢做，哪怕并不是一场冒险，你也要为自己喝彩；你觉得什么都新鲜，对值得你热爱的东西发出衷心的赞叹。

关于电影的记忆碎片/20

电影是每秒二十四格的真理

“是的，我一度对她动了心。”

“一度?”

“三十七亿分之一秒。”

“哦。”

“可您知道吗?三十七亿分之一秒,对一个电脑人而言,这已经是地久天长。”

关于读书的记忆碎片/47

闪开,让我歌唱八十年代

那年头,海子可以从南走到北,又从北走到黑。在他自杀前的流浪岁月中,可以身上没有一分钱想去哪儿就去哪儿。据说他走进昌平的一家饭馆,开门见山说自己没钱,但可以给老板背诗,换顿饭吃。老板说诗他听不懂,但他可以管诗人吃饭。

大家的眼中只有海子,可有谁注意到他旅途中的路人,冬天里的柴火,四季中的粮食?

是他们,不懂诗却懂得尊敬诗的人们,给了他所需的养分、绽放的信心,才让诗人成为诗人。

关于足球的记忆碎片/111

看个球

球友见面,总要打声招呼,这个用山东快书的腔调来一句:“闲言碎语不用说,表一表好汉贝贝托。”那个嘤咛一声:“闲言碎语不用提,表一表好汉马尔蒂尼。”

世界杯期间，单位还要参加有关部门组织的歌咏比赛，我也被抓了壮丁。唱着那些熟极而流的歌曲，“他坚持了抗战八年多，他改善了人民生活，他建设了敌后根据地”什么的，我突然产生了幻觉，天啊，这歌颂的不就是好汉贝贝托吗？我就唱得格外带劲。

那次歌咏比赛，就像巴西队一样，我们夺取了冠军好处多。

关于写信的记忆碎片/137

我们一直以为活的是未来，其实拥有的只有回忆

当你年华老去，静坐椅中，抚首往事，也许会想到，应该学会接受那个泥沙俱下的傻小子。此时的他，正走在路上，满怀疲惫，突然路边的小店里传出一句歌，飘入他的耳朵：

多少平淡日子以来的夜晚，

你曾是我渴望拥有的期盼。

他停下脚步，呆了片刻。

关于买碟的记忆碎片/164

悲欢离合总关情，一任碟机飞转到天明

我也吃过很多顿豪华的腐败宴会，但不过是一片片浮云。酒席上大家右手拿筷运箸如飞，左手端杯觥筹交错，但在我的眼中看来，手里挥舞的全是小铁锹，他们在奋力挖坑，准备把别人埋掉。整个北京就是这么一个大工地，大家都在挥锹挖坑，埋掉人或被人埋掉。

在这样一个工地上，能偷出浮生半日闲去买碟，并且吃上一份陕西凉皮，吃的环境尽管不太好，特别是冬天的时候，呼啸寒风中蹲在路边，手冻得几乎伸不直，凉皮夹杂着冰碴，但我还是吃得无比香甜，因为不用惦记挖坑埋人。

蒋干盗书一段，群英会上周瑜像老六一样酒风浩荡，其他人都替他担心，袁阔成就来了一段书中暗表，说他们喝酒用的是转心壶，可怜的蒋干喝的是烈性酒，而周都督喝的——“跟现在的麦乳精差不多”。

某酒楼上，几个色鬼正要调戏一个卖唱的女子，忽听得楼下传来一声断喝：“住手！”然后就听得楼梯响，一个人走上楼来。奇怪的是，此人的脚步声并不像我们走路那么匀称，而是忽快忽慢有高有低，细细一品，竟是【将军令】的旋律。这位见义勇为的英雄便是矮脚虎王英，由于腿脚不利索，所以他走路都跟演奏民乐似的。

意大利兵占领了希腊，去一个小岛上受降，当地居民却让他们滚，说拒绝向曾在阿尔巴尼亚战胜过的敌人投降，意大利兵无奈，只好找来德国人帮忙。他们住下后也没得到什么好脸色，当地居民动不动就念叨八千希腊人勇斗一万四千名意大利兵的事迹，意大利人只是憨笑，还得陪两句：“是的，要没有德国人帮忙，俺们就被你们赶到海里去了。”他妈的哪有一点儿占领军的派头？！

但是我喜欢这帮意大利人。是他们，被英雄打趴下却懂得欣赏英雄的人们，才让英雄成为英雄。

最近看到一种法律解释，说夫妻在家里看毛片的行为是合法的，因为没有法律规定夫妻俩不可以看毛片。换言之，只要是法律没有明确禁止的，你就可以去做。而从前我们的习惯是，只有法律允许了，我们才可以去做。

从法律没有规定的你就不能做，到法律没有规定的你就可以做，就好比一个是在划好的圈子里活动，一个是在划好的圈子外活动，这绝对是社会的一大进步，人性的一大解放。

尽管那时候网速奇慢——有没有年轻人听说过 14.4k 的 Modem？但没有网管，你想去什么地方都行。

让你在网速与网管之间选择，你会要哪样？这涉及到一个严肃的命题，也正是我最近正在缅怀的东西——光荣的八十年代。那个

母爱的力量往往令她的大儿子咸鱼翻身。

我没有喝醉,胡言乱语的是酒杯

跑调到让人捂耳朵的歌唱,肉麻到令人起鸡皮疙瘩的动作,保留节目只有保留到这时候才好释放出来,尽管此前已经上演过无数次,但照样自己陶醉,同桌喝彩,不演反倒不够意思。可要是观者清醒得有正常艺术鉴赏力,只会觉得不好意思。

更不要说那些章鱼般的拥抱,熨斗般的抚摸,交杯酒达人频频举杯,钢铁直男开始同性间的海誓山盟甚至强吻,有人迈着凌波微步踉踉跄跄就是撂不倒,有人横冲直撞猝不及防摔个钻老头被窝。

然后再抖搂些相互间以前的糗事,还多是发生在酒桌上的。这些无聊又肉麻的话,一定能把一个正常人逼疯。

四十年前的那道光

就是这些支离破碎、囫囵吞枣的内容,在毫无察觉之间,形成了我隐秘的精神图谱和心灵视野,让一个乡村少年初步奠定了自己的知识储备和三观基石。

四十年后,重拾对这本杂志的兴趣,是想追溯一下自己早期阅读所形成的精神源头,尽管那些内容早已在记忆中消散。白岩松曾经说过自己少年时读过的一套书,如今想起来,似乎什么都记不起来了,但是,“它成了我”。

更重要的是,通过《新观察》,探究并理解我的父亲。

关于校园的记忆碎片

破吉他·烂城市·想回家

序幕一　动员

这是一个长达七天的假期,被人们称为“黄金周”,你的任务就是在这七天中很忙碌地休闲,很紧张地消遣。

如何打发掉这个黄金周、设计出合理的玩乐计划,实在是一件一点儿都不好玩的事情。有人计划长途奔袭,有人准备坐守京城,有人设计了让身体远游的旅行方案,有人酝酿着让感情重温的心路历程。

我提出来的是:利用这个人人都闲下来的长假,让我们跟昔日的老同学、老朋友聚一下吧。

你现在,是怎样的心情?是欢喜悲伤,还是一个人不知名的愁?这是李宗盛的世界。而我想到的是张洪量的一首老歌:《破吉他·烂城市·想回家》,歌名中的三个意象正可以概括我们现在的心情。

破吉他，是你浪漫不再的青春。你现在已经三十开外，肚子像锅盖一样扣在小腹上；你一副见多识广的样子，什么都不能让你兴奋起来；你脸上的表情越来越俗气，正是你年轻时最讨厌的那副样子。

而当年，你什么都敢唱，哪怕自己五音不全；你什么都敢做，哪怕并不是一场冒险，你也要为自己喝彩；你觉得什么都新鲜，对值得你热爱的东西发出衷心的赞叹。

你曾经那么年轻过，年轻得连自己都羡慕；你曾经那么傻过，傻得只有跟那些一起傻过的人才好意思提起。

弹起老吉他，你还能依旧吟唱吗？

这座城市并不烂，只是有些堵。但它同样也不是你想象的黄金天堂，烂掉的是你那遥远的过去和未曾实现的梦。你有房有车了，却没有了原来几个穷哥们儿走在马路上那种意气风发的感觉；你什么都吃得起了，却开始为自己的身材和脂肪肝发愁；你原来高吼《一无所有》的时候，觉得自己拥有全部的世界，如今你似乎有了许多东西，但张开手看看，真正有什么呢？

都市里没有当初你的梦想，但你无法逃脱。你必须结结实实地在这里生活，并沦为其中的一员。

你都没劲说没劲了。

想回家，但是你已经无家可回了。密密麻麻的高楼大厦里找不到你的家，对于生活在北京的人，谁敢说这里就是你的原乡呢？

共同度过的青春、一起长大的日子，才是我们再也回不去的精神故园。

在这个长假期，来一次短相聚，让我们聚在一起，哪怕什么也不说，只是默默地坐一会儿，傻傻地笑一会儿，野野地闹一会儿。

把心事留在那堆喝空的酒瓶子里，然后，生活将继续，将异乡当作故乡，将流放当作远航。

序幕二　集合

其实大家都挺想在一块儿聚聚的，但就是没人出头张罗。忍无可忍的时候，你便挺身而出。

作为聚会的召集人，你首先要让大家统一思想，认识到你作为一个聚会召集人那种至高无上的地位，以及一切行动听你指挥的权威性。哪怕你觉得自己是个杂碎，那也是大熊猫身上的杂碎，尊贵又受保护。

一定要记得邀请当年的班主任和那些德高望重的老师，哪怕他上学时抓过你考试作弊或判过你不及格。老师们会比你更珍视聚会的邀请，并会做出你绝对意想不到的激情举动。

做好前期准备工作，多两次勘探行车路线，并让懂得一些测绘知识的同学绘制路线图，避免做出南辕北辙的行车指南。

要把一些工作做在前头，比如印制同学通讯录这样的事情，要在大家来报到的时候就让他们填好，然后迅速找熟悉办公软件的人进行整理打印，复印后发给大家。任何“吃过饭再说吧”的念头都是绝对错误的，只会让你滴水不漏的计划漏得滴水不剩。

名不正则言不顺，聚会也要讲究“师出有名”，这样才能鼓动起更多数人的参与热情。从这个角度来讲，没有聚会的由头是万万不能的。

但是，事实上我们在乎的并不是什么由头，而是参与聚会的那些人和当年那段一起走过的日子。从这个角度来讲，任何由头都是万能的。

比如：毕业十周年、到大学报到二十周年、实习五周年、纪念中国奥运足球队冲出亚洲十五周年、女儿三周岁、结婚六周年、宠物狗生了四胞胎，或者，干脆就为了今天是 10 月 6 日而聚会。

对于那些找不到聚会由头的人，我们要由衷地鄙视他们。

同学聚会，多是采用 AA 制。尽管同门中有发了大财的，但还是要打消让人家独掏腰包的念头，哪怕是他哭着喊着要一个人买单。我们要让他那看多了钱的双眼看看，世界上还有不拿他的钱当回事的，世界上还有比钱更让他眼睛发热的。

综合各地各班的聚会经验，一般是外地的同学解决自己的来回路费即可，北京的同学凑钱满足大家的吃喝玩乐费用。

但在筹措经费阶段你一定要小心，哪怕你已经将各方面的费用算了六百遍、精确到了小数点后六百位，也要比你算出来的账多收大家一些钱。其实平均到每个人头上没多少钱，你没必要默默地承担那些不可预知的费用——特别是大家敞开了喝起酒来以后，那可是个无底洞啊。

毕业这么多年，许多人都有了社会地位或门路，难免有人会站出来说，他可以拉到赞助，不让大家掏一笔钱，只要允许人家企业对这个聚会有冠名权即可。一定要将这种占便宜的思想消灭掉——除非你愿意让你们的饭局被冠以“荣昌肛泰酒席”。

再认真领会以下这些善意的提醒，绝对是非常必要的：

尽量租大客车集体坐车，不要让大伙自己开车前往，否则那些查酒后驾车的警察们的罚单就不够用了——如果同学们能安全开到警察面前的话。

物资储备方面，除了烟、酒、扑克牌、麻将、金嗓子喉宝、口香糖、胶卷、录像带、干电池、剃须刀等等等等(数量都是多多益善)之外，一定要备一件荧光腰带或马甲。要知道，总有一些同学要迟到，或到半夜也找不着路，这时就需要有人到交通要道去耐心等候、指挥交通。黑漆漆的夜里，荧光物品能避免接客的人成为神风敢死队队员。

带一张广播电视报，注意看一下聚会期间有没有足球比赛，特别是中国队的，这样就可以重温摔啤酒瓶、高声怒骂的痛快时光了。

带几个O型血的同学，以备与别人打架的不时之需，要知道，你们的高谈阔论和到处跑调的歌曲联唱绝对会激起群众义愤。

带个消音器或往牲口嘴上勒的嚼子。有些同学见到昔日的恋人，在酒精的怂恿下极有可能说出破坏人家现在家庭安定团结的事情来，在这种情况下，就通过这些物件让其闭嘴。

带些扔了也不心疼的衣服，让那些将自己身上吐得像哈尔滨雾凇的同学换上。

找一个受够你们羞辱也滴酒不沾的同学断后，伺候那些走不了路的人撤退之后，再与服务生一起打扫战场。要考虑找个搬家公司帮他一起将大家的遗留物品运到某地，他一个人实在是扛不动。

序幕三　注意

全体同学请注意——

A. 要给自己留些余地。如果事先通知聚会时间是两天，那么向老婆或老公请假的时候一定要说成是三天，或留下个活口，免得临时延长聚会时间时不好销假。要知道，聚会的意义不是把意料之中的感情和项目演习一遍，而是制造出种种意外，意外的笑与泪，意外的走与留。

B. 不要相信自己。尽管你信誓旦旦地说自己喝不了酒，因为你有高血脂心肌炎，或认定自己是个从来不抽烟的人，但是，还是不要开车前往、不要把高血脂心肌炎当成什么大不了的病，并老老实实在兜里准备一条烟。要知道，聚会的意义就是让你变成一个与平时不一样的人，一个完全让自己放开的人。从另一个角度来讲，你也不要仗着自己能喝几杯酒就羞辱那些老实巴交的人，他极有可能变成一个名叫“酒井”的家伙。

C. 不要相信召集人。比如，在行车路线图与你的记忆之间发生了冲突，你不敢相信自己的记忆，但这时也不要相信召集人的先遣图，最值得信赖的是路边卖冰棍的人。又比如，召集人天花乱坠地说要把拍的照片人手一张，还要将录像制成DVD云云，不要相信他，还是把自己的相机或摄像机带上。要留下美丽倩影，只能靠我们自己。

D.在喝醉酒之前，最好显示出你礼义兼备的有教养一面。比如见到老哥们不要问对方的婚姻状况，更是千万不要问出“小红还好吧”这样的问题。在这个快速变化的时代，小红去年还是他的老婆，今年可能就已经是他的前妻了。见到班里的女同学，一定要说：“你真瘦啊”，甚至可以痛心疾首地说：“你怎么瘦得不成个样子?!”——当然，开始喝酒之后，这条守则就可以扔在脑后了。

北京同学请注意——

A.当好东道主，热情迎嘉宾，所以你要张罗大伙到你家坐会儿玩会儿。但要注意此前做好坚壁清野工作。不仅要把家里收拾得整齐干净，还包括将太太支走，最好让她在外面住。要知道，同学之间的口没遮拦足以毁掉你多年经营在她心目中搭建的德艺双馨的形象。如果家有宠物，也最好让太太带走，抽烟喝酒过度的同学们代谢出的空气即使毒不死它，也会将其温柔性格变成一个暴脾气。对了，还有书架。好好看看，你大学时昧下人家的书一定要收起来藏好，万一让他看到，将会掀起一场宿怨。

B.倘有可能，准备些一次性桌布铺在沙发上，而不要讲究什么美感，把香喷喷的美丽罩布留在那里。那些醉醺醺的同学到你家后，估计连你家的装修风格都没有参观完，就会一头栽倒在沙发上。接下来，该呕吐了，你家的沙发和沙发周围的地界将很快变成沼泽地。

C. 鉴于你的东道主身份，强烈建议不要在你家打麻将，除非你想做一个社会慈善家。如果实在想打，建议由别人提出，而你则腻腻歪歪做百般不情愿状（也要注意适可而止，避免那些人信以为真，取消建议）。

外地同学请注意——

A. 一般来说，外地城市比北京都要民风淳朴些，所以你可能动念头带些土特产来供同学们把玩品尝。免了吧，北京这座城市养的尽是些天性凉薄的人，他们不会为你辛辛苦苦背来的西瓜而感动，却要小心翼翼地问一句，不会馊了吧？不过，由于北京白领的生育能力普遍偏低，所以建议你一定要带上下一辈的照片羞辱他们一下，让他们看看，什么叫儿子，什么叫闺女，什么叫血脉不断，什么叫薪尽火传。

B. 外地来京的同学在走上麻桌之前，一定要把返程机票的钱留足，避免被抽立之后回不了家。不过要是输急了，你可能忍不住从车费中挪用一部分钱，还说什么大不了改飞机为火车。这时一定注意，你的返程车票=火车票+从车站到你家的出租车票+车上要泡的方便面和火腿钱，忘掉这一点，你就要尝尝饿着肚子长时间走路的滋味了。

C. 有的同学未雨绸缪，担心自己输得刹不住车，就将返程车票或机票提前买好。这种做法也甚为不妥。究其缘由，不仅是因为情感激荡的同学聚会足以改变你的行程安排而让自己滞留在北京，更是因为，麻神偏爱义薄云天的人。对于千里迢迢来赴会的你来说，麻桌上大丰收的概率要远远高于惨遭屠戮,所以,最后的结果极有可能是你乐滋滋地数着手里一夜之间变厚的钱,将火车票改成了机票,或将经济舱改成商务舱,甚至,你还动了先去胜地旅游一下的念头——如果那几位战士给你的赞助款足够多的话。

幕启　说吧,记忆

终于坐到一起了,一种熟悉的味道和感觉会迅速弥漫开来。将这种味道和感觉具体物化的,则是我们大学时代里的那些词语,那是我们青春期的魔鬼词典,是属于上个世纪八十年代校园的民间语文。

来吧,回忆,以首个拼音字母为序。

点名

大学里的成绩分两项:考试成绩和考勤成绩。后者是老师保证其课程上座率的有效武器,经常在出其不意的时候拿出点名册。对于兄弟同心、其利断金的同学们来说,是不忍心让在宿舍酣睡的同袍受到课堂上的戕害的,于是,代答"到"的义举此起彼伏。有人上课勤,兼之义薄云天,就练了好几种发声方式,以便用不同的口音替逃课的哥几个喊"到";对于那些人缘好的同学来说,老师一念到他的名字,经常会从教室的不同方位传来好几声"到";在床上睡觉的人也并不轻松,等大家下课后,一旦得知今天点名了,他就要请替他答"到"的人吃饭。

电教室

电教室属于教室的一种,因其中有电视机及闭路电视或录像播放设备而得名。电教室是衡量一个学校教学条件的重要指标,一些重点大学吹嘘的往往不是他们有几位大师级教授,而是有多少设备一流的电教室。这里也成为录像厅兴起之前大学生获得影视娱乐的主要阵地,大家借口练习英语口语和听力,心安理得地在里面狂看外国电影,而琼瑶周润发更是令人趋之若鹜。不过我经历的最兴奋的一次是看到说电教室要放两集《教父》(当时第三集还没有拍出来),简直是举校若狂,提前两天就占不上座了。不过占上座的同学也没什么好果子吃,他们并没有看到《教父》,倒是从别人嘴里第一次听到一个词儿:愚人节。

对讲机

不要误会,这玩意指的并不是警匪片中的手上砖头,而是连在各宿舍门顶的小喇叭,呼叫一端则在楼下传达室。谁要是来了电话,会被值班大爷在喇叭里呼喝,被呼叫者就以迅雷不及掩耳盗铃之势奔下楼,气喘吁吁地说上几句。久而久之,家庭条件好、父母能经常打电话过来的人练就了爬楼梯绝技和超大肺活量。而那些接完电话后带着一脸傻笑回到宿舍,躺在床上开始背诗或无病呻吟的人,则是明确无误地告诉大家:这小子恋爱了。如今的大学,各学生宿舍都通了电话,许多学生还有手机,对讲机该绝迹了吧?许多东西来得太容易,那种类似亲人来探监的幸福也就越来越淡了。

二锅头

二锅头是北京白酒地头蛇中的龙头老大,啤酒则是燕京。京城最流行喝的是二两装小瓶二锅头,简称"小二",但学生当然只能喝大瓶装的,因为算下来更省钱,简称为"二锅"。二锅头不仅是北京的酒,更是北京这座城市的性格体现——在人民大会堂的国宴上摆着，也不显得寒碜，在小巷深处的小酒馆喝着，也不显得突兀，这种出得厅堂入得厨房的做派，是很北京的。在北京，你可以穿着布鞋背着军挎进国际俱乐部，另一边簋街里光着膀子喝啤酒的那个粗汉，没准就是齐秦，这统统可以称之为"二锅头风格"。遗憾的是，许多在北京上过大学的人对二锅头很是过敏，闻之欲呕。究其原因，无非是上学时逢二必醉，给喝伤了。

魂斗罗

垄断产生暴利，而对于当年几乎只有这一款电子游戏可玩的魂斗罗来说，垄断产生的是狂热的迷恋。有多少人将战场上所有的草丛都翻遍，有多少人用所有的武器分别过关。技术派在传授调出三十条命的窍门，唯美派只要死一次就按键重来，一定要用一条命打到底……闭上眼睛，是什么在响？没错，魂斗罗的音乐。那个年代，许多家庭第一次购买彩电，淘汰下来的黑白电视成为魂斗罗的战场，乃至许多人根本就不知道，这是一款十六色彩色游戏。

金健

意气风发的人经常被一个落魄老者教训："小子，当年我在江湖上混的时候，你还正给人家刷厕所呢。"如果金健牌香烟见到眼下红得发紫的中南海，也完全有资格这么说。当年，这可是北京市面上（至少是大学校园里）牛气冲天的牌子，与它哥哥金桥一起，独执混合型香烟之牛耳，而烤烟型则被黄、白二红梅占据，至于阿诗玛、红塔山之类贵族，太过曲高和寡。至于万宝路、KENT等洋烟，只是男生为了在女孩面前树立形象而攒许久钱换来的面子烟，一旦恋爱成功，马上消费不起。奇怪的是，不带过滤嘴的春城一直很吃香。个中缘由只有打麻将的人才体会得出来，这种短粗型香烟很容易伪装成烟屁股，一开始不被人注意，最后大伙都没烟的时候则用来救急。

军训

军训是上大学的第一课，除了国防意义外，还至少具备下列优点：一、野蛮其体魄，那些在太阳底下踢正步时被晒昏的情景成为当事人的青春期割礼；二、丰富其情感，特别是那些女生，军训结束时跟训练她们的教官哭得鼻涕眼泪一大把："以后谁还帮我叠被子啊"；三、充实其谈资，一些男生如今会摸着已经谢顶的脑袋，看着当年的秃头照片说："那会儿的头发真好啊"；四、提高其食欲，那个能吃啊，回到学校的第一餐，许多人能把猪肉大葱馅包子连吃九个，外加两盆西红柿鸡蛋汤；五、增强其欲望，这也是最重要的收获。那些没考上大学的朋友往往对你嗤之以鼻："瞧你们女生那模样，亏你们还有心思谈恋爱，切——"他并不知道，军训时对男女生分而训之，男兵营里别说女人，就连女字旁的汉字都看不到，能不着急吗？

劳动

所谓劳动，指的是大学四年中，必须要有一周去密云植树，许多学校还为此在大山深处建了设备齐全的基地。由于每一年的安排是固定的，所以老是一块去密云的两个系就容易产生世仇，本来没什么事儿，只不过是听师兄们提到上一年的战斗，也要找碴再打一架。除了滋生世仇，劳动的另一个好处是让你知道了自己到底有多么能吃。几乎每个系都举行过吃饭比赛，先在旁边的饭桌上吃够八两，然后再坐到中间的桌子上参加决赛，经常有女生都能通过资格赛的。如今，尽管还有沙尘暴，但北京的漫天风沙确是比当年少多了，其中可有我们栽下的那棵树在栉风沐雨？

粮票

对一所学校而言，其食堂印制的菜票往往成为校内的第二种货币，你甚至可以用它去给自行车补胎。而粮票，则是凭证供应时期适用范围更广的一般等价物，在高教区的几乎所有集贸市场上通用。这种货币非常坚挺，价格稳定了很长一段时间，只不过全国粮票比北京市的地方粮票要稍稍值钱一些。同学们用吃不完的粮票换来许多生活用品，而进入到流通渠道的粮票也满足了早期“北漂”们的果腹要求——否则他们就买不到米和面。曾有一度，政府连糖、肉、纸都凭证供应，于是父母拿着我们带回家的糖票向邻居炫耀，而女生则向男生讨要纸票以购买手纸。

霹雳舞

随同名电影的风靡一时，霹雳舞在中国大地处处开花。但这种舞姿更主要是在社会上流行（所以后来被称为更恰当的“街舞”），在大学里跳霹雳舞的同学往往是跟社会接触比较多的人，属于那种很能“混”的类型，既能博得女生喝彩，又能博得男生惧怕。在大多数同学只能穿梅花牌运动衣和回力牌球鞋的时候，这些身穿迷彩、头绷裹布、脚踩“高耐”（高帮耐克运动鞋）的人实在是引人瞩目。他们不仅身体柔若无骨，还特讲义气，经常帮班里同学打架。如今在同学聚会时也张罗得最勤，但请注意，同学聚会时干什么都行，千万不要重温当年的动人舞姿。你的老胳膊老腿已经禁不起那种折腾了。

勤工助学

这个听起来很文雅的词其实指的就是学生经商。但当年市场经济并不发达，参与者往往还在“君子耻于言利”的传统伦理中挣扎困惑，所以成功者寥寥，最后只不过是倒卖酸奶的人赚了一肚子酸奶，零售北冰洋汽水的人一说话就打嗝，出售明信片的人的所有相识都能收到他卡轻情重的温馨祝福——往往是过了时的滞销货。但有一群人除外，就是出租武侠小说的同学。在他们心目中，金庸古龙梁羽生萧逸卧龙生们不只是文豪，更是财神爷，当然，还有兰陵笑笑生这位古人，号称“绝对足本”的洁本《金瓶梅》令出租者过上了西门庆般的有钱生活。

生活委员

谁是大学里最可爱的人？生活委员啊。各班的生活委员多由女生担任，即使她长得不漂亮，也成为所有男生心目中的女神，因为，每个月的副食补贴就是由她发到大家手里（再往前推几年，还有助学金），那可是除了父母外唯一的经济来源。在我上大学的那四年，每个月的副补从九元开始，跳了几次台阶，最后变成二十三元，这笔钱的步步高，从一个侧面反映了物价的上涨。副补越涨，父母越为物价发愁。那时候，老百姓的心理承受能力真低啊。

拖拉机

全中国的大学生都在玩着这种把戏，只有农业机械系同学的玩法不同。这种由一副扑克牌发展来的游戏后来疯狂扩张到三副牌、四副牌，也酝酿出系与系之间、宿舍与宿舍之间、牌友与牌敌之间、牌友之间说不尽的恩怨。由于这种游戏不宜带什么彩头，所以也有人喜欢玩“拱猪”或“敲三家”，输方要出钱请参战者到校门口吃炸麻雀（如今大家衣食足而知环保，居然热爱起小动物来），或接受赢方安排，在楼道里歇斯底里地大吼“我是猪”，而如果你在冬天的楼道里看到有人裸奔，也千万不要吃惊。

外号

如果一个上过大学的人没有被人叫过外号，那简直是很没面子的事儿，而一个人要是有好几个外号，那就说明，此君交游广阔，属于交际花，还是大朵儿的。除了酸溜溜的中文系（比如他们叫皮肤白皙的李姓女生为“李太白”，又叫身宽体胖的大胖子为“肚子美”，属于拾古人牙慧，毫无趣味），大学里的外号多从家畜、家禽、蔬菜、农作物和身体部位（与形容词相伴）类别中汲取灵感。比如你给对门宿舍的小顾起了个外号叫“骡子”，他当然不能接受这种否定人家生育能力的称谓。不要着急，你只需在夜深人静的时候，冲对门喊一声：“顾骡子！我这儿有一盒绿摩尔，来抽不抽？”对门马上冲出一条黑漆漆的身影：“人在人在！哪儿呢哪儿呢？”

卧谈会

有人说大学是一个人培养人生观的关键时期，而培养人生观的关键场所，就是在熄灯后的床上。同宿舍的人海阔天空地聊着，各种观点的交流，不同性格的碰撞，最后结出成熟的人生果实。黑暗是欲望的催化剂，所以卧谈会往往离不开“食色性也”的主题。但食色的顺序是颠倒的，大家先是聊着某某与某某的隐秘感情、男性与女性的下三路话题，然后转到吃上。在饥肠辘辘声中，各自交流着对家乡美食的深刻思念和色香味俱全的细致描述，最后在这种残酷的自虐中沉沉睡去。这样的卧谈会使得许多人成为空头美食家，工作后出差，只要是去室友的家乡，总能将那里的特产美食说得头头是道。

献血

可以肯定的是，义务献血的最大来源是高校，因为大学里响应献血号召的人是如此踊跃（他们毕业上班后却变得推三阻四，即使有高薪长假诱惑）。献血不仅可以得到一笔对学生而言不小的补助，可以在献血专灶吃到大块而结实的牛羊肉，并且可以堂而皇之地不上课。献血的附加好处是：向心爱女生炫耀自己的超强体力，所以经常有人故意要在献过血后马上帮老师搬家，而知道自己的血型后，就可以在算命书上按图索骥，并且，以后再跟别系打架，要有人失血过多，就知道谁是万能输血者了。而献血真正的好处要在工作后才能体现出来：单位分房子时，献过血的人还可以加分，前提是你还保存着当年的献血证。

校花

关于这个字眼，说出来就那么动人，引人遐思。但那个时代的校园并没有规范的选美机制，所谓校花只是民间的自发评选，标准不一，结果不一，于是一个可怕的规律显现出来：甲系将乙系的某美女评为校花，整天拿着望远镜对着楼下瞄，对着人家流哈喇子，并对能与美女相伴的乙系男生充满艳羡。直到有一天他们与乙系搭鼓上，才发现自己系里的某女生却被乙系的男生评为校花，整天拿着望远镜对着人家流哈喇子，并对能与美女相伴的他们充满艳羡。最终，双方均对己方的女生被评为校花感到不可理解，然后继续这山望着那山高。美女美女，就是因为没在你身边，所以才美。

信

那个年代没有网络，电话也不普及，所以大家就有心情写信，于是书报委员成为与生活委员同样受欢迎的干部，于是谁一天接到几封信成为比吉尼斯纪录还令人骄傲的成果，于是大家热衷于交流信纸有几种叠法邮票有几种贴法，又分别代表什么意思。有经验的父母不用拆信，隔着信封一揣厚薄就知道吉凶，那种薄信是让他们如释重负的平安信，那种厚厚的信则让他们心惊肉跳，抒发过洋洋万言的父母恩情后，最后会怯怯地加一句："您再给汇一百元钱吧。"而对于曾经谈过惊心动魄恋爱、写过火辣肉麻情书、犯过彻夜失眠癔症的你来说，如今，爱情没有了，信还留着。对，你还练了一手好字。这就是爱情给你的遗产。

友好宿舍

这个名词大多出现在大一、宿舍里的哥几个都没有女友的情况下。如果有人坠入情网，就会变得离亲叛众，很难再有统一行动。寻找友好宿舍的手段有两种，一是某人的高中女同学在另一所大学，经这两人提议友好起来，二是径直去女生宿舍楼（本校或邻校），敲同房号的门，说明来意，友好起来。结交友好宿舍的目的绝不仅在于"友"，而一旦有人得手，众电灯泡往往就识趣地减少集体活动。但由于大学里美丽女生出现的机率实在太低，所以靠友好宿舍发展爱情的希望就像中国足球队冲出亚洲一样渺茫。理想女孩和甜蜜爱情还得靠广种薄收，友好宿舍的真正结果是让你认识到，女孩也可以成为你的哥们。

鱼香肉丝

如果有曾经上过大学的人混在群众堆里难以分辨，你只要说出四个字——“鱼香肉丝”，看谁在咽口水，去抓那馋货肯定没错，这种条件反射比贪官听到“钱”、股民听到“牛市”还要强烈。鱼香肉丝单从字面上来理解，已经可以归为海鲜一类了，却又物美价廉。对于有钱的学生来说，在食堂要个小炒，点的多是这个菜；而对于没钱的学生来说，下馆子也多是点这个菜，因为特下饭，能让你就着菜把米饭吃饱。

占座

对于学习纪律抓得不是很严的八十年代来说，如果是小课，根本不用占座（考前辅导例外），需要占座的多是播放热门影片的电教室、广受欢迎的讲座，以及比较动听的公共课。这一行为往往成为仅次于食堂加塞的打架由头，因为后来者很难分清座位上的那张纸是垃圾还是占座用的，所以经常出现一座占两人的局面，然后一场恶战使胜者有座败者贼。而对于占座者来说，也很不容易，他被众人委以重任，要将包里的东西拆出尽可能多的零件来用，于是经常是饭盆、勺子都搁在被无数屁股亲密接触过的座位上。等战友驾到，他抄起家伙就去馄饨摊，很香甜地吃将起来。

张科长

该名词可随姓氏不同而变化，但中心词“科长”则不变。科长者，学生宿舍管理科领导之谓也，其主要工作是将违反校纪打麻将的学生抓入法网并予以法办，故成为众多麻将爱好者的噩梦。担任我们学校这一职务的是《关于麻将的记忆碎片》中提到的张科长,所以他也成为聚会时麻协会员经常挂在嘴边的名词。隋朝百姓吓唬不愿意睡觉的孩子说“麻叔谋来了”,而如果想为精神委靡的麻将战士提个神,喊一声“张科长来了”,肯定立竿见影。他任职期间,栽在其手里的学生不计其数,被其没收的麻将也多过拉斯维加斯所有赌场的筹码,所以经常有人建议,张科长百年后为其雕像,基座可用麻将牌砌成。

关于电影的记忆碎片

电影是每秒二十四格的真理

周伯通是《射雕英雄传》中最讨人喜欢的一个角色，许多人也认为这个丑角似的人物最有趣，我却觉得他没趣得紧。请看黄蓉背着负了伤的郭靖和周伯通一块找地方疗伤，来到了牛家村。黄蓉停下脚步，说就住在此处，老顽童问为何要在这里，黄蓉说这里美得好像一幅画似的。

“像一幅画又怎的？”周伯通反问道。

黄蓉反倒答不上话来。——书中这么写道。

是啊，遇到这样实在的人，你又能说出什么呢？

一个哥们偕太太要到我家玩，我事先精心设计了各种娱乐项目，其中最重要的一项是备了几张影碟，都是百里挑一的好片子。

吃完饭后，我邀请他们看影碟。他太太却执意要回家。

“看会儿电影吧，多好的片子。”朋友眼巴巴地看着那些影碟。

“有什么好看的？反正都是编的！”他太太说。

我的眼前一黑——反倒答不上话来。或者，就像《天堂电影院》中那些小镇居民一样，看到恐怖镜头，便“哎呀”一声，全部捂住自己的眼睛。

但是，但是，许多人对电影，不是这样的态度。

尽管，尽管，它们的确都是编的。

铭刻在俺记忆中的六部电影

《列宁在十月》

《阳光灿烂的日子》中，一群小孩坐在露天影院的银幕下，一边看《列宁在十月》，一边帮影片中的角色提词。一部影片就这样给整个中国留下了深深的烙印。

七岁时，我有一次被父亲带着去文化馆，居然在垃圾池中看到一截电影胶片，急忙捡过来，珍而重之地收藏好。这段胶片便是《列宁在十月》中的一段，十几帧画面基本相同，所以也分给好友一两片。

那时候的小孩子，迷恋一切跟电影有关的东西。有一天的夜晚，隔着屋里的灯光，我看到一户人家的窗纸隐约有胶片的痕迹，不禁恨这家人暴殄天物。趁没人时，潜入那家的院子，准备将用来糊窗户的胶片揭走。靠近才发觉，不是胶片，而是边上带孔的那种打印纸，两张纸的重叠部分，就形成了一条类似电影胶片的黑条。我悻悻地收回手，至今想起来才有些后怕，幸亏不是，才让我幸免了一次做贼的机会。

2002年，斯皮尔伯格发行他的《外星人》DVD，据说在限量珍藏版中，每套 DVD 中夹了一帧电影胶片作为额外附赠。——老斯真是想影迷所想啊。

《简·爱》

这应该算是最有名的译制片了，唯一需要考较的，是我们对其台词的背诵程度。经常和一个朋友提到这部电影，然后感慨一会儿那些声音是怎么发出来的。

为罗切斯特配音的邱岳峰，从 1953 年开始，全家七口搬进了上海南昌路一条弄堂，栖身在十七平米的房间里。进厂到去世，工资没调过，一直是一百零三元。这不算特别，很多上海人都这么住，很多中国人都这么过。他还可以做点工匠活，曾经把人家做钟座余下来的三角边料，一块块拼成精致的五斗橱。但是他同时还是罗切斯特，那个“十年以前带着股怨气跑遍了整个欧洲”的英国乡绅，在岛国的阴郁天空之下，他经常纵马驰过荒郊。

骑马披斗篷出门兜风的罗切斯特，骑自行车上街买菜的邱岳峰，他们在不同的时光隧道里穿行，望得见对方的身影吗？

“文革”结束后，人们首先从那些经过配音的译制片中，知道了什么叫爱，什么叫有趣，什么叫智慧，什么叫高贵，什么叫男人和女人。

“好日子快来了。”“歌里唱的。”

“我们的精神是同等的，就如同你我经过坟墓将同样站在上帝面前！”

“你不喜欢孩子？”“喜欢。可是，七个？……”

“小姐，你是不是打算每天晚餐时都让我们经历一次别开生面的消化不良？”

“往前看，多么蓝的天哪！走过去，你就会融化在蓝天里。”

“飞蛾，还有各式各样的小虫子都爱围着蜡烛转，蜡烛有什么办法？”

“为了爱你，我可以牺牲别人的一切。”

“卡罗，怎么你哭了？”“不，眼泪是什么，爸爸没教过我。”

“你不许爱他，这是命令。”“可是爸爸，爱情没法命令。”

“你就是给我毒药，我也喝下去。小辣椒。”

……

“文革”结束后，这部当年作为“内参片”被译制出来的电影公映。邱岳峰的声音飘荡在每个影迷的心中，而就在1980年3月29日，他一路走，一路买安眠药片。回到家里，服用了过量的安眠药后，五十九岁的邱岳峰永远地睡去……

“对过去的那些坚实的，饱满的，精雕细刻的金石之音，我们中的许多人都曾经有过一些堪称刻骨铭心的记忆，而那些记忆正在慢慢地、无可奈何地被现实锈蚀。我们哀叹过文字的凋零，我们正在哀叹语音的凋零。可我还是想守着我那些记忆中的美好的声音，做一个过气的语音中心主义者。”严锋在《好音》一文中这样写道。

《少林寺》

用“万人空巷”来形容这部电影当时上映时的盛况绝不过分。作为小学生，我们第一次看到那些大人们放下手中的活计，不计较钱包里的钱，走后门托关系来搞到《少林寺》的票。而我们也有足够的底气伸手向他们要钱，将这部看了好几遍的电影再看一遍，以印证觉远和尚在一年四季的操练场上，分别要的是什么兵器。

从这部电影开始，那个叫李连杰的北京市井少年走上了国际巨星的道路，他此后主演的任何一部电影都让我趋之若鹜。其实在《少林寺》中为他配音的，是有着金石般铿锵飘逸声音的童自荣。

“尽形寿，不近色，汝今能持否？”

不知道还有没有人记得，觉远在一句紧似一句的逼问下，那一声声在压抑中颤抖的回答：“能持。”

而当时，只有成长而没有长成的我们，却被卷入由《少林寺》掀起的武打片狂潮。

在我的记忆中，那是一个小城镇拥挤嘈杂的街道，地上混杂着甘蔗渣和瓜子皮，路边混杂着自行车和摩托车，人们的脸上混杂着茫然和憧憬。脑筋灵活的人引进各种新鲜事物，比如冰淇淋机，此前老百姓只能吃到硬邦邦的冰棍或冰砖（听这些豪爽的名字），如今也可以吃到腻得齁嗓子的奶油冰淇淋了；还有啤酒机，此前老百姓只能喝上高粱白酒，如今也可以拎一个暖水瓶，打上一暖壶冰凉的啤酒，或直接在机器旁边就着水煮花生米、拍黄瓜与凉拌腐竹喝个酒饱；另外一项，就是录像机了。

让这些录像机派上用场并赚上大钱的，是录像厅。录像厅往往是跟当地的文化馆联系在一起。门口竖一个牌子，或是红底白字，或是黄纸黑字，先是一行“香港最新武打片”，下面是片名，导演主演什么的没人感兴趣。牌子旁边是个桌子，有售票的人守在那里，桌子上是票据和卖票人的大搪瓷缸，桌子旁是把声音开到巨大的大喇叭。喇叭与录像厅里正在播放的片子相连，片中的音响远播到大街上：男主人公那低沉冰冷的嗓音，会突然被一段恐怖的音乐盖住，女主角的声音尖利刺耳，带有一种蛮不讲理的霸道。当然，更多的是“嘿嘿哈哈”的打斗声和“嗖嗖锵锵”的刀剑棍棒声。

那些“嘿嘿哈哈”和“嗖嗖锵锵”，让你忍不住停下脚步，从补丁摞补丁的衣服里凑出一块几毛钱，买一张印刷低劣宛如食堂饭票的票，然后在黑暗中摸进录像厅。里面视规模大小，有一个或几个电视机，放着那些最新涌入的老式香港武打片，屏幕上是那些装模作样的男女主角，完成一段肯定能完成的复仇大业，或粉碎一个小学生就能看穿的阴谋。经常会有故障发生，或是画面突然变得糟烂不堪，或是声音突然消失，或是画面与声音全部变得不正常，大家发出“嘿嘿哈哈”的声音，让相关人员来鼓捣一下，然后继续看下去。

《忠烈千秋》

当年，遍布城乡各地的露天电影，放映过许多戏曲影片，《忠烈千秋》就是其中之一。

这出戏根据保定老调传统剧目《砸宫门》重新编剧，演的是“呼延庆上坟”的宋代故事。该剧为保定地区老调剧团排演，为久演不衰的代表剧目，后又被拍成电影。忠良呼延丕显被权奸庞文父女所害，十几年后，呼门遗孤呼延庆偷偷上坟祭祖，被奸党察觉。为救忠良遗孤，佘太君被法场问斩，王延龄金殿触柱而死，老寇准亦遭贬。包拯冒死闯宫砸殿，力逼宋仁宗赦免了呼、杨两家。在王延龄灵堂上，庞文欲反，大宋忠臣良将趁机除掉了权奸。

俺之所以提到这部片子，不是因为这个善恶有报的俗套故事，而是因为其中奸臣庞文的女儿、皇帝的西宫娘娘，风骚迷人，媚态横流，看得俺口干舌燥，在我幼小的心灵中，第一次知道了女人的美与媚。如今将这部尘封的老电影打开，聊以纪念让我第一次产生性悸动的电影。你的呢？

《罗马假日》

有谁不知道这部电影呢？有谁不喜欢奥黛丽·赫本呢？没有一位演员像她一样，不仅被异性追捧，也被同性赞叹。“你记得她春山如黛，是写意山水天人合一状态下最饱满的那一划，眼目澄明，黑白片时代永恒的衿记。一袭小小黑裙是永恒的经典，包裹着窄细腰身，带动整个五十年代的骨感。”

我从大学开始看这部电影，一直看到现在。我曾经工作过的单位旁边有一个天堂电影院，是省科技馆的礼堂，放映的全是老片子，搭配都很固定，《罗马假日》配《魂断蓝桥》，《鸳梦重温》配《出水芙蓉》，《简·爱》配《看得见风景的房间》等，一轮过后就重新放映，将周围大学里的学生们滋养得浪漫无比。我坐在里面，听那些年轻人发出与俺当年一样的赞叹，仿佛在反刍自己的青春。

该片由长春电影制片厂译配，著名翻译家申葆青先生的翻译堪称完美，如其中“替身”的双关语，“墙头马上”的典故。遗憾的是，金毅为安妮公主配的音太过甜嫩了些，女孩味很浓，若干年后我看了原版电影，听到奥黛丽·赫本的声音，才领略到一种介于女孩与女人之间的风韵。

1993年，奥黛丽·赫本辞世，天使回到了她的故乡；2003年，格里高利·派克与她重逢在天堂，此时距离他们拍摄《罗马假日》，恰恰过去了半个世纪。在岁月的淘洗下，这部黑白影片愈发焕发出美得令人炫目的质感。

《野鹅敢死队》

野鹅，我心目中不朽的杰作，1978年由华纳兄弟影片公司出品，国内公映时已是1986年，那年我上高二。看了第一遍之后，我急忙走出影院，买了下一场的票。那会儿不兴循环场，观者依然云集。看了第二遍之后，我飞也似的回到学校，几乎喜欢电影的人马上就都知道了：电影院里正在放一部不可不看的片子。

怎么形容我对这部影片的热爱呢？等到北京上大学，学校专门为新闻系的学生宿舍订了几份报纸，最受欢迎的是《北京日报》，我们都抢着看上面的影院消息，只要看到有地方放野鹅，就要赶过去。就这样，在大学期间，又看了有六七场。

这个只要有机会就去看野鹅的小团体计有五个人之多，毕业工作后，我借单位旁边的天堂电影院之利，将其他哥几个甩开二十几遍之多，他们就只剩下望鹅兴叹的份儿了。

大约是1996年，小强在北京打电话给我，说看到北展剧场要放野鹅，并且片名下还加了一道红线。一问，这道红线表示该片的中国放映版权快要到期，这是最后一次公映，然后就要封存拷贝。他忙不迭地打电话给我，我忙不迭地赶到北平，完成了与野鹅的最后一晤。坐在一起，看一行野鹅从非洲枷锁般的地图上掠过，Joan Armatrading 忧伤的歌曲在黑漆漆的影院里响起，昔日的老战士百感交集。

在这道红线之前，与我相爱过的每一个女孩，都有与我同看野鹅的经历，然后忍受着我的嘿嘿傻笑、啧啧赞叹、汪汪泪眼和夸夸其谈，最后一个成了我的太太。

这是一部任何人都可以从中找到自己偶像的电影，从翻译到配音到录音剪辑均无可挑剔，配音更是集中了上译厂的精华。让我们来重温那些铭刻在心中的台词吧——

“难道你要我们走出非洲吗？”“那你就跑吧。”

“你的名气太大，只好住这种下等旅馆了。”

“小偷小摸只是业余爱好。”

“你这是从飞机上往下跳，不是从妓院的窗户往下跳！”

“别抱这么紧，小心挤坏了我的钱包。”

“让我去哪个国家都行，只要不是瑞士，那里干净得让人拉不出屎来。”

“对不起长官，我要发火了。——让你的钱去擦屁股吧！我喜欢我训练出来的这帮混球，你要不让我跟他们在一起，我就让你知道什么叫造反！”

“我不会向你屈服的！谁让我们都是狗娘养的硬汉子？”

“上星期妈妈来看我，还带了一个男人。同学们说她是妓女，我不知道是什么意思，跟他们一起笑。”“孩子，不管他们说什么，你和我都知道，你妈妈是个好女人。”

其实，就连肖恩中尉那个在赌场工作的女友，为掩护男友被打得鼻青脸肿，肖恩抱着她心如刀绞，这姑娘艰难地微笑，说了十个字：“你带来欢笑，我有幸得到。”谦卑的口气里有最高贵的伤感和不甘。

影片最后，福克纳上校从非洲死里逃生，找到老冤家爱德华爵士算总账。爱德华爵士发出威胁：“我这房子里有六个保安。”

“我还以为有十六个呢。”福克纳上校作出回答。

最酷的是，他在回答这句话的时候，连脸上的一丝冷笑都不屑于给人家爱德华老头一下。这么硬气的话英雄片中屡见不鲜，像《第一滴血》中小镇警长执意要率领大部队去捉拿兰博，兰博的老上级阿尔特上校就在一旁冷笑：“你去抓他可以，但别忘了带上东西。”“什么东西？”“足够的棺材。”上校回答，警长悻悻而去。说实话，我特可怜这个叫蒂索的警长。要是俺碰见上校这种老牛逼，就绝对不跟他搭腔，因为肯定是被羞臊一番，还不如耳根清净地被搞死。

让俺哭得最凶的六部电影

让你哭得最凶的片子，不一定是你认为的好片子，只不过是在你想哭的时间，想哭的地点，让你看到了这部影片。

让你哭得最凶的片子，在你泪如雨下后，连自己个儿也说不清楚，甚至惊讶自己为何如此管不住自己。

让你哭得最凶的片子，别人不一定哭，甚至会哈哈大笑。然后你和那个人一起感谢电影，让你们如此不一致，如此相互不同意。

让你哭得最凶的片子，往往跟片子之外的一段心情一段遭际有关。

让你哭得最凶的片子，可能敌不过那些只是让你眼圈发红或一红都不红的片子。

让你哭得最凶的片子，你如今还记得吗？

《英雄本色》

这部片子，哭点很多。俺第一次哭，是小马哥最后的慷慨赴义；第二次哭，是宋子豪出狱后，见到瘸着腿像条狗一样活着的小马，他只说了一句："小马，你在信中，不是这么说的……"；第三次哭，是小马站在西门町的天桥上，决绝地甩掉烟头，像甩掉自己的命运，一张报纸像孤魂一样飘落在地；第四次哭，是宋子豪被自己的弟弟逼着叫"警官"，据说粤语版更煽情，为此俺骑着自行车几乎跑遍北京城的录像厅，终于听到，然后哭也；第五次哭，是续集中宋子杰被打死，几大豪杰准备血洗敌巢，此时主题歌响起："别问我今天的事，不愿知也没有意义，有意义没意义怎么来判？不想不问不解释……"；第六次哭，俺也奇怪，那是十年后重温本片，看到片头那段两兄弟相互打闹的情景，俺居然，就他娘哭了。

《妈妈，再爱我一次》

不好意思，这部片子可能让很多人嗤之以鼻，但俺就是没办法不想起它。通过这部影片，俺知道了自己是多么脆弱——当别人还没开始热泪盈眶的时候，俺就已经达到高潮，并一直持续到最后。通过这部影片，俺知道那些貌似粗糙的男人他们的坚硬是多么靠不住，俺跟一头猪打赌，他死活不相信自己会哭，结果一进影院，他就哭得跟头牛似的。通过这部影片，俺知道哭是一种好事，俺跟另一头猪在西单影院再看此片时，后排坐的是外事职高的几个女生，影片快结束时，一个清醒的人提醒大家该走了，要不赶不上上课，然后俺听到一个抽泣的声音说："让我再看会儿，再哭会儿，真过瘾呀。"

《阿郎的故事》

这部影片俺看到之前，已经听一个影友念叨了六万遍，说大学时他抓住一切能看到该片的机会去看之，看一遍哭一遍。俺就留了心，后来买了一盘录像带叫《再见阿郎》，以为是《阿郎的故事》续集，便忍住没看，苦等正集。被人纠正后，羞愤欲死，这种心态使俺仓促上阵，没来得及大哭，倒是与俺共同观影的师弟把自己的脸哭得稀烂，俺用堵堵的嗓子给他起了个外号，叫"鸟粪"，意即他脸上的泪痕。几年后，再听到《你的样子》，那句"是否来迟了命运的渊源早谢了你的笑容我的身影"，让俺潸然泪下，且像陈年老酒，历时弥浓。原来泪水也可以转成定期存款。

《怀恋的冬夜》

电影是需要相互传染的，这部影片就是这样。俺看它时，是在北大礼堂里，这是一部苏联电影，一个暮年踢踏舞演员贝格洛夫边回忆边走完自己的人生，其中有一段是回忆年轻英俊的他与可爱的小女儿舞出火花，是压抑已久的影片最华彩的一段。俺听到邻座传来压抑的哭声，顿时自己个儿也扛不住了。《野鹅敢死队》中，理查·伯顿饰演的福克纳少校为自己设想了这样的结局：喝得烂醉如泥，在大街上冻饿而死。俺没有这么潇洒，但那时俺设想了俺的老年：孤独地坐在公园的长椅上，佝偻着身体，想着曾经美好的爱情和友情，穿着寒碜的衣服……于是哭得更凶。这部影片看过的人不多（导演：K.沙赫纳扎洛夫，主演：E.叶夫斯洛涅夫），都怪那会儿的好苏联电影太多了。

《天国逆子》

一个有私情的母亲，串通奸夫害死了老公，然后两人开始生活。她的儿子长大后，把母亲送上法庭。据说是根据真实案件改编，导演严浩。整部片子都很平静，到最后，母亲要进刑场，儿子突然叫了一声"妈"，将嘴唇死死咬住，眼泪却没法咬住，庹宗华真是个很好的演员。我当时也泪飞顿作倾盆雨，因为已经憋了许久了。我在为我们的父辈而哭，他们能温饱无忧临死不为医疗费发愁地活下来就不错了，爱情？许多人恐怕想一下都觉得承受不起。俺曾经跟俺爹极端对立，但从某一天开始，俺坐在马路边看着芸芸众生，开始运气，想怎么都是这么一帮俗人？！突然想到，也许同时在另一个街道，俺那骑着自行车拎着快到保质期的降价火腿往家里赶的老爹，可能也正被另一个愤怒青年鄙视着……

《钟馗》

这是一部戏剧影片，河北梆子，由杰出的表演艺术家裴艳玲主演。钟馗嫁妹的故事谁都知道，但就看谁演了。钟馗被毁容后，神情凄楚地送自己的妹妹出嫁，为妹妹的归宿高兴，却又怕自己的丑陋吓着妹子，陪伴他的是一群处于边缘世界的小妖。"夜色净，寂无声，故园热土一望中，物是人非倍伤情。来到家门前，门前多凄冷，有心把门叫，又恐妹受惊。”裴艳玲越唱越低，渐至哽咽无语，俺的眼泪就再没止住。

说到裴艳玲，俺必须得多说几句，这是俺见过的在世的最伟大的表演艺术家，唱念做打、文武昆乱不挡，她演的昆曲《夜奔》俺认为是可以打满分的。我曾经与她当面恳谈，才知道什么叫“英气”。她说，只有男人才知道女人什么样子最美，所以梅兰芳百媚俱生，而她作为一个女人，才知道男人怎么才最帅。我信，信她的惊才绝艳。她去新马港台演出，那些女戏迷把她迷得，像自己内心最深处的一个梦境。

更令人感慨的是，提到她主演的戏曲电影《宝莲灯》、《哪吒》、《钟馗》，以及她的舞台录像，她说，那些影视录像，我从来不看。我也不希望别人为我录像，后人再看这些录像，说这就是京剧，这就是裴艳玲。那根本不是裴艳玲。你要喜欢我的戏，就来现场看。要还喜欢，下一场接着来。过去了也就过去了，你要赶不上看，也就赶不上罢。

让俺笑得最惨的六部电影

列举让你笑得最惨的片子，难度要远远大于说出那些让你痛哭的电影，并且那些让你发笑的电影多是你的早期体验、幼年时的观影经历。

这实在是件有意思的发现：年轻时单纯的快乐与忧愁，让你那么容易被喜剧片感染，而随着人的长大，笑变成一件越来越难的事儿，这时最能引起你的情感共鸣的电影，是那些催人泪下的苦情片，而纵情开怀的大笑,已变得遥不可闻。

《上帝也疯狂》

2003年7月份,俺在一家海外电影杂志中一个不起眼的角落里,看到了一则讣告——二十多年前因主演《上帝也疯狂》两集喜剧片而大受欢迎的非洲原住民演员历苏去世了。

此前一个月,他被发现在家乡纳米比亚的一片田野上暴毙,经检验后确认他是在离家抬木头时自然死亡,虽然真实年龄不详,但普遍认为他享年约为五十九岁。

是的,我们不知道他的年龄,甚至他死亡的消息也是那么不起眼。

谁会记住他呢?在拍电影前,他只是一个非洲猎人,基本没有接触过城市,接触过的白人只有三个,更不用说摄影机了。1980年,《上帝也疯狂》一片选中他担任主演,将文明人扔到部落里的一个可乐瓶归还给他们,让全世界结结实实笑了一回,并获得法国恺撒奖最佳外语片提名。1989年,《上帝也疯狂》开拍续集,他的片酬上升到八十万美元。

但是,我相信许多中国观众会记得他,因为两集《上帝也疯狂》十年前曾在国内公映过,分别译作《逃脱死亡》和《绝境逢生》。译名尽管俗气,电影却着实精彩,讲述的是发生在非洲大草原上土著人(他们的语言总像抗战期间的更夫在敲梆子)和现代都市人之间的故事,各种笑料和包袱被抖得大巧不工,从容不迫,现代人像呆头鹅一样,总是被宠辱不惊的土著人搭救。两片中均有女主角适当裸露胴体的养眼镜头,《逃脱死亡》一片中还有精彩的动物演出。有许多电影,所谓的“好看”只是口口相传,往往让你一边夸一边心里还不服气,而这套片子,看过的人尽管不多，但都是发自内心地笑着说好。

《虎口脱险》

这是一部当年让全中国人笑翻的片子。你要让一个三十岁以上的中国人说出最逗乐的电影，相信大多数人都会说出这一部。

我是想念叨一下我的大学同学托托（这是他的笔名，来自《天堂电影院》中那个被电影滋养大的小孩）的事迹了：前些年电视台播出了《虎口脱险》，画面质量上乘，但新的配音让人无法卒听，他便想办法找来1982年由上影厂尚华、于鼎配音的那个电影版本，用新版本的图像和旧版本的声音，一句话一句话地重新制作在一起，加上与其中音乐、音响天衣无缝的组合，个中辛苦不必细说，但他干得乐在其中。那一年，我得到了一份奇特的生日礼物——“托托版”《虎口脱险》的VCD——他用Bate带转成VCD，再刻录下来。

电影《不道德的交易》中，罗伯特·雷德福等一帮有钱人在参加慈善拍卖，当他们把价码加到五万元的时候，响起一个声音：“一百万元”，穷小子伍迪·哈里森从人群中走出来。全是掌声，包括罗伯特·雷德福。当我看到这里的时候，也为鼓掌的罗伯特·雷德福鼓了掌。他可以随便拿出一百万，但这一百万是伍迪·哈里森的全部家当，而他是拿不出来的，但是他懂伍迪·哈里森。

托托就是把自己的所有都拿出来热爱电影，对于喜欢电影的人来说，即使不是像他这样，但至少也能懂得他。

《白头神探》

许多电影中，男主角抱得美人归，都让你替那美女叫屈，直呼鲜花插在牛粪上。但有一个人例外，他就是白头翁莱斯利·尼尔森，尽管每次他赢得芳心的美女那么迷人，岁数又足以做他的孙女，但我都认为那是他理当得到的花红——他的《白头神探》系列以及《绝命错杀令》、《非常凸务》、《太空凸槌》等，都能让人笑得只恨自己肺活量太小。

据说这类片子专门有一种说法，叫"spoof comedy"，意即通过夸张的模仿来讽刺某些电影的喜剧片。这类片子也可视为影迷的段位测试题——看你博览群影的程度有多深，像这几年比较著名的《恐怖电影》系列，据说总共 spoof 了二十六部电影和五部电视剧，乖乖龙的东。

《真实的谎言》

随着你对喜剧片免疫力的提高，一部事先声明是搞笑片的电影很难让你发出笑声，而往往是那些不先入为主的其他类型的片子让你忍俊不禁，如印第安纳·琼斯三部曲，尽管分类表上说这是探险动作片，但许多人从中得到的笑声，比挠你胳肢窝的喜剧片还多。

我不知道还有没有人像我一样将《真实的谎言》当作搞笑片来看，反正我是结结实实被逗笑了，从庞大的施瓦辛格牵着一条娇小的宠物狗走在风雨中，到最后恐怖头子挂在炸弹上的死法，我的笑声一直就没有断过。当然最牛逼的还是那一幕：几头坏蛋坐在汽车里，经过不断的调整姿势，终于让搭在断桥上的汽车稳下来，几位大爷展颜一笑，这时，一只鹳鸟落在了车头……还有一部喜剧片叫《四仔旅行团》中也有这一幕：一辆汽车在一座破木桥上好不容易稳住，结果桥旁边一哥们准确地往上面吐了一口痰……

《办公室的故事》

不知道为什么，所谓“英国式”幽默让我根本幽默不起来——如果英国式幽默指的是《憨豆先生》和《四个婚礼和一个葬礼》的话。相反，我最认同的是伟大的俄罗斯民族的幽默，尤以梁赞诺夫同志的喜剧片为最，如《战地浪漫曲》、《办公室的故事》、《两个人的车站》、《命运的捉弄》等，其中的对白已经成为一些影迷炫耀记忆力的考题。在那个年代，有苏联的电影可看，实在是一件幸福的事情。

奇怪的是，写作此文时，我脑海中浮现的倒不是“你说我干巴巴的？”“不，您湿漉漉的。”这样的台词，而是另一部《意大利人在俄罗斯的奇遇》中的那头狮子——它在深夜追赶几个偷走珠宝的人，那几头人慌不择路，而这位狮子，却乖乖地在红灯前面停下。

《顽主》

八十年代末期有四部根据王朔的小说拍摄的电影：《轮回》、《大喘气》、《一半是海水，一半是火焰》，以及这部让电影院的笑声始终没有停息的《顽主》（许多人不得不为此多看好几遍以听清其中的台词），不过片中时装表演一段移植的是徐星小说《无主题变奏》中的情节。王朔的电影后来又有了《无人喝彩》、《永失我爱》等等，但我坚持认为《阳光灿烂的日子》是姜文的而不是王朔的，有人同意我的说法吗？

许多人会因为《顽主》这部电影记住葛优、梁天、张国立，事实上真正牛逼的是导演米家山。该片唯一的遗憾也发生在他身上——起用了他当时的妻子潘虹饰演丁小鲁，她的演技与这部片子是那么不搭调——使得该片只差一步成不朽。这部电影给我们带来的笑声犹在耳畔,我们却已身处在一个新的世纪,新的年龄,新的世道。

记忆中最酷的六句台词

"你会成功的,但你与谁分享呢?"

此语出自一部中法合拍影片《花轿泪》(国内公映时改名为《闺阁情怨》),讲述旅法女钢琴家周勤丽的生平。老年钢琴家由秦怡饰演,非常够老。演青年钢琴家的演员叫屠洁青,非常够好,在影坛惊鸿一现,然后再也没有踪影。年轻时的她自命不凡,天生反叛,与她认为庸俗软弱的父亲决裂。父亲(姜文饰演)就对她说了这么一句话,可惜她没听进去,一走了之,相隔参商,几十年后才又捡起父女亲情。

之所以想起这句话,是因为俺刚与两个老哥们分享了许多心情,当年形影不离的哥仨,如今有人风尘困顿,有人无限风光,却都发现,哪怕不要成功没有荣耀,只要有人与你相互拍着对方的毛腿,絮叨着什么,就是好的。年轻的时候,往前奔得太急,忽略了许多东西,"青春是一本太仓促的书"。如今好了,老了。

"我爱你。"

"我知道。"

《星球大战:帝国反击战》中,哈里森·福特饰演的"千年隼号"宇宙飞船船长韩素罗被敌人抓住,要被做成碳化固体囚禁。他与莉亚公主从第一集开始就一直脉脉含情间,却都盈盈不得语。如今生离死别,莉亚公主忍不住说出“我爱你”,老韩却极酷地扯了一下嘴唇,说“我知道”。据说乔治·卢卡斯原来的剧本中,他的答话是俗套的“我也爱你”,但被哈福灵机一动,改成了这个,顿时成为不朽。爱一个人是美好的,更美好的是爱他,并且他知道,就像《鼓手》中张国荣与邱秀兰的顺势一吻,《暗战》中蒙嘉慧往刘德华肩头的轻轻一靠。

而《星球大战:克隆人的进攻》一片的一大主题是禁忌的爱情。阿米达拉一直对安纳金的爱意若即若离,直到两人在创世星被擒,要送到斗兽场送死,进场前阿米达拉突然说:“自从你回到我身边,我的心便一天天死去。”俺看到这里,心为之一颤。她一直说承认爱情就得生活在谎言中,其实不承认爱情又何尝不是在谎言中沉沦?好在生死关头她终于承认了,然后两人拥吻着进入斗兽场,阳光满眼,爱情与勇气如水般将死亡淹没。约翰·威廉姆斯为本片所做的音乐有一两段呈现出前所未有的柔美,以配合这段重压下更加凄美的爱情。

这个进场是俺见过的最荡气回肠的电影场景之一。极众与极寡、极强与极弱、极丑陋与极美丽、极暴力与极温情、极生与极死,我喜欢这种落差很大的对比。

“你这么爱他,那他一定有许多优点了?”

“不。他爱我,只有这一条。”

“那未免太少了。”

“所以可贵。”

这是根据俄罗斯另一位奥斯特洛夫斯基的话剧《大雷雨》拍摄成

的影片《没有嫁妆的新娘》中的几句对白。美丽的穷女孩拉丽萨嫁给一个小公务员，惹得对她垂涎的贵族老爷非常郁闷，贵族就跟她进行了这样几句对话。说得挺感人，也朗朗上口，话锋尖锐。但生活毕竟不是几句解气的话就能够应付的，最后的结局是这样的：拉丽萨成了一个商人的小妾，并惨死在争风吃醋的火并中。我忽然发现写这些文字是如此虚妄，爱情居然敌不过日子。玫瑰需要金钱灌溉，并被金钱毁灭。

“是的，我一度对她动了心。”

“一度？”

“三十七亿分之一秒。”

“哦。”

“可您知道吗？三十七亿分之一秒，对一个电脑人而言，这已经是地久天长。”

这段对话出自《星际迷航》系列电影中的一集《First Contect》（有译作《星空第一击》），“企业号”的电脑人“数据”（这个一直梦想拥有人类感情的机器人也是该剧中家喻户晓的角色之一）在机器人女王死了之后，感到一丝难过，然后与船长进行了这样一番对话。如果爱因斯坦在世，会从中发现相对论的真谛；如果歌德还活着，也就不用为女人的欢聚和离弃而神伤。写到这里，我的脸一下子僵住，心突然像被刺了一下，也就三十七分之一秒的时间，比地久天长差一亿倍。

“斯大林得知卓娅被残酷处死的消息后，对西方面军部队发出

命令，遇到第 332 步兵团的德国官兵，就地枪毙，绝不接受他们的投降！”

苏联电影《莫斯科保卫战》长达五六个小时，重复的战争场面看得人昏昏欲睡，但每次演到这里，女英雄卓娅被处死在绞刑架上，苍茫落日中，激愤的旁白这样念道，然后便是全电影院的掌声雷鸣。

在苏联浩大的战争电影中，斯大林留下了许多掷地有声的语言，像他对苏联人民这样鼓劲：“好吧，既然德国人想得到歼灭战，那他们就一定能得到歼灭战。”他拒绝将被德军俘虏的儿子交换回来时这样说：“我不会用一个士兵来交换一个元帅。”但是，如果了解了历史的真相，你便会不喜欢他。

苏德战争前，在斯大林发起的“肃反”中（就是让保尔·柯察金无比兴奋又投入的那场运动），五个苏联元帅中有三个被诬陷为“人民的敌人”而遭处决，十六位司令员中的十四人、六十七位军团长中的六十人、一百九十九位师长中的一百三十六人、全部副国防人民委员（十一人）、最高军事委员会八十人中的七十五位都被枪毙了。另外还有三万多名团级军官被处死。希特勒高兴地说：“他们没有好的统帅”，然后发动战争，然后是苏军卫国战争初期的大溃败。

但这些电影毕竟还是我们的童年烙印。那个年代，我们没有任何渠道知道上面这些信息，所以我们由衷地相信电影中的一切都是真的，并相信了那么多年。

如今重温这些电影，还能看到什么呢？看苏联人民吧。他们钢铁般的战斗意志、农民似的敦实和善良、博大的幽默感、忧伤的战地浪漫曲……脏屋子里住着的高贵用户。

“海明威说:‘这世界是美好的,值得我们为之奋斗。’——我相信后半句。”

大卫·芬奇的《七宗罪》是一部让人很绝望的影片。片子临了,摩根·弗里曼饰演的老警察看七宗罪一一兑现,不管好人还是坏人,都不可避免地堕入灵魂的深渊,于是老弗里曼冒出这么一句,影片到此结束。

为龙套唱赞歌

所谓龙套,连配角也不是,有的连台词也没有,只在荧屏上一闪而过,来如流水兮去如风。他们的角色没有名字,他们自己在演职员名单上也没有名字(至多在群众演员的庞大名单中逗留一下)。但是,电影没了他们,也不行。比如,香港枪战片中那些被周润发刘德华李修贤等好汉如同割稻子一样击毙的黑社会马仔们,如果你看多了这类片子,便会发现有几个相貌俊秀、留着中分发型的人经常出现,其唯一的戏份就是四肢抽搐面孔扭曲地死去。正是他们,完成了你对周润发刘德华李修贤的赞美和崇拜。

龙套往往留不在我们的记忆中,但能在你观影时轻轻敲击一下你的心灵,并在别人谈及时让你张嘴轻轻一“喔”,瞬间闯入你的脑海。

俺试着提几个龙套,看看你是否记得。

很久以前，俺就萌生了为龙套做赞的念头，其由头就是《大话西游》。看片子时我曾经感慨，绞刑架上那两个小妖是电影史上最节烈的龙套。一部《大话西游》三个多小时，角色不下几十个，全都在忍受着唐僧的叨逼叨，却只有这两个小妖，振臂高呼“我受不了啦”，然后慷慨就义，谱写了一曲用生命追求耳根清净的自由颂歌。特别是第二个小妖，以迅雷不及掩耳盗铃之势往自己脖子上套绳子，一定要赶在唐僧的人生哲理出口前把自己搞死，端的令人敬佩。

陈寅恪先生说，这是有“自由之意志”的人，大写的人。

当然，最有名的龙套是“如花”，周星驰电影中那位满脸胡子茬爱挖鼻毛总是一脸憨厚媚笑的美女。在他之前，没有一个演员演的角色比其名字还让人熟知，而那些角色还仅仅是个龙套，于是他拥有了无数的 fans，包括我。

如花这个名字出现在《九品芝麻官》中，她承担向白面包青天借种的重任，此人还是《国产零零漆》中性价比严重不符的当地头牌妓女、《唐伯虎点秋香》中抗暴跳河不愧贞的烈女、《大内密探零零发》中令皇帝潸然泪下的后宫佳丽、《少林足球》中把赵薇收拾得乱七八糟的美容店女老板、《食神》中的学生妹、《算死草》中的阿仁、《行运一条龙》中的小丸子、《百变星君》中的王小虎……

他叫李健仁。

像李健仁这样靠演龙套而出名的演员少之又少，而出名演员演过龙套的却是多之又多，如周星驰饰演的《射雕英雄传》中的宋兵乙，这个角色已经成为人们的励志经典。成龙在李翰祥导演的《金瓶双艳》中扮演卖梨的郓哥，不是龙套而是配角，但他对这一段经历却一直讳莫如深，想是怕这部被称为港台风月片鼻祖的《金瓶双艳》玷污了自己名声的缘故吧？

这方面我知道的还有迪卡普里奥，当年看茱丽·巴瑞摩尔演的《欲海潮》，片尾出字幕时，我在 cast 中蓦地看到了 Leonardo Di Caprio 的名字。

我眼前一亮，迅速又暗淡下来，没记得片子中有迪卡呀。

当时我有大把的时间可以挥霍，牛脾气一发作，就耐心寻找起来。终于，在一个镜头中找到了《泰坦尼克号》中的熟悉身影——镜头里是巴瑞摩尔和她的闺中密友从教室里走出来，这时有一个男生在镜头前从左闪入从右闪出。用慢进看看，就是他！

这个只在全片中出现了不到两秒钟的龙套，三年后主演了一部俺至今挚爱的电影《篮球日记》，至于其后的大红大紫，就非俺一枝秃笔所能尽述了。

成名后的周星驰拍了《喜剧之王》，讲述一个龙套演员的艺术生涯，他很庄重地对别人说："请不要叫我跑龙套的，其实——我是一个演员。如果一定要叫的话，请不要在前面加个'死'字。"

第一次产生"龙套"这种感触，是看《第一滴血》时。一群民兵将兰博围在了坑道里，其中一人劝兰博投降，就是他，头戴迷彩钢盔身披防雨斗篷，由童自荣配音，一声色厉内荏的“强（念 jiang）——兰博！”，就让人忍不住要笑。

这个民兵好像是个小卖部的老板，农忙的时候还惦记着收麦子，让他们这样的业余选手来对付游击专家兰博，演员是龙套，角色也注定是龙套。看到这里，俺不禁想，做什么事情，一定要做得很专业很职业啊，要不，就只有做龙套的份儿了。

且慢，就是这个龙套，奋起一记榴弹炮，将兰博赶进了老鼠洞里。看他们兴冲冲地站在坑道的废墟前合影留念，看他们乐滋滋地回家种田，而另一边，发动了一场战争并所向披靡的强·兰博却哭得稀里哗啦的。

龙套也有龙套的尊严和快乐啊。

说说俺最尊敬的一个龙套。

《美国往事》，意大利导演塞尔乔·莱昂内的伟大的生命史诗中，有一个司机，他为黑社会老大“面条”开车。

“面条”请他打小就深爱的女孩黛博拉度过了一个豪华的夜晚，第二天，她就要离开这个肮脏血腥的街区，去好莱坞寻找梦想。随着夜深及离别的临近，诗意逐渐演化成兽行，在车上，“面条”绝望地强奸了这个喜欢他却注定不属于他的女人。强奸正在进行时，车突然停下，司机下车，猛地拉开后排车门，站在门口。

“面条”狼狈地下车。司机递给黛博拉一件衣服，遮盖她裸露的身体，然后站在“面条”身边，不发一言。

过了一会儿，“面条”终于对他说：“你送她回家吧。”说着从口袋里掏出一厚叠钞票，数出两张递向他。

这位司机，冷冷地看了一眼“面条”的脸，扭身上车，开车走人。那两张钱，他连看都没看。整个过程中，他的胳膊、肩和脖子耸成一个骄傲的弧度，让俺佩服得五体投地。

“面条”颓然地站在那里，黑社会老大的不可一世被身后的蓝天和稻田重重淹没。

关于读书的记忆碎片

闪开，让我歌唱八十年代

满世界都是路

我们处在这样一个时代：一、对前途不可把握；二、生活越来越没有新意。

关于第一点，不是我论述的重点。你只需想想，你现在这副傻样子，是六年前的你、六个月前的你、六天前的你、六小时前的你曾经预料到的吗？……所以，未来会怎样，究竟有谁会知道？所以，今天的你不要贱乎乎地张罗，替明天的你做主设计什么事情（念到此处停一停，可能有掌声）。

打着“读书”这个附庸风雅的旗号，我来着重谈谈第二个问题。

诚如鲁迅先生所言：“世上本没有路，走的人多了，也就成了路。”这句格言曾有效地鼓动起多少人的热情和勇气。但鲁迅就那么对吗？

事实上不是这样的，五千年的风和雨啊踩出多少路，早已没有一块地方是没被人走过的。

你想走出一条新路吗？

你的脚下早已是脚印杂沓，阡陌纵横，前见古人，后有来者。

读书、写字，更是这样。几千年的文明堆积下来，早已穷尽了文字组合的一切变化，故事情节的一切跌宕，食色性也的一切哲理。

满世界都是路。

在全民族集体发昏的年代，几亿人喊出的一句共同心声是“知识越多越反动”。这句话从虚无主义怀疑论者的角度来分析有一定道理，读书越多，的确更容易让你灰心绝望。

比如说吧，你的朋友喝得醉醺醺的来你家借宿，你一边忍耐着心中的厌恶，一边帮他擦拭吐到地上或床上的污物，还得扶他起来喝晾好了的浓茶。做出这么大的牺牲，你总得给自己戴顶高帽呀，于是你对柳眉倒竖的太太和追悔莫及的朋友说，没关系没关系……接下来，你要用一句话来说明你对友谊的态度。

A. 如果你是个文化人，你会引用“有朋自远方来，不亦乐乎”来表达自己的心意。你的太太和朋友会感动，并因这句耳熟能详的话而与你产生强烈的共鸣。

B. 如果你是个很有文化的人，你会说一句：“朋友来了，怎么折腾都是应该的。”然后很酷地告诉她和他，是兰姆说的，语见《伊利亚随笔选》中文版第 116 页、英文版第 166 页。你的太太和朋友会感动，并因这句来历偏僻的格言而对你产生浓厚的敬意。

C. 如果你是个很有个性的文化人，你会避开孔夫子和兰姆的格言，而采取百分百原创："你能来俺家，是俺的面子。"这有可能产生三种结果——

a. 你的太太和朋友会感动，并因这句没有来历的话而对你产生深刻的鄙夷："为什么不用一句人家孔先生的话呢，'有朋自远方来，不亦乐乎'？你丫真没文化。"

b. 你的太太和朋友会感动，并因你说这是句原创的话而对你产生了严重的怀疑："你丫真操蛋，拿俺们没看过的书上的格言来蒙俺们，还说是自产的。见过不要脸的，没见过这么不要脸的。"

c. 你的太太和朋友会感动，并认为这是句原创的话而对你产生了少许的钦佩，然后把你这句话广为传播，没想到被一个博览群书的大学问家听到，并对你产生了深刻的鄙夷："丫真操蛋，拿老百姓没看过的书上的格言来蒙人家，还说是自产的。这明明是《吉尔·布拉斯》里的一句话嘛，详见人民文学出版社 1992 年版第 36 页。见过不要脸的，没见过这么不要脸的。"

生活在二十一世纪的我们，实在是可怜极了，里外不是人，动辄得咎。一切都是在落入窠臼拾人牙慧，永远不要再指望能有什么新的发明了。

在我的眼中，人类的文明成果就像个高耸入云的专利局大楼，里面是一个个房间，堆放着前人的智慧结晶，并义正词严地告诉你，版权所有，盗版必究。

你想独出机杼别出心裁吗？可怜的人类，几千年间除了将刻甲骨文的石刀变成计算机上的键盘外，智商没有任何提高。黑格尔申请了大小逻辑的专利，过了这么多年，都没人向他挑战成功。人家还有一个优势就是比你早生几百年，先在茅坑里占了个位子，后来者只有居下了。

你想避免盗版嫌疑吗？那你总得先把已经申请专利的东西过一下眼吧。可怜那些东西，你就是花六辈子的时间都看不完的，更不用说挤出时间生产自己的专利了。你想伟大，就要站在巨人的肩膀上，可巨人们的肩膀早已昆仑巍峨高不可攀。

你想破罐子破摔吗？于是你厚着脸皮说无知者无畏，我是流氓我怕谁。你对那幢高楼视而不见，对那些专利产品根本不屑于研究。可这世界不是你一个人的呀，别人的眼可盯着你呢。你刚说出句自以为是原创的话，写出篇完全自产的文章，就有大学问家们向你竖起义愤填膺的中指："丫在盗版！丫在盗版！！"

我们活得真是越来越没有理由。

回过头来再看鲁迅那句话，不得不承认他是为古人预备的。活到我们这份儿上，灵感越来越没有新意。

于是你尴尬成这样，写篇文章，要不引用点古人的格言掉会儿书袋，就没人信服。

于是你沮丧成这样，读本书，就像去逛那个专利局，读得越多，你知道属于你发挥的空间就越小。

“满世界都是路,你只有来选择自己的脚步。”

在你还没有把所有的书翻遍,还不知道此前有哪位先哲创造了这句格言之前,就把这句话算成是我说的吧。

当我边吃担担面边对一个朋友说要写篇《关于读书的记忆碎片》时,他那比瞳孔还小的鼻孔里发出一声“嗤”。微言大义,我完全能明白他的轻蔑。

是啊,这小子读的黄色书籍都比我看的所有颜色的书加起来还要多,说什么读书,没的笑掉天下读书人的黄牙。

但是,有什么了不起的呢?你不过是比俺多逛了几个专利局的房间而已,不过是比俺多知道几条挂着“此路不通”牌子的专利小马路而已。

在写作本文之前,我一再告诫自己尽量不去招惹专利局里那些产品,但写到这里,还是忍不住引用简·爱小姐的那句话来反驳一下自鸣得意自命不凡的读书人:“越过坟墓,我们都将平等地站在上帝面前。”

引用别人的格言,就是有说服力。走现成的路,就是好使。

不致敬也是可以的

俄罗斯电影大师塔可夫斯基在很小的时候,他的母亲就给他读《战争与和平》,从此以后,他“再也无法阅读垃圾”。

可惜我像老塔那么大的时候没有《战争与和平》可读,并且按照合乎逻辑的推断,即使《战争与和平》放在那时的我面前,恐怕也看不出什么好来。

我读到的第一本书是《民兵训练手册》，非常喜欢里面粗糙的工笔插图，“立七坐五盘三半”（人体素描口诀）之类，还拿较薄的白纸描摹了一些。认识的字就从这本书开始，第一页是“提高警惕，保卫祖国”，第二页是“读毛主席的书，听毛主席的话，做毛主席的好战士”。这本书的主人是我小舅。他神秘地告诉我，第二页上的话是林彪说的，并叮嘱千万不要说给别人听，因为林彪当时已经“黑”了，按照规定，他的照片和语录是要被从书上撕去的。

童年时代文化生活的贫乏已经被许多人津津乐道过了，诸如如饥似渴地阅读能看到的每一份革命大批判报纸，《解放军画报》、《人民画报》是难得一见的珍馐，《小朋友》、《红小兵》、《儿童时代》等适龄彩色杂志更是只闻其名出现在梦中……我记忆中最有文化的游戏是背诵毛主席语录，有一个小哥们能一口气地连背三遍“鼓足干劲力争上游多快好省地建设社会主义”，招致一片惊叹。

上学后，苦难的读书生涯开始了。毫不夸张地说，从小学到中学，语文课本里的文章多是垃圾，成心将我们往沟里带。不是垃圾的东西，也被他们有本事弄成垃圾式教法。这方面所受的精神虐待，不说也罢。反正那时老师对学生的要求是“多看课外书”，而对看多了课外书的学生又进行劝阻，怕影响课内的学业，由此可以鲜明地看出语文教学与文学审美和阅读需求之间的严重对立。

当我长大成人后，看到了郑渊洁的皮皮鲁系列，顿生无限感慨，恨自己童年时没有遇到这样的读物，并从此打心眼里认为老郑是中国最伟大的作家。

有人与我看法相同吗？

这世界上有一种贱人，叫嚷着苦难是什么财富，并对可怜的成长历程感激涕零，似乎只有在荒漠上才能知道水的可贵，才能充分吸收水的养分，让自己长得有个人样。如果在水源充足的地方，就会拿水当毒药，渴死都不带喝的。

他们以为今天混得不错都是沙漠给的，他们以为这么爱书都是没书的年代给逼的，然后对现如今的孩子们能够在知识的海洋里自由遨游感到忧心忡忡不可理喻。我也喜欢这样，显得自己的少年时光不至于真的那么可悲，而只是——在别人眼里看起来可悲而已。

我们总有一种错误的想象，觉得自己之所以能成为现在这副样子（而这副样子又是最好的），是唯一的可能性。没有天哪有地，没有地哪有你，没有你哪有我，连制造苦难的人，也因此捎带着被感谢。仿佛童年时要过的是好日子，现在就会变成个二流子，或是个二傻子，至少也是个二愣子，绝对不会这样既知书又达理既文明又文化。

曾经看苏童评张爱玲，说《对照记》发表时配了一张她穿旗袍的照片，张爱玲对这件并不是很合身的旗袍做了很认真的解释，说是继母送的。“料子很好”，“领口都磨破了”——前一句话是继母说的，后一句话是张爱玲补充的。她记住了别人的恩惠，也记住了那恩惠的瑕疵。

“她向现实生活致敬，同时对他人说，不致敬也是可以的。”

苏童的这句评点可以视作对我们的童年时代的结语。

读书有一种真正可怜可悲的境地，我将在下次碎片中集中论述。相较而言，没什么书可读，以及读的书垃圾居多，这两种遭际还不算最惨。无书可读使我们更善于精读，读些垃圾书，也使我们不至于偏食，更知道好粮食的可贵——在垃圾场里长出的庄稼自有其茁壮之处。

其实世界上最不人道的事儿就是向别人转述自己读过的书。但在那个贫瘠的年代，几乎整整一个国家的人读的都是同样的书。这种共同的阅读经历使我有理由来回忆一些雕刻在少年时光里的记忆，因为那是我们共同的基因密码。

《动脑筋爷爷》。那一年，我和父亲一起拉煤回家准备过冬。他突然叫我看住煤车，等他一会儿，说去书店给我买两本书。这可是几乎让我晕眩的幸福。父亲问是要《动脑筋爷爷》还是《算得快》，我知道他没足够的钱两样都买，就权衡了一下，说出前者的名字。事实上觊觎那套书良久，对其馋得不行。父亲没有食言，过了一会儿给我买回来，共是四本，全彩印刷。我猜他心里应该有些后悔答应了我的要求，因为相较而言《算得快》要便宜得多。这套书成为我的珍藏，看了不知多少遍，书中传授的科学知识早就烂熟于胸，小天真和小问号的幸福生活也让我艳羡不已。后来这套书又出了第五册，但我忍着没要父亲买回来凑齐，因为老是见他和母亲为钱发愁。

《小灵通漫游未来》。这大概是高产作家叶永烈最广为人知的作品了——除了该书，他还有以金明、戈亮为主人公的科学福尔摩斯系列传世，以及后来充满对话的政治人物传记，好像他当时就带了个录音机在人家身边似的。对了,他还是《十万个为什么》的骨干作者。前两年看到有人不无醋意地说老叶挣了多少多少稿费,我倒觉得他拿多少钱都是理所应当的。《小灵通漫游未来》开启了我们童年时的科学幻想之门,不过如今看来,那些幻想太傻大憨粗了一些,特别是"农场"里高耸入云的向日葵,还有切开后有桌面那么大的西瓜,几头人才吃掉一个角,剩下的就浪费了。这属于穷惯了的人的科学幻想。

《红旗飘飘》。这是个系列丛书,由一段段革命传统故事组成。当时喜欢它,一是因为规模大,共有几十本,看着解气,二是因为那时的小男人都喜欢打仗的故事,并通过对比知道自己现在的生活还不是最惨的。

《小狒狒历险记》。融动物知识与冒险故事于一体的童话,神秘的非洲大草原,紧张得让人掌心出汗的逃亡,特别是花斑豹追小狒狒那段。对了还有,长颈鹿是个哑巴,因为她没有声带。

《谁的脚印》。这同样是一部科普童话集,里面搜集了许多将浅显科学常识和人生道理糅合在一起的故事,图文并茂。我清楚地记得定价是四角二分,因为这笔钱是攒了许久才凑够的,攒钱期间往书店跑了一趟又一趟,担心这本书卖完。终于将其"请"到家中,如饥似渴地读啊读。其中有一篇介绍的是水葫芦,说长得飞快,公社的猪还特别爱吃,吃后也长得飞快,所以是件宝。二十多年过去后,我从电视里看到,南方水乡水葫芦成灾,原来既无营养又污染环境,都是垃圾,不得不花大力气清除之。

《宝葫芦的秘密》。该书属于"文革"后被解冻的童话,不过据我看来，把它冻起来并不为过。看过这本书后，有多少人渴望像主人公王葆那样有个要什么就有什么的宝葫芦，好让自己安逸享乐？这一点恐怕大违作者的教诲本意。张天翼在书中灌输了许多哲学教义，努力让大家鄙视剥削思想，可惜一碰到那些空洞的对话体说教，我就将其翻过去不予理会。其实他老人家最好的童话还是《大林和小林》，可惜我看到它的时候已经是上高中了。

小学的后半段，识的字多了，就开始看“大书”——俺们那旮对成人书籍的称谓。流传的“大书”多是“文革”前的旧书，纸已呈黑黄色，前后往往都掉了几十页，翻得太多导致书脊从中间开裂，如果再加把劲就能把三十二开的书分成六十四开的两本。除了这些劫后余生的古董，还有一些重版书和新版书风行全国。

《第二次握手》。“文革”期间就以手抄本方式流传的爱情小说，作者在上刑场前的千钧一发时刻被平反释放，小说也得以正式出版，据说总发行量达到四百三十万册，居建国以来当代长篇小说发行量的第二位，仅次于《红岩》。有着一双美丽哀愁丹凤眼的丁洁琼成为多少人的梦中情人。

《新儿女英雄传》。这是我看的第一部“大书”，冀中儿女的抗日故事，记得最清楚的是里面的两句情歌：“年轻人多得像细沙，你为什么单爱我？”最有趣的是牛小水扮成新娘去杀日本鬼子，最气闷的是张金龙婚后虐待杨小梅。这本书的主题也很女权，最后杨小梅改嫁给不打她的牛大水，完全无视所谓的节烈观。后来又看到一本《吕梁英雄传》,更放得开。

《白话聊斋》。我从小听说的一句话是“老不看《三国》,少不看《聊斋》”。不看《聊斋》的原因说法不一,或曰那些鬼故事太恐怖,或曰那些狐狸精太狐媚。那种禁忌的诱惑让我连看了三册翻译成白话文的洁本《聊斋》,说不上有多好,也说不上有多糟。长大后将人民文学出版社的三册《聊斋志异》囫囵吞枣地看完,才发觉蒲松龄的语言魅力。文字就是这样,一改,就全走样了。

《林海雪原》。当年许多人可是拿它当武侠小说看的,确实过瘾。难得的是这是作者曲波的半自传体小说。小说中可能最招人待见的是杨子荣,但我崇拜的却是勇武飒爽的刘勋苍,还有草莽英雄姜青山,以及他的那条“赛虎”猎犬。许多人领略爱情的甜蜜也是通过这本书,二〇三首长和小白鸽白茹的情愫唤醒了他们的怀春之心。说来话长,这些革命现实主义作品往往给人带来另类的阅读体验。在一次饭局上,大家聊起让我们首度产生性冲动的文学作品,有一人居然说是《红岩》,说江姐穿裙子的样子让他第一次领略到成熟女人的风韵,包括她穿裙子时露出的腿,乖乖龙的东。

《封神演义》。在中国古典小说中它排不上号,但这部小说中有两段比较色情的描写,是当年年轻人奔走相告的秘密。这套书传到我手里的时候,已经阅人无数。我把书合在那里看了一眼,白纸切边中有两条被翻黑的痕迹。顺着这条线打开,正是大家口碑相传的焦点:纣王收喜妹,土行孙娶邓婵玉。

《牛虻》。相较于其他外国革命小说,冷酷而有伤疤的牛虻无疑是最有魅力的，因为他有不对任何人言说的隐痛，以及相互刺伤的感情纠葛。爱人的一个耳光，隐秘的身世之谜，野兽般粗鲁的美……“不管我活着/还是死去/我都是一只牛虻/快乐地飞来飞去”，你怎能不心动？

…………

《中国少年报》上开始连载《假话国历险记》；万人空巷齐看《流浪者》、《小街》、《庐山恋》；刘兰芳袁阔成的评书弥漫在一切有人烟的所在；小青年们拎着硕大的录音机走过一条条街道，张帝开始在磁带里自问自答；《三国演义》连环画共出了四十多本；中央电视台一边播《安娜·卡列宁娜》一边告诫观众要用批判的眼光看待列夫·托尔斯泰并树立正确的婚恋观；《读书》杂志创刊号的文章是《读书无禁区》；《大众电影》的封底登了灰姑娘与她的王子的接吻剧照；“学好数理化，走遍天下都不怕”；“人生的路啊，怎么越走越窄？”一本好书要到货时，一些人会在清晨的书店门口排队，露水沾湿了他们两边各有两道白杠的蓝色运动衣……

裹挟在这样的大潮中，我，我们，迎来了光荣的八十年代。

我们的八十年代。

曾经有一些书摆在我的面前

中学时代的读书生涯乏善可陈，大多属于功能性阅读，比如抄写《辽宁青年》上的抒情排比句来提高自己的文采，背诵名人名言好让自己的议论文更有说服力等等，而如果看点儿与高考升学无关的书，就会被联想到可能落榜。但文明的火花是谁也拦不住的，就像冯雪峰赞美盗火的普罗米修斯："而反抗简直是天性"。

《作品与争鸣》。说来奇怪，当我在脑子里梳理中学时代读过的书时，第一个想到的居然是这份杂志。当时几乎所有的文学杂志都很畅销，我不止一次地在如今已经成名的文化骗子家里看到那个年代一期不落的《当代》、《收获》、《中篇小说选刊》之类，而导致这本杂志走红的原因当然是"争鸣"那个词。此外时代文艺出版社的"新时期争鸣作品丛书"也风行一时，我在那里读到了至今仍认为是最棒的当代小说《波动》，作者叫赵振开，他的另一个名字叫北岛。尽管现在看起来争论的由头和观点都那么可笑，但被允许进行争鸣，无疑是一个时代最大的骄傲。

《朦胧诗选》。这是我见过的脱销次数最多的一本书，屡次去书店购之不得，都说卖完了。等到终于买到手，已经是大学毕业后，此时早已将其中的大部分诗抄了一遍背了数遍，再看一下版权页，印数已达数十万，实在不可思议。听说有人送给心爱的姑娘一盘录音磁带，在克莱德曼优美的钢琴伴奏下，那厮煞有介事地念着舒婷的诗，第一句"也许我们的心事，总是没有读者"，就把那姑娘煽哭了。还有拜伦雪莱泰戈尔——哦，有人记得湖南文艺出版社出的《青春诗历》吗？那是一个诗歌被大声朗诵的年代，而我正处于极度需要诗的年龄，这是最幸福的合拍。

《寻找回来的世界》。这本小说是著名诗人、前中宣部副部长、前文化部部长贺敬之先生的太太柯岩女士的作品，不知道是不是妻因夫贵，但至少是小说因电视剧贵，成为文学与影视联姻的首个范例。本来我对小说毫无兴趣，但迷上了同名电视剧里许亚军饰演的冷酷的"伯爵"谢悦，于是将这部小说找来看了一遍。如今再度回忆起它，聊以纪念青春期的同性偶像崇拜。

儒勒·凡尔纳的科幻小说。这是我上高中后看到的最美味的书。《从地球到月球》，人类要完成登月大计的时候，一家剧院却在上演莎士比亚的《无事生非》，真是冒天下之大不韪，幸亏老板识时务，急忙改成《皆大欢喜》，才让人民皆大欢喜。还有《神秘岛》，流落荒岛的哥儿个为水手潘克洛夫偷偷种了些烟叶，然后把卷好的烟卷递到他的嘴上，为他点着。烟瘾憋了好几年的潘克洛夫"那忠厚诚实的面庞发白了"，他用粗壮的胳膊把伙伴们挨个搂了一遍，然后说了一句我至今记得的话："我们的交情要继续一辈子的。"

《风流才女石评梅传》。这本书流行时我正上高三，看得荡气回肠，挤出许多宝贵的学习时间来抄录石评梅凄艳决绝的诗句。仔细想起来，石评梅的一生还是很符合当时人们的理想的：才貌双绝，被革命者俘虏的芳心，"生如闪电之耀亮、死如彗星之迅忽"的情人，"我无力挽住你迅忽如彗星之生命，只有把剩下的泪流到你的坟头，直到我不能来看你的时候"的坚守。上大学后宿舍老二被我们称为"金石专家"，肉欲的他喜欢《金瓶梅》，纯情的他喜欢石评梅，故得此号。

金庸。这已经不用多说了吧？一段逸事是，我的师兄当年在《中国青年报》实习，写的文化通讯中有一句为"如今的中学生爱看金庸、琼瑶"，被明察秋毫的校对人员执意改成"如今的中学生爱看金庸的书、琼瑶的书”,弄得他几欲怀疑人生。香港八三版《射雕英雄传》上演时,我正值中考,根本不敢看。后来看了流传到内地的原著,再有机会看该剧,觉得真是垃圾。拍了新版《射雕》的张纪中先生也说那一版是垃圾,尽管我俩的参照物不同,但说明姓张的人都是这么耿直。

1987年,我如愿以偿地考入大学。报到不久,就和同年级的新生被闷罐车拉到山西临汾军训,独臂将军余秋里为我们壮行。在那片黄土地上,一个阳光普照的下午,我和同宿舍的老四挂在双杠上打磨肱二头肌,憧憬起即将拉开大幕的大学生涯,兴奋不已。

“证明我,沸腾的沉默。”我们可是要成就一番大事业的人啊,一定不能让这四年虚度。

我们制订了雄心勃勃的成才计划,阅读计划当然是最重要的部分,因为以我们当时贫乏的想象力而言,实在不知道除了读书,还有什么是成就事业的有效途径。

在我们的计划里,大一的第一学期,要将《鲁迅全集》通读一遍。

回到北京,我和老四先骑自行车去海淀文化用品商店,每人买了好几摞读书卡片,准备好好做读书笔记用。工欲善其事,必先利其器嘛。然后,我们怀揣借书证,进了学校图书馆。如果拍到电影里,这一部分肯定要用慢镜头的,还要有雄壮的背景音乐。

但是,十七岁男生的雄壮,其实是很那个的。那几百张读书卡片,我们都只用了不到六张,其余就像贞节的良家妇女一样,伴随着我们从毕业到工作再到换工作,始终是守身如玉。《鲁迅全集》?实在是看不下去啊。更可悲的是，由于该读书计划的第一项就太过艰巨，所以严重耽误了后面书目的执行，结果——这个滴水不漏的计划漏得滴水不剩。

若干年后，我终于有钱买了一套属于自己的《鲁迅全集》，强忍着痛苦，看了前三卷。如今能记得的，只有《铸剑》中眉间尺的母亲教训他的话："你都十六岁了，性情还是那样，不冷不热的，怎么可以呢？"看得我悚然一惊。然后母亲又对他说："你从此要改变你优柔的性情，用这剑报仇去！"

在印象中，我看到这里时，是在内心向鲁迅恭恭敬敬地鞠了个躬的。对于当时正徘徊犹豫在十字路口的我来说，有这一句话就足够了。十六卷一套的《鲁迅全集》，对我能有这么大的提醒，也足够了。

《鲁迅全集》为什么看不下去呢？除了麻将、恋爱、懒觉等更有吸引力的诱惑外，还有很悲哀的一点是，不是不想看，而是在看之前已经被别人看过了。别人看过不要紧，问题是别人的眼光变成了自己的。

鲁迅是中学课本里被选入最多的作家，他的文章还都是重点。每一篇鲁迅的文章，老师都说成是重点中的重点，肯定要考的。于是我就迅速把老师传授的那些文字背得溜熟，并深深地烙入了自己的心灵：描述了……揭露了……批判了……揭示了……反映了……诸如此类大家都不会陌生的文字。

就靠这股老实勤奋劲儿，我在学业上一帆风顺考入大学。回过头来再想捧读鲁迅，发现教科书中"描述了……揭露了……批判了……揭示了……反映了……"之类的话全隐隐约约浮现在字里行间。

阅读的快感全没。

同样的悲剧发生在《红楼梦》身上。在读到《红楼梦》之前，为了应付各种各样的考试和论文，以及积累卖弄学问时的谈资，红学文章反倒读了许多。于是就成了现在这个样子：虽然没有完整地看过《红楼梦》，但关于《红楼梦》的主题思想段落大意版本渊源包括各种红学流派和观点什么的俺也什么都知道；虽然特别想看一遍《红楼梦》，但一捧起《红楼梦》就全是各种红学文章在灵魂深处乱飞，弄得自己都怀疑自己，那种发自自我本真状态的感动和感悟在哪儿？

不好意思，《红楼梦》就这样也被我弄伤了。

这就是我所认为的读书的最悲惨境界。

"曾经有一些书摆在我的面前，我居然很珍惜，等到读过之后才追悔莫及。如果上天能够给我重来一次的机会，我会说：'去你的'。"

谨以这句话，献给我下面说到的这些书。其实不是它们惹的祸，只恨我把阅读的顺序弄错，在原著之前，看了这些品评原著的著作——仅有读书的欲望还是不够的，还要抗拒那些不该读或不该先读的书。

《红楼梦学刊》。那是在 1986 年，市图书馆要卖掉一批存货。我和同学巴巴地赶过去，在充分考虑了自己的支付能力和性价比之后，我用四元钱买了十二本《红楼梦学刊》，这是季刊，共计三年的。为了对得起那四元钱，我将这些书基本上全都看了。悲剧就是这样发生的——我还没有看过《红楼梦》呢。

《外国文学名著题解》(上下两册,共两元九角)、《中国古典文学名著题解》(一元五角)。这两套书均属中国青年出版社的“青年文库”系列,将中外名著言简意赅地一网打尽。这两套书我看得都很仔细,使得别人提到任何名著我都宛如看过的样子,学问大得很。但我看得太认真了,认真到渗入我的记忆中,使得我以后有机会读到原著的时候,都像在吃别人嚼过的粮食一样。

《语文报》。这份报纸由位于我曾经军训过的山西临汾的山西师范大学主办,当年可是所有中学生的必备读物。记得里面有一个专栏叫“文学形象画廊”,介绍文学作品中的典型人物,语言有趣,配以生动插图,所以很受欢迎,连载了许多期。通过这个专栏,我知道了葛朗台是吝啬鬼,奥勃洛摩夫是大懒汉,别里科夫是套中人。是啊,理解得多透彻。按照这个专栏的说法,哈姆雷特是优柔寡断无病呻吟的典型。但有一年,我沉浸在莎士比亚的原著中不能自拔,再看哈姆雷特,对他的犹疑和挣扎充满了同情和敬意。一个人,承担着自己必须要承担的责任,做着自己不喜欢做的事情,连放弃的权利都没有,真的是“一生一世都不会快活”(杨过在离别之际对小龙女这么说),有什么可奇怪可指摘的呢?不禁怀疑那个专栏的说法:葛朗台真的是吝啬鬼吗?奥勃洛摩夫为什么选择像一摊泥一样的生活而懒得跟这世界较劲?别里科夫自己就愿意当套中人吗?

终点又回到起点,发现自己已投入到另外一个陌生。

不学有术

大学毕业以后，我有机会与一些饱读诗书的人为友，经常要谈到各自读过的书来佐证自己的品位，或引用读过的书来佐证自己的观点。看他们纵横捭阖手到擒来的样子，我经常陷入有劲无处使的境地，脑子里空空如也，想掏出点什么来，就像揪着自己的头发往半空里跳一样徒劳。

无奈之余，我就报以高深莫测的微笑："我最喜欢的读书境界是，把自己看过的书忘得爪干毛净，白茫茫一片脑海真干净，就像'太极初传柔克刚'里的张无忌，努力忘掉，能记得半点儿东西都不行——俺们姓张的人就是这么智慧。我正在试图忘掉自己脑中的壁垒，而你们……切！"

"此话倒也有理。"那些满脑门学问的人微微颔首。

我却打心眼里发出一声哀鸣。人家张无忌是肚里先塞进东西再执行忘记程序，而我却是，想忘都无从忘起。

但他们还是被蒙住了，在以后的日子里，并没有高傲地将我排斥在他们的圈子之外。而我另一些不懂得随机应变的朋友就没有这么运气和这种待遇了，而是被他们轻蔑地斥为"俗人"。除了吃饱饭需要人结账、被人欺负需要人助拳、老丈人来视察需要人开车去机场接送外，再也想不起搭理人家。

但我还是认为，不学无术的人，并不比学而无术的人更低级。

大学四年，我基本上过的是不学无术的生活。首先，我考上的就是个不需要太多知识积累和文化积淀（天，这在当年可是个时髦字眼）的专业，所以学校安排的专业课和必修课都是能逃则逃。有一年期末的晚上，我正躺在宿舍里怀疑人生，突然有人敲门，进来一个温和戴眼镜的中年男人，见到我，迟疑地问："这是新闻系的宿舍吗？"

我忙点头："是啊，您找谁？"

"我是你们中国现代文学课的老师，来给你们做考前辅导。"

……纵使相逢应不识，尘满面，鬓如霜。

我突然想起《鹿鼎记》中的一段话："韦小宝的脸皮之厚，在康熙年间也算得是数一数二，但听了这几句话，脸上居然也不禁为之一红。"

不上课，图书馆总该去吧？但说实话，图书馆对于已经有了女朋友的男生来说，吸引力实在是不大。我们宿舍老三去图书馆是最勤的，我相信给他留下最深印象的绝不是自己刻苦攻读的情景，而是一个个女孩从他身边掠过，暗香浮动，裙裾飘飘，他的嘴张得圆圆的活像一张影碟，舌头恰恰伸出一点，就像影碟中央的那个小眼，并幻想着自己在书香世界里的浪漫邂逅。幸亏他大学期间一直没有恋爱成功，才得以保持我们宿舍上图书馆最勤最久的纪录。

图书馆给我留下的记忆，就是那种汗牛充栋的绝望感，所以宁愿躲在宿舍里看自己手头仅有的那五六本书。

一次期末考试，突然想起，借的书要再不还到图书馆，就要拖到下学期，就要被扣证了。于是在两门考试的间隙急匆匆来到图书馆，结果被管理员拦住，说不能穿拖鞋进去，这是规定。

不让穿拖鞋？那就不穿呗。我憨直的脑子根本没有多想，马上就把脚丫从拖鞋中脱出，光着脚跑进去。管理员也似乎觉得我这样做很对，还在馆门口帮那双老鞋子放哨，直到我下来，也没说什么。

人在情急之下产生的逻辑真的是很奇妙。《野鹅敢死队》中也有这样一幕，敢死队员们被困在非洲，瑞弗上尉说要想办法出去。肖恩中尉一声冷笑："切！难道你要我们走出非洲吗？"

"那你就跑吧。"瑞弗马上回答道。

工作后先住单身宿舍，室友毕业于兰州大学，非常勤学。他说起在兰州大学图书馆的逸事，经常会借到好些年没人动过的书。有一本书借书卡的上一个名字是顾颉刚，令他唏嘘良久。

按照推断，顾颉刚建国前在兰州大学执教期间借阅过的书，时隔半个世纪，才被另一个年轻人捧在手中抚摩，盯着借书卡上那个名字发愣。这一情景要让余秋雨老师知道，肯定能写出一篇很人文主义、很"大文化"的佳文。

而我，只是想提醒一下尚在学校就读的弟弟妹妹们，看看你们手中的书，有没有先哲的体温和指纹？

图书馆里有许多书，就像野百合一样没有经历过春天，借书卡上永远是一片空白，并随着时间的流逝而变得枯黄。但也有些书，就像春色无边的艳妇，五陵年少争缠头，秋月春风等闲度。记忆中最抢手的，就是金庸的书了。每一本都被翻得破破烂烂的，连收垃圾的都不屑收购。

那年头的学校是很人道的，配备了许多套金庸来满足大家，但依然是狼多肉少，于是，一些有创业头脑的同学便集资大量购进畅销图书，做起了租书的买卖。为了追求高利润，他们还进行高投资、高风险的租书事业，比如斥巨资购进号称“足本”的港版《金瓶梅》等。这些历练对年轻的老板们很有好处，走向社会后他们中许多人当了书商，凭借对图书市场的准确判断，迅速完成了原始的资本积累。哦，如今他们又玩起了房地产和期货，再不济也玩起了小姐或二奶。

集腋成裘，老是花钱租书看，经济上也承受不起，好在此时贫富不均已经在我们中间开始显现。对门宿舍有头猪不知道为什么特有钱，能买许多闲书，金庸之外还有许多，都是图书馆里没有的好货色。我们就忍着他的恶声恶相，卑下地借来看之。

这同学是安徽蒙城人，后来牛群先生将他说相声的行为艺术闹到蒙城，说是扶贫。我深表怀疑，因为我觉得那里的人都富得流油，上学时就买得起温瑞安大薮春彦之类。

对了，还有《查太莱夫人的情人》，一本令我感到严重挫折和奇耻大辱的书。

前面提到的《青春诗历》是湖南文艺出版社出的，必须通过邮购才能买到。我高三和大一时各买一年，得到的最大好处是疯狂崇拜上了有诗作收录其中的我校女教师杨榴红，得到的附加好处是经常收到该社的邮购目录。对于一个穷学生来说，这份书目都值得精读并憧憬好几遍的。

我们宿舍老二是个很有经济头脑的人，他研究了一番书目后，给湖南文艺出版社汇去四十元钱，求购十本《查太莱夫人的情人》。半月后，图书到货，他给自己留下一本，然后去各宿舍游走，一层楼都没走完，就将其余九本以每本八元的价格售出，净赚三十六元——足够过很隔绰的一个月的生活费。

老二的这一举动令我艳羡不已，把自己补丁摞补丁的破衣服口袋翻了个遍，凑够八十元钱，也给汇出去，求购二十本。按照我的商业计划书，自己一本也不留，都给卖出去，就是三个月的生活费了——我比老二节省，或者，黑黑心一本卖十块，就可以赚一百二了……这一蓝图令我开始设计自己的大款生活细节，经常得折腾到黎明才能入睡——自从一次成功的失恋后，我再次尝到了失眠的滋味。

半月后，湖南文艺出版社给我来信，说《查太莱夫人的情人》一书已经停止发行——没有言说的原因是被有关部门禁止了，那一拨还有《玫瑰梦》等四本。天可怜见，他们的信用等级还算较好，把本钱给我退了回来。跟风发财的一枕黄粱破灭后，我深刻地体会到了那句话：第一次把女人比喻成花的人是天才，第二次这么说的就是庸才。

《射雕英雄传》中，杨康和穆念慈的爱情与郭靖和黄蓉俨然形成两条平行主线，双峰对峙，两水分流。事实上前者更让人动情，因为郭黄之间的完美爱情太过平面乏味了些，相较而言，杨康的爱情夹杂了凄楚、禁忌、叛逆、毁灭，立体感十足，非常有嚼头。

爱情不坏，观众不爱。大学里的读书生涯也是这样。四年下来，那些平实扎实的阅读镜头很难想起，能浮现在脑海中的，还是这些背离读书内涵的行为艺术。

尽管在我的回忆中充满了荒唐的碎片，但事实上我们还是要认真读些书的，因为、因为我们是读书人，要靠这个吃饭的。

钱钟书在《写在人生边上》一书中解读伊索寓言故事，在那则“蚂蚁与促织的故事”中写道：“促织饿死了，本身就做蚂蚁的粮食；同样，生前养不活自己的大作家，到了死后偏有一大批人靠他生活，譬如，写回忆怀念文字的亲戚和朋友，写研究论文的批评家和学者。”曹雪芹养活了一大堆红学家，钱钟书养活了一小堆钱学家，而我们，也要注定靠这些大师养活了。

我们大多状态下读书，就是为了这个，好让大师把我们养活起来——用他们来写稿子，用他们来搞研究，用他们来获取留京名额，用他们来申请去做访问学者，可以出国买那么多家用电器。

但是，哪里有压迫，哪里就有办法，至少是我，还是琢磨出一些很好的偷懒窍门。

一、必修课的学分还是要拿到，意即那些某个圈子里必须要读的书，宛如通行证，又如装饰品。我们上学那会，这方面的书是《约翰·克利斯朵夫》、《拯救与逍遥》、《选择的批判：与李泽厚对话》、《民主论》等，还有李敖、米兰·昆德拉，都不可不读。

二、要对那些大俗书做永不沾惹状，意即那些人民喜欢的书，如金庸、《简·爱》、《存在与虚无》等。第三本我要着重说一下，这本书本来是必修课范畴，但其兴也忽焉，马上风行全北京，我经常见到那些来宿舍里用袜子换粮票的小贩，他们的书包里也塞这么一本，就有理由对本来也读不下去的萨特先生挥手说拜拜了，其亡也勃焉。至于金庸，更为读书人所不齿，流风所及，连不读书的人也要对其嗤之以鼻，不信你看央视拍《笑傲江湖》、《射雕英雄传》的那些杂碎，谁都有胆子说自己从来没看过金庸，或是——“只是在去外景的飞机上扫了一眼”，真够有性格。

三、留心搜集并阅读一些比较偏门的书，特别是那些印数只有一两千的，绝对是抬高你身价的不二法宝。漓江出版社出的《在路上》首版只印了两千二百册，而我就拥有其中之一，使得我在许多读书人面前腰杆硬了许多。而我无意中看过洛蒂的《冰岛渔夫》，后来跟人讲起，险些成功地俘获一个美女的芳心——如果我能再说出那本《巴比伦的抽签游戏》的话。

四、多看些书评，将其观点窃为己用，也够抵挡一阵的。这方面最好使的工具是《读书》、《书城》杂志，你只要记住那上面说过的书名，然后在某个高级沙龙里淡淡地提起，就可以震晕一大片。并且我可以打包票，沙龙里那些尊贵的客人绝对没胆量与你接着往下深谈那本书，尽管他也“哦”地点一下头做突然想起来也曾读过的样子。后来见到了《读书》杂志的主编沈昌文先生，在心里对他深鞠一躬，因为他的杂志实在是帮了俺太多的忙。沈先生被人称作“沈公”，是我所知道的出版界唯一被人叫“公”的在世人，看来得其恩惠的绝不止我一个。

五、要有随机应变的机智。看书再多，也有不够用的时候，这时候就需要你发挥创造性思维了。大四下学期，学校给了我们半年时间来写论文，打足麻将之后，我用大半天时间将毕业论文一挥而就，除了将囤积在肚里的学问引经据典一番外，还编造了许多名人名言来增加说服力，如“诚如俄罗斯神学家傻彼德洛维奇所言：‘真正的无知就是意识不到自己的无知’”等等。最终，我拿到了学士学位，拿到了红彤彤的毕业证。这一诀窍在后来的社交场合也让我变得德高望重，如有一次我轻描淡写地说：“幽默感就是分寸感”，一个老实人赞同得差点儿背过气去。我马上加了个人名：“维多利亚时期的意大利诗人二头蛋说的。”伊不迭地点头：“说得真好。”我又冷冷地说：“赞成即是利用。——美国总统杰斐逊说的。”然后急忙去掐伊的人中。我现在最大的愿望就是，在我去世之后，千万别在阴间真的碰到什么傻彼德洛维奇和二头蛋，让他们告我个诽谤。

六、如果你正看大俗书的时候被人撞见，一定要面不改色。要知道第一个赞美金庸的名人是数学家华罗庚——他老人家写的文章不知道要比那些所谓的作家精彩多少倍——做到人家那地步才叫“虽万千人吾往矣，强且娇”。如果捉你现行的是你心爱的姑娘，你就要跟她说，雅和俗绝对不是对立的，也绝对不是分别存在于两种人身上，而是一个人既有雅不可耐的一面，也有俗不可耐的一面，这样的混合体才符合刘再复老师的性格组合论。然后……你就向她展示你俗不可耐的一面吧。

我们的八十年代

曾经见某些人讨论，最希望生活在哪个时代？大家莫衷一是。我记得列举的年代有蒹葭苍苍的西周、游侠纵横的先秦、杜牧时代的扬州、李白生活的盛唐、名士风流建安风骨的魏晋、文艺复兴时期的意大利、大革命时期的法国、拓荒与内战时的美国等等。

我想了又想，答案是：在二十世纪八十年代的中国上大学。

是的，我要高声歌颂的八十年代。

那是一个怎样的年代？用多少碎片也描述不尽的。只选择一些与这篇文章不跑题的花絮——那年头，一个偏远小城的路边书摊上摆的可能都是《快乐的哲学》；那年头，学生可以在深夜踹开老师的门，就因为看了一本书激动得睡不着觉。

那年头，理想主义还有很大市场，我们学校有一个搞民俗研究的男老师，文弱苍白，衣着寒酸，却靠自己跋山涉水采集来的民歌赢得了广泛的尊重，一个校花嫁给了他，他经常与年轻貌美的妻子在校园散步，让俺们流口水。我都没有信心打听他们如今怎么样了，但愿他们的爱情能经受得起市场经济的冲刷。

那年头，海子可以从南走到北，又从北走到黑。在他自杀前的流浪岁月中，可以身上没有一分钱想去哪儿就去哪儿。据说他走进昌平的一家饭馆，开门见山说自己没钱，但可以给老板背诗，换顿饭吃。老板说诗他听不懂，但他可以管诗人吃饭。

大家的眼中只有海子,可有谁注意到他旅途中的路人,冬天里的柴火,四季中的粮食?

是他们,不懂诗却懂得尊敬诗的人们,给了他所需的养分、绽放的信心,才让诗人成为诗人。

最后,海子痛苦得兴起,索性想表演一把自杀。好在,他享受了选择死亡的权利,社会也尽到了让他吃饱饭的责任。那是一个好年景。

那年头,新闻事业也突破了从前的羁绊,进入了一个比较繁荣的时期,试举三例:某次人大会,有一位代表举手否决,一张照片便是,偌大的会场,只有一个手臂孤零零地举着,孤标而倔强;某次党代会,一位女记者给邓小平递了个纸条,告诉他今天是世界戒烟日,提醒他不要抽烟,小平笑着掐灭了烟头;某次工作会,与会官员纷纷睡觉,电视记者都没办法取景,灵机一动,将众人睡态拍下,标题便是《工作会竟成了睡觉会》。

我们尽可以赞第一个记者有眼光,第二个记者有勇气,第三个记者有头脑,但是,我们更应该注意到这样的事实:那张照片获得全国好新闻奖,那张纸条被作为党代会花絮刊登于《人民日报》,那则新闻当晚被中央电视台播出。如果没有鼓励他们这样发现新闻处理新闻散布新闻的大环境,所有的眼光、勇气和头脑恐怕都无从谈起。

我们的八十年代。

热爱八十年代,我至少可以说出六十六条理由,但最重要的一条是,那个年代允许学生可以不读书。

像前面提到的现代文学老师，在我们宿舍进行了一番考前辅导（其实也就是画画重点，免得让我们作弊的时候都不知道从书上那一页抄起）后，颇有感慨地说："其实我教你们的，都是垃圾。要有人能重写现当代文学史就好了。"他抬起忧国忧民的脸，看着我们一双双愚昧又茫然的眼，不禁由衷叹了口气："可惜，教的是你们这帮杂碎。"

有同学提议大家写《关于作弊的记忆碎片》，而在那年头，作弊是老师也帮忙的事儿。像我的偶像、青年女诗人杨榴红，她教社会学。《社会学概论》期末考试时，是我第一次上这门课，一见到她，惊为天人。她苗条纤细的身体用一袭阿拉伯风味的长裙裹着（十几年后有人叫这"波西米亚风格"），慵懒地坐在讲台的桌子上，一俟另一个长得很丑却很严厉的监考老师走出去，她马上便伸出修长的食指搁在红唇上，示意我们可以抄写了，脸上是宽容而调皮的坏笑。

毫不夸张地说，我在考试开始前一个小时，除了自己的名字外一个字也没有写，而是痴痴呆呆地看着她，一是因为我连抄都不知道从何抄起，必须得等旁边睡在我上铺的兄弟答好后再让俺照葫芦画瓢，另一个原因是，我必须抓紧这最后两个小时将她铭刻在心中，弥补因为逃课而错失掉的整整一学期欣赏她的机会。

非常非常遗憾，那次考试我居然及格了。而按照我的如意算盘，是要重修《社会学概论》的，好能再盯着她看一个学期。未遂后，我与对门宿舍的大鼻子成立了一个杨榴红俱乐部，准备卖酸奶，用赚来的钱为我们的偶像买一副隐形眼镜——我们认为她不戴那副大框眼镜会更好看。

我的《社会学概论》得以及格，并不是因为我抄得有多好，而是那年头的老师都手下留情，轻易不会让学生为了一门傻课而蒙上不及格的灰尘。所以，想不及格也难。

所以，我要追忆一段永远钉在我的成长史耻辱柱上的往事。

那一年的英语课，我们换了个新老师。第一堂课，那厮用夹杂着迈阿密口音的英语说，他刚从美国回来，非常认同美国的教育手法，学生可以来上课，也可以不上课，No problem。

我这么一听，心里就有底了，那一学期的英语课，就基本上没去过。

期末考试，我们要通过学校的四级考试，黑色幽默的一幕发生了，我们宿舍四个考四级的，只有我一人及格，但最终总评成绩，却是只有我一人不及格。那厮还特有理地说，是因为我的考勤太差。

本来我在英语学习方面特有天赋——这一点有中外许多人士可以作证。但就是那个说话不算数的老师，让及了格的人不及格，又让不及格的人及了格，就这样把一个语言天才扼杀在摇篮中。

听说那厮家住动物园附近——我并没有说住动物园的人就是畜类，而我们经常去北展剧场看电影，都是坐 332 路到动物园下车，然后过一个天桥到马路这边，再走到北京展览馆。每次行走在天桥上，我都想，也许那家伙正骑着自行车往家赶，正在桥底下，我就拎起一块板砖，向那孙子愤怒地掷去……

这一阴暗的复仇心理使我患上了强烈的天桥强迫症——只要在天桥上走，哪怕是在纽约，都有往下扔砖头的欲望。美国朋友，拜托躲远些。

可以不读书，听起来是很放纵的毁人，其实是诲人不倦的。

科学家们说，时代是懒汉们推动着往前走的，诸如不愿意拖墩布的人发明了吸尘器等等。如果一个人被允许可以偷懒不读书，那么他肯定会寻找一切不去读某一本书的理由，这将更有利于他不迷信权威和名著，培养冷静审视的态度、选择批判的眼光。

就是凭着这股子懒劲，我感觉到巴尔扎克的小说实在是难看，当然比起左拉的来还算有趣；路遥那么老套的文笔，怎么能得到那么多人的追捧？不过，他确实比贾平凹要老实得多，而老贾口口声声说自己是农民，字里行间却充满了狡黠、算计、虚荣和市侩气，他的书不看也罢。

听北大人如数家珍地说，他们校园里那个工商银行储蓄所，里面一半的钱都是王力老师的——《古代汉语》给他挣的稿费，那真是一个人文主义的传奇。我们学古代汉语用的也是这套四本一套的教材——那时候特别羡慕所谓的签名本，就产生了一个自力更生的灵感，比如这套书，我就在扉页上写下了“老六先生雅正”，落款是努力模仿的魏碑体“王力敬献”。

玩笑归玩笑，崇敬归崇敬，但这门课实在是没意思，把文学和文字弄得跟搞科研一样。高考时我一门心思要考中文系，开始学这门课后才忍不住后怕起来。

幸亏可以逃课，老师也高抬贵手，才没有把古代汉语学得那么精细。

王力老师，对不起了，我失去的是古代汉语那门课的“优”，进而失去了当选优秀毕业生的资格，进而失去了分配到比较好的单位的机会。但是在这门课结束后，我得以真正享受起古色古香的国语，并没有被拆成一个个的使动用法、语气助词和平仄，我看《诗经》也没什么磕绊，也才发现《史记》居然是那么伟大的一部著作。

可以不读书，从更深的意义上说，绝对是一个时代的进步，也是八十年代真正的魅力——你可以被允许进行相反方面的选择了。

是的，我可以热爱读书，也应该可以不读书；我可以说“是”，也应该可以说“不”；我最好是走直路，但也可以走弯路；我应该认真地过每一分钟，但也可以度过一段毫无意义的时光；我可以成就一番大事业，但如果碌碌无为过一辈子的话，也犯不着觉得对不起谁。

我被要求加入到你的行列里来一起建设，也应允许我进行一番破坏；你希望我赞成你，你也应允许我对你质疑和反对；我可以对你充满敬意，但你也要接受我对你产生疏离和背弃。

在那个时代，你不用承受那么多“必须”，甚至，你的勇气与出格还得到鼓励和赞赏。

正如美国法学界进行的那番争论，公民焚烧国旗犯不犯法？——“如果一个国家连焚烧国旗的自由都给你，那这个国家还不足够你来爱吗？”

这种弹性和宽松度，比起萨达姆在只有他一人候选的总统选举中还要弄出个近乎百分百的支持率来，比起中央电视台鼓吹自己的春节联欢晚会有百分之九十几的观众好评如潮来,要人道得多了。

让我们把这种“不读书主义’发扬光大:

姑娘,我向你求爱,你可以点头,是我莫大的幸福,但是,我也能接受你的拒绝。

哥们,我们的交情是一辈子的,但是,如果你有新的,新的彼岸,就可以离开我。我同样也可以。

亲爱的,我知道你希望我爱你十足十,但是,也请允许我,爱你只有六成六。

幸福的感觉涌遍全身

让我继续歌唱八十年代。

那个年代,百废待兴之际,有一句特别有名的话,“把失去的时间夺回来”。失血过久的肌体突然恢复了正常的血液循环,难免会兴奋异常,流动加速。人们的读书热情就像六年不让泡妞的拉塞尔·克罗被突然扔在梅格·瑞安面前一样,怎能不荷尔之大蒙?

拿电影来说吧。1985 年,北京举行法国影展,一部反映原始人生活的艺术影片《火之战》,因为据说“里面的演员都不穿衣服”而变得格外走俏,电影票被炒到了七十元一张,而那时我上寄宿高中一个月的生活费是十五元,这张票够生活一个学期——这部片子如今出了 DVD,可以用六块钱买张 D5,约等于一个麦香鱼;1989 年,《走出非洲》在武汉的一家音像资料馆放映,大屏幕投影,画质模糊得如同气象云图,配音糟糕得如同街女拉客，但仍是万人空巷，成为那两个星期内恋人之间的最佳礼物，文化人之间的最佳话题，多少人如醉如痴，感慨奥斯卡是多么实至名归——十五年后，当年那个连看三遍的汉子与我一同走在北京的大街上，突然停下脚步，揪住街边小店飘出的一缕音乐——“听，《走出非洲》！”

拿书来说吧。看过憋到极限的山洪喷薄而出的情景，你就能理解为什么一本《红与黑》能让那么多人看得泪如雨下；你就能理解《日瓦戈医生》的出版是比如今美国攻打伊拉克更让人们奔走相告的消息；你就能理解一个其姑妈是书店员工的同学能得到多少人的献媚；你就能理解一个姑娘为什么能让你像个疯子一样寤寐思服心旌摇荡——在十几年后的这个春夜，你仍能想起她捧读《天使，望故乡》的样子：头发枯黄，脑袋埋在书里像个虾米，戴着大大的眼镜，嘴出神地抿紧，两条长长的腿紧张地交结在一起，浑然不知世界的转动，还有你的存在。

中断的时间链条被重新接上，不管新的，还是旧的，在你眼中都是簇新的。你既在争夺失去的时间，又在与世界一同前行，你既在温故，又在知新，那时候的中国，比谁都丰富，我们在用一天走别人几年的路，太阳每天都是新的。

与师兄师姐们相比，我们这一代生逢其时，没有失去太多的时间，反倒是别人被压缩的时间也释放到我们的校园。知识大潮涌来的时候，正值消化力和吸收力最旺盛的青春期。在自己最能读书的年龄，有大把的时间可以读书，有大把的书可以读，有大把的人可以一起读，世上还有比这更让人愉快的事情吗？

孟德斑鸠说：没有。

至今想起来，仍是幸福的感觉涌遍全身。

从初中时看到浙江文艺出版社的三册删节本《飘》，知道这是生活方式腐朽没落的江青最爱看的外国小说，惊诧于书中“郝思嘉”、“卫希礼”的译名开始，我就开始了寻宝之旅。就像段誉被乔峰带到丐帮，杏子林中，商略平生义，四周高手如云，每一个人面前都要抱拳作揖，而我在书海里，见到每一本书都要说一声“久仰”、“与君相见，幸何如哉”，然后一见如故，联榻抵足而眠。

啊，我的勃兰兑斯，我的威廉·曼彻斯特，我的《流放者归来》，我的《伊甸园之门》，到买到十二本全套的陀思妥耶夫斯基选集，整整半年沉浸其中，看得手心冒汗体似筛糠时，这种探宝旅程达到了高潮。看到拉斯柯尼科夫走在广场上，突然想俯下身亲吻那片肮脏土地的时候，正是深夜，我趴在被窝里，赤身裸体，泣不成声。

我的八十年代。

1991年，我走上工作岗位，一个月工资和奖金加起来是一百二十元，所以大家都哭着喊着要上夜班，这样每月可以有五十元的夜班补助，很大一笔钱耶。

汇报这个账目不是为了哭穷，而是为了显富——两年后，国家普调工资，我一个月的收入突然成了六七百元。知道这意味着什么吗？你的工资是六七百元，可那会儿的书还是按照人们一二百元的工资水平定的价呀！

这是我另一处生逢其时的幸福生涯，并且更愉快的是，此时的我恰如其分地失恋了，不用把钱捐给那一场风花雪月的事，真是——从来没这么款过。

中华书局二十册一套的《资治通鉴》是58.2元，精装的《剑桥中国史》全部九本才一百多块，《中国人史纲》两本一套才8.45元，而两本的《伊加利亚旅行记》你知道是多少钱吗？

对不起，猜错了，是三元整。

你觊觎许久的美书（有人反对我创造出这个词吗？），终于可以被你如愿以偿地搬回家了。记得那时总是哥几个一块去书店，分头觅食，那厮喊道："老六，我看到了一本浅蓝色的书。"

"你大爷的！"我的色盲并不怕人笑话，可毕竟书店里有那么多人，如果让我循色找去，结果捧着红宝书回家，岂不污了读书人的名头？

"是左琴科的《一部浅蓝色的书》。"

"哦。"我的脸羞得连自己都知道那是红色了，"帮我暖住！"

"暖"是我们之间发明的淘书专用词，类似抱窝的母鸡孵小鸡，要将其牢牢地摁在自己身下，迈克尔·泰森来抢都不给。

抱着一大堆书到结账处，一边从口袋里排出几张大钞付账，一边吩咐人将书用牛皮纸捆扎起来，那种感觉跟二奶押着大款席卷燕莎赛特没什么两样。

迫不及待回到宿舍，打开纸包，一本本书拿出来，捧在手中，许多还是老相识，当年在图书馆就一见倾心，却直到现在才真正属于自己，平展的页面，整齐的切割，把鼻子凑近，嗅一下诱人的芳香。

你怎能不幸福得直哼哼？

如今有个字眼叫“物流”。应该说，当年的物流是很不发达的，这是市场经济不完善的症结，但从另一方面来说，也是一桩好事——你到任何一家书店，都忍不住进去看看，并且总能发现在别处找不到的美书。美书就像美女，不能太容易得手。

每到一个城市，去考察一下当地的书店，像燕子积巢一样往家里搬书，这是一个多会过日子的男人啊。

1993 年的上海国际电影节，是我第一次去这个繁华的都市。住了两天组委会给安排的豪华所在，心疼得不行，就跟另一个朋友搬出银星宾馆，住到了旁边的交大招待所，然后，他去淘碟，我去买书。

让出租车拉到一条书店云集的街上，一家家店逛起，到得傍晚，落日熔金，拎着两大包书走到街边，正要拦手招出租车，却又停下，咬咬牙冲进书店，将刚才犹豫半天的《经史百家杂抄》暖住，才心满意足地回到住处。为了弥补开销，只好和室友食红烧牛肉面两碗——真是好吃。

室友买回一大堆老电影 VCD，后来他转战“东方时空”，与战友们攒出流芳一时的《分家在十月》，而我也得到了莫大的欣慰——这套曾国藩攒的《经史百家杂抄》再也没见在江湖上出现过。

朋友是用来喝酒灌醉的，但用来买书也挺好。我和分居北京的斌斌小强经常相互为对方买书。说实话，北京人当时身在福中不知福，逛书店反倒没有我这个出差到京的人勤。那次在商务印书馆，看到大学时让我们秉烛夜读传诵一时的《光荣与梦想》，狂喜莫名，怒买三套，分送两人。天可怜见，这套书再没重版过，据说是因为版权问题。

他们感动之余，看到好书也经常为我暖住。一次到得北京，先和斌斌去吃朝鲜冷面，饭桌上掏出准备敬献给对方的书，居然都是《停滞的帝国》。

还有人记得《爱情故事》中那香艳的一幕吗？奥利弗和詹尼一起躺在床上看书——

> “奥利弗，照你这样坐在那里就知道看我读书，这次考试你恐怕要过不了关了。”
>
> “我没在看你读书。我在读我自己的书。”
>
> “瞎扯。你在看我的腿。”
>
> “只是偶尔瞟上一眼。读一章书瞟一眼。”
>
> “你那本书章节分得好短哪。”

这一段馋得我不行，想红袖添香夜读书的情景也不过如此了吧。

尽管这一境界没有达到，但到我结婚时，人生理想还是实现了一部分——依靠多年来的辛勤积累和多方采购，我终于为自己创造了一个一伸手就能拿到书的环境，从床到沙发，从厕所到饭桌，俯仰皆拾。

不能像奥利弗一样看詹尼的腿，但可以看男人的毛腿。一起看书的，是加我在内的三个男人，三人均已婚，都设有高大的书架——出自同一个设计师之手；三家的藏书大致相同——基本上都是一块买的；书的摆放也基本一致——全是采用我的编目法。

那真是一段快乐的时光。饭后一人抱着一大桶可乐，相互炫耀自己读过的书。背是背不下来的，但可以从书架上取下书，掰到那一页，然后念起来，要掰不着，就要被嘲笑一通。憋得熟了，三人一起去撒尿，三股水柱一起射入马桶。

三人读书，相互印证，彼此发现，是比一人效率高些。那天我看了余华首发在《收获》上的《活着》，觉得好得不得了。正巧中午另一头猪来我家吃炸酱之面。饭后我向伊推荐这篇小说，冷冷地说句："快，看。"——注意，吃过蒜之后，跟朋友说话一定要多用爆破音，最大限度地喷发，将其熏晕。然后，我去午休。

春梦做至六成，被吵醒。

是那厮如同牛吼的哭泣。

爱情的另外一种译法

最近生活中发生了一桩小小的笑话。一位朋友在英国，某一天逛了伦敦的书店一条街——查令十字街，为我买了一本期待已久的书《查令十字街84号》(84 *Charing Cross Road*)，然后寄往北京，还兴冲冲地先用数码相机将书拍了照mail过来，让我预热一下。结果，不幸得很，这本书在大英帝国的邮政系统兜了一个圈子，又回到了朋友的手上——她将收件人与寄件人的位置弄颠倒了。

其实以我的英文修养，肯定啃不动原版书，但对于这本书，还是希望能保留一本,因为它被誉为“爱书人的《圣经》”。

这本书讲的就是一个纽约爱书人通过书信往来在伦敦一家古旧书店(书名即是这家书店的地址)淘书并建立深厚友谊的故事。来往的书信被她汇集成此书,成为读书人的掌上明珠。刚被台湾翻译出版,译者便是一位古旧书店的工作人员。

不管是原版还是中文版,得到这本书都并非易事。好在,根据原著拍摄的同名电影已经有 DVD 出售,约在半年前,我买到了。该片由美国哥伦比亚公司 1986 年拍就,片长一百分钟,担纲主演的是演技派演员安妮·班克劳夫特和安东尼·霍普金斯,拍得真是无可挑剔。后来查资料得知,该书还曾被 BBC 于七十年代拍过一个电视电影。

且慢高兴,我敢担保,即使你看到这张影碟,最大的可能也是与其失之交臂,因为,影碟被碟商译成了一个耸人听闻的动作片名字——《迷阵血影》。

所以,你也许注定与查令十字街 84 号无缘了。

所以,请允许我复述一遍这个非常简单的故事。

穷困的女作家海伦受不了纽约昂贵庸俗的古旧书店,便按照《书评周刊》上的地址,给位于伦敦查令十字街 84 号的马克书店(后来被海伦派去伦敦侦察的好友形容成一家“狄更斯时代的书店”)写了一封信,求购一些绝版图书。这一天是 1949 年 10 月 5 日。

很快,回信和她要的书就来了,那些书令海伦的书架相形见绌。双方的信任和欣喜很快达成,除了海伦有一点点麻烦,她是个连付账和找零都搞不清楚的女人，更不用说将英镑换算成美元了。马克书店的经理弗兰克除了满足她购书的要求外，还给她准备了英镑和美元两种发票。

温暖的相知借助娓娓道来的书信，很快就俘获了远隔重洋的海伦和弗兰克。

五十年代初期的英国百废待兴，物资实行配给制。海伦就从美国给书店的店员们寄来火腿鸡蛋和香肠，让他们吃到很久没有见过的“完整而大块”的肉。而弗兰克并不是不知感恩的人，他开始在英国各地奔波，出入豪宅，为存货不多的书店添置新品，踏破铁鞋，为她寻觅难得一见的珍本。

日子一天天地过去，书信成为他们平静流淌的生活中无时不在的旁白。

海伦不是没想过去伦敦看看书店看看弗兰克。她终于有了自己的积蓄，而英女王的登基又使得赴英的费用打了折。眼看可以成行，但她的牙逼着她留在了纽约。她只好给弗兰克写信：“我陪着我的牙，而牙医却在度蜜月，他的结婚费用是我出的……”

弗兰克只好为她和刚刚登基的伊丽莎白女王祝福。

书照买，信照写。

到了这一天，海伦的信三个月后才接到回音，她被告知：弗兰克于1968年12月22日病逝。

海伦马上赶到查令十字街84号。走进即将被拆迁的马克书店时，距离她第一次给这里写信，已经过去了二十年。

她笑着对空荡荡的书店说："我来了，弗兰克，我终于来了。"

影片让我对原著更加渴望，因为通过胶片来诉说图书的故事，总显得不太解气。不过，看平静的生活围绕着他们的讨书买书谈书一幕幕展开，仿佛将唯一彩色的道具放在黑白环境里，使原本素朴的书本也显得绚丽，一如荒漠甘泉。

事关读书的故事总是令人解颐。

海伦对一本英文版《圣经》极为不满，在给弗兰克的信中说英文翻译简直是想毁掉这本世界上"最美的散文"，建议拿拉丁文版对照来读，才不致暴殄天物，并出卖了她的七大姑八大姨的说法加以佐证。可爱的女人，总是将自己试图保守的机密在另一种心情下泄露无遗。

弗兰克看到纽曼的《大学宣道集》，写信问海伦："有兴趣买初版的吗？"同时叮嘱店员为她留下来。镜头马上从伦敦切到纽约，海伦对着空气质问："你有初版的《大学宣道集》，只要六美元，居然还傻傻地问我：'你要吗？'""亲爱的弗兰克：是的，我要。我本不在乎是不是初版，可这本书的初版！……"

等她收到这本有百年历史的初版书后，写信对他说："我占有它有一种罪恶感，那么漂亮的封面和烫金，它理应属于某个英语国家的图书馆才对。"

"这是个堕落颓废的年代，他们居然把漂亮的旧书页撕下来当包装纸。上面描述的是一场战役的中段，但我已经看不出是哪场战役了……"海伦在信中抱怨，又该可怜的弗兰克忙活了。

在一家豪宅,弗兰克见到了帮海伦遍寻不着的伊丽莎白一世时期的情诗集,以书店全体员工的名义寄给她。“你们相信它是在我生日那天寄达的吗?这是我拥有的第一本镶金边的书。可惜你们太客气了,将字句写在卡片上,而非扉页上。你们全都是爱书人,唯恐会减损书的价值,其实你们已经为书的主人甚至书未来的主人提升了它的价值。”海伦在回执中兴奋地絮叨。

……

1969年1月8日,海伦收到马克书店通报弗兰克的死讯,那封信的最后一句是:

“你还要我们寻找你所订的书吗?”

该说说海伦和弗兰克之间的事儿了。

海伦的爱人死于二战,她终身未嫁。弗兰克则有妻子和两个女儿。一大两小三个女人会收到海伦寄自美国的尼龙袜,弗兰克的太太也和海伦戏谑几句:“弗兰克给你的照片够难看的,但他狡辩说本人比照片帅多了,我们就让他臭美去吧。”

一切看来都那么正常,正常到两人相识二十年却缘悭一面,正常到两人通信数百封而未涉一个“爱”字。

但是,弗兰克死后,他的太太写信给海伦说:“不怕你见笑,有时候我还会嫉妒你。”

马克书店的店员们把海伦想象成一个“年轻,成熟,时髦”的女人,海伦老实告诉他们,自己“和百老汇的乞丐一样时髦”。就是这样一个执拗邋遢的女人,将骄蛮趣致的女性一面全都呈现给弗兰克,她会为一本欺世盗名的书而冲弗兰克发飙,将满腔怨气倾泻到打字机上,然后突然收起霸道,对着空气娇媚地笑了:“弗兰克,你是唯一了解我的人。”

独身的海伦是自由的,而弗兰克眼前连这团自由的空气也没有。他只能努力让自己正常地度过二十年的光阴,只是在某一刻,他会注意到书店中驻足的一个女子,大概就是他想象中那个女人的模样?她说她来自美国,他的眼光一下子变得热切,却又不是,他好像习惯了这种失望和等待。电视机里在转播纽约元旦嘉年华的情景,广场上人多如织,他的眼睛在搜寻什么?

只是到了打烊的时候,书店里再没有别人,最柔软的情思才在这一刻展开,他会让自己的眼睛盯住某一处,款款道来。此刻,那个女人正躺在自己的床上,身罩破旧的睡衣,翻看着他抚摩过的书,点燃一支烟,不时发出一声声咳嗽。

弗兰克死后,海伦来到查令十字街84号,站立的地方,正是他深情凝视的所在。

经过了二十年岁月的打磨,他们的眼神都那么一致。

海伦所推崇的英国玄学诗人、散文家多恩(John Donne;片中译成邓恩)有一句话:“全体人类就是一本书。当一个人死亡,这并非有一章被从书中撕去,而是被翻译成一种更好的语言。”

我想,当爱情以另外一种方式展现铺陈时,也并非被撕去,而是被翻译成了一种更好的语言。上帝派来的那几个译者,名叫机缘,名叫责任,名叫蕴藉,名叫沉默。

还有一位，名叫怀恋。

不读书主义

关于读书，有一些迥异于社会主流道德的价值判断。比如偷书，在读书人看来并不羞耻，反倒是一种荣光。三七就写过一篇《偷书者说》，文尾说自己"还有些道德上的自责，为了解决良心上的问题，我偷了一些伦理学的书"。

但坦白地说，我尽管干过假冒签名本的事儿，但偷书的义举，并没有足够的胆子参与。只是有一次……

那年，普鲁斯特的《追忆似水年华》由译林出版社翻译出版，这绝对是一件盛事，我当然不能错过。但纳闷的是，这套书洋洋七卷，我去的那家书店却只有前三册，不知道是出版社陆续推出，还是由于物流不畅。又过了半年多，才买到后三册，独缺第四。

又过了一段时间，我和师弟在中华书局读者服务部看到全套的《追忆似水年华》，长出一口气，抽出老四，记得还有一本汪荣祖的《史传通说》，一块到付款台交钱。普老四却被服务员甩回，说是不拆开单卖。

"可我原来就是拆开单买的呀。"我急道。

服务员却很文静地对我说，拆开了别人要买整套的可怎么办，也该为书店想想啊。

我的头马上大也，想原是从另两家书店买了普氏六兄弟，那本老四，还不得流落到天涯海角？

这时师弟拉了拉我。我完全知道他的意思：秀才遇见兵，有理说不清；而大兵——哪怕是横扫伊拉克如卷云的美国大兵，如果遇见中国的售货员，也是有苦难辩的。

走出书店，寒风呼啸，想到从此普氏不团圆，几欲放声一哭。

又走了几步，师弟挤挤我的肩膀，然后掀起自己的军大衣，从里面掏出一本散发着他体温的书。

《索多姆和戈摩尔》——《追忆似水年华》第四卷！

我只觉风也轻柔。

七卷《追忆似水年华》被我庄重地堆在床头，精装，书脊有道道金光，好不体面；挺括，味道如同沤烂的麦秸垛，好不幽香。

有朋自远方来，看到后，做大惊小怪状："哇，你居然有这种书，一共才印了三千五百七十五套耶。"

我心中暗笑，又来了一个版本学家、印数学家。

他开始炫耀自己的学问："这可是现代主义文学的开山鼻祖。"

我并没有被他唬住，马上见招拆招："是的，写得优雅极了，精致极了。这种书在一间充满阳光的屋子里读起来，感觉非常好。"

"对，再放点儿肯德基的萨克斯风《Going home》，真是 enjoy。"娘的，他居然吐出了洋字码。

所幸我不是匹诺曹，所以尽管这套书一年多以来只看过前言和六七页正文，但我的鼻子软软的，短短的，一切还正常。

我俩头头是道地谈着，兴高采烈地附和着，相见恨晚地对夸着，寒舍中顿时飘满了高雅无比又虚无缥缈的书卷气。

嗟乎天，嗟乎天！我悲哀地发现，终于让自己生活在一个伸手就能拿到书的地方后，读书的巅峰状态却已经过去。像《追忆似水年华》这样的重体力活，要不趁着年富力强的时候啃下来，就一辈子也看不动了。

原来读书也分青春期和更年期的，一个人要是在青春期不抓紧干活，等到了更年期，就会跟才娶得起媳妇的老光棍一样，对书的那种渴望已经力不从心，纵使有欲望，也显得有些勉强。

我确实地知道，自己老了。

后来看到一个词儿叫“功能性文盲”，意即一个人先期储存的见识往往会成为后来吸收新东西的障碍。那些事情那些人那些书，使你成为现在的你，于是你就有了成见，再读书，就不是一张白纸任意描画，而是顺我者昌逆我者呸了。

是啊，读了这么些年书，也该歇歇啦。

但是，十几年来养成的惯性，已经如同老夫老妻之间培育出的亲情，尽管激情不再，却又实在想不出还能干点儿别的什么，所以还是继续把书买下去，读下去。

这时的我，已经能够比较超脱地看待读书这件骚事了，更愿意用后现代的眼光来消解它，将其视为一桩行为艺术：款哥可以用纯毛地毯原木地板来装修房子，更款的哥可以用鳄鱼的阴茎皮来装修自己卧室的门扶手，穷哥们的屋子也不能闲着啊。而装修我们房子的最合适的材料，就是书。它不仅价廉，而且高雅，还免了一步到位然后日益破败的尴尬，可以时买时新，还可以愈老愈香。套用钱钟书的话，款哥的装修就像女人，老了就不值钱，穷哥们的装修就像酒，越老越值钱。

我开始向周围的猪头灌输我的这一理论，一些从骨子里透着高雅的人对我嗤之以鼻，但我反驳道，你买书就全是为了读并且都能读完？你读完这些书再拉住一个姑娘向人家孔雀开屏不也是一种虚荣？都是为了满足虚荣心，用不着这么精巧的不老实。

是的，就要理直气壮地接受这门学问并付诸实施，哪怕你买回书来束之高阁纯粹就是当成装饰材料来用，也没什么好丢人的。你总比花几千块买身假冒名牌西装的人要务实；你总比花掉几万块公款吃一桌豪门盛筵的人要道德；你总比买一个岁数比他女儿还小的姑娘挎在身边的人要高尚；你至少不像那些在大街上手持大哥大指手画脚的人那样阻塞交通扰人视听——我进行这番辩论的时候，马路边停下自行车打手机的人正大行其道。

确是没什么好丢人的。其实你看看那些广征博引的学问家写的东西，如果你能翻出原著的话，我可以打赌，他们引用的段落绝对不会超出那本书的前六页——没准儿还就是内容提要上的几句话呢。

这种行为艺术进行得最兴奋的时候，我恨不得写一本《书籍装修美学》，和那些美化生活的书摆在一起，肯定能满足人们不断增长的虚荣心的需要。

虽然书没出，但至少，我那点儿少得都发愁怎么花出去的钱有了合适的用武之地。

如果你接受我的观点，请听我絮叨一下我的书籍装修美学六大要点：

一、质地。你大概会说，既然不是为了读，那还不如直接买一些空书皮搁那儿省钱又省事，没准儿你还灵机一动准备印一些俨然摆放整齐的书脊的墙纸来申请专利大发其财。——快收回这个念头吧！聪明往前多走一步，就成了小聪明。真正的贵族一定要用最地道的材料，哪怕在寻找地道材料的征途中累死。你可不能像那些喝杯卡布其诺咖啡就以为自己是上等人的人那样，睡觉前连牙都不刷。

二、高雅。像那些《情书大全》、《如何成为百万富翁》之类，赶快扔掉；像那些他老人家自掏腰包出版的个人文集或诗集，比如这本《记忆碎片》，赶快扔掉，尽管这些书印数极低堪称孤本，并谦恭地写着让你老人家斧正；像那些色情小说或情色小说，赶快扔掉——不！赶快扔给我，要实在舍不得，也一定要塞到床底下。

三、孤僻。要注意收购一些很难见到又确实不俗的书，印数是你选择的第一参考。看叶兆言的一篇文章，说自己买范烟桥的《茶烟歇》，只印了一千多本，“记得我当时买一本，完全冲着印数低。”说得真老实。别人家看不到的书在你处比比皆是，既能让人惊讶赞叹一番，又可以让一位姑娘有理由向你借书——这个借口是那么充分，因为那些书是那么难得一见。

四、配套。这并不是说你要买那些整套的书，比如一套三十多本的随笔丛书,你若照单全买只能证明你的恶俗,但要是只挑一两本买反倒显得你眼光精到口味奇刁。我所说的配套,是指藏书要成系统,如钱穆黄仁宇唐德刚,他们的著作一开始不是由一家出版社出的,一定要收集个全,包括他们的夫人和弟子的书,包括评价纪念他们的书,这样不仅显得你苦心孤诣学有所成,更可以让那位姑娘有理由经常不断地找你,免得借了一本书便续不上劲。

五、陈旧。要尽可能买一些老版本的书,不仅可以省下一大笔钱——中国图书涨价的速度比电视机降价的速度还快,难怪那么多人投入了电视的怀抱,而且更能装点门面。假如你手头有一本商务印书馆 1974 年出版的黑格尔《逻辑学》(精装本定价两元六角),别人看了准会对你赞叹不已:“你三十年前就开始研究老黑了?!”你高深莫测地点点头,尽管那会儿你正牙牙学语。

六、干净。你千万不要有那种在书上勾勾画画的毛病。假如你有一千本书,其实你这种业余选手充其量只能看完六十本,要是涂抹一番,别人马上就能对比出来:“你有这么多书,怎么就看了这么点儿啊?”但如果你的手不至于那么多事的话,你尽可以拿出一本崭新的书说:“写得真他娘好,我都看了六遍!”

就这样,我迈步进入了“新不读书主义”的时代。

《萧十一郎》中,萧十一郎和美女沈璧君看到一个栩栩如生的缩微世界,里面挂着一副对联:“常未饮酒而醉,以不读书为通”。

写到这里,古龙忍不住赞道:“这是何等意境!何等洒脱!”

是的，不读书，也没什么大不了的。对于那些拿书混饭吃的人来说，读书没什么可夸耀的。我有个朋友是北大哲学系的博士生，研究维特根斯坦，对我说国内能跟他对上话的人不超过六个，如今他已经负笈远游，去维氏的故乡德国寻找共鸣去了。在我看来，他的读书境界宛如凭力气吃饭的蓝领工人，和飞速准确清点钞票的银行工作人员没什么两样，都是自己的手艺活儿。

不靠书吃饭的人，多是想从书中得到温暖和指点。温暖这一项，我们后面单说，而对于那些想通过读书获得启迪学以致用的人来说，其实人生的道理就那么多，几句话足够，根本不用看什么书。

大学毕业几年后，我的弟弟也考入同一所大学。我送他去学校报到，先在一家韩国烧烤店痛吃一顿。他像所有步入人生旅途的毛头小伙子一样踌躇满志，还向我讨教人生真谛。那天我高兴得喝多了，脑子格外好使，人生的一幕幕情景如电光火石般一一闪过，就对他说："咱娘经常说，'力气不用也是闲着'，'少说两句，别人不会拿你当哑巴卖了'。这两句话，就够用了。"

家母只有小学四年级水平，她活得踏踏实实的，这两句话，也让我们兄弟受用不尽，比别的话都管用。

看许多读书多的人，那一肚子学问，只不过保证了他们说话写文章显得更漂亮更有理有据，做事情更能给自己找借口下台阶。他们的人生道理，并不是用来指导，只是用来解释自己的行为。事实上许多做出义薄云天之事的人，跟读书多否没什么干系。那些丧尽天良的人，也多不是文盲。

把几本书垫在脚下，确能显得比别人高些。但你真正的高度，还是取决于自己。

都市里没有当初我的梦想

1997年，我离开生活战斗六年之久的石家庄，来到北京，开始了职场漂泊。当时心中是很兴奋的，那种既冲破牢笼又投入熔炉的感觉。

进驻北京后的一段日子新鲜而刺激，干的活经常能传诵一时，口袋里的钱经常是厚厚的一摞，同饭局的吃货经常是名动天下的大佬，真的是既有里子又有面子。

但是，但是，缺了什么呢？

在那三年多的时间里，换了四五处住所，从地下室到合租户，也借宿过别人的办公室，必须在别人上班前离开及人家下班后潜入。这些并没什么值得夸耀的，但一个人扛着自己的小包从一个地方转到另一个地方，委实可怜，经常感到是个不完整的自己，像玩具风筝在空中飘来飘去。

为什么会有这种心里没底儿的感觉呢？像我这样的普通人，没有陈寅恪先生那样照相机般的记忆力，在读书的过程中，早已将一些思想、记忆、感觉甚至自我转移到了书内，好让脑子不至那么拥挤。那些读过的书也已经成为大脑沟回的延伸、小件行李寄存处、谋生手段的一部分。这时的我，已不单纯是一具身高一米七十体重六十六公斤的肉体，把那些读过的书、写过的字都算进来，才是整个的我。但那一部分，却被丢在了石家庄家里的书架上。

当那些书不在你身边，不能让你随时掰开引证一番时，你的思想是不完整的，记忆是不完整的，灵魂是不完整的，自己也是不完整的。于是那段北漂的日子里，我经常急得一脑门汗，把手伸出去，也是没抓没挠的。有人能身作浮云常傍日，有人能处处无家处处家，有人能将异乡当作故乡，有人能将流放当作远航，但我，却连那一堆书都离不开。

朋友，在我死后，如果是你来处理我的遗像，一定记着，除了这张肉包骨头的脸，还要把我身后的那个书架也取进画框。

> 用抽屉锁住自己的秘密
> 在喜爱的书上留下批语
> 信投进信箱，默默地站一会儿
> 风中打量着行人，毫无顾忌
> 留意着霓虹灯闪烁的橱窗
> 电话间里投进一枚硬币
> 向桥下钓鱼的老头要支香烟
> 河上的轮船拉响了空旷的汽笛
> 在剧场门口幽暗的穿衣镜前
> 透过烟雾凝视着自己
> 当窗帘隔绝了星海的喧嚣
> 灯下翻开褪色的照片和字迹

这首诗名叫《日子》，作者北岛，描摹的正是我最愿意过的一种生活。当我一往无前地扎到北京怀抱里的时候，却完全没有想到，事实上自己就是在远离那样的状态。

如今流行用许多指数来量化一些东西，如恩格尔指数、GDP 什么的，我不知道有没有一个指数来统计这样一个时间比重——在你一天醒着的时间里，有多少是为了温饱而奔波？姑且称为“温时指数”吧，我相信这是衡量一个人或一个城市生活质量的一个重要指标。

北京无疑是全中国“温时指数”最高的城市。

在北京，每天醒着的时间至少有十三个小时——这首先是一个必须要保证的时间数，其中大约有三个小时需要耗在路上，交通问题是北京最可诅咒的地方；大约有三个小时需要安排各种饭局，饭店老板是北京最可羡慕的职业；大约需要跑三个地方来办各种事儿，这里净是些没多大必要但你又不得不办的事儿；大约能接到三个能挣钱的订单，最好一个也别推掉，因为打车吃饭租房喝酒买书看演出都需要钱，别人还羡慕你有这么多挣钱的机会呢；白天跑完了，晚上需要坐在电脑前处理接到的那些订单；一天跑完了，临睡前躺在床上，还需要拿出三分钟把第二天要做的事情和要走的路设计好……

坐在马桶上的时间大约是十三分钟，因为这是一天中唯一可以看会儿书的时间；偶尔有点儿闲空，会拿出三秒钟的时间同情一下自己，看我像一个蚂蚁一样在骨灰盒般的高楼大厦中穿梭，这里居不易。

北京不是我想象的黄金天堂，都市里没有当初我的梦想。

但我还是来到了北京，然后继续怀疑这样的生活。陈寅恪总结王国维的自杀，说是因为他已经被那种文化所化，我也已经被北京文化所化吧。

我为自己抵抗不住这种选择而沮丧。也许,我根本就不是一个坚定的人。

如果不是二十八岁那么年轻,我大概就不会选择漂泊北京了。

石家庄那样的中等城市,待着好舒服啊,"温时指数"好低啊。在那里,我发明了许多睡觉的方式,如"头碰头",即从晚上十一点睡到第二天上午十一点,或"头盖头",可以从凌晨两点睡到第二天下午四点,直到睡得睡不着为止;兴之所至下,我可以半夜从床上爬起来,溜达到朋友家里找他聊会儿天(那个城市出租车的起步价是五元,两公里,我所需要的路程多在这个里程之内);在那里生活实在不需要许多钱的,哥几个去吃次火锅,饱得直哼哼,算下账来,七个人花了六十元,我那套两室一厅的房子交给单位不到六千元就算自己的了……在那样的一个城市里,每天只需拿出几个小时应付一下就可以满足自己的温饱,剩下的时间和空间全是自己的:用各种姿势躺在床上看书,跑遍整座城市去寻觅一张影碟,打麻将和拖拉机的战士更是随叫随到……

我们往往是抱着学以致用的态度来看书,在悠闲的地方读书,再去忙碌的城市里施展,被那里吸干你的精血,然后无聊地老去。我就是这样甘心把自己交给了一个吸血鬼。

像我比较佩服的两个人,李皖和三七。李皖在武汉,当年的一帮媒体精英纷纷到了北京或广州或外国,做成了一些看起来很大的成就,李皖还守望在武汉。这几年过去后,大家升官发财泡妞离婚买车买房,李皖却听者有心，听了那么多的歌，写出了那么好的文章。几个当年的酒友聊起故事，比较一致的结论是，也只有武汉那种寂寞平静的生活，才能让李皖修炼成那样。

当然，不成就什么事业也行，就像三七那样，我曾经这样写过他：

我们在这世上活一遭，总是需要些证明的，有人用学问，有人用才气，有人用有钱，有人用没有钱，有人用某种级别，有人用某个类别，有人用发表的若干万字，有人用阴茎勃起的若干分钟。

但有一种人，活得很沉默，很市井，很没劲。

因为他实在懒得跟别人说些什么。

因为他实在不需要什么身份来装点门面。

因为他实在是提不起什么劲来跟这世界较真。

也只有在石家庄那样的城市，才能包容三七这样的活法。而在北京，哪怕你的不作为，都像是在作秀。

读书是世界上最不坏的事情

2000 年的某一天，我从北京回到石家庄。尽管此前也是频繁往来于这两座城市，但这一次，却是怀揣若干份调动文件，要把所有的东西都搬走。

下了大巴，再打车往家赶。出租车驰过的地方，育才街那个电线杆子还躺在路边，哥几个曾经穿着大裤衩坐在上面探讨人生，美女一个个地从身边滑过；科技馆礼堂如今改成了家具店，而此前这里周而复始地放着老电影，永远是固定的搭配《罗马假日》配《鸳梦重温》，《出水芙蓉》配《魂断蓝桥》，哦，还有我不忘的《野鹅敢死队》；梆子剧院门口烤羊肉串的小摊依然香烟缭绕，盛夏的傍晚，几个人将其包下来，躲在阿凯的吉普车后面，光着膀子，喝着冰凉的啤酒……那真是神仙般的日子。

流浪的脚步何时能停？我分明感到一种惆怅。

档案、户口、工资单、保险、住房公积金……一个个公章盖下来，一张张脸浮现在眼前，一顿酒接着下一顿酒。去保卫处退自行车存车牌（国家事业单位就有这种福利）时，和小李互道珍重。当年单位搬进新办公楼，淘汰下许多旧家具，我瞄上两个书架，就想随风潜入夜，运物细无声。那两个书架是六十年代的产物——用《U-571》中美国兵的那句话夸一下它："德国佬造的东西真他妈结实"，我根本移之不动，就去传达室叫了小李来帮忙（那时还不知道他姓什么），才搬到宿舍里。因为这次监守自盗，小李与我建立了深厚的友谊。

又去阅览室还书，有若干本实在不愿意还了，老着脸说扣我钱吧。钱倒是其次，像《宋诗选注》才七毛三，就是按照规定罚十倍也没多少——其实这本书已经出了新版的，但我一来喜欢那种小三十二便携式开本，二来重印次数多的书字体发虚——我是怕被别的借书人骂。但阅览室的人们说，不用罚钱了，去给我们买些雪糕吧，反正这些书搁回来也没人看。我忙不迭地下楼，心里哼着小曲。

拿着保卫处、总务处、阅览室等一大堆部门盖过的章，表示都结清了账，我才得以将调动手续办完。

再回来,这里也是异乡了。

石家庄有几家书店,几年来,我见证了他们的创业、兴盛或衰败,也与那些老板有了不大不小的交情。这次告别,也包括他们。

青园街一家小店,门脸不大,却颇有品相,老板下一手好围棋,是这个城市里众多读书人的经常光顾之地。几年前,我在这里发生过一段故事。

有天中午,我踱进书店,店中没有几个人。我注意到老板脸上的表情有些异样。注意一看,原来正在选书的顾客中有一个人是这个城市的省委常委、市委书记——我们经常要在电视上见到的。

我挑了两本书,然后去结账。由于我是常客,所以老板拿出计算器来算一下,要给我打一个折扣。这大概需要一段时间,我便在旁边等着,这时一只手伸过来,将几本书压在老板的计算器上:"来,先给算一下。"

我扭头一看,书记正往书店外面走,结账的看样子是他的秘书或司机之类。

老板只好将我的账目先销掉,然后开始打他们的账。

大概是天热影响情绪,或是出于对秘书这一人种的天生反感,一贯被人加塞惯了的我这次暴脾气发作,用手拍了一下已经挤在我前面的这个人的肩膀:"唉,怎么回事?"

"怎么了?"那人很奇怪地看着我。

"有没有一点读书人的样子?"

“老赵有急事。”那人说。书记姓赵。

“你怎么知道我没有急事?”我反问。

已经走到外面的书记听到动静,返身走回来,用眼光发出询问。

“该我先结账。”我说。

“你这是怎么回事?!”书记对那个人说道。

老板先把我的账结了。

从那以后,老板给我打的折扣更低,有了好书还先给暖住。我也很得意于他对我的刮目相看,将这段一共进行了六句的对话对周围的知识分子复述了六次。

与老板告别,告诉他以后不用给我留书了,他又提起这段故事。我笑了一下,对他说,如今再有人夸我,我就会说:“我不同意你的观点,但我要誓死捍卫你说这种话的权利。”

老板大笑。是的,以后我不再拿这种轻飘飘的荣光说事儿了。我确是曾经勇敢过,但也怯懦过,我牛逼过,但也操蛋过。没有人知道我内心的彷徨、犹豫、分裂和挣扎,连我自己也看不清。

再也没有什么字眼可以概括一个活生生的人,我就是这么泥沙俱下良莠不齐。

然后,要把这个家搬到北京了。

除了太太的钢琴和我的黑格尔电脑,就是那些书。我拿着角尺和计算器,仔细计算了一下这些书的总体积,然后得出一个结论:要把这些书装在纸箱里迁移,共需要五六十个容积为零点四立方米的纸箱。

我叫了一辆出租车，几乎走遍城市，终于找到一个纸箱厂。与厂家一番交涉，发现适合我用的纸箱只有一种，箱外印的字是“梦中情人超级保险套”，四百磅黑体字，加粗三级，右倾二十五度，阳字立体，格外有气势，看了就让人性起。

站在高大的厂房里（得有四层楼高），看着一垛垛的纸箱平放着堆到房顶，不得不感慨国人对其需求量之大。我当时脑子飞速地运算了一下，平均每一秒中，这世界上有多少对男女在做爱？天，我居然产生了一些诗意，诗风恰似里尔克。

将六十个纸箱运回家，开始装箱、编号、用胶带封好。战斗了整整一天，排满一堵墙的书架终于空了。当年一起往马桶里撒尿的另两头男人，一个已经离婚，一个已经离了两次婚，他们的书架早不知失散到何处，我家这块最后的风景，也在时间的河中消散了。

清晨，石家庄的一家搬家公司将这些箱子搬到朋友提供的货车上，一路飞奔，到达北京，然后是北京的一家搬家公司守候在新家的楼下，两位朋友也应召而来。

当那些“梦中情人”的超级纸箱被堆在楼门口时，邻居全侧目相看，过往少妇全饶有兴趣地盯着俺们的裆部，我们的脸迅速羞红。

把纸箱一个个拆开，将一摞摞书摆到书架上，顺便掸掉上面的灰尘，偶尔翻几页，忆起当初买它读它时的情景，发觉这次搬家还是挺好的。

书来了，家才家。

在北京安顿下来后，我发现了自己的贱：石家庄的家很小，却能很舒服地躺着看书，北京的家宽敞了许多，却经常是一个人躲在最角落的阳台上，呆呆地思考人生，不知所终。难道真的是越空的地方，人就越虚？

不管怎么说，书还是要读的。印第安纳·琼斯系列的《圣战奇兵》一集，琼斯父子被德国兵抓住。一个德国军官轻佻地用手里的一支钢笔抽打着老琼斯的脸，老琼斯忍无可忍，猛地将其手中的钢笔夺下来，瞪着他狠狠地说：“你要多读两年书，就不会这样了！”老琼斯由肖恩·康纳利饰演，气度威严，那厮灰溜溜地收回了手，脸上的肌肉群组成“尴尬”两个字。

尽管我现在更多的时间献给了影碟，但对书还是有特殊感情的。《星际迷航》中有一集，敌人攻上了“企业号”飞船，船长带着一个美女东躲西藏的，最后进了图书馆。只见他拿出一个芯片，说是一部什么小说，然后插进去，偌大的图书馆马上成了一个三维立体电影世界，演绎着小说中的故事，他们得以混迹其中。这一段看得我很是气闷——难道未来文明高度发达后，所谓的读书就是看电影？他们难道就不知道文字的魅力和多义性是任何图像都取代不了的吗？他们难道就不担心将小说拍成电影的导演是张艺谋或张纪中吗？娘的！

写到这里，我不得不也骂上自己一句，我是在写读书的事儿啊，怎么列举的例证都是电影他们家的？娘的！

我转过头，眼光投向身后的书架，心中突然涌起很久没有涌起的渴望。

读书吧，从三十四岁开始。

这个记忆碎片，拉拉杂杂写了快一个月，一边越拖越长越写越多恨自己车轱辘话说个没完，一边不时思考着用什么话来收尾。

再三思量，俺确定了三个结尾。

结尾 A(摘自三七《重温》一文)：

重温是我的乐趣，并不只是新书中才有新的东西。如果一本书是用作者自己真正的经验和思想写成的，它就和一种完整的人生一样，永远有新的意义等待发现，永远能够拉着我们的手去重新审视自己。这样的书是一个老友，与你一同成长，分享你的秘密，预见你将要经历的一些事情，并用他的故事来安慰你、引导你，允许你享用他的头脑和经验。人生得一知己足矣。对这样的一本书，假如我们也会遗忘，那只是因为我们遗忘了曾经的情感经历，遗忘了我们拥有过的一些东西，正如我们通常遗忘贫贱之交一样。

重温，我们会吗？我们不会的。除非到了人生的终点，在那个挂钟不停地计算我们的时间的夜晚，那个不再有早晨的夜晚，我们也许会被内心的冲动从梦中惊醒，打开手电，来到放杂物的屋子。我们在找什么？在尘土和蛛网下有一本书。当僵直的手指翻开那些发黄的书页时，我们的热泪会夺眶而出吗？

结尾 B(摘自俺曾经写过的一个帖子)：

我是相信年龄这种东西的，现在的我，就是一个三十四岁男人的心态。

二十四岁的我，喝酒是为了以后喝更好的酒，读书是为了以后自己个儿写书，交朋友是为了以后有更有面子的朋友，和女孩交往是为了以后能跟她做一辈子这样的事情。

但是，如今的我已经三十四岁了，我喝酒就是因为喝酒的感觉挺好我就想喝，读书就是因为那本书闯入我的眼帘我就想读它，交朋友是因为那个人让我想跟他在一块坐会儿，和女孩套磁是因为我想看到她的笑脸，哪怕只是现在，一个略显长久的瞬间。

我要的生活已经就在我的眼前。我眼前的种种不再是途中的凉亭，过往的街道，甚至就可以作为我死前的风景，死后的坟茔。

在上天结束我的生命之前，让我能看多少就是多少，即使不能把手头的这一本书读完。

结尾C（为满足某种带有强迫症的习惯，凑六句）：

这时的我，从事的职业就是出版，深深知道自己造了多少垃圾。每年的全国图书订货会，到处都是“做”出来的书，挂羊头卖狗肉，扯虎皮做大旗，为婊子树牌坊，拿肉麻当有趣。透过那些五花八门的书，我看到的是被造成纸浆的小树苗们在呻吟在哭泣。

这时的我，不再吹嘘某本书很久以前就读过，那就像六岁就开始睡童养媳的阔少爷一样，不具实质内容。

这时的我，不再将一些门面书“漫不经心”地扔在床上，证明着我的口味。对那些难于理解的读物，我要表示出躲之唯恐不及的敬意。

这时的我，不再追求什么印数低的偏门书。其实人这一辈子读不了几本书的，与其把力气用在那些旁门左道上，还不如规规矩矩看完几本口碑相传的名著有用。

这时的我，经常不忍心去逛中国书店。看到那些簇新的旧书，才知道人类的文明成果并没有多少被认真吸收，要不这世界也不至于混蛋成这样。

这时的我，开始打心眼里相信，读书是世界上最不坏的事情。

胡斐的这一刀，到底是劈向结尾 A、结尾 B，还是结尾 C？

关于足球的记忆碎片

看个球

“其实，四千年前的生活并不赖。人们可以惬意地活着，不受干扰地干自己每天的事，比如找吃的、找性伴侣和找一个遮身之地。其他的一切都是那么简单……”

这是我最近在读的一本书的前言。作者接下来写道：“可是到了后来，这种惬意一下子就终结了。因为，这时突然来了一群唯恐天下不乱的人，如泰勒斯、亚里士多德、柏拉图和老子。他们不甘心日常生活的平淡无味，他们要思考其他的问题……美好的时代一去不复返了。”

这本书的名字就叫，《自从有了哲学家》。

其实，以前的生活确实不赖，在没有世界杯之前。自从有了这个东西，美好的时代一去不复返了，人类的痛苦加深许多。

自从有了世界杯，男人就有了比受伤更惨烈的疼，普拉蒂尼射失点球，在一个国家的心脏上划下一道伤口；女人也有了比失恋更绝望的痛，罗伯特·巴乔雄兔脚扑朔，黯然下场时谁的眼泪在飞，众多美女雌兔眼迷离。

自从有了世界杯，这种和平时期的战争，仇恨就被无限夸大，韩国人对自己的球员说了，你谁都可以输，就是不能输给日本人；人们也学会了精神胜利，马拉多纳千里走单骑，突破英格兰的防线后，阿根廷人顿时觉得马岛之战的耻辱实在是算不了什么了。

自从有了世界杯，中国球迷就被推入痛苦的深渊。一次次的失利，若干版本的“黑色N分钟”，对随便一个小国家的习惯性恐慌，施拉普纳、戚务生、阿里汉……多少人成为中国人民在梦中痛打痛骂的对象。国人不得不从人种学的高度来思考自己民族DNA的不足，而此前，我们打乒乓球的时候不是这样的啊。

自从有了世界杯，公费旅游又有了最恰当的借口，多少脑满肠肥的家伙被邀请出国看球，多少认不全二十六个字母的记者被派往前线。自从有了世界杯，多少嗓子要被喊坏，多少眼睛要被熬红，多少酒瓶要被摔烂，多少小树苗要被化成纸浆，好让这些报纸出什么世界杯专刊……

自从有了世界杯——

马大帅

我特烦马拉多纳。那是在1990年的意大利之夏，他屡屡被对手放倒，然后脸上会浮现出一个极度痛苦又无奈的表情，挣扎着爬起来，做奄奄一息状，裁判要不给对方一个牌，就摊开双手耸耸肩，咧开大嘴嘟囔几句什么，大概是表示不公。这一整套动作在我看来，有着强烈的做戏感。

正当我腹诽不已的时候，又看到报纸上有球迷歌颂老马，说他成了所有对手的靶子，明枪暗箭向他袭来，让他一次次倒下，再一次次站起。伟大的老马啊，扯动了对方一半的兵力，给风之子卡吉尼亚腾出空间，带来了阿根廷的胜利。我承认，老马传给卡吉尼亚的那个球确实妙到毫巅，也承认，他确实在对手的密集炮火下很受伤，要不再向裁判并通过电视镜头向全世界球迷哭诉一下，那才真是太委屈。但承认归承认，我还是烦他。

再仔细想想，烦马拉多纳，是因为他率领的那支看起来既面又贱的球队居然淘汰了我所钟爱的巴西和意大利，尽管姿势不雅，却一路跌跌撞撞闯进了决赛。我并不是段位多高的球迷，用我浅薄的目光来看，阿根廷队的几次胜利，都不是硬碰硬的摧枯拉朽的阵地战，而是被对手摧枯拉朽之际的破袭战，这多少显得不痛快，有些鬼鬼祟祟的架势。用饭桌上的话讲，老马属于那种酒风不浩荡的人。

屁股决定脑袋，那时我自己属于既浪漫又保守的青春期男人，对老马产生这样的意见也算正常。所谓浪漫，是要追求过程的轰轰烈烈啊，并不愿意看到偷袭，看到算计，看到量力而行，看到效率第一，就像斯基拉奇在阿根廷后卫的调戏下，像个疯子似的不停越位，而我便对他充满了同情。所谓浪漫，是要那种阳光明媚的精致忧郁的美男子啊，马尔蒂尼、多纳多尼、安切罗蒂什么的，还有范·巴斯滕惊世骇俗的零度角抽射，相比之下，老马太糙了，太野了，太抱歉了。

所谓保守，那时我是个经受了多年正统教育的好学生，喜欢的也是循规蹈矩的标准型男人。像老马这个样子，狂妄率性，吸毒泡妞，既爱扯谎，又有私生子，对这样的男人，俺们小小的脆弱的心田，是感到既刺激又畏惧的，赶快哼一声躲开。

除了这种根深蒂固的训导，也跟我的看球经历有关。马拉多纳如日中天的时候，我还是一个高中寄宿生，看不到墨西哥世界杯，看不到上帝之手，更看不到那粒世纪进球。后来暑假时看重播，不客气地说，那时的我蒙昧未开，还体会不到足球之美、运动之魅，那粒进球的伟大之处，我只有等到多少年后，一遍遍地看电视里的重放，才彻骨地懂得。

如今好了，我知道老马有多么了不起了，有人说起美国世界杯时连过六人的奥维兰，说可以跟马拉多纳的进球相媲美。我呸，难道足球比的是过人多吗？那是保龄球。在我狭隘的心里，老马的这个进球成为永远不可复制的经典，散发着烈日般的光芒。最后才知道真正最爱的是最初最烦的人，马大哥，终于成为了我心目中当之无愧的世纪球星。

这样一说，又充满了人文主义的调调：原来俺对马拉多纳的心路历程，暗合的是一个小男人否定之否定的成长的烦恼。

扎堆

球迷有很多种，我属于那种就图个热闹的伪球迷，要是自己一个人看球，非闷死困死不可。特别是世界杯，基本都搁在跟我们有若干小时时差的国度举行，我往往是先干点别的熬到后半夜，等到裁判的开赛哨声一响，就酣然入梦。

像我这样的，必须要扎堆看球才行。

1994 年美国世界杯时，我参加工作没几年，周围一堆男光棍。世界杯到了，大家就商量，要一起看球。

单位分给我的单身宿舍比较豪华，尽管没有水房厕所，需要拿着一个塑料桶去隔壁一栋楼拎水，捎带着解一把手，但地方够大，加上吃集体食堂的未婚男人占地面积不大，所以装十来头不成问题。并且，搬进来之前单位的行政处还把屋地给油漆了一遍，拖两遍之后，便光可鉴人，铺上凉席报纸，就能坐能卧。大家每人上缴三十块钱，凑成一个世界杯基金会，购置了电炉、方便面、饼干、辣酱、腐乳、咸菜和扑克牌，还有一些麦乳精啥的，简直就是共产主义的幸福生活了。

还差一样：电视机。宿舍里本有一台小黑白电视，但这显然与共产主义的生活质量不符。我便去央告与我同事的大师兄。他成家不久，有一台彩电。现在想起来，我们的要求是有些过分的，但大师兄当即答应下来。他经常在麻将桌上暴卷我们，性情极其野蛮，加之婚后体形走样，向猪的方向发展，还姓林，于是我给他起了个侮辱性的外号：野猪林。不过等把他的电视搬进我的宿舍，调出影来，基金会的同仁再见到他，便恭敬地叫成了“林哥”。

美国世界杯就这样开始了。等待开赛的时间，我们用来打拖拉机，输方负责维修屡坏屡用的电炉，以及去拎水；胜方则可以占据一个比较好的位置，四肢非常舒展地看球。我看球将近二十年了，美国世界杯是我看过的最完整的一届,当然得益于这样的集体观球生活。

唯一没有料到的是,我的宿舍是在一层,地上阴湿无比,战士们一个多月熬下来,几乎全都落下了病根。优秀的球迷多是坐着看球,最多就是拉几天稀,偏有一些赶时髦的家伙也来入伙,大呼小叫地打完拖拉机,一开赛就躺倒在地呼呼睡去。这些家伙几年后基本都得了肩周炎。

我们的上班时间要求并不严格,大家多是在曙光降临的时候回各自的床上睡一上午,中午起来去食堂打饭。球友见面,总要打声招呼,这个用山东快书的腔调来一句:“闲言碎语不用说,表一表好汉贝贝托。”那个嘤咛一声:“闲言碎语不用提,表一表好汉马尔蒂尼。”

世界杯期间,单位还要参加有关部门组织的歌咏比赛,我也被抓了壮丁。唱着那些熟极而流的歌曲,“他坚持了抗战八年多,他改善了人民生活,他建设了敌后根据地”什么的,我突然产生了幻觉,天啊,这歌颂的不就是好汉贝贝托吗?我就唱得格外带劲。

那次歌咏比赛,就像巴西队一样,我们夺取了冠军好处多。

戚务生牌鱼刺

1997 年秋冬之际,我差点儿出了车祸。

那是 10 月 31 日的下午,天色平静,冷风怒号,一切宛若平常,但我板着一张驴脸,眉头紧锁,双眼射出仇恨的目光,死死咬着牙,骑着自行车在马路上狂奔。等到一辆汽车带着刺耳的刹车声停在我的面前,我仿佛才回到人间。

此前我一直被一个问题折磨着，中国队怎么就输给卡塔尔了呢？怎么就又输给卡塔尔了呢？？我想六万遍也想不明白。

那天下午，我一直在一家宾馆采访，千里之外，中国足球队在大连金州血战卡塔尔。我对那次采访完全心不在焉，时不时到前台，听服务员聊一下赛况，心一次次被抽紧。最终，中国队以二比三败北。我的心带着风声呼啸而至大连，将中国足球队的所有直系亲属全部搞了一遍肉体性侮辱。车祸即将发生时，我还在对那些无辜的家眷们进行恶毒的问候。

那年的十强赛，耗费了我太多的情商和智商。智商主要用来计算几支球队的积分和小分，以及中国队出线的可能，其复杂程度堪比陈景润计算哥德巴赫猜想。事后我们发现，只要中国队能够将其中任何一场或负或平的比赛踢赢，就可以踏进法兰西赛场了。耗费的情商，则主要用来骂戚务生。现在可以客观地说，以戚务生那种犹疑柔弱的平庸气质，让他踢出亚洲走向世界，确实勉为其难了。但当时，我就是搂不住火，总得找个泄火筒啊，不骂他骂谁？孤独的孩子，提着易碎的灯笼。

11 月 6 日，是我的生日，我请一位当警察的老友来家里做客。他有一手做饭的好手艺，居然能做红烧鱼这种技术含量很高的菜肴。下厨房施展一番后，我们举杯持箸，开吃开喝。没过一会儿，主要议题就由祝贺俺的生日转向辱骂戚务生。

历数其呆其傻，老友越说越气："戚务生这个……"说到这里，他突然停下来，使劲摇晃着手，原来是鱼刺卡了嗓子。

几番艰难的干咳和吞咽，吃下去若干菜叶，喝下去若干老醋，仍无济于事。老友的脸色先是臭豆腐，然后是酱豆腐，最后眼见着要跨越血豆腐阶段变成韭菜花，只好陪他去医院。

医生拿着小手电窥视一番，然后告诉他，要先打麻药，让喉咙失去知觉，再伸镊子进去，在麻木的嗓眼中取出鱼刺。要知道，我的这个朋友可是当警察的啊，见过那么多流氓恶势力，都不带眨眼的，他还勤奋练就了一身的肌肉，活脱脱一个迷你型施瓦辛格。就这样一个铁骨铮铮的汉子，当医生对其进行鼓捣时，眼泪迸流："大夫，求求你杀了我吧……"

耗时良久，这根戚务生牌鱼刺终于被处理出来。

老友那说了半截的话，我以后再没有问起。他要说戚务生是个什么来着？我已经没兴趣了，我只想对着高山喊，戚帅啊戚帅，你在哪里？你可知道？一个人民的警察，为你戒了鱼。

如今时兴起了转基因这种东西，我举双脚赞成。要么把中国足球的基因给转了，让它们硬起来，要么把鱼的基因给变了，让刺们软下来，否则，这饭真没法吃了。

撒气

说到扎堆看球，怎能不想起校园里的球事呢？

上大学时，北京的同学周末大多要回家，因为家里有爹娘，有美食，有不必到十一点就熄灭的电灯，有可能配备着录像机的彩电。但有的时候，这些同学偏要在周末，吃过爹娘的饭后就巴巴地赶回学校。

因为要看球。

像1988年的丰田杯，乌拉圭民族队与埃因霍温队互射点球，双方就像约好了一样，这个进去那个也进去，这个射失那个也不进，一共搞了不知道有多少轮。看球的同学发出一声声尖叫，一声声叹息，拍打着自己或别人的大腿，猜着是不是要一直踢到天黑。这样的快乐，是一个人在娘家看球能体会到的吗？

最让我痛心的是1989年，六强赛。

跟那年的看球生涯有关联的是三个字眼：一、小国。上中学时，我们经常拿着世界地图册，让同桌找某个不起眼的地名以考眼力。很不幸，中国队本次对手就全是这类在地图上都难以标出名字的小国家，比如阿拉伯联合酋长国什么的，偏偏中国队什么队都敢输，什么人都敢丢。二、共振。这是个物理学名词，据说部队上特有讲究，当走到桥上的时候，一定要把整齐的步伐走得杂乱些，要不桥就要被共振垮掉，如果这些军官进大学看球，当中国队进一个球或丢一个球或将进未进之际，几间宿舍、几层楼、几栋楼便要一齐发出或振奋或沮丧的咆哮，那样的共振效果肯定会让他们担心楼会不会被吼塌。三、玻璃瓶。一场比赛踢罢，不管是输球还是赢球，总要表示一下，于是大家便把囤积在床底下的啤酒瓶伴随着欢呼或诅咒声抡到楼下去，玻璃爆裂的声音就像我们要炸开的心。穷学生，哪有那么多啤酒瓶啊，中国队赢过沙特后，瓶子基本上用完，到与阿联酋的黑色三分钟时，一些尘封多年的饭盆暖瓶什么的就都下去了。

最后一场对卡塔尔。中国队先进了球。那次惊天动地的欢呼形成了最强烈的共振，大家全都跳起来，相互厮打。要知道，那年头还没工业化，又是夏天，许多同学都被扯出了老娘缝制的大花裤衩。

再熬几十分钟，就可以走向意大利啦！这时，我这个不怎么懂球的人突然冒出了一句："坏了，不会像阿联酋那场吧？"至今我也不知道为什么会产生那样的预感，但马上，黑色三分钟就再次降临了。一堆汗津津的男人的大手挥向我。

我急忙逃出去，回到自己宿舍，一帮男人追着要来打我或打点儿什么，却被邻室的老方拦住。他是保送生，被公认为我们年级智商最高的，拿出一张写满了数字的纸，告诉大家，经过他的精密计算，即使这场球中国队胜了，还是出不了线。大家哪里听得进去这个？开始骂骂咧咧地四处找瓶子。老四遍寻不遇，把老二还剩四分之一强的醋瓶给摔出了窗户。老二便顾不上骂中国队了，开始埋怨以后怎么吃饺子啊。

到 1997 年的十强赛时，我已经离开校园，满腔的怨恨得不到发泄，只能看报纸，从愤怒的铅字中得到一些平衡。记得那时有一张《西藏青年报》，编辑部却是在成都，全张报纸印成黑色，字呈反白，一摸两手黑，要看的话需要把瞳孔缩成猫眼，但骂得那个痛快啊。我怀疑，这份报纸的发行量至少是个六位数。

现在回过头来想，我却有些感谢中国足球。老百姓过得挺憋屈，有个足球能让大家泄泄火，其实是件好事儿。按照传播学的观点，社会舆论其实就是个出气孔，不让老百姓出这口气，那可不行。

纸媒风云

世界杯似乎是属于电视的，但也是属于报纸的。在世界杯期间，各家报社不鼙些专版专号专刊之类，是说不过去的。我得说，几届世界杯下来，中国报纸的发展沿革之路也清晰可见。相较电视转播，技术革命的烙印在报纸上体现得更为明显。

1990年的意大利之夏，我在《长江日报》社实习。球还没踢，报社就把记者派了出去。派到哪儿去？你以为是意大利吗？错，是深圳。干什么？那里可以看到当天的香港报纸，记者剪下几块，用传真机传到报社，就成了"本报特派记者专电"。那时中国还没有加入《伯尔尼公约》，版权意识近乎于零，看到有用的，当然是拿来就用，也没觉得有什么理亏。

被派去干这个差使的，是如今《三联生活周刊》的副主编李鸿谷李大人。除了剪报，李大人还有一项任务，就是看电视写稿子。那时中央电视台的人还很愚昧，以为一场球赛就是九十分钟的事儿，裁判终场哨声一响，就急忙与观众说再见。而香港的电视台，播放的则是包含台前幕后情景的足本。那天意大利惨遭阿根廷淘汰，我兀自惆怅不已，李大人来了电话，说他那边的电视里还在转播，两个意大利美女在屏幕上哭啊。我恨得直想把眼前黑漆漆的电视砸了。

八年后，法国世界杯开踢，我正在北京流浪，应邀去《生活时报》打一份短工，就是操练《世界杯快报》。由于时差问题，许多上班族看不了黎明前的那场球，于是能够报道那场球的早报就有了市场。我们一干人等，足足熬下三十多个通宵，使这张《世界杯快报》真正“快”了起来。这时，许多报社已经有钱派记者去法国了，却大多对互联网茫然无知，而我已经有了一年多的网龄，坚持让报社配备一台能上网的电脑，更巧的是，法新社为了市场推广，免费让我们使用他们的比赛图片。要知道，国内有数码相机的报社还并不多，能够通过网络传图片的，更是微乎其微，而我们却能在比赛结束半小时内，下载到高度清晰的现场图片。饿滴神啊。

网络的作用还不止于此。我的师弟坐镇在家，他外语又好，网络又精通，能够在第一时间将赛后新闻发布会的情况给整出来，然后 mail 给我。这可比只会发传真、抄当地报纸的前线记者好使多了。我们也给他安了个“本报法国特派记者”的名分，为显得真实，还给他起了个俗气的名字：赵永强。

那一个多月，我们迎着清晨的阳光，在路边小摊吃着油条喝着豆腐脑，眼睁睁地看着这张报纸的零售量如同贪官的口袋一样迅速鼓胀，连打出的嗝都带着幸福的法兰西气息。

如果说《世界杯快报》胜了，那也是新技术的胜利。但这样的胜利并不长久，《生活时报》几经沉浮，如今变成了《新京报》。而到了日韩世界杯期间，我到韩国出公差，假公济私去看场球，见到比韩国人还多的中国球迷啸聚在一起，尽管中国队一球不进，这帮球迷却还是一副贱嗖嗖的快乐嘴脸。他们的文明素质也不够高，从一处地方掠过，身后总是一片狼藉。我留心了一下，被他们扔掉的，是《北京青年报》在当地印刷发行的世界杯特刊。呜呼，中国的报纸已经进步到如此地步，世界当惊殊。

是啊，胜利并不长久。等我回到国内，才知道在这届世界杯期间，纸质媒体纷纷溃败，《体坛周报》、《足球》、《南方体育》，日报晚报都市报，不惜血本派记者出专刊，风光还是被独立门户的网络和醒过味来的电视夺了去。

面对如此颓势，你能怎么办呢？五十六种语言汇成一句话：没有办法，没有办法，没有——办法。

开幕式

果然，北京奥运会开闭幕式总导演的担子毫无意外地落到了张艺谋老师的肩上。

我非常不赞成让张老师干这桩事儿。抛开他这张熟脸给人造成的审美疲劳不谈，单就他的艺术风格，我觉得也并不合适。这几届奥运会开幕式大多空灵飘逸，中国文化追求的更是"宽能跑马，密不容针"的含蓄蕴藉之美，但张老师的艺术词典里是没有"轻灵"、"轻巧"这些字眼的。他能做到密不容针，却很难实现宽能跑马；他非常善于用千军万马来展示万马千军，却不能通过一滴水来让观众感受到一片汪洋。再说，张老师如今越来越学会了花大钱来办大事，奥运会开幕式落到他的手上，估计规模最大、道具最多、演员最多等等创纪录之举是一定的，但花钱肯定也是创纪录的，这符合"节俭办奥运"的精神吗？

有人就问了，不让艺谋老师上，你说还有谁？这个我也答不上来。偌大个中国，只有一个人可用，这他妈怪得着我吗？

扯远了，说说世界杯的开幕式。我觉得它比奥运会的开幕式要好看，因为短。奥运会的入场式，我不知道正常人有几个能盯着看完，唯有那些来自太平洋岛国的拿着渔网穿着树叶的运动员，还能激起我们的点点兴趣。

法国世界杯时，我在报社值班，瞟一眼电视屏幕，感慨道："法国人真敢整啊。"因为在我这种没有格调的人看来，场地中央那个硕大的"YSL"标志就是香烟广告。然后才得到纠正，原来伊夫·圣罗兰还是一种时装品牌，还是一个人的名字，代表着法国时装教父。形形色色的美女身穿时装款款出现，我不错眼珠地盯着电视屏幕，穷哥们哪见过这么多美女呀？相信巴西人也是这样看得口干舌燥，所以才在接下来的决赛中输了。法国人真坏。

再往后，我在北京这个名利场中多混了几年，那种华而不实的时尚杂志多看了几本，就知道了，法国国宝级美女凯瑟琳·德纳芙主演的《白昼美人》，海报是一件很著名的黑色露背礼服，她回眸凝望，旁边是几头道貌岸然的男人。这件黑色礼服就是伊夫·圣罗兰设计的。那是1967年的事儿了，伊夫·圣罗兰当即对凯瑟琳·德纳芙惊为天人。他的爱情献给过很多男人，而爱过的女人却只有她一个。

如今伊夫·圣罗兰宣布退休，突然对世人公布了自己对时装的看法："没有衣服比裸体更漂亮，女人最漂亮的衣服，是她心爱的男人的臂弯。"时装大师的时装理念就是无时装，多禅啊。

八十年代国内公映过一部美国故事片《冰与火》,全是美轮美奂的运动场景,像一出体育MV。其中男主人公赞美他刚认识的一个女孩:“她穿任何衣服都漂亮,她不穿任何衣服更漂亮。”

走在大街的女子,精雕细刻的样子。她们很细心地将自己穿好,目的就是为了最后让一个男人将其脱下吧。

投入男人的怀抱,用伊夫·圣罗兰的话说,就是换上了自己最美的衣服。但能美多久呢?

穿上是为了脱下,出生是为了死去,走近是为了离开,相爱是为了散失,这样一琢磨,就有了一种很幻灭的感觉,还是用伊夫·圣罗兰的一句话来结尾吧:“但我没有找到这样快乐的人。”

爱相随

1992年的那个夏天,我在报社值夜班,时值巴塞罗那奥运会,当时我在追求一个女孩。那天深夜,孙淑伟十米跳台的惊世一跃,七个裁判打出六个满分,那个不可思议的动作和得分,使夜班办公室爆发出一阵欢呼。我的心突然飞得很远,似乎到了那个女孩的楼下,痴看着透出窗户的灯光。她在陪家人看孙淑伟吧?要是搁现在,可以手机短信或上网MSN交流一下,但那个时候,能打开的只是想象的翅膀。同样的夜晚,同一轮月光,在为同样的事情,同时喜悦赞叹。就这样想着,一种没来由的幸福让我的脸上罩满笑意。

不是世界杯吗?怎么扯起了奥运会?对不起,我用这段跑题的回忆,引出一个话题,看球的女孩。

物以类聚,我自己不懂球,所以在一起混的也都是些凑热闹的二杆子选手。真正懂球的女孩,或许有? 但我没见过。大学时看球,男生宿舍经常夹杂着一些女生。男女搭配,看球不累,其实男生是很喜欢女生来凑这个热闹的,并且最好她们越不懂越好。有了女孩在身边,小男人们的粗野、文雅、疯狂、内行,都变得很夸张。有的家伙为了引起心爱的女孩的注意,会提前预习,把份《足球》报努力背熟,再在看球的时候漫不经心地说出来。

但我要写的,却是一个为了引起心爱的男生注意的女孩。她喜欢他,他喜欢看球,她也说自己喜欢看球,只要有比赛,就来和我们一起看,还带着许多吃食。慢慢地,我们都知道了她喜欢他,他也知道。但他不喜欢她。

她依然与我们一起看球,垂涎着屏幕上的俊男,唏嘘不已。

她和他的故事持续了若干年。她尽量寻找机会和他在一起,他开始一段又一段,再结束一段又一段爱情,但女主角始终不是她。她再也没有开始其他的爱情。

几年前,有一次相聚,他不在场,但她仍愿意不断提起他。喝多了酒,她突然哭起来。几个男人讷讷地无从说起,饭局收场。送她回家的路上,我借着一股酒劲儿,对她说:“别要那种得不到呼应的爱情。”她不吭声。

几年时间过去了,我逐渐明白,人来到这个世界上,莫不在服一生苦役。有的人一旦遇到自己五百年前的冤孽,就像郭襄对黄蓉说执迷不悟的穆念慈:“妈,她也是没有法子啊。”说起来人生的仆仆风尘,爱情的悲欢离合,我们开始同情似乎生活在监牢里的别人,却并没有看到,自己同样身处另一个炼狱。

她大我一岁,如今已近不惑之年,依然枯守着自己的岁月,以及对足球比赛的热爱。《纯真年代》里,暮年的纽伦特来到爱伦的窗下,闭上眼睛——年轻的她沐在金色的夕阳中,回首看他,笑容次第绽放,美得好像花。远处灯塔矗立,海潮高一声,低一声。

请允许我诗兴发作,也来讴歌一下属于我们的青涩又执拗的爱恋吧:

他盯着电视看球,

她盯着电视看个球。

足球装满了他的眼睛,

他装饰了她的梦。

小张,醒醒

思考是智慧的体操,我就不喜欢让自己的脑子闲着。没事儿我爱琢磨些终极问题,比如,三十年之后石油用完了,盛石油的那些桶可怎么处理?再比如,一条蛇用嘴叼住自己的尾巴,不停地吞下去,一直吞下去……最后会是什么样子呢?再再比如,英国人开的是右舵车,法国人开的是左舵车,那么英吉利海峡里面,汽车是靠左还是靠右行驶?

还有一个问题,两军对垒,打得不可开交,都筋疲力尽了。甲方便开会讨论，干脆向敌人投降得了。正说着，乙方举着白旗过来了。甲方又得招待俘虏吃喝，还得为他们治疗伤病员，不堪重负之余，便纷纷埋怨自己的长官："让你投降你不投，结果反被敌先投。"

出现这样的局面，该是多么可悲啊。

事实上这个问题跟世界杯有关。当年我在《生活时报》打零工，和师兄老猫一起操练《世界杯快报》。旷日持久的通宵夜班熬着，有一天下午，我俩闲来无事探讨人生，我便跟他讲了我正在思考的这个问题，准备给自己铺垫一下。刚说完，老猫就一脸无辜地说，老六，我熬不住了，明天必须歇菜一天，你一定要扛住。

……我恨不得把自己的脑袋往房顶上撞。看看，看看，让你投降你不投，结果反被敌先投。

那届世界杯，我就生生一天也没休息，最后把自己熬得身材像丝瓜，脸色像黄瓜，眼睛像冬瓜，嘴巴像苦瓜。

艰苦劳动之余，没有这么一点儿浪漫的想象，是无论如何也顶不住的。记得最劳累的时候，上厕所我都要邀请一两个兄弟"共襄盛举"，因为实在是怕自己年久失修，没人同行，没准都走不回办公室。

又过两年，该欧锦赛了，此时我在《精品购物指南》报社打工。"精品"的工作条件较好，专门在某酒店包了两间房，供欧锦赛战斗小组使用。大家吃住在一起，每个人的习惯和隐私都暴露出来。有一天深夜，我困得五迷三道地趴在电脑前，感觉脑子就像火山口的岩浆一样逐渐凝固，什么灵感都没有了。我就很客气地扇了自己一个耳光："醒醒！小张。"

那声耳光和断喝把同事惊动了，大家莫名惊诧。我急忙解释道，这是我的个人习惯，当困得睁不开眼时，或看到不可思议的事情不敢相信自己的眼时，或感到有怒火要冒出自己的眼时，就扇自己一个有形或无形的耳光，提醒一下“小张”。

所谓小张，也是有深厚文化底蕴的。《围城》中的李梅亭，做了一件特得意的事情后，就恨不得分出一个自己来，拍着这一个自己的肩膀说：“真有你的，老李。”咱这可是跟名著学的。众人纷纷点头。

从那以后，风高月黑夜，那家酒店的房间里就响起此起彼伏的耳光：“醒醒！小李”；“稳住，刚刚”；“胖子，真有你的”。

对了，那次同居的时间太长，大家的生理缺陷都暴露无遗。我有轻微色盲，但在他们嘴里，已经成了不得了的残疾。2006 年世界杯，我又有机会去德国看球，于是接到昔日同事的电话：“可得记住了，你只能看欧洲球队跟非洲球队的比赛。”

乡土韩国

生活在这个时代，你经常被历史的洪流裹挟得晕头转向。不是吗？低下头，看看你自己所处的状态，所拥有的东西，是去年此刻的你能够想象到的吗？2002 年，当我有机会花公家的钱去趟韩国，并且知道能看一场世界杯比赛时，忍不住在心中呻吟了一下：穷哥们什么时候想过能在现场看球啊。

到了韩国，才发觉就像在国内出了趟远门。到处都是中国球迷，还有一些国产女性聚集在一个叫什么“洞”的地方疯狂购物，而路边的酒吧里，是一堆堆的中国足球记者呷着青岛啤酒，煞有介事地体验着出国采访世界杯一线的威风感觉。往国内打个电话也很便宜，我跟留守北京的太太汇报说，我经常在饭馆跟服务员说句“小姐，来点儿辣酱”，看对方听不懂，才突然意识到这是在外国。哦对了，还有路边招牌上的字，除此之外……刚说到这里，我看到一处公交站牌广告，印着硕大的八个汉字：“我有嘉宾，鼓之瑟之”，顿时闭上了嘴巴，心里同时涌起一股暖流。

要说韩国跟中国有什么不同的话，就是这里更农民一些。呜呼，这么说，估计韩国人和中国人都不干了，正如费孝通先生所说，“土气”成了骂人的词汇，“乡”也不再是衣锦荣归的去处了。但根据我的观感，这片乡村挺好的。“农民”在我的字典里，褒义的成分更多一些。

韩国人太喜欢他们自己了。来到韩国，听到最多的就是他们用骄傲的口吻说，“我们韩国”如何如何，其中一项是，韩国是个经济发达高度城市化的国家，城市人口已经占到全国总人口的百分之八十。我倒觉得，韩国百分之八十的人口还是农民，这还是一个类似农村的国家。至少，百分之八十的韩国男人长得都是农民的相貌，平静、黝黑、朴实、少脂肪。包括他们津津乐道的“汉江经济奇迹”，声明自己已经有多少成分不是农民，都带有农民的自我安慰和炫耀。

与韩国导游聊天，我才知道韩国的儿媳妇必须要早起为公婆做饭，如果米饭不是新的就要挨骂，韩国家庭的长子则义不容辞地承担着伺候父母的重任，甚至不允许他们去异地工作，这些农民做法都是“陌生人所组成的现代社会”无法想象的。

农民是坚韧的。他们的经济腾飞,全是靠自己的血汗打熬出来的,这个国家只有两种人:工作的人和被工作累趴下的人。看他们在球场上踢球,也远远超过了一个职业球员的范畴,而成为一群生死搏杀的战士。即使在最有争议的对意大利的比赛中,人们也不得不承认,韩国人迟早要把意大利破车拖垮。

农民是狭隘的。韩国人爱吃狗肉,被远道而来的欧美嘉宾好一番奚落,法国人更是抗议不止,说要再如何如何他们就如何如何。结果法国队一球未进一场未赢,上届世界杯和欧锦赛双料冠军踢完小组赛,就和中国队一样灰溜溜地打道回府。当时我身边的韩国人那叫一个高兴:“看,输了吧?”潜台词就是俩字——活该。

韩国人的记仇甚至到了偏执的地步,特别是表现在对待日本的态度上。他们把每一场对日本的比赛都当战争来对待,这自不待言。我还记得看过一部叫《No. 3》的韩国电影,里面有一个叫“烟灰缸”的黑社会头目,无恶不作,但只要听说对方是日本人,马上就变得特别正义凛然血性十足,别人不出手时他也出手。对于一些经常将耻辱当笑料说的人,我宁愿看到这股乡气。

唯一受不了的是农民的热情。我在韩国观看了中国队对土耳其一役,离体育场还有一两公里的路,便全是为中国加油的韩国人,他们声音的分贝和身体扭动的幅度甚至超过远道而来的中国球迷。据说这是当地的群众团体自发组织的志愿者,当好东道主热情迎嘉宾。看看那些软绵绵地喊两句“中国队必胜”再环顾四周就悻悻地闭上嘴巴的同胞,不由你不感动。

再往前走,却又是一群为土耳其队助威的韩国人,同样热情,同样投入,我顿时有些崩溃。这应该属于独特的东方式淳朴吧?2008年北京奥运会时,我们也会组织人民,这样鼓之瑟之吗?

修辞

学业荒废久矣,教科书上的一些语法知识都忘得差不多了。关于修辞,除常见的拟人夸张排比外,还有一种,似乎叫"佯谬",意即故意犯一些错误,引发一种喜剧效果。比如有人将"MSN"写成"SMN",经常遇见一些好心人予以纠正。我曾经写篇文章,将那个哲学家的名字写成"孟德斑鸠",又有一些读者不干了。

足球方面,流传甚广的韩乔生语录,多是不经意间的口误,如"也许您刚刚打开电梯"之类。但像这种语录:"七号球员夏普分球,传给了九号球员夏普,他们可能是兄弟。在足坛上活跃着很多对兄弟";"这个球传给了十号,咦,十号怎么也叫夏普,可能是这样的,外国球员印在球衣上的只是姓,这些球员都姓夏普,就像韩国有很多球员都姓朴";"十号进球了!十一号上前祝贺,十一号是……夏普";"哦,对不起,观众朋友,夏普是印在球衣上的赞助商的名字"……这样的错误,已经完全收到了佯谬的效果。

在这方面,我觉得"以迅雷不及掩耳盗铃之势"达到了佯谬的最高境界,后来又有人创造出"以迅雷不及掩耳盗铃儿响叮当仁不让之势”，就显得太刻意，反倒等而下之了。

如今韩乔生老师大概也回过味来，高举这种修辞的大旗，将错误进行到底。于是，这个犯错最多的解说员反倒成了最受欢迎、颇受尊敬的人。无他，佯谬耳。

还有一种修辞，我不知该怎么称呼，大概算是比喻的一种。平常的比喻，都是用已知喻未知，比如“她美得像一朵花”。但我说的这种比喻，却是用未知喻已知，从而让读者得到意料之外的资讯，比如某外国小说中有个主人公，通过其言其行，我们已经了解了他的品性，这时作者来一句“他就像寄宿学校的女生一样贪吃”。这样一句话，反而是提醒了我们那些女生的良好胃口。

产生这样的想法，是因为某天我在银行里憋屈得不行。祖国银行的办事效率之低，确实令人绝望，而有的低效完全就是人为的，我进过若干次银行，从来没见过所有窗口都有人值班的情景，今天更是这样，一百多顾客堆在柜台前，那家银行的七个柜台依然只有四个人值班，还不时见到有工作人员优哉游哉地来回溜达。在将近两个小时的排队过程中，我就产生了这样的联想：球评写腻了，其实应该在球评中告诉读者一些足球之外的东西，比如“瑞典队的后防线就像中国的银行柜台一样，从来就有空缺”。

这样的灵感让我心中的郁闷大减，顺势造了一些句子：

小组赛第三轮巴拉圭与特立尼达和多巴哥的比赛，就像娱乐明星接受所谓独家采访一样废话连篇毫无意义；

战胜加纳进入十六强后，意大利的夺冠信心像上海的房价一样高涨不已；

德国前锋克洛斯门前把握战机的能力就像中国贪官接受贿赂一样干净利索……

这样写球评，可以吗？

偏偏不快活

1987年，我考上大学没多久，高丰文率领中国国奥队冲进了汉城奥运会。二比〇客场战胜日本队那天，全校沸腾。我和睡在我上铺的老四，尖叫着拥抱在一起，然后听到楼下人声鼎沸，隔窗户看外面，见从几栋宿舍楼里汇集成一股人流，歌声与欢呼声交织在一起，大家喊着嚷着往校外冲。一些系还挥舞起了红旗。我和老四急忙四下里找东西，终于在水房找到一把比较干燥的扫帚，点着，挥舞着就下了楼。

走了没多久，扫帚上的火苗就熄掉，只剩青烟袅袅，但我们《大刀向鬼子们的头上砍去》和《国际歌》的歌声却越来越高亢。随着人流走出校门，海淀路上的人流更为壮观。

对于刚走出中学校门的我来说，看什么都新鲜，包括“全民喜迎十三大，举国欢庆二比〇”的标语，都让我和老四兴奋不已。并且我们当时也还不习惯游行这种方式，一听说是要走到天安门广场上去，心里马上就犯起了嘀咕。刚走到木樨地，就怕迷路，顺原路返回了学校。

回到宿舍，真是怎么想怎么高兴，中国足球，就这样冲出亚洲走向世界啦？忍不住又和老四拥抱了好几回，并不时“嘿嘿”傻笑几声。

这是中国足球给我的唯一一次欢乐，其余就全是气不打一处来的郁闷，偶有快感，也是骂那帮面瓜骂出来的。

转瞬十四年过去了，老百姓又开始为中国足球欢呼，这次是米卢率领国家队冲进了世界杯。正式出线那天，北京又开始尖叫了，不过这次由步行唱歌喊口号改成了开车按喇叭。一些人用啤酒把自己灌醉，一些人则拿着“我们赢了”的号外狂呼大喊。当时，我正在报社值班，听出去采访的记者报告着这些情景，却怎么也不受感染，死活兴奋不起来。此前，我们已经知道了中国足协是如何机关算尽做抽签的工作，躲开了若干强敌，终于把自己抽进了世界杯。这个结果几乎在赛前就已经注定，有报纸还说，张吉龙一个人，能顶半支国家队。真不嫌丢人的。

我是多么希望中国队能见谁都不怨，逢谁都敢灭，堂堂正正地打进一次世界杯啊。要有这股汉子气，哪怕就是轰轰烈烈地输掉，也认了。偏要设计出这种温温吞吞的成功，有什么意思呢？

本来在这个时候，就“应该”高兴那么一下子。但在那个狂热的夜晚，我的心里却是一片冷漠，只觉得身外的那些热闹，跟自己无关。那些快乐，经不起推敲。

是的，经不起推敲。

这也许跟当时我正好处于怀疑人生的阶段有关，对许多东西都充满幻灭感。第二年，看了奥斯卡获奖影片《时时刻刻》，大有同感。三个生活在不同时代的女人，她们的共同之处就是，在某一天，毫无来由地觉得不对劲。这有什么不可以的？

作为一个人，难道只有积极向上这唯一的选择吗？有没有不快活、毫无来由地不快活的权利？遗憾的是，我们一直振振有辞地禁锢着、剥夺着人性中黑暗阴郁、忧伤无助的另一面。我们总说忧伤的人是可耻的，却没想过，不会忧伤的人，也是可耻的。

当时，我正在逐渐学会给忧伤一条生路。因为对于忧伤来说，快乐简直就是一种逼迫。而此前，见到有人不高兴，便马上鄙视人家没头脑，并不认为自己陷入了话语霸权的魔障。《时时刻刻》中，弗吉尼亚·伍尔夫的丈夫劝她回家吃饭，因为佣人已经把饭做好，所以吃饭是一种义务。伍尔夫说，不存在这种义务。

别怪我这么拧巴，那段日子过后，我变得不再怀疑，自己的心情反倒坚定起来。如今好了，反正我是再也不会跟中国足球较什么劲了，包括别的什么东西。如果有人把设计好的喜悦、欢庆、紧跟、感动之类推过来，让我配合一下，我连推敲都不必了，直接对自己说，不存在这种义务。

不可以吗？

关于写信的记忆碎片

我们一直以为活的是未来,其实拥有的只有回忆

在古代　我只能这样
给你写信　并不知道
我们下一次
会在哪里见面

现在　我往你的邮箱
灌满了群星　它们都是五笔字形
它们站起来　为你奔跑
它们停泊在天上的某处
我并不关心

在古代　青山严格地存在

当绿水醉倒在他的脚下
我们只不过抱一抱拳　彼此
就知道后会有期

现在　你在天上飞来飞去
群星满天跑　碰到你就像碰到疼处
它们像无数的补丁　去堵截
一个蓝色屏幕　它们并不歇斯底里

在古代　人们要写多少首诗
才能变成崂山道士　穿过墙
穿过空气　再穿过一杯竹叶青
抓住你　更多的时候
他们头破血流　倒地不起

现在　你正拨一个手机号码
它发送上万种味道
它灌入了某个人的体香
当某个部位颤抖　全世界都颤抖

在古代　我们并不这样
我们只是并肩策马　走几十里地

当耳环叮当作响　你微微一笑

低头间　我们又走了几十里地

这是翟永明的一首诗，名曰《在古代》。写信，已经成为很遥远的事情，好像发生在古代，而事实上它十几年前还是我们要从事的很重要的一项活动。

消失得好快。如今，除了记几个电话号码或抄几个快递地址，我们还会提笔写字吗？信箱，这个字眼给人的第一反应，便是带“@”的伊妹儿，而她本来的模样是个年久失修的小木箱，还得用一把磨得没了齿角的钥匙才能打开。我们的家，现在有了专用信箱，但已很少打开，里面除了你随手扔掉的商业印刷信函，没有任何你所期待的东西。而当年的她，一天可是要被打开若干次的啊。

那个年代的友情、爱情和亲情，都寄托在里面。

那是一幕熟悉的场景：午后的大学宿舍里，大家吃饱睡足，点燃一颗颗香烟，纷纷摊开信纸，单卡录音机里放着音效粗糙的动人旋律，歌曲间隙的安静时分，是钢笔在纸上划过的沙沙声……世界上还有比这更惬意的时光吗？

相互之间还要汇报一下信是写给谁的。写作期间，一些得意的段落被读出声来，要求得到一些赞美来呼应。

老三突然问，“摇曳”的“曳”字怎么写来着？

大家一阵哄笑，连这个字都不会，你不会是被人代考才上的大学吧。写什么信要用这个字呢？难道不是你要写给一个女孩，告诉她你一见到人家，就“心旌摇曳”？得了吧，“曳”字他都写不出来，估计“心旌"这个词,丫都没听说过。

那些倾诉隐秘心事的暧昧信件,则需要逃课,专门利用宿舍里没人的时候偷偷完成,或美其名曰要去图书馆查资料,然后一个人跑到阅览室最僻静的角落,把挑了无数遍的精美信纸打开,患得患失的心情迟疑地落在纸上,时常停下笔来,抬眼远眺,高大的玻璃窗外,鸟儿在树枝间卿卿我我。

关于写信的记忆碎片,在瞬间扑面而来。

班里的信箱,有专人被授予重任,名曰书报委员。他是大家最欢迎的人,那人必须根据收发室的工作规律在第一时间跑去取信,他本人就应该有巨大的通信需求——最好正在热恋阶段,这样才能保证爱岗敬业。不过没关系,这小子一旦去得晚了,就会被人催促,怎么还不去拿?连"信"字都免了。

那小子的声音在楼道里传来:老蔡,你今天有三封;小马,又是重庆大学的信;老六,快去取汇款单,你爹寄钱来了;王四桶的老婆来信啦!

没错,信件的多寡,是同学之间相互攀比的一个重要指标。顾骡子最高的纪录是一天收到过九封。不过有人怀疑他是串通好写信人,约定时间发给他,以制造这一惊人纪录的。就像善于集中优势兵力消灭国民党军队的解放军一样。

老蔡入学报到第二天,就把给家里的信写好寄出。不过父母并没有收到,因为他把信投到了学校为防止腐败而设置的检举箱里。

军训期间,得以享受子弟兵免费发信的待遇,大家都利用这一时间奋笔疾书。在军训结束的前一周,我给自己写了封信,寄回学校。返校后我接到了这封信,里面的我勉励看信的我要珍惜大学时光,莫让年华付水流。

自作多情的小马呀,接到中学女同学发自重庆大学的信,故作困惑地向大家求证,信纸上的那处洇迹,会不会是那姑娘思念我的泪水?阿牛像猎犬一样用鼻子嗅嗅,嗯,估计是溅到纸上的酸辣汤,闻着就是重庆大学食堂的手艺。

大家在相互讨教一些信件的窍门:信纸的各种叠法、邮票的不同贴法,希望找到一个约定俗成的暗语来表情达意,或甘愿接受一些美丽的误会。穷哥们儿则开始琢磨省钱的路数,那些邮戳盖得很不明显的邮票被他们重复利用,还有人在邮票的正面涂上一层胶水,说收到信后用舌头舔去上面的胶水,邮戳也就随之下肚,保证还你一张干干净净的邮票,和一个被染黑又被黏住的嘴巴。还有人建议,可以把收件人和寄件人调换过来写,这样邮局就可以按退信处理了。不过没人敢这样试过。

老董像科学仪器一样精密地算出每天邮筒的取信时间,并能依此推断出收到回信的时间。为了早一天收到回信,他便要求自己像发射火箭一样准点发信。

小强则是个完美主义者,一张信纸上只要有一个错字,就换纸重写。经常是邮筒开筒时间将至,老董跺着脚催促小强,小强还在皱着眉头字斟句酌……然后,两个小男人并肩下楼,挨着的两只手牵着,外面的两只手各自持信,一起来到邮筒前,眼巴巴地把信投进去,再一起等待下一次重演。

那年头的邮局绝对可靠,信件的传输时间可以准确到用半天来计算,老董预言上午能到的信,一般不会拖到下午。邮政系统真值得感谢啊,我想到这些,便为邮局眼下的不靠谱而愤怒,却从来没有想过,其实信的另一端,那个能够在第一时间内精密地把回信寄出的人,才更值得缅怀。老董,你说是吗? ……

这些,都已经消失。

如今的爱情,已经不靠一封封的信来培育滋养,取而代之的,是电话,手机短信,电子邮件,网上聊天。但我相信,发酵时间长短不同的爱情,其况味也是不一样的。

“立交桥修通了。如今上班只需二十六分钟就能到达,而原来需要四十六分钟,这样我想你的时间就少了二十分钟。要知道那是一天中最好的时间,我从街道上滑过,对你的思念像水一样漫过这个城市,如同清晨的阳光。所以我不喜欢不拥挤的街道,只有在人最多的时候,我才知道你是我的唯一,和长久。新的一天就这么开始了。我为自己安排了许多事情,来把时间填满,好让对你的思念不至于那么悠长。”这是一封情书的部分,不是一条手机短信的全部。

《查令十字街 84 号》的中文译者陈建铭写道,我一直以为:把手写的信件装入信封,填了地址、贴上邮票,旷日费时投递的书信具有无可磨灭的魔力——对寄件人、收信者双方皆然。其中的奥义便在于“距离”——或者该说是“等待”——等待对方的信件寄达;也等待自己的信件送达对方手中。这来往之间因延迟所造成的时间差,大抵只有天然酵母的发菌时间之微妙差可比拟。

网络时代的爱情，可以很方便地把想说的话在瞬间发出去，而不需要搜肠刮肚地寻找最合适的表达；可以在几秒钟内便得到对方的回复，而不需要等上至少一周时间；可以你一言我一语地往来，而不需要一口气写上几页纸，再等待对方同样细密而斟酌的倾诉……

当年的爱情，保留在一封封的信纸上。“是谁给谁的信，藏在深锁的抽屉”；“谁看了我给你写的信，谁把它丢在风里”，“一封不该来的信，谁说我不在乎”……这些歌曲的意境，也已经被用比特形式储存在网络空间里的电子邮件和聊天记录所化解。

《恋恋风尘》中阿达去当兵，他的女孩阿云给他写了一封信，很长的絮叨，最后一句说：“还有三百八十七天你才退伍，三百八十七天，一、二、三、四……这样算要算好久……”侯孝贤说：“淡极了，而使之花更艳。”

请允许我再抄录陈建铭的几句话：“我由衷相信：致力消弭空间、时间的距离纯属不智亦无益。就在那些自以为省下来的时空缝隙里，美好的事物大量流失。我指的不仅仅是亲笔书写时遗下的手泽无法取代；更重要的是：一旦交流变得太有效率，不再需要翘首引颈、两两相望，某些情意也将因而迅速贬值而不被察觉。我喜欢因不能立即传达而必须沉静耐心，句句寻思、字字落笔的过程；亦珍惜读着对方的前一封信、想着几日后对方读信时的景状和情绪。”

写信，在他看来，关乎书写，更关乎距离。

我的两段学生时代的爱情，全靠写信来催生，用冒号开头，最后又靠写信来结束，画上句号。

彼此相隔千里，正是通过信件往来，使得近在咫尺的感觉成为可能。

当我坐了一天一夜的火车，逃过检票员的盘查，来到千里之外的一座城市，见到我的女友时，我们已经通信有一年的时间了。本来存在在信中的我和她，走进了彼此活生生的生活。

我不是杨过，没有聪明到趁程英不在，用粽子馅把程姑娘写的毛笔字粘过来看看。如今，我们的爱情已经结束了将近二十年，再忆起相聚的那一刻，我相信她肯定也悄悄写下了那几个字：既见君子，云胡不喜。

后来在一次争执中，我问她，你真正见到我的时候，是不是有些失望？

她说，是的。

那是我无论如何也不愿意承认的：此前我在信中描述的那个自己，只是想象中的我，是我希望自己成为的那种样子。她爱上的，只是那个被我制造出来的我。

难怪她笑得连隐藏的遗憾，都那么的明显。

但当时陷入那场恋爱中的我和她，都不相信那是一场错觉，彼此付出足够的真诚，让我们信以为真——信里写的，便以为是真的。

影片《她比烟花寂寞》反映的是英年早逝的大提琴家杜普蕾的生平，其中这位天才音乐家（本片的蓝本是她姐姐与弟弟合著的回忆录，名字就叫《我家中的天才》）与姐姐对待爱情的不同态度很是有趣。天分平庸的姐姐为什么会爱上一个男子呢？她说："因为在他眼中，我是个不寻常的女孩。"而才华横溢的妹妹为什么会与另一个男子相爱呢？她说："因为在他眼中，我是个寻常的女孩。"

祖国的传统医学说，缺什么补什么。就像我们这些普通人，出名要趁早啊；而那些拿自己当名人看待的人，则正哭着喊着嚷嚷"让俺做回普通人"呢。

明白了这个道理，你就可以通过一个人的表现看到他的实质。如果他老对你说他跟赵忠祥老师是邻居又跟倪萍妹妹一块搞过饭局，那么这人一定是个在社会上混得没什么关系的人；如果他一股劲儿地向你展示他刚换了一块八万块钱的手表而那块十二万的就因为表带不好就不戴了，那么这人一定没过几年好日子并且至今心里还穷得很；如果他装作不经意地跟你说起他的猎艳经历以及床上功夫如何了得，你就翻一下他的口袋，肯定会发现里面的伟哥像你小时候吃的糖豆一样多。

但这个道理我明白得太晚。一个处在青春期的男子，内心的惶惑、自卑，是一定要用张狂、嚣张来掩盖的，努力塑造一个潇洒、自信又深刻的自己。

曾经看过一部小说。两个少年比赛泡妞，一个情场得意，另一个看到，心里难受到极点，就对那个拔得头筹的哥们儿吹嘘他勾引了对方的女友，好显得自己也不是吃干饭的。两人在旅馆房间里吵了整整一夜，以为被戴绿帽的哥们儿详细盘查，而吹牛的哥们儿则愈发说得活灵活现。这时作者的叙述是这样一句话：

他通过编造尽可能逼真的细节，令真相不那么痛。

这句话让我眼圈一红,继而发笑。

想起向一个女孩搭讪,伊人终于理睬,说起一本书,问我有吗。急忙说有。然后撤退,骑着自行车跑遍海淀镇,把那本书请回来,先用手使劲揉搓书角,使之变旧,然后连夜攻读,几乎在每一页都留下划线和眉批。第二天,红肿着一夜未眠的双眼,将那本似乎被我熟读过六百遍的书交给伊人。

我青春的虚荣与做作。

随着这段爱情的结束,我也对文字的欺骗性产生了怀疑。这个世界上,到底有没有真实的表达?

我于是将八卦称为"六卦",并乐于让自己对这方面的情报缺两根筋。悲剧往往就是这样发生的,我对坐在眼前的一对男女祝福道:"听说你们俩好上啦?"其实人家此时正在吞咽分手的苦果;或过了些天,我对俩人哀悼道:"听说你们俩分开啦?"对方脸上又是一阵尴尬,因为彼时他们正在享受破镜重圆的甜蜜。

我相信人不该靠真相太近。为什么我们对其他人动荡的隐私那么热衷?或许只是因为,我们没有足够的勇气探究自己的生活。夜深时分,他突然接到一个手机短信,打开后对身边的你念道:"妈的,又是'本公司有大量走私车待售'",你有兴趣趴过去看一眼那短信的真实内容是什么吗?情人节,他贱忒兮兮地向你献媚,你宁愿相信吧,那是属于你的唯一一朵玫瑰。再看看你自己,即使与他两情相悦时分,你都会被另一个突然浮现在脑海中的名字刺痛,你只知道那是你心中最隐秘的一角，说出来就是你错。

八卦的底色，也是很悲悯和温情的。

与迷恋文字的人探讨码字心得。对方说，像《战争风云》这样的小说才好写呢，冲突激烈，故事性和传奇性强。我大为点头，没错，真正难写的，是平凡生活下暗潮涌动的潜流，寻常表情后面，彷徨无计的挣扎和刻骨铭心的忧伤。

我提到了《战争风云》中最具张力的一句话：“罗达熄了灯，像一个问心无愧的人那样睡熟了。”

皆有冤孽，人莫不苦。

我已经敢于泅过激流
攀上那座红白相间的灯塔
亲爱的，你知道吗
我已经能够在夜间走遍林子
又独自冒着雷雨回家
亲爱的，你知道吗

我跋涉你心爱的书
细耘你说过的话
我扔下水晶鞋
走在血脉似的山路上
背着你指痕斑斑的破吉他

亲爱的，你知道吗

我悲愤的歌声
已打动了远近的山峰和流霞
但我羞怯而自尊的幸福
始终未曾发芽
站在暗中打开的窗前
我只请求：风啊，风啊

亲爱的，你知道吗

这是一首舒婷的诗，《银河十二夜·寄语》。

美丽善良的姑娘，如果你见到一个小男人在别人面前还算正常，唯独在你那里傻得流鼻涕，当他拐弯抹角吞吞吐吐手足无措进退失据时，只能说明这小子爱你。因为太在乎你的感受，才使他无所适从。

如果你一点儿都不喜欢那小子，也请你一定要善待他。

如果你对他还有那么点意思，就请对他保持一点耐心，等这头小男人长大。你会是他最好的学校。

真相也许禁不起推敲，成长也许充满未知，但他期期艾艾地站在你眼前的这一刻，是真实存在的。

有的日子里，南瓜就只是南瓜。菲利普·德朗说的。

那头小男人走在大街上。那条街道均匀地分布着鱼头泡饼、小肠陈、老北京炸酱面、东坡肘子等充满烟火气和活力的东西，还有一家书店。两道槐树引导着这条街穿过东西。

他要从东走向西。

正前方是鲜艳的夕阳,使整个街道看不到任何阴影。他就这样,背着书包,从人流中滑过,书包拍打着他的屁股,一直走到太阳坠下。

这是下午五点到五点半之间的北京,他的脑海中只有你的名字。

当你年华老去,静坐椅中,抚首往事,也许会想到,应该学会接受那个泥沙俱下的傻小子。此时的他,正走在路上,满怀疲惫,突然路边的小店里传出一句歌,飘入他的耳朵:

多少平淡日子以来的夜晚,

你曾是我渴望拥有的期盼。

他停下脚步,呆了片刻。

在当年的收信大赛中,我收到最多的一天是四封。但这四封信足以让我自豪,因为这是同一个人在同一天写的。

别误会,并非只有异性才有一日四信的劲头,给我写信的,是一个哥们儿。

更不要误会,这个同性给我写信,是因为他在汇报追求一个异性。

那天,他决定向那个思慕已久的女孩表白心迹。他给她写下一封信,再给我写一封信,记录给她写信时的心情;他给她投出那封信,再给我写第二封信,记录给她发信时的心情;他又给她写下第二封信,然后给我写第三封信,记录给她写第二封信时的心情;他等待她的消息,写下给我的第四封信，记录他等待中的心情，是欢喜悲伤还是一点点不知名的愁。

滑稽吗？才不。

你没有过这种行径吗？真可怜。

一个人的成长太过艰难，当一头小野兽战战兢兢迈进钢筋水泥的丛林时，它需要有同类与之分担。

友情，是我们的树洞，里面藏着彼此经过挑选期待珍藏的心事。当事人多年之后已经物是人非，觉得不值一提，甚至认为当年的举动很是可笑，保管员却依然认真地为那些无人认领的藏品擦拭掉岁月的封尘。

我、老胡和小宋是中学同学，毕业后分别考入不同的大学，我和小宋的学校比邻而居。老胡远在南方，不停地给小宋写信，然后再委托我经常去她那里刺探消息。一两个学期过去了，我经常去她们那里蹭饭，与其同学也混得烂熟，终于听到一个消息，原来她已经与同班的老吴好上了。

我顿时义愤填膺，以极大的道德优越感质问小宋，为什么要这样，怎么就不跟人家老胡说一声呢？

我又不欠他的。她说。

我被僵在那里。

许久，我才缓过劲来，为老胡感到一丝难过。马上赶回学校，修书一封。爱情，也许就像宇宙起源时的大爆炸，在无限短的时间里，爆发出无限大的能量。你以为能靠持久战来获取芳心，也许错了。人家早已接受了闪电战的爱情，你认识她的时间更长，并不是理由，云云。

一周后，接到老胡的信，他说，已写信给小宋，希望能把他写给她的信返还给他，然后他就挥挥衣袖轻轻地走，不留下一丝云彩。

一个月后，接到老胡的挂号邮包，里面是他与小宋彼此写的信。他说，他已有了女友，这些信搁哪儿都不合适，你给保存起来吧。

几年后，与老胡家庭聚会，趁他老婆不在，我提起这些信。老胡做出突然才想起来的样子。我就顺水推舟，对他说，瞧，你当年的痕迹，如果没有这些信，如果没有俺这个树洞，便什么也留不下，就像不存在一样。

初次恋爱不叫初恋，初次失恋才叫初恋啊。

对于一个青春期的小男人来说，失恋可是天大的事儿。爱不是别离可以抹灭。有首歌如此唱道：我一哭全世界都为我落泪。

朋友失恋后倾吐痛苦感受的信，其厚度仅次于恋人热恋时倾吐甜蜜感受的信件。这是小男人内心深处的撒娇情结。

我看过一套漫画。一个小孩不小心摔了个嘴啃泥，站起身后，开始四处寻找，屋里、屋外、厨房、卧室、楼下、楼上，费时良久，找了个遍，终于见到妈妈，然后“哇”的一声，泪飞顿作倾盆雨。

所谓痛苦，正是基于这种撒娇心理，当知道自己的痛苦有人见证有人倾听，并会同情难过时，这种痛苦就像醒过的面粉一样一发而不可收，变得松软而庞大，比如《艺术人生》在适当的时候起点儿音乐，等那人一哭，旁边观众还开始恰到好处地鼓掌，于是更多更贱的泪水就随着不怀好意的掌声滂沱而下。痛苦就是这样，越有人劝就越不听劝，越有人起哄就越哭得兴起，像《超级女声》那样众多人齐声呐喊“春花不哭”，春花妹子不哭才怪。

我一度喜欢上这种为人疗伤的举动，像知心姐姐一样善解人意。他要写一封长信倾吐痛苦，我就写一封相应长度的信来抚慰他的痛苦，或展示自己同样也很受伤，使他觉得自己的不幸并不孤单。

有的家伙失恋后拉我陪其喝酒，努力把自己灌醉方休，然后一边吐个乱七八糟，一边为自己刻骨铭心的忧伤而喝彩。然后我们便吐出诗句：我没有喝醉，胡言乱语的是酒杯。

人，貌似诗意地栖居。

夜深沉，一干特种部队空降某地。落地时，一个士兵崴了脚，痛苦地倒在那里，发出嘤咛的呻吟声。

“你这是怎么啦?!”长官走过来厉声问道。

“报告长官，我的脚疼。”满头大汗的士兵说。

长官狞笑着蹲下来，将那哥们儿的一只手扯过来，攥住其小指，用力……只听“咯吱”一下断裂的声音，士兵发出更嘤咛的呻吟。

“你的脚还疼吗?”长官慈祥地问道，拽过他的另一只手。

士兵“腾”地站起来，疯狗般向前冲去。

这是一部美国劣质喜剧片中的一幕情景。当我看到时，茅塞顿开：如何对待痛苦？——用更大的痛苦来将其掩盖。

于是我又发明了自己独特的痛苦疗法：当一个人向我展示伤口时，我便开始疯狂的蹂躏运动，将其伤口迅速搓出老茧，直至其贱得发痒；

那厮要还不过瘾，就在其伤口旁划一道更深的伤口，然后继续开始疯狂的蹂躏运动……

这种疗法发明后，再有失恋的家伙试图一醉方休，我就已经不可能让这种低劣的表现欲得逞了，那厮刚把眉头锁成“川”字形，还没把一口气倒上来，我就冷冷地说：“祝贺你，自由了。”伊一口气憋在那里，只好喝起闷酒来，然后因自己不能为失恋而哭而大哭。

从那一刻起，我再没见哪段无疾而终的爱情能把他击倒。

这次刮骨疗毒使我对蹂躏疗法信心大增。再碰到有人诉苦，我已经不在乎对方说的是什么内容，就野蛮地打断其唠叨：怎么了？有人饿死吗？有人吓死吗？有人气死吗？难道你要哭死吗？

这四个问号将其迅速拍晕，悻悻地闭上了嘴巴。

为自己而哭的男人，不予以蹂躏是不行的。如果他自己做不到这一点，就让我们来帮助他，通过粗暴的蹂躏疗法，使其化痛苦为痛快，有力量冲这个严酷的世界竖起倔强的中指。

我从中学时在学校住宿，从此就算离开父母，开始了独立生活。基本每个月，都要与父亲信件往来一遍。高中三年、大学四年，等毕业整理行李时，我把父亲的信展开，按时间顺序摞在一起，是厚厚的一叠。我甚至想把这些信装订起来，再做个封面，用我那拙劣不堪的字体题写“春晖集”三个大字。

如果父亲看到这个集子，不晓得是欣慰，还是生气。他一直批评我写的字不好看。敦促我练字，是他来信的一个经常性内容。

毕业后十几年，我辗转几个城市，一旦居所安定下来，这些慈父手札便会被我搬来。此时，昔日的情书已被毁尸灭迹；哥们儿保留在我手上的信件，已为人父的主人说扔了算了，于是扔了算了；上学时打擂台比拼数量质量的明信片，也不知去向，只剩下父亲的信，用单薄脆弱的单位信笺写就，已经不堪翻弄，却伴随着我人生的颠簸起伏，成为往日时光的一个坚硬证明。

家信大多波澜不惊，长辈讲一些永远正确的人生道理和殷切期望，儿辈汇报一些经过夸大的学习成绩和经过净化的校园生活，以及永不改变的平安之报。父子之间的关怀往往通过沉默寡言来表示，使得家里的真实境况很难在信中得到反映。远方家庭遇到的难题和变故，基本都是在已经得到解决后才会在信中淡淡一说。只记得某年秋天，父亲信中告诉我，用粜玉米的钱，把单位淘汰下来的黑白电视机买了下来，图像效果还很不错。我看后心里一酸。

还有一次，父亲说有可能要调换工作，到县志办公室。他很想促成此事，这样的话，就能有许多工具书可看可查了。我当时看了这封信，也是极度高兴，憧憬家里有若干精装大书摆在桌子上的感觉。现在想起这封信，不禁感慨区区几本书的诱惑之大。

伸手要钱，是家信的另一主要内容。那个年代的中国家庭普遍不富裕，所以催款信对于每个学生和家长来说都是一种折磨。孩子提心吊胆地开口，唯恐爹娘有难处，父母轻描淡写地在信中说一句“钱已汇出”，全不讲自己筹款时的艰辛。

大家都在想办法淡化这种痛苦的行为。有同学但凡给家里的催款书，都写得量又足质又高，回忆自己的童年时光，感慨爹娘的养育之恩，动人情处，完全可以入选《读者文摘》。而有的同学则另辟蹊径，咱们以后可都是要靠文字吃饭的啊，当作家就得具备形象思维，所以我们应该在这方面着意培养自己。

钱如果用元来计算显然不够形象，所以就被换了个无比形象的计量单位——两块钱一碗的炸酱面。比如生活费没了，就给父母写一封情深意长的信，最后是“您给寄五十碗炸酱面来吧”，然后就会收到一张一百元的汇款单。

最后的结果是，作家没当成，这种形象思维却保留了下来。

比如说捐助一个失学儿童的钱是一年二百元，我就想不就是一百碗炸酱面吗；比如说一部大片的电影票价是六十元，合三十碗炸酱面，我就骂一声，掉头买盗版影碟去也；比如看报纸说某女歌星主动补缴税款一百万元，我的脑海中便会出现伊人扛着五十万碗炸酱面杀奔税务局的画面；比如说中国足协给踢假球的两家俱乐部开出九十万元的罚单，我马上便得出一场假球等于四十五万碗炸酱面的等式；再比如说公布了某贪官伏法的消息，说此人贪污了六千六百万，我就想三千三百万碗炸酱面，撑也得把这王八蛋撑死。

写到这里，相信就会有同学说，其实给家里写不写信的也不重要。那年头要有电话，谁还写信啊。

也许是的。那年头装一部电话需要交五千元，再排队等上六个月，所以家里有电话的人都会得意地在自己的名片上印一个“宅电”，所以中国电信十几年后承认就是靠这样的横征暴敛繁荣了电信产业。

所以，有了电话，就要最大限度地发挥其效用，谁还写信呀？中国电信，加上后来的中国移动、中国网通，就这样一边掏着我们口袋里的钱，一边消灭着我们本来想写的信。

等到小弟上大学的时候，我家里也通了电话。小弟刚到学校报到，我就为他配了个被手机淘汰下来的BP机。当时想的是，小弟与家里的联系就方便多了。现在再想，却隐隐有些遗憾，因为他不会接到像我那么多的家信了。——对于一对沉默寡言的父子来说，亏得有那些信去日留痕，不管多么乏善可陈老生常谈。

在这个物质生活高度发达的年代，为什么我们连给亲人写一封信的时间都没有了呢？这是有质量的生活吗？这就是所谓的小康乃至富足？

我产生这些疑问时，正身处某个繁华大都市里，看着周围的灯红酒绿，想着刚才饭局上的红男绿女，不由得开始怀疑人生。饭桌上，有美女炫耀自己刚买的包花了她多少多少钱，而在我看来，那款名叫“路易·威登”的东西实在是世界上最不具审美情调的设计——把自己的商标印满整个包体，还用那种连我这样的色盲都觉得难看的颜色。

但我还是忍住了讥诮之情，一方面出于礼貌，一方面则是想到自己，当年不也是买一件梦特娇的西装就特意把商标留在袖口上吗？

我们追逐那些名牌，刚开始得意，便有时尚达人告诉我们，这在人家英国皇室眼里是十足的地摊货。我们刚配了个BP机，恨不得让全世界的人都来呼我，便有手机以每部两万元的价格诱惑着我们去挣更多的钱。我们终于有了自己的汽车，还是轿的，这要搁几年前，可是想都不敢想啊，结果又有新的高消费任务需要你来完成。我们是在消费这些东西，还是被这些东西消费着？

那一刻，我觉得自己的生活，这种被物质追着跑的生活，无比可怜。

追了这么久，你累了没有？

几年后，一款感冒药的广告在电视台播出。一个衣着光鲜的男人一边周旋于商务谈判、高尔夫休闲、女人和孩子之间，一边用志满意得的口吻说，作为一个成功人士，我的每一分钟都很有用，怎么可以感冒呢？

呸，每一分钟都很有用，连感冒都不能得，这样的生活也配叫“成功”？

继续说回父亲。

我上小学时，父亲某天下班回家，先是从提包里拿出一本为我新买的小人书，朝鲜电影连环画《火车司机的儿子》。他的神色好像很平常的样子，结果没过一会儿，就开始迫不及待地在书上为我标注我不认识的字的拼音……

真有闲情逸致啊。

不独我们父子，看许多人对那个年代的回忆文章，都是一副感念留恋的样子。是不是可以这么说，那是一个人们的心境相对从容的年代？人们有空闲的时间，也有心情来消化这些空闲时间。生活节奏缓慢，但缓慢没有让他们起急，而是乐于享受。相比于现在与全世界互联的视野，那时的人们孤陋寡闻，但并没有少见多怪。

为什么会这样？请允许我说出自己的一家之言：那个八十年代，能给人们带来安全感。

是的，安全感。国家在良性地运行，人民在平稳地生活。一个大学毕业生，他知道自己会有一份工作。一个年轻人，他知道先住几年集体宿舍，然后能分到一套尽管简陋的房子。一个工厂职工，他知道自己病了能报销医疗费。一个农民家庭，如果孩子考上了大学，他们知道不用为学费发愁。

这也许是安全感的核心所在：生活会有变化，但那样的变化会在人们的想象范围内，那是一种人们心力所能及的生活。大家觉得日子有奔头，并且是一种自己觉得有把握的希望。

眼下，每个人的力不从心，每个人的无所依皈，每个人的茫然无措，映射在这个快速刷新、不断升级的社会中。没有人能掌握自己的命运，没有人能知道明天会发生什么样的变化，没有人能知道自己会被这个时代抛向何处，没有人能知道自己所拥有的东西能否担当未来的生老病死。不管有多少钱，他都感觉自己是个穷人，无休止地挣钱，成为现代人的唯一宿命。

写信，是一种资格。如今的我们，可能已经享用不起。

原来我又说回了八十年代。

我很少见到父亲哭，也很少在他面前流泪。就像这一代人大多数的亲情关系一样，我和父亲之间一直很不“心灵鸡汤”，也很不“读者文摘”。人家那里，哪怕是沉默，都显得深情款款，肉麻兮兮，但我和父亲之间很少有这样动情的时候。

但前两年春节在家，我躺在被窝里的时候，父亲进屋来和我聊了会儿天，他居然涕泪横流。我对他的泪，也许在童年时代已经流完，剩下的时间，可能就要承担他的悲哀了。

斯皮尔伯格的杰作《外星人》，伦理学家把这部片子解读成“父亲缺席”，正如片中的母亲说的，“孩儿他爸去墨西哥了”。于是孱弱又强大的外星人无意扮演了三个孩子的父亲的角色。在人世间找不到的那种可以信赖又值得尊敬的父爱，被斯皮尔伯格倾泻到沉静无言的 E.T.身上。

在当时的我看来，父亲的缺席与斯皮尔伯格对成人世界的敌意和蔑视是互为因果的。如今斯皮尔伯格老了，他动用技术手段，把片尾追捕外星人的大人手中的手枪换成步话机，于是那些大人显得温和多了，这也算是斯皮尔伯格自己态度的一种变化吧。

如今我也老了，留心记下片中的一个情景。小孩看到奄奄一息的外星人，开始着急地哭，有一个身材高大的科学家试图拉开他，他戒备地看着那人，这位科学家就诚恳地对他说：“我也曾经是个孩子啊。”当年没有注意到这个细节，应该不是斯皮尔伯格后加的，但年少气盛的我们，是听不进这句话的，并不知道自己心目中无比强大的父亲可能比我们还要脆弱。

父亲跟我聊过一段旧事。那一年，我刚生下来，家里要盖间小房，他硬是扛着一根房梁，从县城走了十几里路到家。他跟我说，为什么那么有劲，因为有了你。一想到家里有个儿子在等着，就觉得有了奔头，有了盼头。

那个体重六斤六两、不知羞耻地在母亲怀里哭闹的我，成了二十四岁的父亲的宗教。

几十年后，我经常不自觉地与父亲进行同年龄的对比。他像我这么大的时候，已经有了开始步入青春期的儿子……这种对比让我感到不安。

人到中年，父亲、故乡，这些字眼开始频频袭击我的头脑。

父亲已经老了；故乡，也已经渐行渐远。

我曾经领略过德国人的生活。一个德国姑娘，最常见的生活轨迹是这样的：在一座小城度过自己的童年时光，然后去外面的城市读大学，然后再回到自己的故乡，嫁人，生儿育女；开车几分钟，就是她爸爸妈妈的家；周末，是大家族的聚会；周围居住的，是已经共同生活了几百年的邻居。

金耀基先生曾经在一篇文章中说，德国多是不到一万人口的迷你城堡，尽管这是个高度工业化的国家，但在三个德国人中，就有两个住在不到十万人的小城里。

德国导演埃德加·莱茨用二十六年时间，拍摄了《故乡》(Heimat)三部曲，这套史诗电影共有三十部电影，总长五十小时四十六分钟。牟森导演采访了他。

"我的电影为德国辞典贡献了一个词。"莱茨说,"Heimat,是个完全意义上的德文词。在其他语言中没有完全可与之对应的词,无论英文、法文还是其他任何一种欧洲语言。你可以译成'家'、'故乡'、'祖国'、'宗族'——但都还不那么准确。'Heimat'传递了一种特别的情感,常常跟乡愁和怀旧有关。这种情感涉及到一个人的童年、家庭和他出生成长的地方,同时也包含着对安全感的渴望。而这种安全感建立在两种东西上:物质上的,和对你来说像是一个掩身之处的庇护所。"

编辑这组稿子的时候,我想到了自己的故乡。我的家乡在农村,是一个生下来就注定要离开的地方。即使我曾向往的那种小城镇生活:在一座中小城市里度过漫不经心又别有用心的光阴,在月光下倾听花开的声音,在黑夜里让梦想在空旷的天上飞翔,也被所居住的这座所谓的国际化大都市搅得粉碎。

一个人穷其一生,不过是为寻找自己灵魂上的原乡,精神上的父亲。

我们有吗?

写到这里,已经离题太远了。

继续写信,而写信已经消失。

突然,另一幕熟悉的生活场景浮现在眼前。还是我的大学宿舍,还是一个不需上课的下午,几个小男人有的呆坐在床上思考人生,有的躲在床帘背后写不可告人的情书,有的拿本书辗转反侧地看,床板在他身下发出咯咯吱吱的声音。唯一的一张桌子旁,坐着老三,拿一本围棋书打谱，还有老二，先把一张毛毡铺在桌子上，再搜罗一些报纸，拧开墨瓶盖，在砚台上蘸蘸，写下一个个字，不时为自己一两处的“胜笔”发出啧啧赞叹。

如今的大学宿舍，恐怕已经被网络游戏、视频大片和手机短信所占据，那是另一种安居乐业的情形，估计练字这一行为，也已经消失了。当年的我写一手烂字，便四处抬不起头来，如今的学生，键盘敲得飞快，根本没机会让别人品评自己的字迹，不练也罢。

写字的纸已经消失，写字的动作已经消失，昔日那种文字的组合方式也已经被新时期的网络语文所代替。如今，从“卖女孩的小火柴”到“采姑娘的大蘑菇”，各种混搭，各种侉炖，文字游戏层出不穷，机锋顽皮有了，机灵俏皮有了，也失去了那种精雕细刻的兴致，高远疏落的情致。

再来一首诗，品味一下逐渐离我们远去的文字之美。余光中，《两相惜》：

哦，赠我仙人的金发梳
黄金的梳柄像牙齿
梳去今朝的灰发鬓
梳来往日的黑云丝
百年梳三万六千回
梳是拱桥啊发是水
流水冲断了几座桥
桥下逝去了多少水

梳去今朝的灰黯黯
梳回往日的亮乌乌
哦,赠我仙人的金发梳

我就会赠你银耳坠
荡在玲珑的小耳垂
守住珍贵的红靥窝
像对辟邪的小守卫
守住唇边的浅浅笑
和你眉下的好风景
不许时间的间谍队
布下细细的鱼尾纹
或是额上的隐隐沟
将你的妩媚暗暗偷
哦,我就会赠你银耳坠

关于买碟的记忆碎片

悲欢离合总关情，一任碟机飞转到天明

一

对于上个世纪六十年代出生、八十年代上大学的这一代人，有一种说法叫“六八式”。那么，我们就顺延一下，将下一拨年轻人称为“七九式”。

在“七九式”的回忆文章中，他们的青春多献给了九十年代遍地开花的录像厅，而“六八式”看电影，多是在影院。录像带的效果当然比不过胶片，但影院里的青春并不值得庆幸，因为当时的片目实在是太过贫乏，于是内部影展的套票成为最抢手的货色，一部节奏缓慢、气氛沉闷的《金色池塘》就能让一干热血青年惊为天人。

最近看到一份材料，说由于治疗艾滋病的“鸡尾酒疗法”的药太过昂贵，许多第三世界国家的病人只能坐以待毙，于是，巴西政府置知识产权保护于不顾，决定不顾一切地仿制这些药给穷人用。你说，谁更道德呢？所以，当那些在影院里看不到的电影开始以录像带的方式在中国大地上传播时，我认为其积极意义是很大的：电影不经某些人的筛选就还原给了大众，而不再是某些专业人士的文化特权。

从这一点上说，“七九式”要比“六八式”幸运，因为他们在最爱看电影的年龄，有那么多电影可供他们选择。而此时的“六八式”，尽管他们已经开始挣钱，家里有了录像机，不用像年轻人那样去挤录像厅，但他们的热情已经不再高昂，经常看着看着就犯困，或有了比电影更吸引他们的东西，看到半截就走人。

录像带没领几年风骚，一种中间有孔、名叫“VCD”的圆形塑料薄片，借助号称“超强纠错”的影碟机，开始进入我们的生活。又过了没几年，一种与 VCD 长相差不多的亮闪闪的塑料圆片开始取而代之，被称为“DVD”。它们与另一种体形格外庞大但同样中间带孔的名叫“LD”的塑料圆片片，统称为“影碟”。

不知不觉间，我们的观影生活进入了影碟时代。

关于影碟，我特看不上 VCD，因为第一次看它，便是所谓的戗版，画面是斜的，且画质宛如法国艺术片；音响中夹杂着影院观众的笑声与惊呼，宛如情景喜剧。好好一部片子，你也看不出好来，后来用 DVD 补课，才知道那是一部杰作。

与 VCD 相伴的是市场很小的 LD。LD 的效果不亚于如今的 DVD，且没有 DVD 技术方面的刻意锐化，画面之柔和饱满，让人很是熨帖。

我曾经在夹杂着汗味儿与脚臭的录像厅里将《终结者》续集痛看 N 遍（N≥6），但等看到 LD 版，对其音画质量目瞪口呆之余，又怒看 M 遍（M≥N）。

即使是品相不错的 VCD，我也觉得跟 LD 没法比，所以宁缺毋滥地一直没在这方面投入太多资金，甚至别人白给我看甚至白送给我，我也不稀罕。不过现在回忆起来，VCD 们的字幕真的是讲究（当然 LD 也是同样），像《四个婚礼和一个葬礼》中葬礼上念的那首奥登的诗《葬礼蓝调》，相信如今的 DVD 是很难有这样考究的翻译了：

停掉时钟，拔掉电话，
勿让狗儿见骨而吠。
别弹钢琴，将鼓系起，
抬出棺材，让人悼念。
让天上的飞机也发出哀鸣，
在苍空中留下讯息—他走了。
给白鸽颈间系上丧纱，
给交通警察换上黑手套，
他是我的北、南、东、西，
是我的工作日，我的星期天，
我的中午，我的午夜，
我的话语，我的歌，
我总以为爱能不朽，
但我错了。

如今星辰已不需要，

让它们熄灭了吧，

收起月亮，拆除太阳，

漏尽海洋，拔光树林，

因为世间美好不再。

当然，字幕翻译不能都这么典雅，银幕下面的那块地方也不是译者卖弄文采的舞台。本土化成为字幕翻译的常用手法，于是我们看到片中的外国人经常要吐出几句中国特色的市井语言，如“你真是脱裤子放屁”、“这下我们可是跳进黄河也洗不清了”等等。《追魂交易》中的艾尔·帕西诺见到基努·里夫斯后，说出了一句“说曹操曹操就到”；《死亡游戏》中的麦克尔·道格拉斯在逃亡中被一个路人好奇地询问，他便气急败坏地骂道：“问你奶奶的什么?!”

埃迪·墨菲主演的喜剧片《肥佬教授》中，一家大胖子在一起互相安慰，鼓励不要跟潮流盲目减肥，所配的字幕就是：“你看吴君如，本来挺好看，非要减肥，让自己瘦得可怜”、“我看袁咏仪就太瘦了些，还是胖点好”；当一个出口刻薄的歌舞厅司仪走上舞台，准备卖弄口才时，又被男主人公讥道：“你以为你是周星驰吗?”；还有一部电影，反映一个志向远大的小伙子报考电视台主持人，考官让他试试口舌，这哥们张口来了一串爆豆般流利干脆的英语，此时字幕配的是“吃葡萄不吐葡萄皮，不吃葡萄倒吐葡萄皮”，仔细想想，还有比这更合适的字幕吗?在 007 影片《黄金眼》中，詹姆斯·邦德与一个俄罗斯美女邂逅，互相介绍。美女说出自己的名字“莎妮托冈”时，邦德马上反问了一下：“莎妮脱光？”试想一下，如果是原文，或是配音而不是字幕，恐怕都不会味道这么足地让观众领略到邦德的油滑与风流。在这里，字幕无疑也是一种创造了。

以美国南北战争为背景的文学名著《小妇人》已经被拍了好几个版本的电影，在 1994 年那一版中有这么一幕：姐妹四人晚上隔着窗户偷偷窥视一个邻家男孩，这几个大家闺秀忍不住对那个风流倜傥的小帅哥悄悄发出了赞叹。这时所配的字幕令我顿时绝倒——“你看他像不像金庸笔下的杨过？”

二

VCD 横行的时代，我看的是 LD。LD 纯靠走私，没有盗版，每张六百元左右，买是买不起的，好在有影碟店出租，办个会员卡即可。曾经有这么两年，俺每天背着一个大包（正好能装下有一尺见方的光盘），骑自行车穿梭于城市的几家影碟店，用不同的会员卡借到各家收藏的好片子，回家看，再转录到录像带上。有的新片子格外走俏，就需要登记排队。我经常正上着班的时候，接到一个传呼（那会儿还买不起大哥大），说《勇敢的心》正好有人还回来，那座城市的马路上便迅速多了一个骑车狂奔的身影，汗滴车下路，粒粒皆幸福。

《纯真年代》的译名是《心外幽情》，LD 的封面也是男女主人公的激情相拥场面，与片子蕴藉内敛的主题大相径庭，所以一直不知道那就是我梦寐以求的《纯真年代》，尽管它已经静静地躺在不显眼的架子上蒙受灰尘。某一天夜里闲得蛋疼，我顺手打开了一张《文汇报》，“笔会”里有篇潘向黎的稿子，我一看才知道《心外幽情》就是《纯真年代》。惜乎当时影碟店已经关门，就一夜无眠。早晨伴随着初升的朝阳，在小店开门前就已经巴巴地等在那里，然后编织个理由上午不去上班，静静地坐在电视机前，看着马丁·史科西斯的玫瑰如昙花般怒放。

关于 LD，我听说的最让人受不了的消息是，《南方都市报》的总编辑程益中有近千张收藏。我产生的一个罪恶的念头是，先到广州住一段时间，跟他混熟，把他的碟都借到我手里，再去反贪局告他个巨额财产来历不明，让这小子蹲监狱，那堆碟就全归我了。

我买的第一张 DVD 是梅尔·吉布森与茱丽娅·罗伯茨的《阴谋论》，定价一百九十八元。尽管当时家里还没有 DVD 机，但在影碟店看了一下，我当即断定它将是以后视听产品的主流，所以买了一张作为收藏。

半年后，我有了自己的 DVD 机，成了周围一群人中第一个拥有 DVD 机的，大伙都纷纷聚拢到我家来看，啧啧称奇，这时他们还并没有为自己买的那堆 VCD 感到懊悔。

我早先买的成批量 DVD 是一百元三张，间或有走私来的台湾正版，百元每张；后来出了玻璃盒的，改四十元每张了，照买不误。也曾在香港买过正版，约二百元每张。我买的是一些不太常见的影片，指望回京后图个稀罕向人炫耀。

开始确能得到别人的艳羡，但我马上就悲哀地发现，有两张影碟在我的影碟机上读到后半截就磕磕绊绊的。气闷之余，我想，哼，这四分之三也不是别人能看到的。半年过后，那两部片子出了盗版，花了不到原版十分之一的钱买了回去，结果发现，比正版读得还顺畅。我只好不怒反笑，作为盗版史上的标本予以收藏。

香港也有盗版，约百元每张。我最了不起的是在香港的几家店里凑出了几乎一整套希区柯克。那几家店相隔并不近，香港的路又是出入之迂也，但热爱是困难的天敌，我终于凑出了二十多张。后来有个朋友主编一本关于希区柯克电影的书，来北京住在我家，看到这些黑色封面的老胖子，不知道他是否产生过我对程益中产生的念头。

但是，他看到我那些碟后，神情突然变得比平时平静。我马上得出四个结论：一、这小子城府真深；二、他确定无疑地嫉妒了；三、不能再随便接受他为我提供的吃喝，并避免让他站在俺身后；四、他离开我家的时候，如果俺还没有被他毒死或砸昏过去，就一定要偷偷检查一下他的包。

那本书最终由我担任责任编辑并出版发行，书名曰《为希区柯克尖叫》。又一段时间过去了，我去影碟市场逡巡，看到出了希区柯克作品套装，盒子上印着：为希区柯克尖叫。

三

我的处世原则是，针对自己的丑事或生理缺陷，在别人张嘴想嘲笑之前，咱来个先下嘴为强，自己把自己灭个体无完肤，让对方面对俺自揭的一身伤疤无从下嘴，只剩同情、安慰和有劲没处使的份儿。

本着这一原则，在别人提到俺的流汤DVD之前，我还是抢先把这一糗事儿抖搂出来吧。

DVD碟片初出江湖的时候，DVD影碟机的品种并不是很丰富，除了奇贵的洋牌子，国产的只有两三个，所以许多人都是先买了碟片藏着，所谓"软件先行"。但我看着那些碟无用武之地心里就堵得慌，所以花了两千余元抱回家一台"宏图"牌DVD，引得满城艳羡。那是1999年的夏天。

真是好啊真是好，跟他们的VCD相比，简直就不是一个时代的东西。我有了足够的理由说服周围迷恋那些中间带眼的塑料圆片片的恋物癖们，快去买DVD吧，效果就是不一样。你一共还能活几年？晚看一年就少享受一年，损失掉的快乐是多少钱都换不来的……买什么牌子的机器呢？当然是宏图的了，你看我的宏图，多棒。看宏图的电视广告了吗？人家还在美国上市了呢……

就这样，我帮宏图又推销出两台机器，一台售予我的师弟，他家那条名叫"默多克"的小狗后来咬了我一口，不知道跟这次不良推销有没有关系；另一台售予一个名叫"铁嘴小喷壶"的朋友，这使得他在以后羞辱我的过程中嘴皮子更像喷壶在浇花。

但，天地良心，我没拿一分钱回扣，并且是真诚地希望能给他们带来快乐。

问题马上就来了，我再热情地拉客来家里欣赏DVD的奇妙效果，他们往往会小心地问一句:“你们家外面是不是一个工地?”我急忙摇头否定,他们就安慰我:“没事儿,我听这拖拉机的音儿也不是特吵人。”

影碟机发出拖拉机的声音也就罢了,反正分贝数还不致影响到影片本身的音响。更操蛋的是,它对碟片的识别能力实在是太低了。与宏图相伴的日子里,我经常要把一部片子找影碟店换好几遍,最后不得不放弃,而那部片子以后再也没出过,这种损失简直是没法弥补。而如果换了一台识盘能力好的机器呢?我现在的藏碟量就是另外一个数字了。

它还经常爆发些莫名其妙的毛病,最要命的是会把影碟卡在里面死活不吐出来,并且卡的多是毛片。我一边怀疑宏图牌 DVD 的品德操行问题,一边抱着机器去府右街附近的维修处修理。那里离中南海很近,我好歹也算个知识分子,每当维修人员从里面取出被它私吞的毛片时,我的脸都羞红了,怕绿了。

一方面被机器拖累,一方面被我拖累的朋友耻笑,我心中的愤懑可想而知,由此恨上了中国一切的上市公司,诅咒他们股价惨跌,甚至被 ST。天人共愤,我的诅咒明显起了作用,那些丧尽天良的上市公司现在全部歇菜。

宏图也不是好惹的,我开始嫌弃它的时候,它也增添了新的毛病——只要 play 一会儿,放碟的托盘上就会有一些白色的流质黏稠物体,甚至还会把碟片也给弄脏。我怀疑它是毛片看多了才变得这么汤汤水水的,后来朋友解释说这是将元件焊在一起的松蜡所致。

一年多之后，我的忍耐到达极点，就去买了一台索尼 345 回家，这时一台索尼都已经降到了一千六百元。太太看我将宏图搬到角落里弃之不用，就冲我瞪眼。我对她说："您知足吧，就两千块钱，咱买了三台机器——影碟机、拖拉机，还有冰淇淋机。"

四

有足够的钱买碟，是我理想的幸福生活的一个重要指标，好在我很早就实现了这一点。

DVD 初期兴起的时候这么贵，为什么我买起来还不眨眼呢？

我并不是个有钱人，并且根据我的观察，凡是那些恋物癖，基本上都不是有钱人，而有钱人则是把挣钱攒钱本身变成了他恋物的行为艺术。但我能毫不眨眼地买碟，主要是基于以下六点原因——

一、尽管我是个已婚男人，但手头还攥着很大一块花钱的自由，所以可以用钱做些自己喜欢的事情。奉劝婚掉的男人一句：男儿当自强，经济须独立。

二、除了买碟和饭局，我在其他方面都不用花钱，诸如三四年才买一双鞋，这双鞋会被我从夏穿到冬直至鞋底露出脚底板，才会买双新的替换一下。

三、我可以靠这些影碟写些稿子挣点儿稿费，尽管杯水车薪，但多少算有点儿安慰，说明 DVD 并不仅仅是让人玩物丧志的玩意儿，而是一种劳动工具。DVD 还可以让我老老实实待在家里，老婆对这一点也非常满意。

四、我看一些美国杂志上的 DVD 广告，一部 DVD 的价格多是 29.99 或 19.99 美元，相比之下，你会觉得自己占了莫大的便宜。特别是当你买了一部梦寐以求的好片子时，惊喜莫名，恨不得贱嗖嗖地再给加点儿钱。

五、如果有一张碟摆在你面前，你因为心疼钱而不去买，以后上穷碧落下黄泉仍遍寻不得，你才知道那种失之交臂的感觉是多么痛苦。所以该出手时就出手，大男人家，一定要果断干脆。

六、最主要的，怀抱一堆碟时的那种快感，是没法用金钱衡量的。人挣钱就够辛苦的，花起钱来还那么辛苦，太不值了。

我的买碟生涯分为两个阶段，一是自采期，一是代理期。

2000 年，我从事着一份薪水较高且不用坐班的工作，所以每礼拜至少有两天下午要泡在北京市影音市场最发达的新街口一带。从积水潭桥一带逛起，一直要走到西四附近的高台阶（我管那里叫大通铺），本着贼不走空的原则，每个店都要扫荡一遍。这一趟走下来，强度不亚于一次负重野外旅行，称之为“提篮采购”。

提篮采购的队伍经常包括四五头人，其中我和托托的出勤率最高，偶尔也会有一些社会闲杂人员搭车。那真是快乐的一年，在我的记忆中，一年四季都是春天。你盼了多少年的好片子，就那么傲慢又沉静地摆在架子上等待你来抚摸相拥，它的身价却是没有一点架子。你就像蝗虫一样，从一片茂盛的庄稼地飞过，满足得直哼哼。

行至新街口商场一带，我会停下脚步，要一份陕西凉皮，蹲在路边吃掉。托托等人并不赞成，但仍忠诚地陪吃一份。这种行为艺术的出发点有三，一是饿；二是省，多要一个菜，又一张碟没了；三是快，我希望能尽快填饱肚子，买完碟后就不用再吃饭，而可以直接飞奔回家中，打开影碟机，把买来的碟一张张审一遍，嘴里发出一声声幸福的呻吟。

有一天，只有我一个人提篮采购，淘了一大堆影碟，然后抱着回家。坐在出租车中，走在北京的大街上，望着外面的红尘如烟，看着怀中的佳片如梦，感觉自己拥有了整个世界的幸福。然后我给托托打了一个电话，与他分享了这种心情。当时我们心中都充溢着一种欢歌。

人是一种很贱的动物，好事情往往没有坏事儿记得清。我也吃过很多顿豪华的腐败宴会，但不过是一片片浮云。酒席上大家右手拿筷运箸如飞，左手端杯觥筹交错，但在我的眼中看来，手里挥舞的全是小铁锹，他们在奋力挖坑，准备把别人埋掉。整个北京就是这么一个大工地，大家都在挥锹挖坑，埋掉人或被人埋掉。

在这样一个工地上，能偷出浮生半日闲去买碟，并且吃上一份陕西凉皮，吃的环境尽管不太好，特别是冬天的时候，呼啸寒风中蹲在路边，手冻得几乎伸不直，凉皮夹杂着冰碴，但我还是吃得无比香甜，因为不用惦记挖坑埋人。

所以吃陕西凉皮的情景成了我记忆中的珍藏。

琼瑶有一个小说《彩霞满天》，说是一对恋人患难时，共同分享了一杯甘蔗汁，后来恩情不再，那男人灵机一动，就找了一杯甘蔗汁挑逗那女人，换得鸳梦重温。朋友，以后如果我不幸成了植物人，或天良泯灭变成个混蛋，就请你拿份陕西凉皮在我鼻子前扇扇味儿，我要再不清醒，就麻烦您放一张 DVD，让杜比环绕音响的声音飘进我的耳朵。

五

高台阶位于西四北端，一楼卖工业品，牌子上书“蛇皮管”，进门后爬一个很高的楼梯上得二楼，是一溜排开的几十家摊位，宛如大通铺，所以这块地方有三个名字：蛇皮管、高台阶（在网上经常被缩写为 GTJ）、大通铺。这里是北京市中间带眼的塑料圆片片爱好者的天堂。

我此时已经白领 ed，对购物地点也讲究起来，如果选择余地多的话，更愿意去那种汗味较轻不用蹲着挑碟的地方，所以对高台阶不是很有感情，这里只是个拾遗补缺的地方。但我每次走进里面，看着那么多年轻人热切地捧着一张张影碟或游戏软件光盘，心里依然很激动。中国的孩子终于可以跟别人在同一起跑线上享受同样的人类文明成果了，那一个个如饥似渴的少年，谁敢说他就不是以后的林纳斯·托瓦兹（自由软件操作平台 Linux 创始人）或比尔·盖茨？

但这块地方毕竟做的是违法侵权的勾当，在有关部门的追剿下，高台阶命运多舛，经常有某些小店被抄，甚至整个大通铺被端也是家常便饭。经历了几番风雨之后，高台阶终于盛景不再，先是转成网吧，后又在网吧整顿运动中被毙。

闲言碎语不用说，
表一表好汉老六哥，
这天他去高台阶，
差点儿就被警察捉。

几句山东快书道罢，说说我的那次高台阶惊魂记。

那日跟托托约好高台阶会合，我先到一步，就坐在一家小店最里面的沙发上边等他，边欣赏搁在腿上的一堆碟。

突然，人声鼎沸的高台阶有一句低沉急促的声音破碎虚空，我一时没有听清喊的是什么。抬目望去，人群正仓皇四散。我把腿上的碟拿开，又站起身来，这时店里的十几人都已消失，门也已经被锁上，一只手在门外边拉上窗帘边对我说："躲着别动！过一会儿来接你。"

古代汉语中有许多副词形容时间之迅忽，我也想不起来了。反正等我回过味儿来，知道那句话喊的是"收"时，摩肩接踵的高台阶已经变得一片沉寂。只有我一人孤零零地坐在沙发上不敢动弹，黑色的眼珠有白色的恐惧。

又是一个突然，我的手机破碎虚空，刺耳的铃声在空气中激荡。我就想起了《枪火》中的那个镜头。

响了两声后，我战战兢兢地接起，压低声音说了声"喂"。

是托托打来的，告诉我他正和小店老板站在马路边，风声马上就要过去，让我不要害怕。

警报解除，我走出高台阶，张眼一看，气不打一处来。原来是电视台的一帮杂碎扛着摄像机来采风，才导致一片混乱。这帮傻蛋，买起碟来比谁都欢实，还惦记着来搞人家，良心死了死了的。

大学时我脑海中经常出现这样一个情节：高中一对特好的兄弟，一个当了警察，一个当了贼，在某一年，一人把枪口对准了另一人……经过十几年的冲刷，这个情节已经淡忘了，我又开始编造这样一个故事：一个记者，一个碟贩，两人在买卖碟中结下了深厚的友谊，后来碟贩在打击中身陷囹圄，而记者正在奋笔疾书，我国重拳打击盗版，擒获碟贩某某某云。

2001 年元旦前夕，我来到广州，与南方报业的精英们迎接新世纪。程益中先写完《南方都市报》元旦社论（我看了初稿，最后一句是“不是我们太 NB，而是他们太 SB”，不知道见报后是否保留），赶到饭馆。我见到这个憔悴憨厚的安徽汉子，第一声招呼就是：“狗蛋！”

他并不明白我为什么对他怀有这么大的仇恨，还以君子之心待小人之客，特意安排了一个小兄弟陪我逛广州的盗版影碟市场。我为牺牲了这哥们的休假时间而内疚，他倒很是乐滋滋地把我牵到一个类似北平大通铺的地方。

一进碟市，那股熟悉的汗味儿、烟味儿、塑料味儿、脚臭味儿，夹杂着动听的讨价还价的粤语扑鼻而来，我就再也忍不住了，像昆汀·塔伦蒂诺见到他的偶像吴宇森一样加快脚步，衔枚疾走。

那兄弟走得也不慢，还边走边对我说：“六哥，你知道吗？我一进这地方，一闻到这股味儿，就有一种陶醉的感觉。”

我此时已被熏晕，不及多说，只是动情地抱了抱他的肩头。

购得《小偷》、《赌神》等一堆好碟后，我心满意足地与那兄弟寒暄，才知道他叫吴强。

一年后，他被体坛大鳄瞿优远招至麾下，来京主编《足球周刊》。某日下午相约三里屯某酒吧见面，我到了地方，愣没找到他。原来当年半日相伴，我的眼中只有碟片闪烁，根本来不及分心看一眼他的模样。

碰头后我最关心的当然就是："你的那些碟带来了吗？"

后来吴强又随李承鹏入川操练《二十一世纪体育报》，那张报纸很快便无疾而终，不知道他又流落到何处。

江湖多险恶，人生几飘零，与我们忠贞相伴的，只有那些闪亮的小碟碟。

六

前两年我出差较多，每到一个地方，公家的事儿可以将就拖拉，名胜古迹可以拿文字介绍来想象一下，但当地的影碟市场是一定要去考察一番的。久而久之，弥漫在各地的朋友都知道了我的"三陪"标准——陪喝酒、陪打麻将、陪买盗版影碟。他们的三陪质量也决定了我好友簿上的排名顺序，其中对影碟市场的熟谙程度是最重要的一项指标。

没办法，我就是这么务实又势利。

并且我还有一个本事：能够跟当地的盗版贩子在尽可能短的时间里打得火热。某年，我回到阔别已久的家乡石家庄，老友带我来到华北地区的光盘集散地太和电子城，把我搁到一个盗版贩子那里，我与之暗通款曲。等下次再去，那厮已经琵琶另抱，见我们走来，先冲我打招呼，先递给我烟抽，唯一的一个小马扎也让给我坐，还“哥”啊“哥”地叫着，气得老友直骂婊子无情贩子无义。

可是我喜欢这种横爱夺刀的把戏。

出差到某地，没有不熟识的人是不可能的，但指望到处都有与你志同道合爱碟的人也是不可能的。所以我经常是孤独的，或被二杆子选手乱指一顿进行无效奔波。长此以往，我也训练出了比猎犬还敏锐的嗅觉，到任何一个地方，哪怕两眼一抹黑，也能找到锦衣夜行的 DVD，无往而不利。

唯一的例外发生在常州，新千年的第三天我在那里逡巡，城市并不大，但我愣是没找到一家过得去的碟店，卖 LD 版的泳装卡拉 OK 倒是不少。

后来我见到了几个来自常州的美女作家，觉得她们在那片土地上是很容易成才的：没有视听产品的干扰可以让她们安心码字儿，泳装卡拉 OK 看多了自然身材魔鬼。

伍思凯曾经唱：“纽约达拉斯洛杉矶，寂寞公路每站都下雪”，而对于我来说，上海厦门和长沙，祖国无处不飞花。当然是影碟之花。

前两年各地的碟市发展很不平衡，也可以说是各有特色，经常能在此处买到在其他处买不到的好东西，所以必须要坚持贼不走空以及不怕贼偷也怕贼惦记的原则。上海的慈溪路、成都的电脑城、杭州的西湖酒吧区、长沙的凤凰台、无锡的劝业场、青岛的胶州路，到处都有我流连忘返的身影。

如今不行了，影碟市场全线飘红，全国一盘棋，各地的碟市也日趋大同，变得毫无个性。

抚摩着一些老碟，我都能回忆起采购它的那条街的迷人风景、与周围人肉体的亲密摩擦、老板谨慎而得意的笑，以及恨不得捶自己一顿的兴奋劲儿。这种幸福的感觉越来越少了。罗素说："参差多态是世界之福。"如今全球首脑峰会正在南非搞来搞去，据说有许多人在会场外抗议全球一体化，我觉得该抗一下。

1999年底在武汉考察市场时，听到店里有两个客人在议论黄飞鸿，一个哥们说《男儿当自强》很好听，另一个哥们说第二集里盲琴师唱的那段曲子也很牛逼，可惜他没找到词。听得我心有戚戚焉，惜乎当时没时间搭讪几句。现将那段词贴在这里，但愿那两个哥们能看到——

飘零去　莫问前因
只见半山残照　照着一个愁人
去路茫茫　不禁悲来阵阵
前尘惘惘　惹我泪落纷纷
想学投笔从戎　图发奋
却被儒冠误了　有志难伸
想学一棹无潮　同循隐
却被妖气笼遍　远无垠

还说什么石烂海枯　情不泯
你看沉沉暮霭　西风紧
南飞北雁　怕向客中闻
平安未报　自问心何忍
空余泪眼　望断寒昏
想我深情博爱　两无能
今日依楼人远　天涯近
从此飘零和断梗
几许深盟密约　句句都无凭

说到武汉，不可不提一头叫 Flyerzeng 的武汉人。这人是一块版的斑竹，版名曰“DVD 不完全手册”，那几年，我几乎每天都要去那里朝拜一下。

我一直没机会与这个斑竹谋面，但刚踏入 DVD 世界时，经常与他通电话。说心里话，尽管他既懂行又勤奋，但我对他没什么好感。

事出有因。某次我与他通电话，他向我说起正在网上邮购的 DeCSS 版《黑客帝国》和《拯救大兵瑞恩》。我说我已经有了啊。他说，你看了那个之后才知道什么叫 DVD。

我当时就不服了，难道我攒了那么多的 DVD 不是 DVD？

“那都是模拟版的 DVD，都是垃圾。”伊用确定无疑的口吻说，“早晚你都得把它们重新淘汰一遍。”

这种白马非马论我是搞不清楚的，并且他又是那么权威，我只有心里嘀咕一下。都是这小子咒的，后来我果然被一次次洗牌，个中甘苦，想必许多老碟迷均有惨痛回忆。

对这样一个把我的一千多张DVD打入冷宫的刽子手，我怎能不怀恨在心？

频频洗牌之余，我的手头也积攒了一部片子的好多版本，像《拯救大兵瑞恩》，从早期的戗版、模拟版，到ZDL版以及极易混淆的DLM版，以及后来的先锋版和全美缘版，我花的钱都够买个正版的了。

无奈之下只好安慰自己：俺手头收藏了中国DVD盗版史上的若干里程碑。

有一次跟学者止庵共同采购，他包里先背了一堆不好读的盘准备拿过去换。我对他说，其实有些盘没必要换的，就当标本留着吧，正好可以见证历史。

止庵恍然大悟："是该留着。以后我可以跟别人说，光这一部电影，我就有六个版本——读到四十五分钟读不下去版、五十二分钟停顿版、六十六分钟死机版、全片马赛克版、根本读不出来版，还有一个勉强能读版。"

七

喝酒打麻将讲究酒风浩荡麻风浩荡，买碟当然也应碟风浩荡。

碟风如何才浩荡呢？我觉得其主要表现在，用非常不严肃的态度来对待影碟，特别是朋友的影碟。

我可以理解那些对电影不感兴趣的人，哪怕他不知道斯皮尔伯格是谁，也没什么不好意思见人的。但我受不了那种人：听朋友说斯皮尔伯格牛逼，就借人家的斯皮尔伯格来看，迟迟不还，最后还给弄丢了。朋友心疼一下，就嬉皮笑脸地说不就是一张影碟吗，还不如一盘京酱肉丝贵呢。这样做的人还往往是你十几年的朋友，所以你只有恨自己当年误交损友，并且发誓宁肯陪老母猪睡觉也不再陪他探讨影碟问题。

如果出现了草原英雄小姐妹眼前那种暴风雪，你当然没必要为保护影碟的安全而冻断自己个儿的两条腿，但如果你拿着影碟行走在雨中，还是拜托你别让它淋着，哪怕你自己被搞湿。

原河南建业足球俱乐部的戴大洪就是这样一个人。他来我家看碟，都要给自己戴一个吃韩国烧烤用的那种塑料手套，怕把碟面弄脏。如果他想借我一张碟，会发至少六次毒誓，并且专门为我的影碟配备那种厚度只有 0.000006mm 的塑料袋，他说再厚些的塑料其硬度也会划伤碟面。

戴大洪是个雄辩的人，当年给中国足坛掀起一阵阵风浪，最终发现他的滔滔辩才没解决任何问题，一群傻得出奇的问题依然没有因为他的叨叨而变得正常些，就把力气用在了 DVD 上——他给自己做的 DVD 数据库是我见过的最专业的，光是片名，就包括外文原名、香港译名、台湾译名、大陆译名、其他译名，以及他认为应该如何翻译的名字。

他曾经在郑州某碟店跟一个小伙子展开过激烈辩论。那人喜欢把看过的碟借口碟机读不出来再退给碟贩，他就跟人家说，不是碟机问题，是人品问题。小伙子也急了，看盗版还追求人品，太夸张了吧？

老戴顿时兴奋起来，就像多年的宝剑出了匣，针对盗版现象的情理之争展开长篇论述，那个小伙子最后险些变成被唐僧说死的小妖。

在老戴眼中，坑朋友属碟风不浩荡，坑碟贩也属不浩荡系列。后者我只是部分同意。

关于盗版的义理问题，永远也说不清楚。我有一次跟漫画家朱德庸逛街，看过几家书店，都有他的盗版《双响炮》、《涩女郎》、《醋溜族》在卖，一气之下，就跟我一起席卷新街口去了。

许多外国人一到中国就疯狂采购，我认为绝不仅仅是橘生淮北则为枳的道理，也实在是他们被发达资本主义时代的抒情诗人给剥削得太狠了。

写到这里，我发现已经自觉不自觉地炫耀了与许多名人的亲密关系。接下来，就吹嘘一下我认识的那些影视界名人吧。

说句实话，影视界的人是碟风最不浩荡的群落，说一下我的小小发现。

一、那些演员爱吹嘘自己看过多少多少影碟。某次提到安吉莉娜·朱丽，一位玉女影星说她觉得《枕边陷阱》特好看之类，我惊问怎么可能出DVD呢那可是在美国刚刚上映啊。她很确定地点头。我同情地对她说不要看那种戗版特坏胃口，她却信誓旦旦地说不是戗版还是在法国看的云云。我只有更同情地看着她。

二、那些导演则爱表现自己不看那些影碟。参加一次审片会，会后导演问我感觉怎么样。我贱嗖嗖地说有点儿《生命因你而动听》的味道。他就特傲慢地说，没看过那部电影，从来没有，绝对没有。我就同样同情地看着他。

反正，这些名人的看碟规律是：如果是你没看过的影碟，他肯定要说自己已经看过了；如果是老百姓都看过的影碟，他就一定要说自己不喜欢看或压根就没听说过。

我不明白这些吃电影饭的人为什么就不老老实实看几张影碟呢？哪怕是进行一下业务学习。

中国电影，真是没救了。《男儿当自强》中陆皓东看着那些不干正事的中国人，沉痛地对黄飞鸿说。

八

《偷天换日》中，爱德华·诺顿饰演的坏蛋独吞了哥儿个的一大笔钱，然后就在豪宅中置办了等离子电视、大屏幕彩电等物件。后来正面人物找上门来，却讥讽人家没品位，就是有了钱也就会买这种“缺乏想象力”的东西。

这真是混蛋话。还是看看另一部电影吧：《One Night at Mc Cool's》。

这部片子我不知道该翻译成什么，台湾人译作《仲夏夜春梦》，香港人译作《放电有罪》。放电美女由莉芙·泰勒饰演。

女孩有美丽的权利，也有做梦的权利。特别是一个做小梦的女孩，更是让人爱怜。王朔《过把瘾就死》中的杜梅，跟方言结婚时把自己的细软全扛来了，也不过是做姑娘时织的茶几罩、水杯套之类的手艺活儿，却最让人温暖。你能感觉到一个女孩子真的是把自己攒了多少年的生活拿来跟你兵合一处将打一家了。

莉芙·泰勒便是这样一个出身贫贱的小女孩，她把杂志上的家居图片做成剪报本，没事儿就翻出来憧憬自己能有一个如图所示的家。理想的家是最重要的，男人不过是拥有这个家的必由之路，于是色诱、抢动、杀人就成了顺理成章的事儿，也成了颇能让人原谅的事儿。

凭借对那些家居杂志的精细消化，泰勒姑娘知道一个理想的家必须要有一套家庭影院系统，而一个完备的家庭影院系统，怎么能没有DVD呢？

片子的后半部分就是泰勒姑娘如何智取DVD的故事。DVD马上就沾上了一条人命，同居男友实在受不了泰勒姑娘对DVD的疯狂追逐，就请了迈克尔·道格拉斯演的江湖老杀手将其干掉。在美丽面前，老迈也同样歇菜，反而不怀恶意地邀请美女去他家坐会儿。

"你家里有家庭影院吗？"泰勒姑娘问，口气娇嫩得像个孩子。

"当然。"老迈骄傲地点头。

"有DVD吗？"

"一个完备的家庭影院系统，怎么能没有DVD呢？"老迈显得对家庭影院的研究比杀人还在行。

泰勒姑娘哪儿能抵挡得住这个？马上跳上老迈的车去也。影片到这里也结束了。

在我的想象中，片尾字幕出现时的情节是这样的——一走进家门，老迈将泰勒姑娘拥入怀中急不可待地宽衣解带,而泰勒姑娘干的第一件事则是打开 DVD 放入碟片。杜比环绕音响的片头响起时,除了 5.1 个声道外,还多了一道男人的喘息声。老迈辛苦地趴在泰勒姑娘身上干活,而泰勒姑娘则腾出一只手拿着 DVD 遥控器,将画面切入活动菜单部分,眼中焕发出奇异的神采——人类的翻云覆雨活动就是这样各尽所能各取所需。

看到喜欢 DVD 的泰勒姑娘终于得到了自己梦想的 DVD,我们这些同样喜欢 DVD 的人也可以含笑关掉 DVD 了。

别怪我这么饶舌,因为"DVD"是这部片子出现频率最高的词儿,真让我们这些 DVD 狂迷听着受用。如果你的英文水准像我一样面,你就只能听懂这三个字母了。

该片可以让我们得出如下两条结论:一、DVD 在美国这个发达资本主义国家也属于高档货,另一方面也说明,我们的生活质量终于在某一方面跟他们站在同一起跑线上了;二、单纯拿 DVD 这一领域来说,我们非但不必在美国佬面前自卑羡慕,反而很可以自豪一把。不怕露富的话,我可以有把握地说,我家 DVD 碟片的藏量绝对不比比尔·盖茨寒酸。如果我有伍迪·艾伦的影片《开罗紫罗兰》中进入电影世界的本事,就可以对泰勒姑娘说:"一个完备的家庭影院系统,怎么能没有三千张 DVD 呢?"相信最后抱得美人归的就是江湖人称"见招拆招"的洒家了。

但男人是没有做梦的权利的,一、我没有本事进入电影中去告诉泰勒姑娘一个完备的家庭影院系统应该是什么样子,二、人家迈克尔·道格拉斯是这部片子的投资人，这一点就注定泰勒姑娘最后要属于他。

唉，有江山的人才能有美人，没江山的人就只能拥有DVD了。

九

一位好友如今生活在加拿大，经过最近几次回国提篮采购，他也有了三四百张的藏碟量，结果在温哥华的某居民小区造成轰动，大家纷纷传诵：这里住着一个中国款哥，家里居然有那么那么多DVD，Oh My God。

可惜我不是生活在那里，要不得有多少加拿大美女谈虎色变（我想敲“投怀送抱”，结果电脑出来了这个词儿）？就像嘉庆年间的才女钱绣芸，为了能读到“天一阁”的书，就要她的舅舅宁波知府丘铁卿做媒，嫁给了天一阁的主人。

近朱者赤，近碟者圆，如今，我的肚子真的变得圆滚滚。

几年前我当记者，经常出去参加堂会，人家一边往我手里塞红包一边对我说：“看您的样子就像个读书人。”夸得俺那叫一个舒坦。现如今，我要与一头素未谋面的人相约见面，只需对他说一声：“你找一个人，长得就跟卖盗版影碟的似的，那就是我。”那人就一认一个准儿。

俺怎么沦落成这样了呢？

不是我不明白，这世界变化快。

这世界确实变化快，尽管盗版碟的价格越来越便宜，原来买一张模拟版的钱，如今都可以买三四张顶级配置的D9了，但许多年轻人还是已经习惯了从网上下载观看。那些中间带眼的塑料圆片片，在他们眼中，俨然成为上个世纪的古董。

唯一不变的，是对电影的那种疯狗精神。我见过科幻片《地心末日》的盗版DVD，翻译者在一些专业术语出现的地方，及时加入一些解释性字幕，比如这条字幕"外部压力是每平方英寸八万磅"，译者给加了个括号："约5.66吨/平方厘米"；又比如片中角色反问同伴说"难道你打算像卡尔·萨根一样一路唠叨到地心里去"，译者马上注释道："卡尔·萨根：著名天文学家、作家，《接触未来》作者"，这些字幕，据说正版DVD中都没有。

有的网络版字幕，则属于发烧级网友自制，甚至会把自己的感慨放进去。《女欢女爱》第二季中，一个美国女小资去中国领养了一个叫"玲玲"的小女孩，字幕里马上就有了一句放在括号里的话："难道现在特流行去中国抱养小孩吗？汗！"这已经有些金圣叹夹评的味道了。

还有的译者，则是娱乐性的灵感十足。比如金·凯瑞和詹尼弗·安妮斯顿主演的《冒牌天神》，里面充满俚语，为之配中文字幕的老兄也就开动脑筋，配出了有中国特色的对白——

金·凯瑞对劝其改过自新的女友说："甭扮唐僧来唠叨了，耳朵都起老茧了。"可见这老兄很喜欢《大话西游》。

詹尼弗·安妮斯顿说："他屁颠屁颠地忙着。"显然，老兄是北方人。

而下面这条字幕，则充分暴露出了这哥们的业余爱好。詹尼弗·

安妮斯顿命令金·凯瑞坐到她跟前:“过来,一三筒就等卡二筒了。”

盗版好不好?当然是好。但盗版太便宜,也不好。这样说显得我占了便宜还卖乖,但确有一定道理。外国人买一张碟得咬半天牙,所以看得很仔细,可我们,得到一张碟太容易了,所以就开始不当回事儿起来。

就像电脑游戏,我们花几块钱就可以搞定许多游戏,所以玩起来都很浮躁。我在《冠军足球经理4》的玩家网站上经常看到动辄长达几万字的论文,甚至还有几万字的跟帖,但我们已经没有耐心和雅兴这么深入钻研了。这不是一件好事儿。

这么多年与盗版为伴,我的观影态度也发生了许多变化——

一、不再有什么片子是非看不可的,让人兴奋得直想跪下的。

二、买碟变成了“只在乎曾经拥有,不在乎天长地久”的收藏行为。

三、往日那种从片头厂标到片尾字幕一眼看到底,连上厕所都舍不得的光景已经一去不复返。

四、即使在睡足了觉的周末,还经常在看一部片子时睡着。

五、想看什么片子,已经懒得去那几千张收藏中翻检,而是直接找家碟店买一张新的。

六、如果一部片子看不下去,就直接扔进垃圾筒,此前还相信自己以后会重新捡起来看看,现在却已明确地知道,这一辈子再也没时间碰它。

我的那些碟经过购买、拆封、装盒、再从盒中取出,如今被安置在几十个 CD-BOX 里，再整齐地码放在书橱中，冰冷而静穆。

只是到了夜深人静的时候，看着那排顶天立地的书架，想着里面那几千张 DVD，才想起我这小小斗室之中，隐藏着多少迷人的身姿、动人的故事！

关于评书的记忆碎片

有井水处，皆听评书

凡是能够跟俺完成一次非正式场合交往的人，就都不再叫俺大名，而是直接以“老六”称之。俺为什么叫老六？那可不单单是因为俺在大学宿舍里排行第六——中国有多少间大学宿舍，就有过多少一茬又一茬的老六。之所以对这个数字情有独钟，还是得从评书说起。

一、《隋唐演义》，瓦岗寨三十六条好汉中的老六是王伯当，他是众帅哥中排行最高的。老大魏征、老三徐茂功是道士，没劲；老二秦琼假惺惺的像个娘们，一张黄脸像得了肝炎，没劲；老四程咬金、老五单雄信都是红胡子蓝靛脸，长得不好脾气还挺暴，也没劲；也就排到人家老六那儿，还像那么回事儿，白马白袍，刀法绝伦，占山为王，义薄云天。

二、还是《隋唐演义》，十三杰中排行老六的是伍云召，将门虎子，忠良之后，忍无可忍，揭竿而出，俺喜欢。看他前面那几位，老大李元霸是个白痴；老二宇文成都长得不好看，还老被老三裴元庆欺负；老三裴元庆模样功夫都要得，可他姐姐被大老粗程咬金先奸后娶，他连个屁都不敢放，还归顺了人家；老四雄阔海是个太行山的强盗；老五伍天锡虽排名高过老六，但他不是老伍家的嫡系子孙，所以还得归老六管；也就排到人家老六那儿，还像那么回事儿。

三、《水浒传》，梁山一百单八将中的老六是天雄星豹子头林冲，他的作用很重要，很重要呀很重要，他的牛逼不须表，不须表呀不须表。

四、《杨家将》，请看杨六郎在《辕门斩子》中的血泪控诉："我大哥替了宋王死，二哥替了赵德芳，三哥马踩如泥酱，四哥八弟失落番邦，五哥出家当了和尚，七弟又被那仁美伤，只剩下我沙里淘金的杨六郎"。

五、还是《杨家将》，大郎之妻张金定，二郎之妻李翠萍，三郎之妻花似玉，四郎之妻云赛英，五郎之妻罗刹女，六郎之妻柴郡平，七郎之妻杜金娥，八郎之妻肖金蓉，数人家老六的媳妇最漂亮，出身也好，八贤王的妹子，羡煞其他哥儿个。对了，老六还有一个妻子，大刀王兰英，武功了得，帮他消灭强敌。

六、综上所述，老六最好，所以俺让自己叫老六。

俺是想借机说说评书的事儿。

如今有一家电台中午十二点半开始，连播起了刘兰芳的《岳飞传》。俺有一天坐在出租车里，突然听到了收音机里那熟悉的激越入云的刘氏评书，顿时被搞得五迷三道的。车到目的地，这一回还没说完，恨不得路途再远些。

俺这天听的是岳飞在八盘山第一次跟金兵交锋一段，岳飞出阵后，敌阵大郎主粘罕麾下枭将金牙忽主动请缨。听多评书的人都知道，这肯定属于犯贱受死的角色。

好玩的是刘兰芳的艺术表达方法。她先说金牙忽身高顶丈膀大腰圆，使用的又是重兵器，说这样膂力过人的战士千万不要跟他硬碰硬，要不兵器非被磕飞不可。

然后开打，岳飞偏跟人家来了个硬碰硬，结果被磕飞兵刃的却是可怜的金牙忽……未过一个照面，就将金牙忽毙于马下。多么棒的烘衬！文学创作字典中将这种说法称为"拽泻"。

然后他的弟弟银牙忽哭着喊着就上来了……偏偏他们的父母亲还特别能生养，铁牙忽和铜牙忽也在后头等着呢。

八盘山一役是岳飞初试发硎之作，这时的他银鞍照白马，不啻世上英。刘兰芳用"百步的威风，万丈的煞气"来形容这位首次出现在不可一世的完颜部落番兵面前的年轻将军。请注意，"百步的威风，万丈的煞气"这个形容词在整个上部《岳飞传》中只出现过两次，一次是献给我们的传主，一次是献给如流星般划过的盖世英雄高宠。

八盘山，青龙山，爱华山，牛头山，几个山头搞下来，撼山易，撼岳家军难。

说"百步的威风，万丈的煞气"在上部《岳飞传》中出现过两次，绝非信口开河，而是俺在最迷评书时的精确统计。那会儿，仅仅能把八大锤的锤名背出来，或学没鼻子军师哈迷蚩叫两声"郎主"，只能算小意思。疯狂如我，几乎能将整本的《岳飞传》全部复述下来，并沉浸在其中搞起科研来。

比如岳云的锤到底有多重？刘兰芳并没有明说，但银弹子的锤重三百斤，金弹子的锤重三百五十斤，而综合岳云在这两个对手面前的表现，可以知道他的锤的分量就在这两个数字之间。又比如，整套《岳飞传》中名字最长的兵器是什么？告诉你，是秦桧的外甥王大鹏的“锯齿飞镰合扇板门刀”，有九个字，排第二的是嫁给四公子岳霖的苗王李述甫的女儿云霞公主，她用“九耳八环独龙宝铲”力毙不可一世的蛮将赤利青。

别怪俺这么变态，那年头，戏匣子是中国老百姓唯一的娱乐工具，除了听评书，我们还能干什么？

在俺的记忆中，刘兰芳是第一个在电台连播传统评书的（好像是安徽人民广播电台），那也是一段阳光灿烂的日子：中午放学后用比罗纳尔多还快的速度跑回家，听完一个台再转到另一个台，端着饭碗，直把脖子听歪。如果放学较晚，就不用着急疯跑，因为家家传出的，都是刘兰芳的声音，慢慢走过，一句都不带落的。她的评书，可是滋养了整整一个国家的人。

刘兰芳当年火到什么地步？她到天津演出，人群把周围的民居压塌好几间。鞍山市公安局把她评为社会治安模范，因为播她评书的时候交通事故和犯罪率都很低，奖品是一个暖水瓶。

该说说高宠了。

高宠，这位生如烟花之灿烂，死如流星之迅忽的英雄，只在钱彩的

《说岳全传》中占了两回，只在刘兰芳的《岳飞传》中连播了三天，却以至尊无上的气概，永远活在我的心中，永远，永远。

在牛皋押解粮草去牛头山的路上，一位头戴金盔，身穿金甲，跨下黄骠马，掌中一杆虎头錾金枪的将军拦住去路，轻轻松松地将郑怀、张奎、牛皋拿下，然后再告诉他们这是一个玩笑。他就是高宠，开平王高怀德之后，家传的枪法，满腔的忠义，百步的威风，万丈的煞气。

一个闪亮而轻巧的出场后，高宠与三人结为兄弟，催兵前进，往牛头山进发。

在马踏连营的战斗中，高宠如虎蹚羊群一般，枪挑金花骨都，鞭打银花骨都，箭射铜花骨都，摔死铁花骨都，然后，就到了让俺说起来就眼圈发红的挑滑车一段，他连挑八辆滑车，不管宋军，还是番兵，都对他暗挑大指，然后，第九辆滑车冲下山来，高将军连翻了两次腕子，都没能挑动，然后，负责滑车的那个傻逼金将哈铁龙命令将第十辆滑车放下……

……说不下去了。

刘兰芳讲到这一段时，用沉痛的口吻念了一首歪诗——

为国捐躯赴战场，
丹心可并日增光。
滑车虽破身已死，
可惜将军马不良。

可惜将军马不良。是啊，俺恨不能变成一匹像石头一样坚硬的马，不出汗，不腿软，不发瘫，与高将军一起，将万斤重的铁滑车顶住，顶到驾长车踏破贺兰山阙那一刻。

高宠惨死时，牛皋大叫一声，当即哭得昏了过去。“哭昏”这一动作发生在粗犷憨直的牛皋将军身上，更显得其情可鉴，天日可昭。当时俺听到这一段时正在吃午饭，当即哽住，泣不成声。

“哭昏”在上部《岳飞传》中出现过三次，一次如上，一次是时任金兀术干儿子的康王赵构在完颜家祭祖时想到自己的列祖列宗而哭，一次是双枪将陆文龙将岳飞的发小汤怀刺死后，岳飞昏倒在了沙场上。到了下部《岳飞传》，昏君误国，奸臣当道，山河沦丧，英雄末路，满部书都要被哭昏。

就像《帝国反击战》是《星球大战》系列、《魔宫传奇》是印第安纳·琼斯系列中最黑暗的一集，下部《岳飞传》也是所有传统评书中最黑暗的一部，连岳飞麾下的大将施全在众安桥行刺秦桧，都要被秦府的一个狗奴才坏了好事。

银瓶小姐是岳飞的女儿、张宪的妻子，父亲和丈夫被害后，她随全家被发配到云南，又遭到解差的调戏，银瓶小姐愤而自尽。当俺听到这一节时，已经有了要窒息的感觉。

也就是在这一回中，刘兰芳粗浅地分析了一下，说杀害岳飞的真正凶手是高宗赵构。因为是他不希望岳飞连连得胜并将二帝接归来，那样他就没了帝位。刘兰芳的原话是“高宗赵构也留了个心眼儿”，俺认为批判力度是很不够的。事实上在她进行这番分析之前，俺就已经看出了其中的端倪。可叹刘兰芳，没将个中蹊跷深入挖掘下去。

《岳飞传》下部中还有一回，牛皋的儿子、“金毛太岁”牛通夜探秦府，准备刺杀秦桧，结果在凤凰亭遇见了秦府的管家秦禄和秦桧的二太太美娘私会。按照阶级分析的观点，凡是敌人反对的，我们就要赞成，而按照人性解放的观点，这也是一对追求自由爱情的男女，但在刘兰芳的嘴下，这二人却成了奸夫淫妇，被牛通毫不眨眼地杀死了。这也是俺对刘兰芳产生腹诽的地方。

但是，无论如何，俺是要向刘兰芳女士表示敬意和谢意的。

《岳飞传》之后，刘兰芳说起了《杨家将》，而与她同属鞍山市曲艺团的单田芳则向中国百姓端出了他的饕餮大餐——《隋唐演义》。

按照某种说法，“单田芳”三个字的繁体写法暗含了十二张口，单老师也确实能说。尽管没有详细统计，但他是说书人中最高产的，这一点应该没有异议。但是，俺不太喜欢单老师说的书，这主要也是因为他的第一部《隋唐演义》坏了俺的胃口。

这部书中遭人诟病最多的是把英雄按照本事高低都排好名次，然后排名靠后的就只有挨前面人揍的份儿了（老二宇文成都和老三裴元庆这一对冤家除外），这种做法尽管一目了然，也算费厄泼赖的一种，但毫无波澜和悬念可言，显得很乏味。

更要命的是，《隋唐演义》中有许多让人不可理解的地方。俺觉得吧哈，对待任何文艺作品，观众的欣赏底线是：你可以犯不可笑的错误，但不可以犯可笑的错误。问题就在这里，《隋唐演义》充斥的都是这种低于一般人智商的错误。比如程咬金将皇帝的位子让给李密这个小白脸，而瓦岗寨的众弟兄又对李唐王朝俯首帖耳，甚至不惜兄弟反目成仇。当俺听到单雄信被昔日贾家楼的拜把子兄弟拿下问斩时，心中的郁闷达到了极点。

尽管如此，单先生的烟酒嗓还是给我们带来了许多欢乐。像他说到大汉吃饭必是“甩开腮帮子、抡开大槽牙”，说到罗成必是“气死小辣椒，不让独头蒜”等等，尽管语言单调，但重复也是一种美。

李元霸攻打十八路诸侯的联军时，和瓦岗寨的人说好：瓦岗寨的将领都插一小旗，到时候假装打一下就放跑。结果程咬金老人家浑身上下包括坐骑都插满了小旗子，还威风凛凛地向李元霸叫阵，看得白痴李元霸都笑了；单雄信和李家是世仇，谁劝也不听，偏不插旗子，要拼死一战，李元霸不明就里，但在下杀手的一刹那发现单雄信的马尾巴上插着一个小旗子，马上停手，不知是哪位兄弟救了老单一命；秦琼想摆个架势，无奈武功差得太远，铁枪被金锤砸得曲曲弯弯，李元霸有些过意不去，过去把铁枪用手一捋，铁枪恢复原状。

在俺的心目中，稳坐中国评书界第一把交椅的，绝对是袁阔成先生。

袁老师是评书世家，其伯父袁杰亭、袁杰英，父亲袁杰武，合称“袁氏三杰”，其大伯父袁杰亭更被称为“说书的梅兰芳”。袁阔成是第九代评书先生，是当代评书界辈分最高的，从五十年代初开始说新书，是说新书的第一人，评书界有“无派不宗袁”之说。

袁阔成老师的评书真是没的说，俺母亲文化程度不高，但她老人家当年听袁阔成讲诸葛亮舌战群儒一段，也听得津津有味。唱戏的人女怕《思凡》男怕《夜奔》，说书的人恐怕最怕舌战群儒这段文戏了。袁老师能说得那么深入浅出有张有弛，不是一般战士能做得到的。《三国演义》后半部赵云去世，袁阔成用了整整一回的篇幅来回顾赵云将军光辉而伟大的一生，堪称一部很完整的赵云评传。

关于对袁老师的赞美，实在是太多了，如有人总结他的评书有“漂、俏、帅、脆”的特点；有人用“语断昆山分石玉，言倾沧海鉴鱼龙”来评价他说的书；有人说得更直接：“听袁先生的说书，真好似看一部电影，一场话剧。”

其实在演说传统评书之前，袁老师就播讲了大量“红色评书”如《烈火金刚》、《红岩》、《赤胆忠心》、《林海雪原》、《暴风骤雨》等，像一些经典段子如《许云峰赴宴》、《肖飞买药》、《江姐上船》等，更是脍炙人口。

但在俺心目中，袁老师最伟大的作品则是《水泊梁山》及其续集《神州擂》。

当年俺听《水泊梁山》，无比震撼。因为它的情节将施耐庵的《水浒传》完全颠覆，偏又比《水浒传》扣人心弦得多，跌宕起伏得多，传奇得多，解气得多。像小李广花荣的三枝雁尾蛇锋箭在《水浒传》中是找不到的，但在袁阔成的评书《水泊梁山》中，绝对是最具传奇色彩的一笔，竟牵扯到了后羿射日，一箭定江山。在金庸和梁羽生之前，他老人家已经让我们领略了武侠与江湖。

在俺看来，《水泊梁山》比《水浒传》伟大在以下六个方面——

一、前者中的梁山好汉是人间的欢乐英雄，后者中的梁山好汉是阴阳界里的魔头。

二、前者融合了武侠小说的若干因素，所以更江湖，更符合老百姓的审美需求，而后者基本上是符合朝廷的政治需求的。

三、前者着力塑造了一批出身市井的平民英雄，如矮脚虎王英、神算子蒋敬、摸着天杜迁等，每人有每人的本事，每人有每人的个性，特别是鼓上蚤时迁，从夜盗紫金八宝夜光壶开始，带动了整部《水泊梁山》的情节发展，成为举足轻重的人物。而这些人在后者中除了几句开场诗之外基本上是没什么戏份的，后者把篇幅全部献给了优良品种出身的王侯将相。尽管时迁盗了一次甲，戴敦邦还在他的一百零八幅绣像中将人家画成了半个身子。

四、前者对梁山的对立面给予了足够的尊重，像大名府的梁中书、祝家庄的祝朝奉、江湖四大怪杰等，也是个顶个的牛人。增加了对手的难度，才有征服的快感。后者中的反面角色几乎千篇一律地成为梁山好汉成就功名的垫脚石，毫无特点，毫无闪光点。

五、前者将女人当人看，特别是对一丈青扈三娘和矮脚虎王英的爱情描写，比后者要高明不知道多少倍（因为后者简直没有爱情可言，只是将扈三娘作为宋江兑现诺言的工具赏给了色鬼王英，分母为零，所以这个比数没有意义）。中国好多文人不知道是吃过女人的亏还是受过女人的气，做了许多混账事，像施耐庵把扈三娘嫁给王英，许仲琳把邓蝉玉这朵鲜花插给了土行孙这个孙子。娘的，要让俺来写，怎么着也应该是高大威猛的杨戬杨二哥，或是与阳光少年哪吒来一段姐弟恋啊。

六、综上所述,《水泊梁山》比《水浒传》伟大。

袁阔成的书不仅沉稳大气,而且还很有趣,以下是俺整理出来的他说书中六块比较有意思的碎片。

一、蒋干盗书一段,群英会上周瑜像老六一样酒风浩荡,其他人都替他担心,袁阔成就来了一段书中暗表,说他们喝酒用的是转心壶,可怜的蒋干喝的是烈性酒,而周都督喝的——“跟现在的麦乳精差不多”。

二、某酒楼上,几个色鬼正要调戏一个卖唱的女子,忽听得楼下传来一声断喝:‘住手!”然后就听得楼梯响,一个人走上楼来。奇怪的是,此人的脚步声并不像我们走路那么匀称,而是忽快忽慢有高有低,细细一品,竟是【将军令】的旋律。这位见义勇为的英雄便是矮脚虎王英,由于腿脚不利索,所以他走路都跟演奏民乐似的。

三、小霸王周通抢亲,不花的和尚鲁智深替美女顶缸。周通跟山贼兄弟喝完酒后直奔洞房,嘴里一边叨逼叨,一边色迷迷地往销金帐里摸,这时,“从帐中突然飞出一只船来,将周通踢翻在地——那哪儿是船啊?那是鲁大智深的一只脚!”

四、美男子王幡竿孟康在某山寨做客时,被寨主的妹妹看上了。这是一个长得五大三粗的姑娘,怎么个大法?请看这位大小姐穿的那双绣花鞋,愣是从一字长蛇、二龙戏珠到十面埋伏,十个超级阵型全给绣上去了。

五、《水浒传》中戴宗的甲马属于怪力乱神的东西,而在《水泊梁山》中，他赖以成为神行太保的是一头介于马、骡子和驴之间的牲口，跑得飞快。黑旋风李逵特眼馋，却又老是犯小错误，戴宗就治了他一下。原来这头牲口跟正常坐骑相反，说“驾”它就停，喊“吁”它就玩命跑，结果把黑旋风给折腾的。不过到了《神州擂》，宋江有一次派戴宗出差，竟提到了“你的甲马能绑四个就绑四个，能绑六个就绑六个，越快越好”，与《水泊梁山》有前后矛盾之处，算是这套书的一个小小的 bug。

六、综上所述，袁阔成的评书是很有趣的。

刘兰芳、单田芳、袁阔成，在他们温暖的声音中，俺度过了自己的少年时代。

其实评书听多了，会发现其中的套路和模式化，如每部书中都会有一个傻乎乎的福将，像《岳飞传》中的牛皋、《杨家将》中的孟良、《隋唐演义》中的程咬金，他们的好运气如果搁到现代，绝对能中彩票大奖，而他们的记性普遍不好，练武都是好几年下来只会有限几招，而就这几招已足够他们行走江湖无往不利，其中最好听的是孟良那几招：劈脑门儿、扎眼仁儿、剔排骨、砍肉槌儿，成心欺负不会说儿化音的南方人。

传统评书中人物的名字，也很有脸谱化的倾向，许多人一听名字，就知道他是好坏人。最不堪的是秦桧家的八大家将：长尾巴狗、短尾巴狼、铁笊篱、不漏汤、钟不响、铁铃铛、胎里坏、一包脓，不但集天下贬义词之大成，还充分揭示了其罪恶又不幸的命运。

而在所有的评书中最让俺纳闷的，是关羽关老爷的血脉之强，不管传多少代，遗传基因都不带变的，像《岳飞传》中的关铃、《杨家将》中的花刀太岁岳胜、《隋唐演义》中的大刀王君可、《水泊梁山》中的大刀关胜，不管是嫡系还是旁支，全是清一色的卧蚕眉丹凤目面如重枣，让人不由得不佩服其 DNA 之优秀。并且，他们的武器装备也是千秋万代永相传：胯下赤兔胭脂马，掌中青龙偃月刀。每当看到这样的角色出场，俺都要在心中非常欣慰地慨叹：关老爷的忠义精神万古长青。

而他们的评书给我们的真正滋养，是那种非常中国的侠烈风范和英雄主义精神，它支撑起了一个小男人的精神世界，就像杨过在危城襄阳里的幡然醒悟——“霎时之间，幼时黄蓉在桃花岛上教他读书，那些‘杀身成仁，舍生取义’的语句，在脑海间变得清晰异常，不由得又是汗颜无地，又是志气高昂。眼见强敌来袭，生死存亡系于一线，许多平时从来没想到、从来不理会的念头，这时突然间领悟得透彻无比。他心志一高，似乎全身都高大起来，脸上神采焕发，宛似换了一个人一般。”

在这篇文章结束时，让俺评出传统评书中的十大英雄场面——

高宠挑滑车，盖世英雄悲失路；

梁红玉擂鼓战金山，一声鼙鼓震高樯，十万雄兵战大江；

赵云长坂坡救阿斗，杀得曹兵个个愁；

杨二郎幽州解困，威风八面力杀四门；

杨六郎大战韩昌韩延寿，两人惺惺相惜，只要六郎在，不再犯边关；

岳飞出世，河南农家子枪挑没落贵族小梁王；

岳雷扫北，鞭敲金蹬响，旗唱凯歌还，实现了历史中从未实现的

梦想;

小李广花荣三枝雁尾蛇锋箭箭射天下,祝家庄阖庄变色;

八大锤大闹朱仙镇,关铃大破一字长蛇阵;

花枪将罗松,一枪解开李元霸与罗士信的生死扣,一绝一雄一杰完成了唯一一次亲密接触。

关于打架的记忆碎片

你们退席后得承认这个事实：庆幸他挥出了这一拳

这是一个慵懒的下午，时在立夏，阳光匝地。俺偷出浮生半日闲，坐在朝阳公园西门的高尚酒吧区。我们待的这个酒吧的名字叫"鹅与鸭"——高尚的地方都会有这种暧昧的名称吧？

我在跟一个美女聊天。在这样的高尚社区，当然得聊点儿高雅的事，于是我们谈起了人生的追求。美女说，她希望在未来的日子里，能生个孩子，最好是个男孩。然后憧憬起被她高高大大的大儿子挽着胳膊在商场踱步的情景，一脸神往。

没听说哪个男人喜欢陪女人逛商场的，特别是自己的妈妈，除非他需要从老妈那里骗更多的零花钱，或希望女友能够顺利通过老妈的安检。我不好意思拆穿她，只是对她说，你要生了男孩，就要做好让你孩子打架的准备。

美女的大眼睛顿时瞪得更大。

是的，打架。

俺说，打人以及被人打，都行。要是一架都不打，他就长不成个男人。用句文艺点儿的话说，他要不被人施以颜色，他的人生就没有色彩。

一　黄色的脸孔有红色的污泥

打架，贯穿于俺整个长大的日子。可能如今的孩子们不这样了，因为他们千顷地一棵苗太宝贝太娇气，而当年我们的父母将我们生下来，也就当个小牲口小野兽养了。

那一代孩子全是一群狼。大白兔？那是奶糖，邻居叔叔出差去趟北京或上海才能带些回来，并且还往往给忘掉，因为左邻右舍需要他带的东西太多，从皮鞋到铝锅浑然一个货郎担。糖并不重要，也不见得多好吃，最要命的是糖纸，那是你讨好女孩或女孩向你讨好的利器。平时我们最梦寐以求的美味是江米条或鸡蛋饼干，以及馒头管饱。冬天，没有一个孩子不把手和脚冻得跟烂柿子一样，不过冻脸的人倒不是全部，因为有些人的鼻涕在脸上结的痂实在是太厚了，足以保护到娇嫩的皮肤不受寒风刮割。

亲爱的弟弟妹妹，请不要为我们哭泣，其实我们很得意。

我们得意于我们的茁壮，没听说有谁感冒发烧还要吃什么药的；我们得意于我们的灵巧，我们自制的精密链子枪，前面再加个钢管绝对能把你的变形金刚轰个稀巴烂；我们得意于我们的强大，谁不是结交四方朋友黑道白道都有；我们得意于我们的剽悍，越寒冷的日子越是我们奋战的舞台，因为衣服厚伤不到身体，因为冬天夜长除了打架实在没什么好消遣的，连露天电影都已经停摆。

我参加的规模最大的一次群殴发生在小学四年级，两条街分成两个阵营，冬天的夜里，荒凉的野外，燃起几堆玉米秸，首领发一声喊，便斗将起来，以摔跤为主，间或拿冻得硬邦邦的土坷垃（野外没有砖头）拍之砸之。都是乡里乡亲的，加之烽火熊熊，所以基本不会分不清敌我。因为涉及到两条街的荣誉，所以有的分属不同阵营的亲戚也全然六亲不认，表弟？照打不误；堂哥？你好意思打我吗？趁对方犹豫迟疑的当儿就是一招黑虎掏心。

第二天，一些脑袋见血的孩子的家长找到学校。校长恼羞成怒，将全体学生集合到操场上，问都是谁参加打架了。我们中间可没有那种敢做不敢当的孬包，呼啦啦举起了一片胳膊，棉袄袖沾满了尘土和牛屎。

"你们打！你们给我接着打！！"校长大吼。

性格耿直的我们哪里听得出校长话中的深意，二话不说，又捉对厮杀起来。俺撂倒一个又准备再去俘虏一个，抽空看了看战场——呀！征尘蔽日，龙腾虎跃，好一派北国风光。

校长这次不再卖弄学问，收回双关这种高级修辞，而是直接用"住手"两字制止了我们。

《中南海保镖》是我的偶像李连杰演的一部时装片，他演的中南海保镖林正阳不去保护首长南巡，却去给大款的小蜜卖命，看得人好不气闷。不过李在片中的扮相真叫一个酷，特别是百货公司那一段，他右手执“五四”，如执鲜花枝，左手将钟丽缇的曼妙身体抡来转去，如抡面口袋，表情平静地将一干傻蛋敌人全部放倒，一身西装纤尘不染，一脑袋头发纹丝不乱。

当然不会乱，人家留的就是一个平头。

当年我看了《中南海保镖》，对杰哥的发型羡慕不已，也把自己搞了个平头，穿了套西装，还把自己搞得不许笑。

很快就有人好奇地问我，头上那几个白点是怎么回事儿。原来是小时候打架破了相，受伤的地方再也长不出头发来，于是像个癞痢头阿三。

这么说，显得俺的打架生涯多么牛逼，伤疤就像勋章一样闪亮。其实完全不是这么回事儿。

我在步入四年级后，被一个男生欺负了。欺负的原因有二：一是这小子人高马大，俺实在不敢跟他过招；二是我把人家一本小人书《渔岛怒潮》中的一页给撕坏了，赔本新的他都不干，非要原来那样的，俺实在赔不起。

欺负的表现形式有二：一是我的作业做完后得先给他，让他抄一遍。幸亏这小子不聪明，想不出让我替他写作业这种办法；二是中午的长篇快板书《西游记》这小子听不明白，每天都得逼着俺再给他讲一遍，把他逗得嘿嘿傻乐为止。

镜头又转向“鹅与鸭”酒吧，我对美女说，其实一个男人被人欺负也不是什么坏事儿。你看我讲的故事吸引得你连咖啡都顾不上喝，就是因为通过给那小子讲《西游记》，磨练出了俺高超的叙事技巧。

这种压榨一直持续到初中时，我考上了一个重点中学，他歇了菜，再见到我，已是一脸羡慕的表情。

如果按照一个大快人心的说法、一种阴暗的复仇心理，结局应该是这样的：等俺考上大学，以后又成了一个上等人的时候，他已经完全被我逼得找地缝就钻了。

其实也不是这么回事儿。我上大学时他在北京当兵，来学校找我。一路公共汽车坐下来，一口外地口音被北京人好一个欺负，我没有一点痛快的感觉，反倒觉得就跟欺负了自己个儿一样。复员后他做起了小买卖，从豆腐丝到炸油条无所不卖，我父母从他那里占到的便宜比俺这里都多。如今他有了大胖儿子，一见到还没挂上果的我，就是一阵不怀好意的嘲弄。

总而言之，上帝是公平的，每个人得到的屈辱与荣耀、得意与失意，大抵相当。

毫无疑问，我是一个持不同政见者，用马尔克斯和门多萨在《番石榴飘香》中对话时用的那个字眼，就是，社会的抗体。

我对政府的最大不满就是，实行计划生育政策，让人没有兄弟姐妹。

别用什么大道理来反驳我，俺就是看不得这个。一个人，如果不能享受到兄弟姐妹间的感情，是人生非常非常大的一种缺憾。

好在我的父母及时造人，在政策推行之前让我拥有了两个弟弟。

有两个弟弟的最大好处是，我被熏陶了一身贱脾气。比如小弟弟上大学的时候，我就基本没有让他为钱发过愁，总能赶在他的口袋空之前把钱及时送到。

另一个好处是，我让弟弟得到了自己没有享受过的东西，比如，有一个哥哥，打架的时候腰杆会硬许多。

谁不希望有个哥哥，保护自己，不必害怕，不必遭人打？

我上学的时候，父母那一辈人全都一窝一窝地生，没有人是独生子，而那些有哥哥的人就成了最让人羡慕的人。哥哥越多，被羡慕指数越高。

我身为长子，从来没有得到过哥哥的保护。

有一次，我与俺们班兔子发生了口角。这小子有两个哥哥在高年级，我并不想惹他，但给逼到那个份儿上，也只能硬着头皮打。

那是一个课间，我们俩被一群人围着，操练起来。一开始打得很文明，你来一拳我还一掌，谁都不愿把对方逼急。特别是我用眼睛的余光看到兔子哥哥站到旁边时，心里更是哆嗦，拳头也越来越没有力道，只是盼星星盼月亮一样期待上课铃快响，好结束战事全身而退。

兔子却兔仗人势，出手越来越重，最后与俺摔起跤来。我一边与他在地上翻滚，一边委屈得直想哭。我其实能打过他的，但是我怕。

不知道是怎么回事儿，我将兔子按在身下。这种结果首先吓着了我自己个儿。还没等旁边的人喝彩，兔子哥哥便飞起一脚，踢向了俺的耳朵，我顺势倒地。

这时，上课铃响，大家散去。

我从地上爬起来，眼泪像趵突泉的水，汩汩流淌，怎么拦都拦不住。

疼倒没感觉到，但那种孤立无援的感觉，真能让人体会到生存在世界上的那种荒谬和绝望感。

若干年后，听到罗大佑的《亚细亚的孤儿》，我首先想到的，却是这一幕。

泪水再次糊住了俺的眼。

二　黑色的眼珠有白色的恐惧

上中学之后，我的脸上冒出了青春痘，嘴上滋出了胡子茬，喉咙上长出了肉疙瘩，也算介入成人社会，打架便有了成人色彩。

已经有过无数的诗人作家愤青艺青怒骂成了人的世界、长大了的傻蛋，咱就少凑这个热闹吧，但人长大了，确实不太好玩，特别是在打架这件事儿上。

小学时的架，你说打就打了，中学以后的架，你说着说着就不打了。

一个不大的由头，两个人伸手较量一下也就得了。但，偏不，一句“你等着”，然后就开始到处拉赞助，无论是人头还是武器装备，都够大战规模的了，但越拉人越多，不想打的人也越来越多，相互熟识的人也越来越多。扭头再一看，原来打架的缘由却是那么微不足道，随便谁的面子一抹就打不起来，于是到最后便不了了之。

这时候，打架的真正魅力便在于约架后的枕戈待旦、打架前的剑拔弩张、劝架时的舌剑唇枪、散架后的觥筹交错、以后再见面时的义薄云天、再打架时的并肩战斗。如此循环往复，和平主义的队伍越来越壮大。

苹果价钱卖得没以前高

或许现在味道变得不好

就像那彩色电视变得更加花哨

能辨别黑白的人越来越少

娘的，打架的成本越来越高，无论从时间上，还是从金钱上，打架的成功率却越来越低，于是只能过过干瘾了，比如在想象中把别人捅个血直冒、在吹牛中把别人打个满地找牙。

这就像我们的梦，提供了生活的无限种可能，而真正付诸实现的就是可怜巴巴的几种。

你说人为什么要做梦？

因为现实实在是太过单调乏味。你努力努力地过啊，最多也只能活出六种花样来，而在想象中，你可以经历至少六十六种。

你深爱却不能相爱的女人，你迈脚却无从下脚的道路，你酿出却释放不出的激情，全跟你会合在梦想中。

上帝就是这么仁慈，让你至少还有梦，不至于在现实中窒死。

打架的成功率越来越低，是因为打架的后果越来越重，谁都承受不起。小时候的架，恨不得断条胳膊都能像壁虎一样再长出来，而长大了的架，手稍稍重点儿可能就是终生印记，大家都感觉越来越玩不起，于是找台阶下就成了一致的心愿。

我经历的一次比较危险的架发生在劝架时。人是一种很贱的动物，许多架友属于那种人来疯，越劝他越来劲，还没完了。我当时劝的那头猪手里拿着刀子，别人越劝他越比画，力气随着拉他的人增多而加大，等看到劝架的人都伸出了手拉他，都张开了嘴求他，再没有后备力量，才善罢甘休，收起了刀子。

大伙正在彼此介绍说些“久仰”之类的话，突然有人冲我高呼一声：“你的脖子！”

我用手一摸，一手血，都不知道什么时候挂的彩。

这个伤口后来成了我炫耀的资本，因为离右颈动脉不到五厘米的距离，谁见谁抽凉气。

可当时我就剩下了一个后怕，并从此特别烦那种嚷嚷半天也不打、一见人多就诈唬的人。

打架真正的快感是在丧失理智疯狂出手的时候，红了眼，咬着牙，不知道疼，不知道轻重，全身都兴奋得直哆嗦。我曾经有一回跟哥几个追打一个人，真是越打越过瘾。这时的人，甚至比野兽还野兽，因为那股兽性是憋了许久的陈年佳酿，表现出来的简直就不能叫兽性，叫人性得了。

王朔在他的小说《动物凶猛》中吹牛逼，说一帮小屁孩如何靠自己的勇猛镇住了黑老大，因为老大知道这种下手不知轻重的孩子最不好惹。可谁知道一个孩子面对江湖老大时那种屁滚尿流的恐惧呢？

高中时，我对门宿舍的王小眼去邻近化工厂洗澡，得罪了一帮人，被人家追上门来，纠缠了好几天。我当时正处于对这种不痛快打架就知道黏乎的人的反感中，加之他们宿舍的人都噤若寒蝉，见那帮人来就躲出去把人家王小眼一人扔在那里，就动了蛮性，假装有事儿进了他们宿舍——不过要写成小说，就会变成俺径直推门进去——听了他们一会儿，然后说："你们到底要干什么嘛？是想打他一顿，还是想让他赔钱？"

这几句话其实挺面的，但我确是鼓足一万分勇气才说出来——要写小说的话，俺会构思几句更体面的话。

我已经记不清他们撂下了什么话，反正他们走了之后，我马上就得到一个情报，他们跟三儿特熟，而这个三儿，是八街的著名角色。

从那以后好几天，我就没有睡过好觉，总是想着如何被他们折磨摧残，心灵在种种可怖的幻想中颤抖，手心里的汗就没断过，甚至都动过写遗书的念头。

等见到三儿的时候，是经我们班郭子介绍而认识的，化工厂那桩事儿早就不了了之，这愈发印证了那帮江湖好汉也多是虎头蛇尾。

郭子尽管是学生，但他爸是某集团军空降师师长，指挥得动千军万马，他这个师长之子简称"师子"，没人敢不给师子面子。郭子特崇拜我的学习成绩，尤其是数学，几乎所有考试全是满分。一个民族的崛起靠的是实力，俺也是。知识改变命运，俺就是。

我不知道说这种事儿是荣耀还是耻辱，反正在郭子的隆重推出后，三儿就拿我当兄弟了。

三儿一家兄弟四个，全属于在街面上混的人。他自己开了个饭馆，但二十年前的中国饭馆也就是卖个炒饼蒸饺鸡蛋汤之流，没多大出息。他家二哥就在我们学校食堂当伙夫，经他介绍，从此我都是在二哥的窗口排队买饭，他往我饭盆里扣得特多，有时候给一毛还找三毛。

很明显，他们家扬名立万靠的不是一手粗糙的做饭手艺，而是全靠刀口舔血打拼出来，以及仗义疏财买来的面子。

认识三儿没多久，他送给我一份礼物，是手抄本的《少女之心》，用六十四开铁灰色封面"工作日记"抄就，扉页用保尔·柯察金那段很著名的"人的生命只有一次……"来掩人耳目，倒也贴切。《少女之心》的内容如今满世界都能找到，但这个小本子意义实在重大，就是它，令五中的几个初中生进行了初次集体性体验（官方用语是集体淫乱），轰动一时。不知道怎么搞的，这个小本子流落到三儿的手上，最后又到我手里。我留到现在，算是民间语文的一个标本。

等我高中毕业的时候，三儿举行了盛大的婚礼。这个婚礼对我刺激良深，一是他的新娘无比漂亮，刚引进了一条冰淇淋生产线，日进斗金，等我上大学后看到周晓文拍的《最后的疯狂》，发现刘小宁演的警察特像三儿，而金莉莉演的罪犯情妇特像三儿他媳妇，为什么鲜花都要往最牛的粪上插呢？打死我也想不明白。二是婚宴上有许多有头有脸的人，这些人却又以能参加三儿的婚礼感到有头脸，不少警察还说"以后有什么事儿尽管找我"这样的话，我知道了什么叫官匪一家，知道了那些流氓恶势力为什么铲除起来就那么难。

三 多少人在追寻那解不开的问题

许多人不理解，为什么好好一个有志青年，非要跟这么一帮二流子混在一起。我也说不大清楚，还是让我回忆一下俺这一生的第一次喝醉。

那是我的十七岁生日，此前除了爸妈，还真没人注意到俺这条小生命的存在，但这个生日大不同。郭子、三儿等人撺掇着要给我过一个生日。

我所在的高中是一所全国重点，把学生奔着全方位人才来培养，所以学校还有好几百亩地，里面种着各种各样的蔬菜，这使得我的生日宴会不至于花太多的钱且品种繁多。我用六块钱买了四瓶高粱酒，其余的就不用我掏腰包了。

三儿搬来一个煤油炉负责炒菜，他的手艺应付一帮肚里没油水的学生绰绰有余；胖葫芦负责去农场的拖拉机库房偷柴油，结果被看门狗堵了半天；教历史的石老师最遭人恨，所以他家的鸡难以幸免，那只宁鸣而生不默而死的鸡被活活拧断了脖子，王二哥还特周到地把褪掉的鸡毛扔到女生宿舍的垃圾口，免得被追到自家头上；郭子从父亲那里顺来老部下孝敬的飞龙肉，用空罐头瓶装着，于是整个宴会显得荤素搭配得当，天上的飞龙地上的驴，好吃啊。

“还记得我们偷偷摸摸学抽烟，那年我们十九岁。”马兆骏的十九岁太秀气了。

在我的十七岁,俺第一次摸到了女孩的手。三儿带来了两个姑娘,不是学生,羽绒服鲜亮,高跟鞋尖翘,头发波浪,嘴唇鲜红,比班上的刻苦女生诱惑多了。她们伸出涂着指甲油的手,与我这个寿星佬握了一下。我把进入青春期后学到的词与现实中的首次触觉联系在了一起——柔软滑腻。

在我的十七岁,俺第一次知道了我不孤单。全学校的有名架友来了好几个,校外的混子也有,他们都对我说着特仗义的话,让人觉得这个饭局像个大家庭。

在我的十七岁,俺第一次感觉到我不好惹。宴会的声音吵得隔壁班男生过来抗议,三儿把挂在床架上的军用挎包砸到桌子上,里面是一枚投掷手榴弹(这是当年架友们的常备装束):“今天是我兄弟生日,别他妈让我不痛快!”敌人退去,我顿时觉得自己顶天立地。

那四瓶高粱酒早已满足不了那么一大帮酒风浩荡的人,后来谁又去买了酒,不知道;买了多少,不知道。我只记得一个念头,喝这么多,吐这么多,第二天,还能不能醒来,继续活着?

我们为什么要像蝗虫一样扎堆在一起?

郑钧唱道:“我们活着只是为了相互温暖,想尽办法就只为逃避孤单。”做男人,挺不好。只有自己为自己喝彩只有自己为自己悲哀这种境况,是成年之后的绝望。而青春啊青春,要的就是一群人走在大街上谁都不吝的那种意气风发的感觉,而一个人走路总不自在。

参照古印度的种族制度,我们将学校里的学生分成四个等级:

那种朋友遍及校内外的老架友属于头等婆罗门，他们已经金盆洗手，但名声无人不晓，所以根本无架可打，他们只是在校门口不花一分钱地打台球，部分荷尔蒙分泌旺盛并有路子搞到避孕用品的人已经开始了战战兢兢的性体验，但他们更多的时间是用来处理各种江湖纠纷。

那种混得不太好的老架友属于刹帝利，他们的资历很老，所以在战斗中不会吃太多亏，也会有老哥们帮忙，但他们太过崇尚暴力，不知道嘴皮子比拳头更管用的道理，所以经常惹一些根本没必要惹的麻烦。他们的智商不太高，许多人到最后考不上大学。

那种空有一把蛮力气的低年级架友属于吠舍，他们的主要功课是记住前两个等级的大哥的模样和名号，并恭恭敬敬地打招呼；他们的主要任务是随时听候调遣出兵作战，并以大哥叫上他为荣；他们的美好前景是等大哥毕业后他们能转入上一个等级，只要惹的祸不至于被学校开除。

那种不敢打架的学生属于首陀罗。由于是重点中学，所以他们最后考一所光祖耀宗的大学一般没问题，但他们除了呱呱叫的学习成绩外一无可取之处，他们的饭盆经常要被高等级的人征用，最后还不给洗涮一下；他们的牙膏经常一进水房就要被挤掉大半管；他们的睡眠经常要被高等级的人破坏；他们的女朋友多半不是很漂亮，还戴着眼镜。

如果你在食堂排到了前头，那么你认识的所有架友都要让你带饭，后面的人敢怒不敢言；如果有个不着四六的傻蛋在楼道里斜睖你一眼，你马上可以招来一帮人给他一个教育；如果你喜欢的那个女孩碰巧你的兄弟也喜欢，两人就互相推让，最后那个女孩变成你不属于我，我也不拥有你,你终于知道,姑娘这世上没有人有占有的权利……

他们说我们是一群狼,在无知的岁月中迷失。

"义气"是那个年代对一个男人的最高褒赏,宛如现在的"品位"、"优雅"、"格调"、"精英"之类。

有一次,三儿的大哥把大家召集到一起,商量向另一个团伙复仇的事儿,我们作为学界代表,也列席在三儿的饭馆里。原来四儿被那个团伙欺负了,气不过,要找他们去拼命。

"让我去。"老大用些许哭腔说,"四儿,你比我年轻,能多伺候咱爸妈几年。"然后平静地喝下一杯酒。

四儿哭得跟只迷途羔羊一样。

我的眼圈也当场发红,心中充溢着一种为了兄弟间的情谊赴汤蹈火万死不辞的豪情与柔情。一个男人,如果他的生命中没有经历这种场面,没有说过听过这样的话,还叫男人吗?

事实上后来那场架打得并不大,彼此伤亡不重,公安也没管,并且也没让我们这些学生参加。但打成什么样已经不重要了,重要的是,这顿酒喝得让你那么动感情,那么人间自有真情在,英雄本色江湖情。

大学毕业时,我回母校参加高中同学聚会,路过三儿老婆的冰淇淋店,进去看了看。她已经生了孩子,曾经漂亮的脸蛋不再饱满,曾经娇柔的嗓子变得沙哑。聊起故人故事,她说,三儿正在乡下贩梨,早就不打架了。兄弟四个的生意不好也不坏,最近刚为钱上的事儿吵了架。

我坐在那里,吃了一个三嫂给的蛋卷冰淇淋,心里有些堵得慌。原来我们为之动情为之动刀子的所谓义气，竟那么禁不起人性的推敲，那么禁不起日子的锤打。

这种幻灭感让我无比沮丧。

四　没有人要和你玩平等的游戏

我的架龄，往短了说也有五六年；我认识的架友，往少了说也有五六十个。根据不完全统计，关于打架这件事儿，说的比打的多，架友们在一起，多是回忆与憧憬，真刀真枪搏杀的时候其实很少。而在能说起的故事中，牛逼的比傻逼的多，大家津津乐道的多是战功彪炳的事迹，例如两肋插刀，例如临危不惧，例如以少胜多，例如横扫千军。

全是胜利的故事和勇敢的尊严，失败的那一方跑哪儿去了？这就像我刚看过的一个社会调查，说百分之六十的男人有婚外情，而承认红杏出墙的女人只有百分之六。可怜这百分之六的女人，得承担那么多男人的爱怜。

道理要讲给能认错的人听，打架也要找敢认输的人拼命。而我们，怎么会承认自己见死不救临阵脱逃奴颜婢膝落井下石呢？即使真的发生过，只要不提起，便已经全忘记。

再提一次尼古拉斯·凯奇演的《战地情人》。意大利兵占领了希腊，去一个小岛上受降，当地居民却让他们滚，说拒绝向曾在阿尔巴尼亚战胜过的敌人投降，意大利兵无奈，只好找来德国人帮忙。他们住下后也没得到什么好脸色，当地居民动不动就念叨八千希腊人勇斗一万四千名意大利兵的事迹，意大利人只是憨笑，还得陪两句："是的，要没有德国人帮忙，俺们就被你们赶到海里去了。"他妈的哪有一点儿占领军的派头?!

但是我喜欢这帮意大利人。是他们，被英雄打趴下却懂得欣赏英雄的人们，才让英雄成为英雄。

而在架圈，是没有英雄的，因为永远没有狗熊那一方。

这是我后来退出架圈的主要原因，因为你拼杀半天，人家照样肉烂嘴不烂；而你也慢慢发现，拼杀半天，还不如吹半天牛更能博得江湖上的尊重和名声。

所以，我以后也改练嘴了，包括练笔头，来写这个《关于打架的记忆碎片》。

高三那一年，发生了一次很惨烈的架事。

老纪是我们那一届有名的架友，身体结实，勇猛值钱。但事实上到高三的时候已经无架可打，因为大伙都已自然晋升入婆罗门这一等级。老纪一把子力气没地儿施展，闲得蛋疼，就谈起了恋爱。他是很会玩儿的人，我第一次见到安全套外的避孕工具就是在他那里，新潮。

一次课间操期间，一个女生塞给他一个纸条，这个动作落到了班主任眼里，为保证那个纸条不再落到班主任手里，老纪将沾染了女孩香气的纸条吞咽入肚，复慨而慷。这一举动导致他被学校开除，从这所重点中学转到三中。

这一波折使得老纪很是郁闷，隔三差五来学校拉人喝酒。某一天子夜时分,他与另两个人在当地白鹿酒家喝酒,与邻桌发生口角,肺部被捅数刀。

老纪还跟没事人一样,想骑车回前母校睡一觉。到得学校,被保卫科老师拦住,这时的他已经神志恍惚,伤口处不再流血,而是开始冒气沫。

幸亏被人拦住,并送到医院。按他的如意算盘,倘找床睡去,恐怕就不会再醒。

我这一夜未被惊动,次日惊闻噩耗,赶赴医院。见到让我脊梁发麻的伤口和血衣,这才知道,真正的架,我们是根本打不起的。

老纪是家里老四,三个哥哥都是淳朴贫穷的农民,对此事措手不及。我见到了老纪的家人,想他们肯定不知道老纪在学校玩得那么疯。而老纪用那么坚强粗硬的外壳,也就是为了包住内心脆弱得不敢让人触及的一角吧。可惜我们都玩过火了。

我痛心地跟老纪说了一番义正词严的话,老纪这时已经到了一说话就喷血的地步,但眼睛还会流泪。他就流了。

凶手是当地公安局长的儿子,此案最后不了了之。老纪痛定思痛,用一个月养好了伤,用三个月奋发学习,考入辽宁大学法律系,准备用法律来匡扶正义。

六年后,老纪来单位找我,这时的他已经是一名人民法官。饭后他要了杯水吃药,我好奇地研究了一下,是治疗性病用的。

老纪出事儿的当天,一帮老架友全都摩拳擦掌,纷纷谴责歹徒暴行，设计复仇方案，并报请三儿等社会贤达得知。三儿也义愤填膺，慷慨陈词了一番，并说了一番怎么为兄弟出气的好听话。

然后均不了了之。

其实像我们跟三儿这种关系，根本不能深究。三儿曾经向我借过十五块钱，说买皮鞋差这么些钱。俺愤然解囊，捐出了一个月的生活费。

三儿后来再不提还钱的事儿，并且据说他"借"过很多架友的钱。而我呢，一面心中暗自肉疼，一面对外吹嘘跟三儿是如何哥们，吹得连自己个儿都信以为真，引以为豪，并将与三儿的友谊保持到大学毕业。

现在想来，我们在三儿的眼中，也不过是一个活期存折而已。对于他们来说，义气就是利用。

亏得这种马仔生涯结束得早。

一个人贱不可怕，可怕的是贱而不自知。再说一件糗事儿。我毕业分配后没多久，在单位的澡堂里洗澡，忽听到总编辑洪亮的声音叫我的名字，然后看到他老人家向我招手。我巴巴地过去，总编辑将一块毛巾甩过来，然后豪爽地扭了扭肩，示意我给他搓背。

搓着总编辑白而不嫩丰而不满的肉体，你知道我心中是什么感觉？

居然是得意，甚至感激。

你想想啊，那年分来那么多大学生，而澡堂里那么多鲜活肉体，人家老总为什么能独独叫上俺呢？荣幸啊，荣幸啊。

现在写起这件事儿，我的脸依然绿了。

贱，是适用范围最广的汉字，深深植根于民族文化的土壤中。

人之初，性本贱；

贱可贱，非常贱；

天行贱，君子当自贱不息。

五　西风在东方唱着悲伤的歌曲

当你与你相知的哥们在一起，当你与你心爱的姑娘在一起，你会经常发现，你说出的话其实就是他正要说的，也会发现，你对他说的话其实也是对你自己个儿说的。于是你和他就慢慢变成了一对闷葫芦。

我对病床上的老纪说的那番话，其实也是说给自己听的。于是我也幡然醒悟，用老纪的鲜血换来了俺的洗心革面，最终得以考入大学，避免了成为黑社会马仔的命运，从而荣幸地沦为单位的马仔。

上大学之后，打架变得更加不好玩。因为大系打小系，高年级打低年级，本科生打研究生，还没出手，就高下已判，就跟中国乒乓球队似的，名曰比赛，其实就是领奖前活动一下身子骨。是个人都觉得挺没劲的，偏偏有人还就好这一口。

一个人在自己人生的重要关头，往往是完全不由自己做主的，比如你考什么样的大学，学什么样的专业。我当年就误以为“广播电视”属于那种电器维修专业，从而学了报纸，让另一个成绩不如俺的高中同学如今在央视整天胡说八道的。

对于一个男人来说，你即将投身的那个集体的打架实力更是不可把握。天可怜见，我考上的新闻系当时是学校的第一大系，人多，流氓多，加之新闻本身就是个不学无术的专业，闲人多，很快就挣得了打遍全校无敌手的名声，所以我上大学期间没受什么欺负，反倒欺负了别人几把。而那些天生异禀却不幸降生在一个小系的好汉，就只能看着一帮狐假虎威的杂碎充大尾巴鹰。真让人替他们委屈得慌。

大树底下好乘凉，系里也多了一些动不动就嚷嚷"新闻系的人你也敢动，打丫的"之类的螃蟹，在校内横冲直撞，冲锋陷阵的却全是俺们这帮笨嘴拙舌的傻蛋。

还有一点是，越聪明的人越善于保护自己，我所在的大学是一所日薄西山的重点大学，能考上的多是有心眼的人，他们很懂得趋利避害的道理，打的都是有把握之仗，血性和意气只成了耳花眼热后的谈资，所以打起架来非常不爽。

本科毕业六年后，我又回到母校读研，宁肯睡下水道也不住学校，宁肯吃猪食也不吃学校的食堂，因为怕被本科生欺负，就像当年俺们欺负研究生一样。

大学里的研究生在架场属于绝对的首陀罗一级，因为他们多是品学兼优的好学生，谈架色变；因为他们人少且不抱团，聪明得任人欺负；因为他们大多身体瘦弱，你才知道多年的寒窗苦读比二八佳人更容易淘空男人的身子。

而本科生也并不是高等级的种族，即使最能打的人，也只能算是一个吠舍，所以也只有研究生能够让我们实施经常性打击。

刹帝利属于学校的那些子弟。可能是高级知识分子父母太过优秀，把祖坟上的积荫全部耗光，所以他们的子女一个个游手好闲，一事无成，这从他们的外号可见一斑，像“猪耳朵”、“板子”、“傻屁股”之类。他们经常找借口讹诈不熟的本科生，或在麻桌上通过偷牌换牌诈骗混熟的本科生。一届届的学生让他们有取之不尽的财源，并且他们的归属往往很好，经常会被一个粗壮且一脸雀斑的女留学生看中，进而远嫁海外，弄个精尽人亡。

而婆罗门则是那些在学校做小买卖的小摊贩。那年头做这营生的都是有过监狱生活经历的人，他们即使已经被政府改造好，其背景也足以让人退避三舍。我们系当年就是被一个补自行车轮胎的瘸子给制住了，因为他的腿是在新疆监狱被打断的。知识分子在他们面前永远是弱势的羊羔形象，但他们对知识也有着天然的好感，并且那时我们经常凭借一腔热血博得他们的尊敬，像一个叫“麻师”的同学曾被烟贩屡次免单，我在毕业时也曾被一位西瓜摊的老哥在吉祥饭馆请喝了一顿酒。

尽管打架越来越不好玩，但除了打架我们又能干什么呢？一把闲力气憋得真是难受，所以打架是隔三差五就有的事儿，食堂、球场、舞厅、澡堂、饭馆、选修课堂，有人的地方，就有拳头和脚丫在舞动。套用一句书评家的话：“大学里只有两种人：正在打架的人，和正在谈论打架的人。”

打架的人最怕牛二那样的光棍破落户，本来已经惨到无法再惨，生活也没什么指望，所以就浑不吝了。再坏又能怎样？

我们学校的校际足球比赛叫“校庆杯”，而许多系参加这一赛事的初始目的就是打架，特别是那些知道自己无力夺冠的球队。我到大四时，有计划的社会主义商品经济方兴未艾，跟经济有关的专业成了热门，新闻系盛景不再，招不来体育特招生，实力一落千丈，足球也全无夺冠可能。所以我们在小组赛的时候就找碴跟国政系的人干了一架，然后被取消比赛资格，以此为台阶全身而退。

这一点跟参加韩日世界杯的中国队很像，反正也没什么好果子吃，干脆就敞开了想，抡圆了吹，往死里踢，把人丢到姥姥家。

而在大二时，新闻系人才济济，豪华阵容一时无两，旌旗直指冠军宝座，所以当主力后卫被计划系输不起的无赖用一个汽水瓶开了瓢时，我们压制住心头怒火，把伤员劝住，避免了血腥的复仇和更大的冲突，最终得偿所愿。伤员抱着冠军奖杯，阳光下笑容灿烂，刚剃的秃头熠熠生辉。

但这口气也不能白受。幸亏我们掌握着舆论武器，校内真正的民办报纸《新闻周报》就在新闻系控制之下，于是一篇义正词严的报道迅速出炉，对计划系进行了强烈谴责。教科书上说阶级性是新闻的一大属性，信夫。

计划系也不示弱，制订了一个通过走上层路线来封杀我们报纸的计划。《新闻周报》主编闻讯，连夜召开编委会商量对策。没想到的是，第二天，由学生会控制的校广播站播出一条内幕新闻，言称新闻系密谋对策云云。最后一句是“本站记者某某某报道”，《新闻周报》主编一听，差点背过气去。原来正是睡在他上铺的兄弟。

急忙回宿舍质问，对方却振振有辞地说：“新闻就是要真实客观，这是咱们课上学的。”

那个脑袋被开瓢却又忍气吞声的主力后卫，如今成了央视歪嘴，叫刘建宏，那次被剃成秃头后，反倒让他的头发长得更厚实，上电视后，许多人都羡慕地问他是不是戴了假发套，并问是在哪里买的；那个挑起传媒大战的《新闻周报》主编，叫王军，如今是新华社记者，为保护北平古建筑鼓与呼，并写出一部巨著《城记》；那个坚持新闻真实性公正性的叛徒，如今以消磨生命享受每一天为天职，他的名字叫晄晄，他说，对死亡的恐惧使我生活得肆无忌惮。

六　多少人的眼泪在无言中抹去

某一年冬天，我们被上级动员去颐和园搬冰，为清淤工程做贡献。大伙干得还算卖力气，可等回到学校，全都又冷又饿，那点儿公益心顿时变成满腔的怨气。

在食堂，我刚排到窗口，旁边顿时递过来一堆饭盆让我捎饭。这种情况肯定会招致别人的不满，平时我们也就当没听见，反正能尽快吃到饭才是正茬。但那天，饿得正一股邪火，所以听到后面有人发出一声低沉的呻吟后，这帮恶霸马上就不干了：“说谁呢说谁呢？”然后挑衅的眼光开始寻找。

目光最后落在一个瘦小的男人身上，一看就是个研究生。俺们就冲过去，让他发出了更大声的呻吟。那人还冲俺直眉瞪眼地说着什么，被我搡开了。

然后我们坐在饭桌旁享受胜利果实。突然，那人又冲了上来，手里挥舞着一根长木条，大概是食堂外建筑工地上的材料，红着眼向我扑来。我站起身，那人把木条在俺眼前挥舞着，带动的风吹动了我的眼睫毛。像我这样的老架友，知道这会儿绝对不能掉链子，要不那哥们更会人来疯，于是一步步往前逼，那人终于没挺住，被逼退几步后，让哥几个将其按住，一通胖打。

然后，我们被押到学校保卫科，接受了一番教育。然后陪那哥们一起去校医院接受诊治。路上那哥们说："其实咱俩还看过电影的，我刚才跟你说，你就是不听，要不我这么急。"

在他提到另一个美丽的名字后，我终于想起来。当年我以拙劣手法追求法律系一位师姐，买了两套外国影展的票邀请她共同欣赏艺术。那次影展共有十场，没看到第六场，她就看出遇人不淑，借口功课忙把票转让给别人，就是这哥们。

当时我对待爱情的态度也很光棍，你若无心我便休，发现邻座变成一个男人后，就毅然放弃了接下来那几场电影。

天可怜见，这个昔日的挡箭牌终于落到咱的手上。当医院查出他身上多处软组织挫伤后，我内心充满了快意。看到了吧，凡是被人当枪使坏人好事的，都绝对没有好下场。

那根木条在我眼前刮起的风，如今让我心有余悸，但当年是绝对不会退缩的。所谓心狠手辣，就是换了别人该收手时，你还要继续出手。

这条经验来自我高中时的一次小架。当时某同学跟我开了一个非常不该开的玩笑，我一下子就火了，给了他一记狠的。

等那一下出手后，我知道下手有些过分，那人的脸色也变得很难看。这时，我内心飞快地运算了一下，如果露出怯意或向他道歉，那人肯定得理不饶人，干脆，继续打吧！于是我就做出犹不解恨的样子，欲继续打之。那人也马上收起刚刚酝酿好的委屈表情，飞快地躲开夸张愤怒的我。

这绝对是经验之谈，望小架友认真领会，并应用到实践中去。

但是，会打架的人，首先应该是会退缩的人，这更是经验之谈。至少，三种人你别惹，一是喝多的人，一是失恋的人，前者不知道疼，后者在努力作秀糟蹋自己个儿，你打他越狠他越有快感，咱可别给人家当道具用。还有一种人，就是身边有孩子的男人，不管那人如何逞能，都忍下那口气，不为别的，一定要在孩子面前，为父亲留下尊严。

如今世风不古，更多了一种千万不能惹的，就是那些毒瘾发作又解决不了的人。

有一天，一个小兄弟打手机向我求救，说他被人绊住。我急忙赶到楼下，原来是一个小混混借口俺兄弟撞了他，在讹钱。

这时的我已经参加工作好几年，早就打不动了，想和平解决。但不管是鹰派还是鸽派嘴脸，那孙子都软硬不吃，非认准了要钱。他像一摊泥一样委身于我，说要不让我把他打死，要不就叫我爷爷。我被纠缠了两个多小时，最后痛苦得都要叫他爷爷了。当时社会经验太少，直到现在才知道，这小子是吸毒又吸不起的，不给钱是不行了。

“你是在哪儿混的？”“顺子你认识吗？”

我问了几个问题，那孙子给镇住，将价码从五百元降到三十元，我急忙把这位爷爷用三十块钱送走了，外加一包烟。

那个解困的兄弟无限敬仰地看着我，他肯定是佩服我认识这么多“在道上混的人”。

“其实那些人都是我编的，什么顺子。”我对他坦白。

一定要记住几个老大的名字，不知道没关系，编几个听起来像老大一样的名字也能对付。千万别让自己显得跟没有组织似的，那些所谓混的人，欺负的就是无根的浮萍、迷途的羊羔。

这是另一条经验，拉出打架的架势，其实是为了不打架。

悄悄是别离的笙箫。

我的大学该毕业了。临走那天，哥几个说，唱会儿歌吧。就开始唱，然后拉行李的车来到了楼下，我开始与哥几个拥抱作别。这时轮到唱那句“曾经与你有的梦，今后要向谁诉说”，我和我抱着的人都绷不住了，相互拿对方的背心当毛巾用。

那天有一个人没来送我，他是烁哥。他说：“真不敢去送你，我怕自己受不了。”我以为他只是说说，但没想到他就真的脆弱到没来。

烁哥可不是这么没出息的人。我们系大学四年打的架，至少有三成跟他有关系，还有三成本来是别人挑起来的，他也急忙跑过去，使之变得跟他有关系，另外三成是他没赶上，就总是耿耿于怀地念叨，剩下那一成，是他不喜欢的同学惹的架，求他助拳他也不会。

烁哥啊，有多少回，你在那么多人的场合做了第一个挺身而出的人;有多少回,你一听说有人打架了就从宿舍往外奔,还不忘卸下根床上的钢管做武器;有多少回,我们在楼道的长明灯下等你打桥牌,等半天不见人,就急忙出去找你,把你从孤军奋战的战场救下来;有多少回,你喝得大醉瘫在水泥地上,尽管是得胜回营,你却在哭,泪水和吐出来的东西混在一起。

即使我老得挥不动拳头,烁哥,只要有你的架,我肯定过去凑把手,只因为发生在你身上的一个故事:一次你的妈妈病了,想吃一碗朝鲜冷面,你就骑自行车从东四十条的家赶到西四的延吉冷面馆,再端着一碗面骑回去,到家,面都坨了,咱娘吃得那个香啊。

烁哥啊,在你恋爱时,我看到你脸上发出那么贱的憨笑,就想也许是因为把残暴都挥发到架场上了吧,你变成了世界上最温柔的男人。好在,烁嫂是个识货的人,她知道一个男人的憨厚同样是一种尊严。

道一声别离忍不住想要轻轻地抱一抱你。

我用一转身离开的你,用我一辈子去忘记。我就这么告别了自己的年轻时代。

用一转身离开的,是一生中最巅峰的一种状态。哥几个意气风发地走在大街上的那种感觉,只能是一辈子的谈资了。毕业,工作,我开始枯萎,慢慢老去。

结婚后,我某次陪太太去医院看病。突然楼道里一阵喧哗,大伙纷纷开始躲闪,一个浑身血污的汉子在到处找急诊病房,一看就是刚从架场上挂彩回来。

等他走到面前的时候,我问:“怎么了?”

“唉，没什么事儿。”那人轻描淡写地说，伤口很深。

我一下子就被打动了，想多看一会儿，看那哥们包扎好再走。但是，太太颤抖的手拽住了我。俺知道，俺已经不能想怎么着就怎么着了。

果然，已经好些年过去了，我再也没打过架。我这个当年追求民主平等的受过高等教育的人，也开始觉得自己的命很值钱，跟别人共同打拼同归于尽，不值。

镜头再转到“鹅与鸭”酒吧。

美女说，为什么一定要打架呢？暴力真的是不可避免的吗？

我想了想说，让我来复述一个故事吧。美国电视剧《甜心俏佳人》中有一集名叫《Cro-Magnon》——据说“Cro-Magnon”是个专用名词，指旧石器时代的一个人种，在这里大概是指人类的原始本性吧。这一集里，一个男生的恋人是另一个男生的前任女友，在一次派对上，后者向前者轻佻地说着那个女孩的坏话，被那个男孩打得乱七八糟的。约翰律师为这个打架的男生辩护，他先请了一个人类行为学专家到庭，然后却盯着那个专家发了一会儿呆，什么问题也没有问。到最后，一向神神叨叨的他发表了一通“历来最好的”结案陈词——

> 他又能怎么做呢？当另一个男子用语言羞辱他的爱侣。他应该转身离开吗？我曾传唤人类行为学家上庭，但当我见到他时，我想到，陪审团需要专家来教导他们吗？来教育他们人的本性吗？女士们先生们，在派对上发生的事情关乎人的本性。男人，任何男

人都好战，虽然已经进化得穿上了衣服，用上了手提电话，但原始本性依然存在。

十三岁时，我到电影院排队买票，有一个比我大的男孩加塞。他说，你能把我怎么样？我不敢有反应。这件事情让我深受困扰。后来我上了高中，当了学生代表，读了法律专业，成绩骄人，但这件事情的阴影在我心中却永难磨灭。

三年前，我在一家酒吧，有人撞了我的肩膀后直闯厕所。是他的不对，但他膀大腰圆。他对我说："笨蛋。"我说："什么？""笨蛋，"他重复了一遍，还问我，"怎么着？有什么问题吗？"我说："是，有问题。"他说："你要找麻烦吗？"就开始推我。此刻，他变成电影院那个男孩了。我知道要打架了，这是我第一次要跟人打架。他提起右手时，我记得父亲曾说过打架时后腿要站稳，就拉开后腿摆出架势。那男人走近，但没等他出手，我已挥出拳头，正中其颚骨，他倒在地上，一时站不起来了。

我当律师很成功，做善事也不甘人后，我做一些公益事业，为我带来很大满足感，但身为男子汉——这一拳却是我毕生最有满足感的一刻。

这算高尚吗？肯定不是。我感到惭愧吗？绝对是。这是不争的事实吗？是，是男人的本性。

我在此并非要鼓吹暴力，但当男人佳人有约，而女友被人侮辱时，他可以怎么做呢？你们退席后得承认这个事实：庆幸他挥出了这一拳。

沉默了一会儿，美女又说，一个男孩子，要是遇到自己明知道打不过的人，他是该屈服呢，还是放手一搏？前者太伤尊严了，后者又太危险了。

这是一个没有答案的问题，就像人们在争论那个被强奸犯逼得跳楼的女孩，有人居然说她不应该跳，哪怕暂时就范，也不该让自己付出瘫痪的代价。说得真轻巧。

但人的血性毕竟不是因果分明的逻辑推理，不是天平两端的精密平衡，不是安慰自己的动听道理。如果所有的人都那么精明地知道值不值，就真的是一个强奸犯横行的世道了。所以，我说——

最好是不打，可真要想打，那打就打吧。

只要你还年轻，只要你还有血性，就不要老是避让，老是忍耐，让强权凌驾，让谋杀得逞。

关于毛片的记忆碎片

一边背诵着标准答案，一边背叛着标准答案

用古龙的话讲，青楼女子把自己弄成良家妇女的样子才诱人，大家闺秀偶尔露出点儿放荡的样子也才动人。按照这种逻辑，这篇一看名字就注定出身不好的文章，应该想办法给它披一件文化的外衣才是。

好吧，我试试看。

先从汉语词典说起。前段时间有人批评我们的词典，说若干次修订后，像“克隆”、“斑竹”等一些走进新时代的词儿仍没有被收进去，还有，对“虎”这样的珍稀动物居然还解释成“肉可食用，骨可入药”，实在是太不环保了。批评得很对。

词典里没收录的词多了，你永远不要指望其会在“毛”这个字根下收入“毛片”这个字眼，尽管它绝对是社会流行语。解释不清或欠妥的词也多了，像对“下流”、“淫秽”等词语，或是用循环论证，比如用“淫秽”解释“下流”，又用“下流”解释“淫秽”，或是用否定句来进行解释，

比如“不正当”云云，均属不科学不规范的治典。有的解释还很不人道很不人性，如果真信了它的说法，你简直就找不到还有什么下三路的事儿是上流、不淫秽的了。

这本词典对人类的原罪感进行了最有说服力的解释——只要你胆敢分泌荷尔蒙胆敢有性冲动胆敢做爱，你就是淫乱的、放荡的、罪恶的、违反人类道德准则的。

还是让我们用民间的眼光来看待“毛片”这个词儿吧。这个词语在二十世纪八十年代的中国兴起，没见过什么世面的老百姓有奶就是娘，将一切“下流”、“淫秽”的影视作品——画面下限是女性乳房的长时间裸露及性爱意识的大量渲染，上限是赤裸裸的性交镜头，在这一范围内的所有影视作品均被称为“毛片”。

我就曾经受过三级片的骗，说是毛片，看破天了也是一毛不拔。也不能怪人家，因为那时候还真没有对毛片和三级片的准确定义和科学划分。

九十年代后，人民见多识广了，就把那类不暴露性器官的软性色情(softcore)影视作品从中分出“三级片”一类另立门户，与之相对，硬性毛片(hardcore)也有了“顶级片”、“高片”等称呼。如今流行洋字码，就有一些人仗着自己懂几个英语单词，将其称为“A片”——A者，adult是也。

我对方言的研究很不在行，不知道其他地方管这玩意儿叫什么。我听到过山东人说“毛片”这个词儿，由五大三粗的山东人用瓮声瓮气的嗓子挤出来，显得一点儿也不雄性。成都人称其为“歪录像”，其理想生活是“搓搓小麻将，吃吃麻辣烫，看看歪录像”，不知道这个名字只是适用于三级片还是毛片。

鉴于当时的技术条件和社会背景，初期的毛片主要以 VHS 录像带形式在民间传播。

毛片由出国人员从国外带来。当时能出趟国的人，就跟阿姆斯特朗登上月球一样稀罕，回国后经常要在报刊上连载《旅美札记》、《欧游见闻》之类的文章来让别人眼红（特立尼达和多巴哥这样的国家就算了），而他们如何带着毛片成功混过海关，再在一片黄色沙漠上布道的事迹，却从不在文中透露。由于片源的稀少，毛片绝对被居为奇货，如果你手中攥有一盘毛片，这个消息马上就会在可以流传的范围内最大限度地流传，最后恐怕连动物园的黑猩猩都会跑来，央求你借它开开眼。

与片源的珍贵一样，播放设备也属于稀罕物件。当时的录像机价格约为三千五百元（而那时一个大学生一月的生活费是五十元），并且在商场买不到，只能在对外经济贸易大学附近的出国人员服务部靠一个很特权的批文提货，或购买从南方运来的走私货——我认识的有钱人中，至少有两个当年干过这营生，在福建海边刀口舔血般拿到几十件货，再雇人一台台从南方背到北方，在火车上还经常被查抄，这些因素都使得录像机既贵且少。

片源稀少，播放设备稀少，能看到毛片的机会简直就是稀少的平方了。我从听到毛片这个字眼到第一次看到毛片，中间隔了四年，“高山仰止，景行行止，虽不能至，心向往之”。

四年时间还不算长的，可怜我们宿舍老二，他一盼就是七年。

难怪他少白头。

不知道现在喜欢看电影的人还能不能理解“过路片”这个概念，意思是不可能公映或很久以后才公映的影片，突然在某影院临时放一两场，宛若雁渡寒潭，雁去而潭不留影。当时只要一听说有过路片要放，那是千方百计也要去看的。美国的《霹雳舞》和香港的《霹雳情》，我都是高三时逃课看的过路片。

毛片更是以过路片的形式在我们这些无立锥之地的穷学生中流传。

那是大一的下半学期，一次午饭后，一位大三的师兄说有盘毛片，只能在他手里留半天，问去谁家能看，咣咣提议去他家。他们议论这事儿的时候旁边坐着几个人，包括我。大概是不好意思把我丢下，或怕我怀恨告密，他们抹脸邀请了我，这使得我对他俩终生都充满了感激，尽管人家觉得这根本算不了什么。

如今我的脑海中幻化出这样一幅场景：在俗套的马斯卡尼《乡村骑士》间奏曲的背景音乐下，九个青年男子骑着自行车奔驰在北京蓝天白云下的街道上，要多快有多快。其中唯一一个不戴眼镜的人眼神最好，他警惕地四处扫视；一个膀大腰圆的人横眉立目地守候在另一个人身边，单看那个被保护者两条跟穿了条毛裤一样的毛茸茸的小腿，就知道他是这帮人中小腿肌肉最发达的，他骑的也是一辆最好的车，以备有人盘问时一骑绝尘。

——他胸前的军挎里，硬硬地横亘着一盘毛片，毛片用报纸包着，又用《中国新闻事业史》跟《大学英语》两本书夹着。

说起来这么诗意，其实当局者迷，那天我就像做梦一样骑了十几公里赶到咣咣家，什么文学性的描述都是扯淡，唯一的念头是，我就要看上毛片啦！

“这时，灯一黑……”

这是十几年前流行的那种花哨杂志里“警笛声声”类报告文学的惯用手法，套用到这里，用来描述我那次毛片处女观摩。至于片子的内容，看过的人不用我复述，没看过的人不宜我讲述，就算了吧。

幸运的是，我的第一次毛片观影经历还不至于太丢面子。首先，那盘带子的画质非常好，几乎是我有生以来看到的清晰度最高的毛录像。如果你看过那年头那种类似雪花一样画质的录像带，就会知道我能在自己的第一次摊上那么清楚的带子，简直是一种值得流泪的幸福。其次，我表现得还算镇定从容，连我自己都感到惊讶。

之所以那么镇定，是因为一块审片的都是平时经常探讨社会、哲学等严肃问题的伙伴，刚研究完叔本华舍斯托夫，又在这里肉帛相见，怎么着也得端着点儿；再说，如果表现得太过面瓜，会让别人看不起的，就跟时下一个女孩吹嘘自己失身如何之早一样，所以我就努力做出见多识广的样子，尽管内心紧张得不行，直想亮开嗓子嚎叫几声。

看到后来，重复的活塞运动再次开始时，我已经能让自己站起身来（此时裆部已不那么引人注意），走到书架旁观赏起咣咣家的藏书来。我看的是一本李洪林的《理论风云》，觉得很好，回学校就买了一本，珍藏至今。

我们屋老二就没这么轻松了。他性格内向，不属于江湖上混的人，所以大家有看毛片的机会也不叫他。等他终于放下架子求我们给他安排一次的时候，已经是大四。苦盼七年，其心也诚焉，其性也足焉。

记得那是一盘缩录的录像带，一百八十分钟长的带子录了七八个小时的节目，全是真刀真枪地干。我们这些老江湖看这些东西已经很稀松平常了，并且为了在老二面前显示自己的优势，故意说说笑笑打打闹闹，中间一度还有人嚷嚷没意思要换成魂斗罗，但老二端坐在离电视机最近的小马扎上，七个小时内一动不动，一声不吭。直到最后一段，大概是一截法国毛片，就像如今的年轻人格外推崇法国的艺术片一样，法国人的毛片也显得那么卓尔不群。老二终于吐出一句："这个……挺好。"

他根本没有意识到，自己的嗓子已经完全哑了。

处女观摩结束后，我忍住求师兄将那带子重放一遍的欲望，万分留恋地从阿光家出来，两腿松软地走出楼门，心还留在那春光乍泻的活色生香中。我两眼模糊而又漠然地朝四周看看，感觉周围的一切竟是如此陌生，男男女女都变得那么不真切，连太阳的颜色也和以前大不一般（此段仿严锋《好玩》一文）。

此时的我尽管还是童子身，但幸亏已约略知道男女间是怎么回事，否则，我坚信毛片对我的刺激将是致命的，不可想象的。

第一次知道人类的性生活常识是上初中时，我看到一本叫《家庭百科》的书，定价 0.14 元，封面是那时的当红影星陈冲，穿着一件鲜艳的毛衣，身傍花枝俏，胸前戴着“上海外国语学院”的校徽。书中大多是介绍如何去掉饭菜中的煳味儿之类的生活常识，但有一章是“夫妻性生活指南”，详细讲述了如何让性生活和谐，以及避孕怀孕的知识，看得我血脉贲张醍醐灌顶。

可惜这一章一共才有七页，其中具体的动作指南和场景描写只有两页，让人很不过瘾。以现在的眼光看来，内容也是极保守的。但对于我来说就像天塌下来一样，只觉得所住的并非人间，那么淫秽下流，那么见不得人。

我认为，如果一个年轻人知道人类的性活动是怎么回事儿以后，能够克服心理动荡依然尊重自己的父母，那就说明这人树立了正常的性观念。

从生到死只有一步
从死到生，却要走
很长很长的路

像我这样品学兼优的学生，从小学到大学，成绩都是呱呱叫。问题就出在这里，为了能够让自己从小学顺利到达大学，我必须得把书上那些东西背得烂熟。至今我还记得《生理卫生》课中“如何防止青少年手淫、遗精”这道题的标准答案：一、树立远大理想，把精力都放在学业上；二、不要睡得太早；三、穿宽松的内裤；四、不接触不良读物。如果真的按这个程序来执行，恐怕我的小鸡鸡永远都长不大。

一边背诵着标准答案，一边背叛着标准答案，这就是我们如履薄冰的青春期。

多么凶险的成长。后怕之余，也对误人生理的《生理卫生》课有了腹诽之情。如果我是无所不能的上帝，一定罚那个教材编写者，让他的脑子里只能思考数理化，累死才能睡觉，说梦话都得用英语，并且只能穿大裤衩，裤裆里宽松得能跑六匹马，看他跑不跑马。

娘的。

从那天以后，《乡村骑士》间奏曲便屡次在我少年的心中响起。那时的北京，没有交通堵塞，没有盗版碟片，没有桑拿小姐，没有网吧酒吧，只有春季漫天的风沙，冬天刺骨的寒风，和一年四季暗潮涌动的毛片。

如今我经常像游魂一样在北京的大街小巷逡巡，每当经过一个当年曾潜入看毛片的地段，便会涌起一阵熟悉的暖意，同时会惊讶这么曲折的地方当年竟能执著地找到。

我们的父母们啊，在不被了解的另一面，在上班不在家的另一段，知道你们的家中有什么在上演吗？

是未来的主人翁在黑暗中摸索出来的性成熟。

如今我所在的单位正在搞 ISO 质量认证工作，我对这一工作非常拥护。只要当年看过毛片的人,都知道制订一个规范的质量标准是多么重要。有多少次,辛辛苦苦情绪饱满地赶到某人的家中,结果发现手中的录像带是NTSC制,而他家的录像机只能看PAL制,或那盘录像带是缩录的超长版本,而他家的录像机也看不了,一腔酝酿好的邪火难以发泄,那个急啊,恨不得罚那孙子立马脱衣服来一段现场秀。

因为难得,所以珍惜,哥几个都是把有限的时间投入到无限的毛片生涯中。有一天,老蔡一天内连赶三个场子,把同一部毛片连看三次。最后一遍结束后,老蔡脸色发绿地跟哥几个倦鸟知归,320路公共汽车到农业科学院一站时,大伙把他往车下推:"你到站了,快下去快下去。"

"这是农科院啊。"

"是啊,你不是在农科院接受研究吗?"

"研究?我有什么值得研究的?"老蔡的脸上焕发出骄傲的羞怯。

"这里的大牲口研究所正在研究你,为什么能跟个大牲口似的性欲旺盛?"

高中时我们在熄灯后的床上畅谈人生理想,有人胸无大志地说是痛痛快快打个喷嚏,有人色迷迷地说是被若干美女轮奸。这种淫贱的理想一说出口,顿时博得满宿舍淫贱的笑声,想得真美。

有机会看到毛片后,一帮小光棍全在性幻想方面未成曲调先有情,个个精力弥漫,冲劲十足,哪口最荤就爱哪口。如今,那帮孩子都已人到中年,却是能不依赖伟哥就不错了,再提起当年的生龙活虎和冒险精神，真是性欲已成空，宛如挥手袖底风。

青春啊青春，一定要用最残暴的手法给自己干掉，因为荷尔蒙旺盛的那段日子实在是太难熬了。

一个小兄弟跟我说，他最思春的时候，只要看到带女字旁的汉字，都要产生性冲动。他是中文系的，难怪对文字敏感。而我呢，第一次出最远的门去广州，先找了家影院看《老娘够骚》。因为我在北京的时候经常翻《羊城晚报》，最眼馋的就是中缝的影剧预告，《老娘够骚》这个名字让我觉得广州人简直是生活在天堂，结果……从此我恨死了那些爱给片子取个哗众取宠名字的片商。

从那以后，我再也没有喜欢过杜可风。去你的《堕落天使》，去你的《花样年华》，谁让你该够骚时不够骚？

为什么春天加上青春期，我就克制不了自己？黄舒骏唱道。

后来跟一个哥们探讨人生，他提出一个论调：古代为什么能出那么多通天地之变晓古今之事的大学问家？是因为他们很早就结婚，不用再为性问题而苦恼压抑，就把一门心思都用在治学上了。仔细想来，确有道理。

现代人性成熟得早了，结婚反倒晚了。整天憋得嗷嗷叫，这当口还能读点儿正经书，简直是在虎口夺食，太不容易了。

向晚婚时代的大学问家致敬，致敬，再致敬。

看毛片的另一种乐趣来自那种禁忌的快感。看毛片的罪恶感根深蒂固地植根于我们的心灵土壤，只要小鸡鸡一硬就觉得谁都对不起就该天诛地灭，就恨不得一盆凉水浇灭自己的欲火，但又管不住自己，欲火仍熊熊。用句文雅点儿的话是，天人交战。

姜文初识啼声的《末代皇后》中，婉容（潘虹饰）平静地用白嫩的玉指按熄汤汤水水的红烛。这个镜头搁到符号学解构学那里，就是最直白的性压抑。

后来我才知道，美国色情片的出口创汇远远高于好莱坞的那些所谓大片，这就说明全世界的人民都离不开毛片。好像是亚里士多德说的，人与动物的区别就是，不渴而饮、四季性交。

而我们总是习惯于将毛片视为洪水猛兽毒品毒药，个中缘由恐怕并不是认定中国人民比其他国家的人民抵抗力弱，而是一种惯性思维使然。经常会看到一些文章，提到黄色录像、黄色小说毒害了多少人、人们啊你要警惕之类，往往还有具体的事例来佐证，比如采访劳教所监狱，罪犯中有百分之多少的人痛诉是看了黄色东西才走上犯罪道路的。我认为这样的统计方法是错误的，不应该看犯罪的人中有多少是看了黄东西，而应该算计看了黄东西的人中有多少才犯了罪。要按这种逻辑，犯罪的人百分之百长有生殖器，那是不是给这世上的人都咔嚓一刀就此了账？再者说了，那些罪犯没准儿还看《简·爱》呢。

一个人引人注目之后，关于他可以有很多定语，比如说那个残害黑熊的人，你可以说他是一个心智发展不健全的人、一个没有爱心的畜生、一个清华大学机电系的学生、一个喜欢上网的人，或者就说是一个穿四十二码鞋的人，都行，偏偏我们会把清华大学学生这一身份与残害黑熊这件事儿联系在一起，不知是瞎了眼了犯了贱了还是别有用心。

倘若那哥们是淮南煤矿师范学校的学生，恐怕这一身份就没人提起。

毛片也是这样。比如一个进行了性犯罪的人，他也可以有很多身份，如一个荷尔蒙分泌过量的人、一个性欲战胜理智的人、一个蔑视人类道德法律准则的人、一个不知道他母亲姐妹也是女人的人等等，偏偏我们会说他是一个看了毛片才控制不住自己的人，于是毛片就跟这哥们一块被判了刑。

毛片啊，你替多少做了坏事又不敢担当的人背着沉重的黑锅？

中国超超白金的流行歌手张蔷在她独步歌坛的八十年代出版了一盘又一盘口水歌，其中有一首叫《快乐的星期天》，以一个快乐无邪的小女孩口吻唱道，她和她的妈咪在星期天“逛逛百货公司，又去看场电影，跑到公园遛遛，再去吃点儿东西”，于是“惹得我笑眯眯”。

瞧人家这礼拜天过的。

我跟睡在我上铺的兄弟听到这首歌的时候，议论说人家的那些周末活动真是人生的几大美事，而我们的人生美事是什么呢？过不成还不让憧憬一下啊？想来想去，打麻将（打麻将的时候还要有足够的烟抽）、看毛片（看毛片的时候最好是图像清晰没人打扰）肯定是其中之二。

大学四年，观摩毛片十几次，都是集体活动。每次看到那些北京同学把一盘路过时间比较长的毛片揣到怀里说要带回家独自享用，都让我们为自己不是北京人而自卑。

这世界上最不人道的事情是让人民总得听张俊以的歌，比这更不人道的事儿就是让年轻人必须得扎堆看毛茸茸的片。

后来看《白头神探》中的某一集，白头翁莱斯利·尼尔森兴致勃勃地借回家几盘毛片，准备跟娇妻（他老婆真是个粉雕玉琢般的美人）欢度周末。这段情节令我眼界大开，才知道夫妻生活也可以有这种过法。结果好事多磨，他的如意算盘被同事搅了，被叫去执行任务，那些毛片春心寂寞地摊在床上。我比白头翁更恨那个同事。

那人由棒球明星辛普森客串。后来这小子犯了案子，进了局子，这个消息把我乐坏了："我早就看出那孙子不是个东西！"

最近看到一种法律解释，说夫妻在家里看毛片的行为是合法的，因为没有法律规定夫妻俩不可以看毛片。换言之，只要是法律没有明确禁止的，你就可以去做。而从前我们的习惯是，只有法律允许了，我们才可以去做。

从法律没有规定的你就不能做，到法律没有规定的你就可以做，就好比一个是在划好的圈子里活动，一个是在划好的圈子外活动，这绝对是社会的一大进步，人性的一大解放。

应该说现如今社会对毛片的宽容度大多了，而当时，"观看淫秽录像"绝对是一种比地下党都要隐秘的行为，一旦被局外人发觉，即使人家不说，你自己就有身败名裂的感觉。而如果被单位的保卫处抓住，再反映到人事处去，那就比说你是阳痿都丢人。

若干年前，南方某地方有线台的播出人员插错洞，将自己正在欣赏的毛片变成公众信号播出，一时沸反盈天。后来王朔在他的小说《一半是海水，一半是火焰》中套用了这一情节。

吉人自有天相，与毛同行的十几年间，我从来就没有被抓过现形，但却经历过一次很蹊跷的毛片事件，险过剃头。

那次我跟小强去他家观摩毛片，也就放了一个多小时，屏幕上突然变成了《米老鼠和唐老鸭》（后来才知道，那盘带子本来录的是迪士尼动画，又被其主人刷新成更人文主义的毛片，但长度的不一致导致没有覆盖完全），把我们俩急得直跺脚。

"看你丫借的这是什么东西，不会这么短吧？"小强一边着急地调着录像机，一边气急败坏地埋怨我。

我正想辩解几句，只听身后传来一个威严的声音："你们在看动画片啊？"

原来是小强的爸爸突然回家，悄无声息地站在了我们身后……

等我努力镇静地寒暄几句后，老强进了洗手间。这时我跟小强再也绷不住，一下子对着录像机跪了下来，浑身瘫软，感激涕零——录像机爷爷啊，你真是个智能家电！

那盘毛片短得真好，短得恰到好处，就像女孩的裙子。

我们宿舍的老五与一个女孩相识于一次漫长的街上行走，两人后来相爱。

那天，老五去看一部过路毛片《红楼梦》，而这部片子我早已看过，就待在宿舍思考人生。突然，他女友的室友急促地敲门，说她病了，让老五快去救人。找个理由把老五的失踪搪塞过去，只好让我来承担这个重任了。赶到他们宿舍，只见伊捂着小腹脸色蜡黄，估计是女孩子的某种病，也不好意思多问。

那时的我瘦不瘦，有肌肉，一把力气还够用，加之她也不像几年后那么丰腴，所以背起就跑，将其从五楼扛到楼下，又用自行车推到校医院。

大夫说，如果再晚到一会儿，就会糟天下之大糕。

等老五面皮潮红地回来，惊悉此讯，懊天下之大恼，用无比痛悔的口气说："我再也不看毛片了！"又给我买了一包 KENT 烟作为酬谢，我当之无愧地接了。

台湾人说男人都是一根筋，从脑袋直通裤裆。根据这一解释，男人所发的跟裤裆里那根筋有关的毒誓，绝对不可全信，全不可信。没过多久，老五就又跟毛片搭鼓上了。

但看毛片的男人就不是好人吗？我奉劝年轻的姑娘们千万不要这么想。毕业时，老五两人想尽办法分到一起。一年后，她身患恶疾，有双目失明的危险。老五赶在她做手术之前，与她结了婚。到哪里找那么好的人，配得上你随时失明的青春？

好人好报，她的手术很成功，眼睛保下来了。这几年日子过下来，他们有了个大胖儿子，过上了体面的生活，甚至在城边的风景区还拥有了一套别墅。

写到这里，该是一个很琼瑶的故事了。但去年与老五在一块喝酒，他遗憾地说自己这辈子只谈过一次恋爱，就跟一个女人好过，实在是太乏味了，太没劲了……

两个人守住一段感情还算容易，一个人要守住一段感情，基本上，这个，很难。

那几年间我通过各种渠道看过的毛片不下几十盘，有的一盘上还满满地录了好几部，但令人惊奇的是，这些毛片居然没有一部是重样的，简直太神奇了。

这至少说明两点：一、当时热衷于从国外带毛片回来的人绝不是少数，热衷于在黄色沙漠上布道的人绝不是少数，而民间传播毛片的渠道也是非常广泛的；二、跟这个大量复制的数码时代不同，当时能拥有两台录像机搞对录的条件实在是太难得了。我毕业后认识了一个人，他家有十几盘毛片，全是缩录的，每盘均长达八九个小时，把我羡慕的。他们兄弟俩属于先富起来的那帮人，一家一台录像机，更难得的是，他们兄弟俩能够坦荡荡地交流毛片。

哥几个一块看毛片时，往往会有人边看边嚷嚷没意思，这有两种可能：一、他是个伪君子，既想当嫖客又不想得性病；二、毛片看多了，确实没意思。

看过的毛片很多，但能记住的不多，这说明毛片这种东西尽管我们离不开，但也不能是视听享受的全部。

好了，这种类似觉后禅一样的道理就说到这儿。我现在还有印象的毛片，一部是西方的毛科幻片，一部是香港的《武则天》。片中表现武则天的和尚情人薛怀义的性具，用了极夸张的手法，让你觉得他那东西真不应该叫“小和尚”而直接叫“大和尚”得了，看得我们居然有了一些看喜剧的感觉。

后来这种东西就看多了,专家称之为“后现代”。

我一直对毛片演员心存尊敬,那些男演员太让我们自惭形秽,不提也罢,而那些女毛星,很多从模样到演技都挺棒的,不比那些好莱坞巨星逊色。我曾经见过一部毛片中的演员长相酷似我的偶像米歇尔·菲佛,让人感念不已。其实米歇尔·菲佛也不过是超市收银员出身,她没必要歧视人家。

一个人,有丑陋权,有肥胖权,也应该有演毛片权。你看不起人家,你自取其辱。

——龙应台也说过:你若不懂,你会自取其辱。

关于毛片,我有一个疑问。

在林林总总的毛片生产商中,有一家公司,每一部都打着“拉里·弗林特出品”的字样。拉里·弗林特就是著名的色情杂志《好色客》的创办人,也是那部著名电影《性书大亨》的主人公。他在这部影片中的一段慷慨陈词几乎可以成为毛片爱好者的祷告词。是啊,强权政治下那番颠沛流离民不聊生的情景没人谴责,赏心悦目的鲜活肉体反倒犯了忌,多少有点儿说不过去。

拉里·弗林特关于色情产业的几场官司,是美国宪法第一修正案和新闻自由的重要案例。法院竟然支持了他,并强调需要给新闻界提供足够的“呼吸空间”,以行使第一条修正案赋予的自由。在几本国内翻译过来的大众传播学著作中,全都没有提到这个案例,是不是给修订掉了？不知道。

另有一个疑问是，为什么女同胞对毛片全都表现得那么抗拒？见几个女性说看毛片的观感，都是忍不住要呕吐的感觉。跟我说这些话的女孩并不是那种假惺惺的人，这就值得探讨一番了。

我看过一个社会学家对美国社会的分析，说美国的色情产业全是以男性为主体，毛片中的女性不过是男人的玩物，长此以往，女性就沦为性活动中的泄欲工具，所以美国才有女性被强奸其他男人却无动于衷的社会问题。

我一度认为这种说法解释了为什么女性不爱看毛片，但仔细一想，按这种逻辑，那些怯懦的旁观者全是毛片看多了的人，而见义勇为的人全是不看毛片的人。这真是混蛋话。我更倾向于认为，喜欢看毛片的人才有足够的雄性路见不平血气方刚挺身而出，而不敢看毛片的人以及看过毛片假装没看过或不喜欢看的人，才是那种虚伪到明哲保身的人。

毛片看多了，不由得你不厌倦。外国人太过憨厚机械，毛片拍了几十年千万部，还是那些老俗套，让我们这种“文似看山不喜平”的艺术青年无比气闷。

如果要推选最合适的毛片导演，我想肯定是古代的中国人，看那些艳情诗，几乎就是现成的毛片分镜头脚本。再说具体点儿，我会推荐李渔和蔡东藩。瞧李渔的文章，从普通级的《无声戏》到三级的《十二楼》到顶级的《肉蒲团》全都要得，《肉蒲团》更是个中翘楚，动人情处未曾描。

更难得的是，李渔还曾率领一干姬妾在西湖开办类似性讲座一样的大型Party，给年轻人传道授业解惑，如果当时有DV的话，现成就是一部毛片。我曾看过一个跟他同时代的文人的笔记，说到这段故事，对李渔极尽鄙夷之能事，说以后再也不跟这种低级趣味的人打交道，再也不参加这样的沙龙了。

一个人的日记是当不得真的，特别是当他知道以后要给人看的话，或者他写日记就是为了以后给人看的话，肯定就有了作秀的成分。我不认为这人有他自己说的这么纯真，再说，不研究床笫之事也不见得就多光彩多能成大事，他比人家李渔更有出息吗？——至少他的名字我就记不起来。

蔡东藩本人不写色情文学，但他的历朝演义中也有零星的毛事儿，更难得的是，他喜欢在书中自我加注。我认为那些注非常具体地传达了拍摄毛片的窍门，不信你去看看。如果毛片能按他的指点去拍，肯定会让外国人看得一愣一愣的，直竖毛茸茸的大拇指："东方文明，wonderful！"

事实上，东方文明真正的精髓，却在于寻求纵欲与戒欲之间的平衡。张竹坡评《金瓶梅》，说是满篇的热闹中看出的全是个"冷"字。这句话对极了，清朝同治年间的著名扫黄领袖丁日昌禁了那么多书，后人对他的评价居然是"我国近代开明的政治活动家和清末洋务运动的实干家"，真是奇了怪了。他任江西巡抚时大肆扫黄，最常用的字眼是"名为戒淫，实则宣淫"，对于《金瓶梅》这部所谓"天下第一淫书"实则批判现实主义的大作来说，丁大人的这句话真应该倒过来说。

这篇文章写到这里，也应该“名为宣淫，实则戒淫”了。

有一年我参加书画家协会的理事会，央求某著名书法家写了个条幅，上书三个大字“毛家湾”，送给一个朋友。

他高兴坏了，因为我们俩都对林彪感兴趣，交流过不少心得。

“你别臭美了。”我对他的误会感到很沮丧，“我让人家写这三个字，是看你这个家里全是毛东西。你看，毛小说，毛画报，毛录像带，毛VCD，毛LD，毛DVD，还有毛扑克……”

他也对我的一番好意不买账：“那还是你留着自己用吧，这么好的字。”

我摆摆手，沉痛地说：“不行了。我得了一种病。”

他无限同情又幸灾乐祸地看着我。

“毛冷症。”

“？”

“就是毛片冷漠症。我他娘这段时间对毛片特没感觉，想起来都烦，根本看不下去。”以我俩多年的交情，他知道我不是装孙子。

他点点头，深有同感。因为他也不比我好到哪儿去。

一种可怕的“毛冷症”已经开始在我们这些昔日的毛林战将中蔓延，当年那些一听说明天有一部毛片过路就兴奋得一夜不睡、去看毛片时都一路勃起的轻狂少年都到哪里去了？

这一点也不奇怪。用法兰克福实证学派的说法，我可以举出三个例子。

一、据说古巴比伦王国就毁于色情，人们的纵欲过度导致体质下降精子质量下降生育能力下降，最终导致了一个文明古国的湮没。

二、继《花花公子》出现财务危机以后，另一本色情杂志《阁楼》也向美国法院提出了破产保护申请。《阁楼》自己分析破产的原因是：网络的出现导致色情的泛滥，《阁楼》就是因为黄色太多了而崩溃的。瞧见了吧，用什么来击垮黄色？——更多更黄的黄色。

三、有科学家指出，现代人性兴奋的敏感度、频率和持久性均比古人有明显下降，原因也不外是太多地接触色情产品。古代人收藏心上人的一缕头发就能让自己达到高潮，而现代人呢？——即使见到令你动心的身影，你依然带着冷漠的表情。

有一种说法是，一对男女在相识的第一年里每做一次爱就往一个缸子里放一粒黑豆，从第二年开始，每做一次爱就从那个缸子里拿出一粒黑豆，一辈子也取不完。

兴奋的衰减与厌倦的不可抑制真是太可怕了，所以还是尽量悠着点儿。

请大家接受我这句具有警世意义的劝诫，也算是这篇文字的一点儿积极意义吧——

色字头上一把刀

不要见招就拆招

关于电脑的记忆碎片

我比较喜欢这样的收梢

○

1996年,我买了我的第一台电脑。我向往它已经有二十年了——我的意思是说,在我知道电脑为何物之前,我就预感到,总有一天,我会用上某种不同寻常的东西。它被从纸箱中取出,拼装,插上无数条线,那最后的样子,和我在广告上看到的完全相同。

送电脑的工程师临走时告诉我:"如果死机,你只要按下Alt键加Ctrl键加Del键就行了。"

这不像个好消息,不过我没有多问什么。我不想显得太外行。

我让家人躲在另一个房间里,然后按下开关。先是嗡嗡的响声,屏幕上出现了一些狂乱的话,随后我进入了著名的Windows。我把家人叫出来,他们向我祝贺。这时来了我的一个朋友。是我下午打电话叫他来“看看我的电脑”的，因为从平时的谈话看，他显然是这方面的专家。他看到我的电脑，似乎不太快乐，立即挑出它十来条毛病，也许有二十条那么多。照他的说法，我就该直接把它扔到窗外去，不过我想，他一定是出于嫉妒，才这么说的。

他给了我许多指导，特别叮嘱我不要随便按 Del 键：

“你每按一次，电脑里就会有东西被干掉。”

我不想干掉我的电脑里的任何东西。不过我想起来工程师临走时说的话，便说：

“别人告诉我，如果死机，就要按 Del 键。”我故意隐瞒了两个键，想考验一下他。

“我早就告诉过你，他们都是骗子。”他立刻露出幸灾乐祸的神情，“那你就去按 Del 好了，如果你愿意，你按它十下也行。我敢说，你就是按一百下，电脑也不会有什么动静。你就是按一千下，它还是会像马王堆那个老太太一样死，简直死得没法再死了——就是小学生，也知道光按 Del 键不够，还得加上 Ctrl 键，就是幼儿园里的娃娃，也知道连这还不够，还得加上 Alt 键啊！”

“他们就是这么说的啊！”我得意地说，“不过，他们说的顺序，是 Alt 键在前面。”

“那不分顺序的，笨蛋。”

他走后，我如释重负，开始挖地雷。我挖出许多颗地雷，然后试图“干点别的”。就在这时，屏幕变得漆黑，我按动鼠标，敲打键盘，它还是黑的。

“死机了。”我非常高兴。作为一个资深的电脑用户，没经历过死机，是说不过去的，何况我早有准备，胸有成竹地按下 Del，又按下 Ctrl 键，接着是 Alt 键。电脑没有反应。

“我早知道这家伙是骗子。”我甚至有点快活，又按照电脑工程师说的顺序，按了一遍。

还是没有反应。看来什么地方有些不对头。我研究了一会儿键盘，发现 Ctrl 键有两个，而不是一个；Alt 键也是这样。接下来，我又在右边的小键盘上找到了一个 Del 键。现在我有六个可以按的键了。我画了一张表，把它们排列起来按动。我的妻子本来已经入睡，又被我弄出的种种响动吵醒了。弄明白发生了什么事之后，她说：“你应该回想一下，在它死机之前，你做过些什么？”

“我没干什么呀！就抽了几支烟，喝过点水，吃了一个苹果——”

“你削皮了吗？”

“没有，不过我认为……”

“着啊！我早告诉你吃苹果不削皮有许多害处，现在你知道了！”

死机的原因找到了。但现在最需要的，是让电脑恢复运转。我翻出和电脑一起来的手册，用了半个小时，找到了我要找的东西。我兴奋地把刚刚又睡着的妻子叫醒：

“我知道了！”

她迷迷糊糊地看了我指的地方，说：“还是那几个键啊！”

“可你注意到中间的东西了吗？”我非常得意地说，“看它是怎么写的！Alt+Ctrl+Del！”

“我看不出这有什么不同。”她说。

“秘密就在这些加号上啊!”我向她解释我的发现。她也明白了。我们一起来到电脑前,换着班儿按下那些键。在按到凌晨三点钟的时候,我的妻子突然发现,小键盘上也有一个“+”键,而且是挺大的一个。我们只好从头再来。到了早上,我认为应该估算一下进度。我把这八个键排列起来,计算了一下,得到一个很大的数字。

“我想我们这个月是按不完它们的了。”我告诉她。

她同意。就在这时,邻居家的小孩子来串门。他看到那台电脑可悲的状况,走上前,随手按了一下——就像任何别人和现在的我那样按了一下,我的电脑就重新启动了。

一

上面这一段文字不是我写的,而是我的朋友三七写的——他本来在人间的名字叫邱小刚,结果混到网上,有了这么个名字。

将三七的文章现成引用过来,以佐证文人那种特别喜欢对电脑撒娇的心态。

像我这样的文化人,对电脑的态度大多分为很极端的两类,一类是深入钻研终有所成,他们貌似比专业人员还要精通,还要头头是道,但经他们手毁掉的电脑或文件却比台风和蝗虫还要多;另一类是常在河边走就是不湿鞋,努力让自己维持一窍不通的局面,恁点儿小毛病就呼天抢地宛如世界末日。

而我，正好介于这两个极点的0.618处。我的电脑知识跟小马趟过的那条河一样，既不像老牛说的那么浅，也不像松鼠说的那么深。

十八年前我就开始接触电脑了，那时的我正上高中。我所在的重点中学要把学生培养成全面发展的人才，所以逼着你一定要上一个课外兴趣小组去搞那么几下子，好让你能在自己的档案中写上“兴趣广泛”的字样。其实我真正感兴趣的是无线电，按照我的如意算盘，正好还可以给家里组装一个免费的收音机，但老师说这听着不咋地，于是让我选了另两个，一个是在文艺小组学吹笛子，一个是在计算机小组学Basic语言——这两个特长后来都写在了我的高中学历表中——也仅仅是停留在了学历表中。

八十年代中期的电脑机型是苹果二，它的配置大概还比不过现如今暴发户们用的商务通，那时也没有“人性化设计”、“体贴用户”这种说法，相反，计算机商们偏偏要努力做出高高在上的样子，以显示这种东西的神圣不可侵犯。你如果想走到它面前，必须先进入一个像军火库一样戒备森严的计算机教室，然后还要换上拖鞋，乖乖，那年头的高中男生可是十天半月都不洗一回脚的。

更操蛋的是，摆在你眼前的电脑不是为你提供服务，而是要让你为它服务的。像一加一等于二这样简单的问题，你说出来还不行，它非要让你编一个程序来执行出那个结果。

最操蛋的是，计算机兴趣小组的那个女辅导老师，一点儿都不漂亮。

于是，我生命中与电脑的第一次接触，就像牙洞中的食渣，除了能证明吃过什么东西外,就没有一点儿用处。

二

九十年代初,我顺利拿到学士学位,可以大学毕业了。当时的大学毕业生有两种选择,一种是服从组织分配让自己成为一台国家机器,另一种是在中关村这片冒险家走私犯诈骗者的乐园中倒卖机器。

我选择了前一条路,我认识的另一头猪选择了后一条路。

这头猪……怎么说呢,他拥有一根作为男人的巨大本钱,所以我们都称其为"图腾",后来在那个蒙古歌手崛起之后又改称其为"腾格尔"。

腾格尔本来可以成为一个四处拿红包的记者,但他受其高中同学的蛊惑,两个人一起在中关村倒卖电脑。那时的他真有傻力气啊,骑着一辆自行车,驮着一台或两台电脑,走遍每座山每个水的每条路上,有时哭有时笑的每个地方。

那是一段只问耕耘不问收获的时光,他只知道抬头拉车,而埋头数钱的事儿全让他的同学包了。

再见腾格尔时,已是 1995 年。这时的他不倒卖电脑,而开始倒卖字库了。当时各地的报社纷纷告别铅与火迎接光与电,开始采用激光照排设备,腾格尔做的买卖就是给他们私自安装比较齐全的华光字库。这套东西用几十张四寸软盘装着,官价要卖一万多,他们只收两三千,还可以给照排车间的负责人好大一笔回扣。

腾格尔找我，是希望能把他介绍给我们报社的有关头目，好促成他的一笔买卖。这时我们的情爱观发生了很多的变化，大家纷纷从原来的柏拉图琼瑶式的精神派转化成追求性交时间和高潮次数的体能派，所以腾格尔让我更加艳羡，酒席期间一再追问他有多少艳遇，并准备赠送给他一个新的外号，就是西门庆腰里挂的那件东西——"淫器包"。

没想到我的提问触及了他心口永远的痛，他马上变成了个暴脾气。经我一再道歉，他才告诉我，几年的颠沛流离，他得了甲亢，淫器包早成了草包。我吃惊之余，注意观看，发觉他端酒杯的手都是颤抖的。

没体力了，有钱也行啊。我又问他的账面上趴了多少钱，他诚实地告诉了我一个数字，甚至还没有我们特能组织记者走穴的同学挣得多。

那笔生意悬而未决的时候，腾格尔忽然听到了一个消息：一直对他说没挣到什么钱的同学兼拍档，却已经悄悄在北京买了一套房子……

腾格尔也就不知所终了，只剩下那几十张大软盘寄存在我那里。我特宝贝，搁在一个阴凉通风的地方，还配了两包防潮剂——因为这是我拥有的第一套跟电脑有关的高科技产品。

就跟遭到背叛的友情一样，如今那套软盘已经一钱不值。

三

电脑的出现，让人的幻灭感油然加剧，因为你不得不悲哀地发现：你永远是落伍的，处于被时代抛弃的境地，身不由己。

我首次接触到实战状态的电脑，是在所供职报社的激光照排车间，操作的权利是没有的，却有在旁边发表意见的责任。但是，我发表的意见往往被操作人员以“做不了”为理由轻易否定，长此以往，对一个男人自信心的打击是巨大的。后来熟悉了电脑才知道，他们就是懒得动，才抬出高科技的玩意来愚弄人。

而当时的我，是多么容易被愚弄啊。某次，组版的女孩去更衣室偷吃糖炒栗子，我百无聊赖地坐在组版机前，过了一会儿，我们刚组好的版从电脑屏幕上突然消失，代之以一个连续运动的几何图案，吓得我当场尖声惊叫，差点儿连保卫科的干部都要惊动。离我最近的人迅速把脑袋伸过来看了一眼，然后淡淡地告诉我，这叫屏幕保护程序。

还有一次，他们说有一种叫“星期五”的病毒要发作，所以要把电脑的日期调到不是星期五的日子，就可以躲过去。这让我百思不得其解，甚至想到鲁宾逊的那个奴隶头上，是不是他受不了阶级压迫所以附魂在电脑上？

电脑喜欢欺负人，但也是通过人来欺负。说实在话，在这一段时间里，我被照排车间的小姑娘小男孩们欺负了个够，却是有火发不得，平时有了好的演出票得分给他们，过年的时候还得惦记着给他们送挂历，这样才得以保证我的编辑工作顺利高效地完成。也有那种暴脾气的编辑，最后被这些小孩气得直想跳楼自杀。

后来市场经济逐渐发达，大家都慢慢明白了靠自己手艺活儿吃饭的道理，这时俺接触到的录入员或秘书等，态度和蔼得像李登辉对待他的日本同胞，让俺一股劲地赞美世界真好。

唉，公有制害死人，铁饭碗累死人啊。

四

据说，电脑从 286 进化到 586，用了十四年的时间，而从奔二进化到奔四，用了四年的时间。

在前一个十四年的时间里，我的最大梦想就是拥有一台 X85——X=2 或 3 或 4 或 5。但任何一台 X85 的价钱都在万元左右，而这一万元相当于我当时两年的工资，所以那只是一个可望而不可即的梦。最绝望的时候，我甚至想，买一台四通打字机好了，其实也够用，并且人家的广告词还那么煽情：“打入千言万语，输出一片深情”。

天可怜见，我结交的朋友中，这时已陆续有人借着改革的春风开始发财，其中有一位师兄借助他当银行行长的岳父的势力，霸占了全省银行系统的电脑建设工程。

我有一天去他那里蹭饭，见其公司的角落里搁置了许多弃而不用的电脑，顿时心生歹意，开始从读过的文学作品中搜寻动人语句赞美他的创业艰难百战多。这位师兄是学信息管理专业的，脑袋中储存的多是老实巴交的数学词汇，哪里见过我嘴里蹦出的那些美丽辞藻？于是被我当场拍晕，指了指角落里一台灰尘最少的电脑，说就归我了，并且还让他公司的“松花江”面包车亲自给我送回家。

我终于知道西门庆把潘金莲娶回家是一种什么感觉了。

那是一台 386，操作系统为 MS-DOS，彩显，拥有一大一小两个软驱而无光驱，尽管主板有些松动，使得主机必须得横放才能正常启动

（为此我逛遍家具商场，才买到与之相配的电脑桌；并且由于横放姿势，即使有光驱也没法用，这使我更觉得它简直是天造地设的精密完美），但用它来降伏我，已是绝对绰绰有余了。

我特意到超市买了去污剂，然后将这台 386 上的污渍一一擦净。

擦拭过程中，我采取的是跪姿。

五

当记者的那段日子过得是很愉快的，拉广告，拿提成，开新闻发布会，拿红包，经常有吃请，还被人很恭敬地呼唤着，就是在马路上闯了红灯——当然是骑自行车，只要亮一下记者证，警察也就不敢把你怎么着。

要能这样过一辈子，该多好啊。

但是，有一天，发生了一桩事儿。

那是南方一家企业的新闻发布会，电视台的一个哥们给介绍的肥差，说一个红包就是二百元。要知道，那时候俺一个月的工资也就是五百多块啊。忙不迭地去了，领了那个装着二百元大钞和新闻通稿的信封，厂家还给我们安排了一顿丰盛的晚宴。

酒足饭饱后，厂家把一堆打着饱嗝和酒嗝的记者拉到一个房间里，非常客气地对我们吩咐起来：老板希望这回的稿子这么这么发，不要那么那么发。

其实，男人也有来例假的时候。那一天，正是我生理低潮的时候，于是，平时拿了人家钱后听起来挺顺耳的话，突然觉得那么刺耳，我就鼻子不是鼻子脸不是脸地说：“不行，稿子怎么发，不是你们老板说了算的。”不等那人有所反应，我就把信封退给他，然后甩门出去。

写成文字，俺是如此一身傲骨的样子，其实，那天我一个人走在长长的街上，直欲放声痛哭，或放声骂娘。

老六啊，你看你都变成了什么样子。就为了一个信封，被那样一个傻逼吆喝来吆喝去的。

从那以后，我就不再热衷于回扣和红包之类了。尽管坚守誓言并不彻底，也犯过几次戒，但我开始打心眼里告诫自己杜绝这种行径，并能躲就躲。但人总要谋生活啊。想来想去，觉得自己能干的，也就写字这一行了，于是打起了挣稿费的主意。

用这台386，我开始写一些稿子，然后从杂志上抄一些地址和编辑的名字，给人家寄去。

没过多久，我收到了第一笔稿费，多达一百七十元。那一年，是1996年。

386啊，感谢你给了我一个新饭碗，才让我有底气远离那个老饭碗。

你是我的战友，你是我的勇气，你是我的钱包，你是我的终点站。

六

正当与386蜜里调油的欢乐时光，我干出一件傻事儿——去了趟北京。

我去见的人名叫张斌，是大学时的同学，如今是央视工作人员。这次北平之行，他盛情邀请我去戒备重重的 CCTV，说让瞻仰一件稀罕东西。

进得他的办公室，他打开一台电脑，顿时让我刮目相看。因为我的 386 开机后出现的是"求伯君"字样，而堂堂国家电视台的电脑，出现的居然是"Windows 95"这样的洋字码。还没等我开口，更令我诧异的情景发生了：张斌肥短的手指按动了一个叫鼠标的东西（这玩意我的 386 上也没有），于是出现了一阵分贝数不高的噪音，然后一个带蓝色旋转地球的画面开始出现。

"老六，你想看什么？"伊得意洋洋地问我。

"莎朗斯通莎朗斯通。"我忙不迭地说出梦中情人的名字。

他敲出莎斯姐的英文名字，却没什么结果。"你丫知道莎朗·斯通怎么拼吗？"他气急败坏地问我。

而我，只是对莎斯姐的诱人身体观察入微，而她的母语名字，却让我结结巴巴答不出来。

"算了，还是让你看看我亲爱的黛米·摩尔吧。"他熟练地敲下 Demi Moore 几个字母，然后又用鼠标捣鼓了几下。

那个蓝色地球又开始旋转，蓦地，一个丰满白嫩的女人出现在电脑屏幕上，短发俏丽，杏眼含威，身材玲珑，衣着薄露，正是江湖人称"第六感生死恋"的黛米·摩尔的便是！

我顿时目瞪口呆。

张斌得势不饶人，继续卖弄他的鼠标技巧："你看，我还能让她调个个儿。"说着他捣鼓了一下，那张图片突然旋转了一个九十度角，黛姐以俯卧的姿势出现，臀部形成一个令人想入非非的隆起。

我迅速崩溃，口干舌燥地说："官人我要！"

"这叫 Internet，上网，你的电脑不行。"

那是 1995 年的某个秋日，一个男人踉踉跄跄地从央视大楼走出，神思恍惚，面如死灰。

七

在北京的文艺圈发生过这样一段逸事：一个文化骗子举行婚礼，许多文化骗子来祝贺，其中有一个女孩气质超群（后来成为著名玉女影星），新郎一看，懊天下之大恼，越看身边的新娘越别扭，直想一头撞死。

自从知道了世界上有 Internet 这种东西后，我每次打开 386，都有许多的惆怅油然而生。美人如花隔云端，于是对人生产生了许多思考。

1996 年元旦，一些朋友照例聚在一起，在一家东北菜饭馆，大红灯笼高高挂，大家开始抚今追昔，惩前毖后。

我清清嗓子，用浑厚的声音发表了深思熟虑得出的"386 理论"："你有一台 386，看起来不错，也够用，但事实上正因为有了这台 386，就阻碍了更高级的电脑比如 486、586 进入你的家庭。所以，你的所得往往是你的所失。"我深邃的目光投向某一头猪："就拿你来说吧，你是市电视台的一个主持人,职业稳定,收入不低,在这个城市也算是个名人,走在街上偶尔会有人认出你,过会儿去撒尿的时候也许会有人求你签名,看起来不错。但是,这只不过是台 386 而已,却有更高级的东西,被你现在的状况挡在了外面。”

那头猪如遭当头棒喝。

我的眼光变得更加睿智:“你有没有勇气砸碎你的 386 呢?”

那头叫刘建宏的猪的小眼睛一下子变得湛然有神。在接下来的一段时间里,他辞掉电视台的工作,辞掉刚分到手的一套新房,变成一个“人才”——因为他的档案被扔在了人才市场。

1996 年 4 月 1 日,我和一头名叫“毛 KK”的朋友上路。他负责开车,而我,则趸了一肚子新鲜有趣的黄段子——毛 KK 是个非常不好伺候的司机,不仅技术业余,而且只要一走长途,就要求乘客给他讲黄段子,还非得给他逗乐不成,要不,就有开车打盹的危险。

我俩的任务,是护送刘建宏从石家庄来北京就业,他将由一个正式国家干部变成中央电视台的一个临时工。

几天后,号称“球迷每周的节日”的《足球之夜》播出了第一期。再往后的事情,各媒体独家披露的刘建宏发家史里已经写得很清楚了。

这个叫刘建宏的人,在砸掉他的 386 以后,果然迎来了更高级的生活——走在街上有更多的人认出他来,去撒尿的时候有更多的人求他签名,出现在电视屏幕上的时候有更多的人骂他。

再后来,有一位女歌手,用甜美的民族唱法声情并茂地歌颂了这一历史性时刻:

一九九六年

那是一个元旦

有一个伟人

在刘建宏的脑门上画了一个圆……

八

道理都是说起来简单做起来难。这时候怎么办？朋友就可以派上用场。

朋友是干什么用的？就是在前面有雷区的时候顶他上去蹚雷，而免得牺牲掉你自己个儿。

“386 理论”尽管由我发现，但自己实践起来总有些怕怕。幸亏有刘建宏这样的敢死队员冲在前面。他的性格是坚韧的。进到央视，对自己的定位就像中国足球一样：拿自己当实习生来对待。要知道，那时他已经工作六年，而对他颐指气使的许多还是他的师弟师妹，大学的时候也是“宏哥”“宏哥”的叫着。这样的角色转换，换了我，真做不出来。

我看没什么危险，并且他在雷区里的日子也越过越滋润，就定下心来，把自己的老 386 也予以砸之。

这年头什么事都保不准发生，也许某一天我的腰身一变，会成为一个名人。那时我就要出自传，一定要这么描述当年砸掉 386 的决断心情：“张立宪君毅然甩开旧生活的羁绊，走上了一条不归路。他掷地有声地说：‘我再不愿过那种一眼就能看到底的生活！’”

那些名人传记,也都是按照这个套路生产出来的。

事实真相是,我当年来北平的时候,口袋里塞的并不是这样的豪言壮语,而是一堆非常准确的外国名字:Sophie Marceau、Meg Ryan、Michelle Pfeiffer、Emmanuelle Beart……当然,还有我的莎斯姐:Sharon Stone,我再也不会把她拼错。

到北平的第一天,我就坐在了能够连接 Internet 的电脑前,将那一串名字输入 www. yahoo. com,然后让那一个个动人的倩影沉淀在我渴慕的眼中。

一个电脑用户,从菜鸟到老鸟的平均花费时间是十六个小时,但其充分必要条件是:要有色情网站的诱惑和引导。否则将至少是六十六个小时,而那些网络上充斥的关于电脑外行的笑话也都是为你准备的。

我的运气也够好,正看米歇尔·菲弗大姐的图片时,突然弹出一个广告条,上面是一个让男人血脉贲张的图案。我的运气更体现在,彼时夜阑人静,四周悄无人影。一步步点下去,我进入了一个色彩斑斓的世界,鼠标左右键、浏览器等用法迅速不在话下。

日出唤醒清晨,大地光彩重生。一夜之间,我觉得网络世界尽在掌握,一个全新的我,就这样呱呱落地。

九

不满是向上的车轮。有 386 的时候,我最渴望的是一台能上网的电脑,等到能上网后,最大的渴望迅速变成能有一台自己的电脑上网。

并且随着时代的发展，上网已经不单是国家单位才有的特权，如果去电信局开一个账户，或者知道公家的上网账户和密码的话，你就可以足不出户遨游世界了。

更值得欣慰的是，尽管那时候网速奇慢——有没有年轻人听说过 14.4k 的 Modem？但没有网管，你想去什么地方都行。

让你在网速与网管之间选择，你会要哪样？这涉及到一个严肃的命题，也正是我最近正在缅怀的东西——光荣的八十年代。那个年代就像初期的中国网络世界一样，尽管网速慢，但没有网管替你做主，所以我更喜欢那个年代。

扯远了，继续电脑这个话题。等钱包可以与梦想配合一下的时候，我瞄上了一个动人的身影：IBM 的 Aptiva 系列，型号是 2140-LV2，通身是无比性感的黑色，江湖人称"黑金刚"，但我名之曰"黑格尔"，有时也昵称为"黑妹"。和张斌一人娶了一台回家，彩礼花掉一万五千元。

据说天蝎座的性格特征是"神秘、死亡、黑色"，这样的判断有一些道理。反正我最喜欢黑色，并且，在我看过的影碟中，最让我感到恐怖的不是恐怖片，而是一套宇宙科教片——里面有一幕黑洞吞噬一切的情景，尽管是劣质的电脑动画合成，但把半夜观影的我吓得……那是一种真正绝望的毁灭。

当时我只觉得鸟枪换炮，实现了一次技术革命，却并不知道，此时全世界都已进入奔二到奔四的技术爆炸时期，而我的黑格尔的 CPU，才仅仅是个奔 200。《顽主》中马青念了一首诗："我一生下来，就死了。"这是所有电脑爱好者的宿命。

在从286到586的进化中，我的追求是个X86，还算合乎潮流，而在奔二到奔四的征程中，我却从一开始就输在了起跑线上，输给了这个快速刷新和频繁升级的时代。

十

当我把黑格尔请回家的时候，该另一位著名人物出场了，他就是三七。

三七是个喜欢玩的人，智商也奇高，玩起什么来，都能迅速成为高手中的高高手。在一个有六百多人知识分子云集的单位里，他的象棋遍无敌手。他却说，自己最差的是象棋，最好的是桥牌。又听说，他刚在一个围棋网站弄了个十比零。这样玩物丧志的人是不会被电脑难住的。当我迫不及待地向他炫耀黑格尔时，他已经是个电脑高手。

他的高体现在，教给了我许多应用小窍门，诸如不要双击“我的电脑”而应习惯使用资源管理器，诸如鼠标右键的诸多功能，诸如一些共享软件的注册码——我们用得最多的当然是ACDSee，诸如黑妹的那个陪嫁丫头——一个非常精致的游戏手柄的安装及用法，等等。他还向我推荐一种叫“讨论版”的东西——当时他和另外几头猪将一个叫“中青在线”的版子搞得乱七八糟，但我羞于自己的电脑见识而缩手缩脚，始终没去看热闹。

他的高体现在，帮我申请了一个163.net的免费信箱。现在的网络公司哭着喊着让大家使用他们的信箱，而当年能得到一个属于自己的邮箱却是那么不容易:除了需要你填一大堆坦白从宽的电子表格外,还需要把你的身份证复印件给他们寄过去,以及两个人提供担保。这些都是三七帮我搞定的,于是我有了一个可以冠冕堂皇地印在名片上的信箱,就像改革开放之初那些特权阶层在名片上印着“宅电”一样。

比这些更高明的是,他打开我的电脑看了没一会儿,就对其嗤之以鼻,说这么好的机器装的才是 Win95,并且还被 IBM 随机塞进那么多杂碎程序,这就相当于让苏菲·玛索来演张艺谋的电影,张艺谋的电影又让汪国真来写影评。俺被说得无地自容,急忙问怎么办。

“格掉重装 98 呀!”他用斩钉截铁的口吻说,一边从口袋中掏出一个牛皮信封,从里面拿出一张光盘,又去厕所撕下块手纸擦拭了一下盘面,“我这是 Win 98 的第二个测试版,正式版前的最后一版,特稳定。”

他说的这些我是不懂的,并且也想看看黑格尔的另外一副嘴脸,就傻呵呵地坐在旁边看他玩这种叫“格式化”的行为艺术。

后来才知道,三七这么做未尝不是一种嫉妒。他的老电脑才是个奔 122,硬盘只有一个 G 那么大,所以总是惜硬盘如金,见到好电脑就想练练手,见到闲置程序多就心疼,却不知道,俺牛皮烘烘的黑格尔,有洋洋三大 G、32 兆内存耶!

十一

“格式化”的行为艺术进行到一半,我们看屏幕上的画面实在无聊,就去客厅听一首老歌,名字叫《历史的伤口》。

这首歌极大地吸引了我们，所以行为艺术进行得断断续续。若干次重新启动后，黑格尔的开机画面变成了 Win98，我激动得都有些哽咽。

“等等还没完呢。”三七又掏出一张光盘，用比上次多一倍的手纸来擦拭盘面，“还得给你装显卡、声卡和 Modom 的驱动程序。”看我用不屑的眼光盯着他手里的那张脏盘，他有些生气道：“盘不可貌相，我这上面，什么驱动程序都有。”

但，这次三七错了，而我的不屑却流露对了——IBM 是个很有操守的牌子，根本不认那些大路货的驱动程序，所以原本声情并茂的黑格尔在三七手下变成了个哑巴，并且只是个 256 色——不过在我这个色盲的眼里看来，那些颜色反倒素净了不少。

三七依然镇静，对我说：“大不了恢复成原来的配置。你的系统恢复盘呢？”

我的嘴巴一下子张得老大：“什么叫系统恢复盘？”

结果发现，我将 IBM 随机赠送的一大堆花花绿绿的垃圾光盘视若珍宝地保藏（三七说所有这些光盘上的东西加起来还不抵他那张脏盘的六分之一有用），却独独将最重要的系统恢复盘给弄丢了。

三七还算是个敢于承担责任的男人。他迅速回到自己家，用他的老电脑上网，帮我找到了显卡和 Modom 的驱动程序，而声卡程序却遍寻不得。就这样，黑格尔与我的蜜月还没有开始，就被三七给弄成了个残疾。

中国，我的声带丢了。

那一天，我遇到了人生最值得伤痛的两件事情：电脑被搞坏、听《历史的伤口》，所以神为之夺，心情萧瑟，眼圈发红，直欲千杯一哭。

今天不是我歌唱的日子，我口边涎着狞恶的微笑；不是我说笑的日子，我胸怀间插着发冷光的利刃。相信我，我的思想是恶毒的因为这世界是恶毒的，我的灵魂是黑暗的因为太阳已经灭绝了光彩，我的声调是像坟堆里的夜鸮因为人间已经杀尽了一切的和谐，我的口音像是冤鬼责问他的仇人因为一切的恩已经让路给一切的怨……①

十二

黑格尔被弄哑之后，三七一直过意不去，让我去 IBM 公司要张系统恢复盘，或拷来声卡程序。但我一来不喜欢用电脑听音乐，二来想在三七面前保留点儿心理优势，所以就拖拖拉拉地懒得去。

等到真从位于国际会展中心的 IBM 技术部要来系统恢复盘和全套的驱动程序，已经是半年后的事儿了。这时的我已俨然电脑高手，三下五除二，就让黑格尔发出了四月裂帛般的动人音响，邻居家的孕期少妇如闻仙乐，得以顺产。

但事实上这半年里头我也没闲着，为黑格尔搭配了一堆零碎，如打印机、外置硬盘、光盘刻录机、扫描仪等，以及更大一堆盗版软件。我不

① 摘自徐志摩《毒药》一诗。

得不得出结论:买了电脑,就等于挖了一个深坑让自己不停地往里面填钱。当时我最佩服的人是《电脑报》的编辑,他们怎么就懂恁多呢?而最羡慕的是某篇文章中的一句话:“最近闲来无事,将电脑格了”,什么时候咱也能达到这种境界,想格就格呢?

写这段文字的当天上午,我刚从青岛回来。这次去青岛,是为了探望一头当年并肩战斗在黑格尔身边的猪,名叫小强。那真是一段美好的时光啊,先把老婆支回娘家,再买足速冻饺子和“趣多多”牌饼干,然后就和小强趴在黑格尔前面,为恢复它的声音而几天不下楼,间或将若干小程序装装卸卸,烟缸里的烟头总是很快就满,而我们的脑子却总也不困。

小强当时在加拿大,难得回祖国一次,所以买起盗版软件和游戏光盘来不眨小眼。其中有个《帝国时代》升级版,而江湖上传言人家美国还没上市。小强将信将疑,迫不及待地在黑格尔上装了,结果发现就是原来的版本。他一边骂着,我一边卸着。卸完后本着君子不立于危墙之下的原则,我运行了一下 KV300,结果冒出数百个 CIH 字样。两个成年男人顿时发出同一声惊呼,至今犹在耳畔。

这次再相聚,我们已结束了对电脑的狂热钻研,所以多是喝酒聊天。走前一夜,到歌厅吼歌。这时的我已经喝多了酒,感情变得无比充沛,听到一句歌词,心潮起伏,到卫生间激动了许久,才看着镜子里的自己平静下来。

“轻飘飘的旧时光就这么溜走,转过头去看看时已匆匆数年。”

十三

与黑格尔斯混了没两年，又有了一台笔记本电脑，被我简称为“手电”——手提电脑之谓也。

那时候我已经是个三十岁的男人，刚刚在自己的生日酒会上喝得乱七八糟，所以对人生有了很达观的认识，知道任何东西，只要被我这样的人拥有，马上就意味着已经过时。

所以当我哪怕去超市买速冻饺子也要背着手电的时候，一方面虚荣心得到极大满足，另一方面也清醒地意识到，这东西马上就要变成一大俗物，恶臭满大街。

有了这样的心理基础，用起它来也就毫不心疼，没过两年，显示屏就开始偏色——连我都能看得出来。拖到东芝维修处，说换显示屏需要四千九百元。大骂奸商无良之余，不得已想出一个办法，用两个力道极大的文件夹夹住屏幕两边后，用手开始掰持，调整好角度后就能正常使用。一直使用到现在，至少练了手劲，就当健身器材用吧。

说起这台笔记本，有一个很感人的故事。这台电脑本来应该是刘建宏的，但当时他已经有一台三洋手电。我本来憧憬的是刘建宏能把老三洋送给我，没想到他居然把明显高好几个档次的东芝甩到了我面前。

感动之余，无以回报，我就向刘建宏念了句纪伯伦的诗以资鼓励：“慷慨不是你把我比你更需要的东西给我，而是你把你比我更需要的东西,也给了我。”

就这么两句话,满足得伊直哼哼,又请我吃了顿饭拉倒。义薄云天啊。

继续说说义薄云天的故事吧。

那一年,我刚买了个新手机,Motorola的某型号,然后和张斌一起吃饭。我贱嗖嗖地向他炫耀,什么型号新,电池寿命长,双频抢线云云,还沾沾自喜地说:“你看,人家还免费送给咱一个安全套呢。”

张斌将那个套了安全套的手机拿到手里端详了一会儿,然后以一个美学家的口吻说:“这个手机的样式和你不配。你看我的这个3310,虽然说是几年前的吧,型号老,又有点磨损,但特适合你用。”

我当然不是个傻子,迅速地摇了摇头:“你别再说了,俺自己选的手机,再丑也是自己的孩子。”

“老六,”他马上就改变成一副循循善诱的语气,“咱们昨天不是刚探讨过什么是‘义薄云天’吗?”

我眼前一黑。和这些靠嘴吃饭的家伙斗嘴皮子,哪能有什么好果子吃?真正的勇士,敢于直面惨淡的人生。片刻之间,我便做出决断:“新的你拿去,诺基亚给我。”

那厮换手机是宾,卖弄嘴皮子才是真实目的,如今满嘴的口水无处发泄,失望之余憋得也挺难受,兼之过意不去,便将新手机的套子摘下来:“这个给你。”

我一听,怒不可遏,斥道:“皇帝给太监发的劳保用品中还有一打避孕套,有他娘这种事儿吗?”

伊悻悻地收回了手。

义薄云天的好处是,2002 年元旦,我接受了这厮的一份新年礼物:Motorola 6288,也戴着安全套。

十四

电脑这种东西,是不是应该归为“家用电器”这一类?

我想基本上所有的电脑迷都不会同意这种说法,在他们的心中,电脑已经不但是由硬件和软件组成的冷冰冰的高科技产品,插上电后还嗡嗡作响,而是他们头脑的延伸点、情感的寄存处,成了他们消磨时间、挥洒笑与泪的平台,与他们的心灵息息相关。

这一切,都是因为有了网络,有了网上交流,有了网络化生存。在虚拟空间里,我们书写着最真实的表情,进行着最真实的表达。

只有有了网络,才有了“打入千言万语,输出一片深情”的可能,而此前,全是四通打字机在欺骗消费者。

说来脸红,我上网好几年,却一直只会收发 E-mail,看看新闻或黄色图片之类,直到人类跨入新千年,才被好友兼大学同学托托拉进西祠胡同,知道了什么叫网络社区。当时我正在一家网络公司担任 C 某种 O。我想能当上网站 C 某种 O 的人肯定是因为他长了一双 O 型腿,像张朝阳、王志东这样的 IT 界大 O,那双腿肯定罗圈得没法看了。而我的两条腿还算直溜,所以那个 O 当得并不称职,表现之一就是对西祠一无所知,表现之二就是没过多久我就离开了那家公司,表现之三就是那家公司现在已经没有了——算起来也有我的责任。当时我看到公司的一些小伙子们趴在电脑前辛勤工作到很晚,很被他们感动,老给他们开加班费,还经常夜宵伺候。现在才知道,那帮孙子其实是在用 QQ 聊天——有这么一帮败家子和我这样一个睁眼瞎,公司能干好吗?

尽管当时对西祠只是耳闻,但此时我已经开始知道,那些生活中的朋友,居然在这个叫西祠胡同的网络空间,有着各种稀奇古怪的名字,比江湖人称的绰号还要复杂,比如那个叫史航的编剧,在西祠管自己叫"北方影武者",还开了个版叫"影武者的番外地",在里面卖弄才学。更令人发指的是他还开设有一个秘密版,只放自己一个人进去,里面放的也是自己的编剧作品,那个版的名字叫"国产电视剧里程碑"。他的大学同学秦峥,如今在电视台上班,让自己养了一口大胡子,从事一份道貌岸然的工作,却把生活中修理老友的本事投射到网上,起了个名字叫"专灭影武者",继续对大学同学施以气质性侮辱。

很快,我的名号也由张立宪、老六这样俗不可耐的名字,变成了纵横江湖的"见招拆招"。

哦,这样的名号有一个统一的称呼,叫 ID。

十五

无知是偏见的温床。当我初涉西祠的时候,实在是什么江湖规矩也不懂得,什么江湖大佬都不认识,所以没把任何东西任何人放在眼里。比如我在番外地贴了帖子撒腿就跑,人家的跟帖别说回应一下,连看一下都不会；比如一个人给我留了言，我大概会在一个星期后注意到那个红色的“你有留言”提示；比如人家邀请我进他的版，我要在半年后才看到那个邀请；比如那个开了著名大版“无厘头以人为本”的猫少爷，我初次见面就直接问候了人家的伯父；比如那个写了那么多牛逼文章的顾小白，我好像经常管人家叫“蛋蛋”来着。

我一度因“胡淑芬”（后来才知道这种名字的名字叫 ID）这个香艳的名字和她绮丽的文字而想入非非，想如果网恋这种好事能摊到我头上，最好第一次是跟她；也一度想提醒那个“绿妖”为什么不用那个“腰”，那个“翠腰”又为什么不用那个“绿”呢。而那个叫“绵谷升啊”的人，我便一直以为他是个炒股票的男人，他大概是买了一支简称“绵谷”的股票，然后每天盼着它升啊升的，就借名言志。所以有一天早晨我在网上裸奔的时候，他向我问候，我便拉他吃饭。出发点很简单，炒股的人，瘦死也比马大吧，吃饭肯定是他结账。最后的结果大家可能想到了：上帝不保佑想靠别人吃饱饭的人民。

一个叫卫西谛的小伙子去年在我家住了几天。那时我约略知道他是西祠“后窗看电影”版的斑竹，至于这小子到底是什么来头，我当时并没有多大兴趣，所以经常训斥他没把马桶冲干净，或直接给人家热点儿剩菜吃饱拉倒，而我老婆也对这个清秀腼腆的小伙子馋得直流口水。天可怜见，我们两口子都没有见过世面，如果知道这阿卫是个拥有五千多名预订用户的大版的斑竹，属于在江湖上一呼千应的主，肯定会对人家客气些，而我老婆，如果知道阿卫在北京那几天有多少女孩排着队请人家赴饭局，估计也就老老实实地守着她的老公过太平日子了。

某天半夜,已经在床上脱得光溜溜的我接到天狗行空的电话,勒令我赶到某处喝酒唱歌。千万不要惹喝多了的人,这是我听到他电话后对自己的真诚提醒,所以就乖乖地穿衣夜奔,从城市的西部杀到了东部。几头喝多了的男人继续向我挑衅,一个长相最和蔼的男人最凶巴巴地站在我面前,自信地说:“我……我他妈……今天……今天要……喝死你!”他叫鱼肠剑。我对这样的男人嗤之以鼻,因为他喝多的样子比我差远了。第三天,听酒醒了的天狗介绍,才知道老鱼头是一个叫“绿野仙踪”的大版的斑竹,而所谓大版,是指那种拥有 N 千个铁杆 Fans 的版,他张臂一呼,就会有人乖乖地赶来陪酒……

写到这里,大家已经看出我的用心了:无非是想通过炫耀与这些西祠伟人的非一般关系来拔高自己。说对了。

另一点我想告诉大家的是,伟人之所以看着高大,是因为我们跪着;事实上你说他是狗蛋他就是狗蛋,网上的斑竹是这样,网下的斑竹也是这样。

十六

明白了斑竹其实也就是个普通人的底细,加之这一身份能够得到许多优厚的待遇和特权,于是我也蠢蠢欲动起来。

由于工作关系,我经常要追讨一些拖拉机写手的拖稿。茫茫人海皆不见之际,我才知道他们全是把给我写稿的时间用来在网上厮混,就追杀到那里,一脸媚态地发一个帖子:“有青年作家要俺请吃饭的吗?”

或是:“有请青年作家吃饭的吗?”过了几天,我才知道网络是个自由出入的虚拟世界,当你在那里发骚的时候,其实是有许多不出声的匆匆过客围观的,而我们这种年龄的人儿,都有较为保守的闷骚性格,不习惯把私房话在公开场合说的。于是我就努力学习网络技巧,终于开通了一个秘密版块,名字就叫“饭局通知”。

尽管此时我还是半个网盲,许多技术问题解决不了,却无师自通地学会了很多不入流的手法,比如看自己的帖子有九十多个人气了,就咔咔咔自摸几把让它见红;或见我的假想敌(主要是专灭影武者)的帖子人气比我高的话,也就抓紧时间自摸几把,但经常是双拳难敌四手,好汉还怕群狼,我一个人区区之力,实在斗不过那么多向专灭献媚的女 ID。

“我景仰美的敌手,厌恶平庸的同道,蔑视贫乏的正确,同情那些热情而天真的错误。”我一度欣赏韩少功的这几句话,并用来表明自己网络生活的态度,但事实上做起来全是吃喝玩乐那一套,每人的体形也迅速由“棍杆条”变成了“瓜球蛋”。

我深深地爱上了这种生活方式。我爱上了写帖子,各种各样的记忆碎片,不为一分钱稿费,只为等待一个个跟帖;我爱上了泡在版里,你一言我一语地相互奚落;我爱上了各种名堂的自娱自乐,大家以三句半、数来宝、信天游等曲艺形式斗来逗去;我爱上了与别的版比拼人气,看敌人比我们人气高就气不打一处来,想去看看对方有什么高招,但一想到只要一点击他们的版,就会为敌人增加人气,只好硬生生忍住,却又心痒难耐;我爱上了发动人气大战,与几个铁血战士约好某一天同时在线，疯狂发帖、疯狂跟帖，使我方的人气超过对方，偏有鲁莽的战士误会了战斗指令，跑到敌人的版里疯狂发帖、跟帖……

是的，你会看到一个男人，清晨早早爬起来，上班之前得先到网上逡巡一下，而在此之前他已经好几年没有见过早晨七点钟的太阳了；你会看到一个男人老老实实地坐在办公室里，面带微笑貌似敬业，而此前他就没有好好上过班现在其实也没有；你会看到一个男人贱乎乎地发一个饭局通知，之前先摸一摸自己口袋里的钱，硬硬的还在。

他的名字就叫“见招拆招”。

十七

饭局通知，这个名字响亮得恰到好处。开版不久，就有网友说，这个版的开通，实在是2002年最有创意的一件事儿；如今回顾网络发展史，又有人会说，“饭局通知”在BBS兴衰史上是有一道独特的风景的……呜呼，任何事情一探究其意义，就变得那么没意思。

我为刚开通的饭局通知撰写了“开版说明”，其中最重要的一条，朋友就是养着供摧残用的。是的，朋友是我们在这个乏味世界中最大的笑料来源，不对其进行气质性侮辱，日子岂不是太无聊了？而这种羞辱的最佳时机，就是饭桌上。几次饭局混下来，大家的生理缺陷、心理障碍，全都暴露在严酷的目光之下，被那些毫不积德的嘴巴念叨来念叨去，成为佐餐佳品。而那些伤口也被迅速蹂躏成老茧，几天不被鼓捣，就贱得发痒：“求求你，搞搞我”，还有比这更惬意的事情吗？

2004年我生日那天，一堆吃货相聚“畅海园”。酒至三巡，突然有人敲门，手拎一盒蛋糕，说是送外卖的，有人叮嘱送给这里的寿星。我顿时感动得眼睛发潮，嘱服务员拿来宝刀，先来一招夜战八方藏刀式护住身形，然后伸出灵犀一指，挑开彩绸，打开纸盖，定睛一看，不禁怒从心头起，恶向胆边生——收货人的名字写成了“张丽仙”。

从此以后，我经常接到一些嗲声嗲气的电话，先问俺一声：“丽仙姐吗？”

另一条重要原则是，吃朋友要像吃敌人一样。请客吃饭就是革命，所以要有秋风扫落叶般的态度和胃口，为此我传授了两条蹭饭技巧——要用含情脉脉的眼光盯着冤大头：“叫上我吧，反正也不多我那一口”；或是“要不吃剩下的也得喂猪”。没有将自己贬损为猪的勇气，拜托就不要在道上混了。

没过多久，大家就发觉，再丰沃的土地也禁不住这些革命派蝗虫的掠食。一些本来还有些私房钱的大款，口袋被迅速掏瘪，眼见着局将不局，于是结账改成了AA制。AA制的推行，使得大家吃起来更加心安理得，终于发展成了一日一小局，三日一大局，六日没局就要怀疑人生的制度性腐败。

一般的程序是这样的：如果一个人成了范思哲的弟弟——思饭辙，就在版上发一个饭局通知，请有意参加的吃货庄严跟帖——没错，是庄严，一诺千金的庄严。其他帖子，可以嬉皮笑脸地灌水，而饭局通知，是开不得玩笑的。如果你跟了帖而最终没有出现，就会永远丧失掉闪亮的人格。组织饭局通知，地点一定要找那种便于进行文字描述的，比如

“航天桥西北角桥头火锅”，就是爱斯基摩人也能找到，而像“小贵州”这样的，走平安大街，宽街路口向东的第一个人行横道处右拐，进南剪子胡同，南行到头，是个丁字路口，下车左拐走一百多米……免了吧。

还有一条，一定要有便宜啤酒，最好是三块钱一瓶的“普京”，否则就会出现酒水钱是饭菜价格的六倍这样的惨事儿。在这样的饭局中，巨饮千杯已不单是男儿事，许多女吃货，同样拥有浩荡的酒风。绿妖姑娘曾经在酒后写过一个感情充沛的帖子《北京一夜》：“是时候了，饭局超过零点，小姐的脸色就有些像测不准的天气预报；是时候了，会唱的歌都已唱完，没有唱的是我们再也学不会的周蕙周杰伦；是时候了，酒瓶与脚争夺着地盘，一低头，地板上睡着一位兄弟；是时候了，当男人变得多情，没喝醉的男人指挥着撤退……”而她自己，曾经被两头男人架着，却死活说不出家在哪里。终于找到她的室友，接上头，她已经呕吐得路边的月季恨不得变成天上的月亮，回到家中，她居然理智尚存，一身污物舍不得沾到自己的床上，就一头扎进室友的闺房。

像我这样的饭局常客，有人早就总结出来：开始唱《告别的年代》时，说明我已经醉到六成；唱《亚细亚的孤儿》时，是醉到八成；如果能够将足本的《现象七十二变》对付下来，则到了十成，而这首歌，我就从来没有在清醒的时候完整唱下来过。

而我总结大家的醉酒状态，则以失态、失忆、失身三种层次来划分。悲哀的是，我从来没有混到失身的境界。但有人有过，娘的。

十八

饭局之外，大家又发明了众多玩法，比如书局是一块逛书店，山局是周末去爬山，麻局就不需要多解释了，而丁香局则有特指，几个人在春暖花开日，去南城法源寺看丁香。如你所知，有的人通过这样的聚会，找到了属于自己的爱情，或暧昧的情愫，或心碎的失恋。问题是，即使没有缠绵悱恻的感情纠葛，即使没有守望相助的友情温暖，这样的日子，依然闪亮。

“饭局通知”开版一周年时，众吃货搞了个盛大的饭局，共有六十多头出席。我回到家中后，上厕所依然采取类似瑛姑“泥鳅功”那样的飘忽身法，究其原因，一是因为头依然大腿依然软，二是因为饭局过程中那家饭馆的厕所始终被吃货占据，歇人不歇坑，每次上厕所，都是出入之迂也，所以习惯了曲折前行。

次日醒来，我产生了深刻的哲学思考，用我擅长的“昨夜饭局六件事儿”文体，与大家交流道：“侯孝贤拍《海上花》时，阿成去参观了他们的摄影棚，对场景和道具的精细赞不绝口。在返家的路上，他对该片的美术指导说：‘你们的东西好是好，但每一件东西都太有用了。’俺平时的生活也是这样满满当当的，连星期天都要做份兼职挣钱，所以俺希望能够对某个心爱的人儿说：‘与你相识，使我的日子变得毫无用处。’把这句话，献给将继续无聊下去的众吃货吧。在这么有用的城市里，让我们抛开投资报酬率的算法，来一起消磨一些毫无用处的时光。”有人跟帖说:“老六你批评得对,俺的时间就是太有用了”,或者“下次争取让自己无用一些”。

饭局通知最鼎盛的时候,各地吃货纷纷自发设立分舵。某日我接到一个电话,是上海分舵正在举行饭局,那边手机像接力棒一样在各个醉醺醺的家伙手中传来传去,我相信他们说过的肉麻话如今肯定都不会记得了;前年春节前我去杭州,受到了钱江吃货的热情招待,其接待规格丝毫不亚于手握大权的腐败分子,遗憾的是,我没有太多机会到各地走走,多享受这样的荣光;还有一次,南京吃货们搞了个几十人的大聚会,与会有近十头男人,和十几位美女,次日看他们的“昨夜饭局六件事儿”,居然只喝了三瓶啤酒,却消耗了六大桶可乐,南京吃货这种不见丝毫浩荡的酒风成为北京吃货好长一段时间内的笑柄。

确实,其他城市的饭局,总是没有北京容易招集。这大概跟这座城市中的人的飘摇状态有关。《异乡的异乡人》,这是科幻作家海莱恩的一部小说的名字,也恰好是北京生活者的写照。

夜已深,还有什么人?

没关系,你总能找到与你对酌的人,困守着一盏惨白的灯,盖住懒得细数的伤痕,端起啤酒:“来,走一个。”

十九

2003 年夏天,我接受了张斌又一份义薄云天的礼物:Nokia 7650,没戴安全套。

我们不会再为得到一款新式手机就上升到人格闪亮的地步了。我们被不同价格、各种型号的东西，追着跑了这么多年。

一扎啤酒下肚，他的话多起来，你说咱们十几年前上大学的时候，打死也想不到如今会过上这样的生活：手机、汽车、电脑、网络……QQ、E-mail、Flash、BBS……闻所未闻的东西出现在我们眼前。

是啊，这是一个快速变幻的年代，就像软件的升级和页面的刷新一样，我们身不由己，永远也想不到明年的这一天，生活会是什么样子，只能随波逐流罢了。我说。

又一扎啤酒下肚，我们的话少起来。

能唱出我们心中的沉默的，是最伟大的歌唱家。黎巴嫩诗人哈·纪伯伦说。

我们能做什么？我们又能要什么？

无非是一点点温暖的感觉。

是的，温暖，那是一种比周遭相对要高的温度，否则你感受不到。所以我将温暖分为三类，一类是当时便能感觉到的一种感动与温柔，"如果我们生存的冰冷世界依然难改变，至少我还拥有你化解冰雪的容颜"，这样最好，世界上没有东西比得到呼应的感觉更好；一类是当时没有觉察，过后等你周围温度降下来的时候，你才感觉到的温暖，成为回忆中的一种味觉，再难抓住的一种触觉；一类是你永远都意识不到的温暖，但它的确曾存在在你的生命中，与你一样火热，你不知道它对你有什么影响，但你因为它而成为了现在的你。

突然想起一段花絮。

那一年，在一个朋友的指引下，我还进入了网上聊天室，又用上了QQ。然后开始结交网上朋友，聊天。

一日，与一位女网友聊。她说了一句什么话，我想回答个“恩”字，由于 e 键和 w 键挨着，误将 en 两个字母敲成 wn，结果出来个“温暖”，直接就显示在屏幕上。

吓了我一跳，她也一跳。

解释清楚，半晌无言。

过了许久，在 QQ 上又遇见，淡淡的几句，临别，我说“晚安”，她说“温暖”。

完

日历翻到 2003 这一年，黑格尔也已经被淘汰，启用的新电脑配置很高，已经让我复述不出来了，我只知道，光硬盘就是三十个 G。我曾经动用有限的数学知识算了一下，一个 G 的空间能装五亿字，那已经是一个人好几辈子都看不完的、写不下的了，当然，王同亿老师那样的攒书奇才除外。

我们活一辈子，连电脑硬盘的一个角落都填不满。并且，这世界上没有人关心你在硬盘里写了什么，在我们死后，更会成为别人眼中的垃圾。席勒悲愤地写道：“我们这些忧郁的即将被遗忘的人们将要无声无息地在这个世界上走过，也不曾给后人留下一点有用的思想，留下一部用天赋的智慧撰写的著作，子孙们将要带着法官与公民的严峻，用轻蔑的诗句，用被欺骗了的儿子对那荒唐胡为的父亲的痛苦的讥笑，来侮辱我们那些冰冷无言的尸体。”我们遗留下来的痕迹，是不是只会污人视听？

匆匆忙忙的现代人，有谁会驻足做一下停留，完成一次倾听与倾诉？

我设想自己的生命终点是这样的：在离开这个世界的前夕，我将打开电脑，用颤抖的手按着鼠标，点开一个个文件夹，进入一个个信箱，将自己写的、来自别人的一个个文件删除，再打开回收站，清空。

> 我双手静静的看着电脑删文件
>
> 文件删完了
>
> 我也该走了……①

我比较喜欢这样的收梢。②

① 篡改自杨绛先生翻译的蓝德诗句，原文是：“我双手静静的烤着生命之火取暖，火熄了，我也该走了……”

② 这句话出自张爱玲的短篇小说《霸王别姬》，原文是：“项羽把耳朵凑到她的颤动的唇边，他听见她在说一句他所不懂的话：‘我比较喜欢那样的收梢。’”

关于泡妞的记忆碎片

宝贝,天下之大,大不过我对你的思念

一

这是非典时期的一个下午,只有真正的朋友才聚在一起,所以,见招拆招是你的朋友。

你打了一辆出租车,去接上他,然后奔赴另一个人家中,你们要打麻将,将这又一个不需要上班的日子消耗掉。

到了目的地,下车。你们要穿过一个地下通道,走到马路对面,钻进一座居民楼,那里有一百三十六张麻将牌,被堆在沾满烟灰的麻毯上,等待着你们的爱抚。见招拆招永远不能懂得打麻将一定要半推半就的道理,所以总是非常主动地张罗,一副急色的样子,冲在你的前面。

走进地下通道,你的眼睛一时间不能适应黑暗,前面见招拆招佝偻的身影显得模糊,你的心情也一下子恍惚起来。幽暗的通道,阴冷的空气,影影绰绰的人影,这些客观存在的物质构成一种熟悉的感觉,从你接触在地面的大脚趾头处弥漫开来,混杂在你的触觉、嗅觉、视觉、味觉中,将你定在那里,迈不开脚步。

那是一股扑鼻而来的记忆:你突然在黑暗的地下通道里抱住她,她挣了一下,暗示前面有人。你飞快地吻上她的嘴,将她口中的口香糖抢走。

你呆了一个瞬间,这个瞬间漫长到见招拆招觉察到异样。当他扭头看你时,你已重新开步走,但就在这短暂的一个瞬间,你想起了她的那么多,那么多。

一个长长的慢动作。

接下来的时间似乎过得快了些。你上楼;你主持抓风;你发现没烟了;你建议先去把烟备齐,见招拆招却拒绝下楼买烟,还吹嘘自己已经成功戒烟两年多;你就自己去买;你开始打牌;你发出去的一张六饼被张员外逮住一个大炮,是上两楼的门清一条龙;你被大家纵声嘲笑,尤以老董的笑声最为恶俗;又他妈不是他和的牌,你恨不得一拳擂在他那软塌塌的鼻子上让丫闭嘴。

但这些你都无动于衷。你的眼前全是她:她在食堂里静静地排队;她去澡堂时拎的那只红色的塑料桶;她和刘萍搭伙两人只吃一份菜,为了省出钱来买支口红;她在剧院里扭头跑开,全然不知你打的那次架就为惹起她的注意;她和室友交头接耳,可爱又调皮,你以为是在笑你,过后问她,其实不是;她穿着脱了一处丝的劣质丝袜;她故作镇定地踱进你设计好的小屋，看你手忙脚乱地在她身上折腾；她挡住你伸向她胸前的手："我很美，你会受不了的"；在弥漫着脚臭的宿舍里，他们拷问你和她的进展情况，打死你也不说，却在嘴边挂着比白痴还僵硬的傻笑……

你的脑门竟出汗了。

这又让他们羞辱一番：是不是还惦记着那张六饼的事儿呢？

你永远也不知道，为什么会在这样的一个日子里想起她。

那么多你以为自己会痛不欲生的日子，你都能挺过来；那么多次听到她的人生动向和情场遭际，你都能让自己保持温厚的表情；那么多长夜难熬的夜晚，你为了应付自己的寂寞而想起她，却也没有这一次，这样突如其来，这样铺天盖地，这样百味莫辨，这样去如抽丝。

你在麻桌上完全招架不住了，可你心中，却涌动着一股许久不见的柔情，痛得很过瘾。

其实就连你和她最后的分手都是你愿意看到的。所以当你在那次失恋后例行公事地去借酒浇愁，却被刘老五痛骂一顿。从那天起，你知道了原来自己那么虚伪、矫情，你以为自己从此不会再那么夸张地想起她。

可就在这一天，她不由分说地闯进你的记忆，就连你进卫生间想洗洗手气时都不放过。你一边洗手一边想起她，左手握着右手，仿佛你的手握着她的手。她的小手，在北方肃杀的冬天里冻得像几根胡萝卜。她总是喜欢把两只手插进你的袖口，感受你的热度。

她说，以后要嫁给你可就麻烦了，要是冬天结婚，买的戒指肯定大，可要是春天结婚，戒指在冬天就戴不了了。

你说，没关系，我跟你去南方，让南方天空飘着北方的雪。

我们那里可不像北京这样喜欢打麻将。她说，你会舍得离开你的哥们吗？

你说，谁也挡不住我们在一起。

你冲出卫生间，走到麻桌旁。烟雾缭绕，魅影婆娑，还是当年那几头老麻秆，见招拆招喜欢和对倒，一边收钱一边得理不饶人地叨叨；张员外总是在战局初期势不可挡，三圈过后就不提当年勇；老董只要一听牌手就开始哆嗦，人称“麻金森综合征”；连一些麻将术语都是十几年前的校园黑话，什么都没变。

而她，却不再和你在一起。不在你打麻将的时候，为你从食堂把饭端到男生宿舍；不在你听牌的时候，跃跃欲试地帮你抓牌，正是你要的那张，就得意地摇头晃脑。

是不是这样的夜晚，你也会这样地想起我？

你永远也不可能知道这个问题的答案了。你失去了她，是一件永远不能修复的瓷器，是一阕再也唱不下去的歌曲，是一副听了豪华七对却被劫和的牌局。

你终于坚持不住了：“哥几个，我已经被扒光，散了吧。”

你的伯父迅速被其余三人安排了几次一厢情愿的同性肉体关系，老董还数出一叠钱，让你空手扎蛤蟆。但你干笑着摇了摇头。

见招拆招尽管是色盲，却有一双善于察言观色的八卦眼：“你丫的脸色怎么这样？俺请你吃东方萨拉伯尔还不行吗？”

你继续干笑着摇头，嗓子堵堵的说不出话来。是啊，没有人知道你的沮丧颓唐是为了什么，你的彷徨无依是在想着谁。

你把自己年老德劭的伯父留给张员外和老董蹂躏，拉着见招拆招跑下楼，坐上出租车。

五彩辉煌的夜晚……不会迷失在走过的天桥上。赢了钱的见招拆招骚兴大发。

还记得咱们上学时创作的歌吗？你问。

当然记得。他淫贱地笑了。我随便找地儿撒尿，我随便拉人睡觉。他用摇滚的节奏唱道。

靠，不是这首。你懒得理他。

漫不经心往前走，装模作样骗姑娘，受骗之后她离开我，唉，我比姑娘更悲伤。这是你在自己的青春期写的歌。

也许过了这个夜晚，你将不再想起她，不再有这样长长的慢镜头，不再有这种过瘾的痛。想到这里，你让出租车停下来，冲进路边的小店，拎了两瓶二锅头出来。

去你家吧。你对见招拆招说。你知道他在非典期间把老婆打发回了娘家，而你的妻如玉女如花，也知道你今天晚上将打一个通宵的麻将。

见招拆招点头，我就知道你输了钱心里不痛快。

你丫真是一个俗人。你骂道，跟他一起摸进家门。见招拆招去厨房捣腾了一会儿，端出一碟火腿肠，又在鼻子底下嗅嗅：放心吃吧，毫无异味。

说说当年泡妞的事儿吧。

你说，拧开一瓶二锅头。

二

泡妞？见招拆招马上恢复了道貌岸然的样子，这个字眼可真难听，俺好歹也算是个德艺双馨的知识分子。

你也太拿自己当人看了。你马上问候了他的伯父。难怪说你是一个独特的人——全球有六十多亿人，却独独只有你一个人知道，自己还是个知识分子。

见招拆招喝下一口酒，脸皮厚得丝毫不露声色。

泡妞，是一种美德。你开宗明义地说。

前几年，我的表妹大学毕业，分配到一家单位。一个刚刚毕业报到的大学生，是很能激起同事们的好奇心和斗志的。好奇心就是，你有男朋友了吗？斗志就是，你要是还处于寡居状态，他们就要给你撮合成一对，而你要是有了心上人，他们就要通过散布小道消息来拆散你们。

而我的表妹，当时正好单身 ing，于是同科室的人都动员起来，要给她介绍对象。她此后一年的日程都给迅速安排满了。

其中有一个人，是这样介绍自己手头囤积的尖货的："人家那小伙子，特纯洁，没谈过对象，连女孩子的手都没拉过。"这条供货信息不幸传到我姑妈耳朵里，她老人家马上产生了浓厚的兴趣，撺掇表妹迅速安排召见。

正巧我那天在她家蹭饭，听得此言，当即表达了强烈的反对。

我问表妹，那小伙子多大了？

可能是二十六岁吧。

都二十六岁的男人了，连女孩子的手都没拉过。这有两种可能，一是他不想拉女孩子的手，这样的男人不是太监是什么？另一种可能是，他想拉女孩子的手却没有得逞，这样的男人不是彻底的失败者又是什么？所以啊，找对象就要找唐璜那样的。我建议你问对方的第一个问题是，泡过妞吗？没泡过？免谈。

我把表妹说得连连点头，冷不防姑妈冒出忍无可忍的一句：我今天的茴香馅饺子真是喂狗吃了！

我不能同意你的观点。见招拆招目光炯炯。按照你的说法，性经验是检验男人的唯一标准，那么根据布鲁斯·坎格尔的社会进化论观点，需求决定了进化方向，以后人类就会在脸上长出类似树木年轮的东西，我们姑且称之为“性轮”吧。每增加一次性经历就多一圈皱纹，结果那些脸上如同大陆架地图的人反倒魅力十足，而拥有一张平滑舒展面孔的男人反倒没人来爱。只有你这样的大麻子，才能想出这种论点。

你轻蔑地“切”了一声。我知道你在情场上特失败，就开始鄙视人家那些收成好的人。你这条可怜虫，人家甩掉的女孩比你喜欢上的都多。

我不得不承认，凡是夸夸其谈泡妞的人，多是患有语言虚妄症。正因为做不到，才喜欢说那么多，用语言来弥补行动的亏空。而像俺这样的，嘿嘿……咬人的狗不叫。见招拆招肉烂嘴不烂。

去你的，连五台山的和尚都知道你泡妞没本事。

见招拆招让自己的神情严肃了一些。其实我反对你这种说法的真正原因是，任何人的泡妞历程，都是从无到有，由简入繁的。不幸的是，我们这一代人，在最应该泡妞的年龄，却存天理灭人欲地将自己的心灵捆绑住，只敢偷偷看一眼隔壁班的那个女孩为什么还没经过我的窗前，还要故意对她做出爱谁谁对爱情不屑一顾的样子。而我们最喜欢的意境竟然是，向天空大声地呼唤，说声我爱你；向那流浪的白云，说声我想你。说完之后，站在自己心爱的姑娘面前，连个屁都不敢放，好不容易憋出一句也是，原来你喜欢格里高利·派克啊，我也喜欢耶。就这样鼓励自己心爱的姑娘去爱别人。

所以，我们已经输在了起跑线上，你就不要再用“性轮”这种指标来让我们自卑了。

还有一点需要提请对方辩友注意。见招拆招说发了性，一时间谁也拦不住了。其实泡妞这个动词永远只有被动用法：不管你怎么去泡妞，其实最后都是被那个妞泡 ed，to be or not to be。

一边说着，见招拆招走进他故意弄得凌乱不堪好显得宛如辛勤笔耕的书房，从书架上抽出一本书，掰持了一会儿，继续开讲。《水浒传》中，且看王阿姨向欲泡潘金之莲的西门之庆面授泡妞秘笈：

你便买一匹白绫，一匹蓝绣，一匹白绢，再用十两好绵，都把来与老身。我却走过去，问她讨个茶吃，却与这雌儿说道：“有个施主官人与我一套送终衣料，特来借历头。央及娘子与老身拣个好日，去请个裁缝来做。”她若见我这般说，不睬我时，此事便休了。她若说，“我替你做，”不要我叫裁缝时，这便有一分光了。我便请她家来做。她若说，“将来我家里做，”不肯过来，此事便休了。她若欢天喜地地说，“我来做，就替你裁。”这光便有二分了。若是肯来我这里做时，却要安排些酒食点心请她。第一日，你也不要来。第二日，她若说不便当时，定要将家去做，此事便休了。她若依前肯过我家做时，这光便有三分了。这一日，你也不要来。到第三日晌午前后，你整整齐齐打扮了来，咳嗽为号。你便在门前说道：“怎地连日不见王干娘？”我便出来，请你入房里来。若是她见你来，便起身跑了归去，难道我拖住她？此事便休了。她若见你入来，不动身时，这光便有四分了。坐下时，便对雌儿说道：“这个便是与我衣料的施主官人，亏杀他！”我夸大官人许多好处，你便卖弄她的针线。若是她不来兜揽答应，此事便休了。她若口里答应说话时，这光便有五分了。我却说道：“难得这个娘子与我作成出手做。亏杀你两个施主：一个出钱的，一个出力的。不是老身路歧相央，难得这个娘子在这里，官人好做个主人，替老身与娘子浇手。”你便取出银子来央我买。若是她抽身便走时，不成扯住她？此事便休了。她若是不动身时，这光便有六分了。我却拿了银子，临出门，对她道：“有劳娘子相待大官人坐一坐。”她若也起身走了家去时,我也难道阻挡她?此事便休了。若是她不起身走动时,此事又好了,这光便有七分了。等我买得东西来,摆在桌上时,我便道:“娘子且收拾生活,吃一杯儿,难得这位官人坏钞。”她若不肯和你同桌吃时,走了回去,此事便休了。若是她只口里说要去,却不动身,这事又好了。这光便有八分了。待她吃得酒浓时,正说得入港,我便推道没了酒,再叫你买,你便又央我去买。我只做去买酒,把门拽上,关你和她两个在里面。她若焦躁,跑了归去,此事便休了。她若由我拽上门,不焦躁时,这光便有九分了。——只欠一分光了便完就。这一分倒难。大官人,你在房里,着几句甜净的话说将入去;你却不可躁暴;便去动手动脚,打搅了事,那时我不管你。先假做把袖子在桌上拂落一双箸去,你只做去地下拾箸,将手去她脚上捏一捏。她若闹将起来,我自来搭救,此事也便休了,再也难得成。若是她不做声时,这是一分光了。①

阿庆照计行事。王阿姨真是个伟大的预言家,事情完全执行的是她设计好的程序,最终两个人“脱衣解带,无所不至”。

不过看阿莲容他这样一分热一分光地发展下去,进展到十分光时,“便笑将起来,说道:‘官人,休要罗唣!你真个要勾搭我?’便把西门庆搂将起来”。这不由得不让人产生怀疑:你说是西门之庆胜利地泡了潘金之莲,还是潘金之莲省力地泡了西门之庆?

让俺说一句伥女权的话:男人总是喜欢猎艳,最终却无一例外地成

① 见《水浒传》第二十三回。

为猎物。

泡妞？——呸！

好吧好吧，算我用词不当。你开始识趣地退却，因为你清楚地知道，这世界上有两种东西不容置疑不许反驳不能招惹，一种是老婆对自己身材的美好描述，另一种是见招拆招自创的人生格言。

用词？——呸呸！见招拆招丝毫不懂得见好就收的道理，继续就着酒劲开练。

我觉得吧哈，爱情被文字谋杀了，世间的一切东西都让文字给谋杀了。你习惯了用最乏味的词来概括最丰富的感觉，比如“动人”，比如“风情”，比如“甜蜜”，比如“销魂”，其实，只要随便从你的口腔中拎出一段感觉，都比这些单调的字眼要来得实在，来得地道，因为真正的感觉是根本不能用语言来替代的。而你，偏偏被语言消磨了你最本真的感受，甚至削足适履地用语言来规范你的感觉，全然不顾先来后到的顺序。

在你包皮还没割的时候，你就开始接受语言的异化，于是你对女人、对爱情的观念全被灌输得机械又古板。你以为女人就要肌肤胜雪，于是见到你心爱的女孩腿上被蚊子叮了一个包，你都会有不适的反应；你以为美女就是丰乳肥臀，于是在你兴致勃勃地剥开她的衣服，见到她小小的乳房时，你的性趣就开始消退；你受不了她脚上有死皮，你受不了她胸脯有雀斑，你觉得做爱时她不叫床就不对劲，你以为所谓的高潮就是飞翔在云端，这时只要感觉自己还是在床上，就跟对不起这次房事一样……因为,书上的女人和爱情不是这样子的啊。

见招拆招咽下一片有些发馊的火腿肠。其实我们作为一个男人,也被文字绘规范了。我们要有古铜色的皮肤,其实脸上全是螨虫和暗疮;我们要有标枪般挺立的身躯,其实我们除了一个丰腴的肚子外,身体完全像个保龄球;对了,我们还应该金枪不倒床上功夫非比寻常,其实……唉!

活生生的男人和女人,就这样一边爱着,一边被死气沉沉的文字鄙视着。

你为什么就不能谈一次现实主义的恋爱?我鄙视你,鄙视泡妞这个字眼。

在见招拆招兴奋得呼哧带喘、休息片刻的当儿,你趁机插了一句话。

你刚才说,随便从口腔中拎出一段感觉。我就有这样的时候,好像不是从什么心灵深处,也不是在什么左小叶脑的第二沟回,而只是从你的舌底泛起一股味道,似乎是第六学生食堂的猪肉白菜馅包子的味儿,让你迅速想起了一个女人。

你复述了从下午到晚上,她对你记忆的突然袭击。你的语气如窗外的月色一般温柔,仿佛眼前不再是见招拆招那张油腻的脸。

难怪你丫输了那么多钱。看来麻经应该重写了,谁说情场失意赌场就要发飙来着?

你不理他的胡说八道,而是端起酒杯。输钱倒无所谓,主要是今天晚上这种感觉太好了,有人能跟你分享一种心情。你与他碰了一下杯,然后喝下一大口酒。

分享?见招拆招从鼻子里发出一声“切”。

你的眼前一黑,知道自己情深意长的抒情又要被这小子糟蹋了。

果然,他又开始反驳,不过这次用的却是沉痛的口气。原来我也是这么认为,故事和心情就是用来分享的。但现在我已经开始怀疑一切用文字表达的东西,我觉得文字是一种让真相走样的东西。比如你和她的故事,一旦你把它说出来,一旦我把它转述出来,也许就已经不是你和她,还不如说是张茄子和李玫瑰的故事。对不起,让我说一句格言:文字所营造的,只是真相的标本,而不是真相本身。

你终于受不了见招拆招的絮叨,急忙跑进厕所,干呕了一会儿。你又想起了她,姑娘,我们之间什么都没了吗?只剩下一具标本?

你不愿再想下去,只有走出你不想离开的厕所,继续喝酒。

祖国啊,我表达的钥匙丢了。见招拆招痛不欲生地开始写诗。所以,你的上联是“泡妞”,我的下联就是——“扯淡”。

你喝下一口酒,懒得跟明显喝多的见招拆招较真。

那就让我们遵循这一原则,进入创作状态吧。我要把我们的谈话整理一下,写成《关于泡妞的记忆碎片》,那一定是一部不朽的作品,能给俺带来多少年轻的喝彩呀。

看到见招拆招跃跃欲试的样子,你的心中涌出一种说不出的厌恶。你丫会几门外语?

如果不算河北话和武汉话,我就会一种英语。

建议你快去学学瑞典语。你讥诮地说。

见招拆招将一双本来就大而无当的眼睛睁得更加茫然。你是什么意思?

等到你去领诺贝尔文学奖的时候,就用得上了。

三

爱情,被采用最多的字眼就是“浪漫”。请看这个浪漫的故事。见招拆招进入创作状态。

每年毕业班要毕业时,都会有一些用人单位来学校要人,还在公告牌上张贴着单位简介之类——多是些大家不太愿意去的差单位,好单位压根就用不着这么做。赵黄瓜和张豆角哥俩这天饭后一块在公告牌前闲逛——只是闲逛而已,他们学的专业特热门,根本不愁找不到好工作。赵黄瓜无意中瞥了一眼——一个浪漫的故事就这样开始了。

赵黄瓜看到的是西南地区一个军工企业的宣传海报,那上面有设备齐全的生活设施之类的介绍,其中有一张厂办医院的照片,剥落的墙皮,生锈的铁管床,床单倒还干净,上面躺着一个年轻的女病人。“你看这女的,真漂亮。”赵黄瓜对张豆角说。张豆角看了看,点了点头,然后接着往前走,走了几步回头一看,赵黄瓜还在那里盯着看。

到了晚上,赵黄瓜辗转反侧,终于挤到张豆角的床上:“那女孩真漂亮。”

张豆角惦记着明天跟法律系约好的那场球,顾不上搭理赵黄瓜。

第二天早上，赵黄瓜告诉张豆角："我要去那家单位，找那个姑娘。"

张豆角白了他一眼，没有说话。

最终，赵黄瓜被分配到了这家企业，在四川的深山里面。

赵黄瓜是咱们母校九八届的毕业生，故事真的是这么发生的。至少在传到我的耳朵里时，这还是一个真实的故事。我是听当年与赵黄瓜同届的一个师弟说起，惊得差点儿把下巴掉到裤裆里。

按照怀疑主义的创作原则，这个故事再往下传，就肯定要走样了。见招拆招发动你，一起把这个故事续下去。

一、按照表现主义的创作原则，那个夜晚不应该是那么平实的几句话，接下来还应该有这样饶舌的对白——张豆角："认真地想一下，你真的爱上她了吗？你真的要为爱走天涯吗？"赵黄瓜做深刻思考状："我也害怕答案是这样。"张豆角："那就行了，睡觉去吧，明天跟法律系还有场球呢。"赵黄瓜却又说："我更害怕答案不是这样。"张豆角呆在那里。

二、按照浪漫主义的创作原则，这个故事的善良结局是这样的：2001 年 5 月，赵黄瓜回到北京，拜见分别两年的同学张豆角，身边的女友就是那个美丽的姑娘。

三、按照写实主义的创作原则，赵黄瓜到京后的情景是这样的：张豆角邀请这一对甜蜜的恋人去三里屯酒吧小坐，赵黄瓜的眼睛顿时不够用了，这儿的美女才叫美女呀，那样的眉毛那样的嘴，那样的胸脯那样的腿……他正兀自失落,女友伸手拉住他的胳膊:“你怎么了?”他看到她脸上的化妆很是粗陋,闻到她身上的低档香水味,想到她连衣裙的样式跟酒吧服务员差不多,体会到她面对这花花世界的怯怯眼神,然后淡淡地说:“没什么。来,走掉这一扎。”他将扎啤端向张豆角。

四、按照批判现实主义的创作原则,他们俩回到山沟沟里以后的情景是这样的:赵黄瓜总是琢磨着怎么把两人去北京的往返火车票给报销了,她则开始鄙视他这种算计样儿。终于有一天,她加班很晚才回家,他只顾看球没有做饭,她饿着肚子看着冷冷的灶台,两人爆发了第一次吵架。然后,她越看倒卖军火的厂长儿子越顺眼……

五、按照经验主义的创作原则,这个故事的可怕结局是这样的:赵黄瓜到单位报到后,先伺机让自己生了一场病,然后潜入厂医院,上穷碧落下黄泉,寻找到那个女孩,结果发现照片上的她搞得跟婚纱摄影似的,而真实的她则让赵黄瓜想起学校里经常用到的那个词儿:“贝多芬”——背后看起来是多么芬芳。

六、按照后现代主义的创作原则,这个故事还有一个更悲惨的结局:赵黄瓜惨叫一声,成了蔫黄瓜。等他晃晃悠悠地走出医院,发现厂区的小道上有六十六个年轻人在晃晃悠悠地徘徊、怀疑人生,他们是来自全国各地高校的顶级浪漫分子,全被那张照片骗了来。该厂因为这一丰盛收获而荣登中国企业浪漫排行榜 Top 10 之首。

而这个故事的真正结果是:无结果。你冷冷地说。一走了之,作鸟兽散,没有人再去关心赵黄瓜的泡妞结果。在他自己看来惊心动魄决定终生命运的抉择，只不过是这尘世中的一粒尘沙，只不过是相熟又不相知的人的一则谈资。

也不能这么说。见招拆招接嘴。这个故事产生的一个结果是，我弟弟当时还在咱们学校上九七级。我马上把这个故事讲给他听，并警告他，不要这么鲁莽，否则就别想从我这里拿到生活费。

哦，我见过你弟弟。难怪我见他的眼中总是饱含泪水，原来他不幸有你这么个哥哥。

见招拆招急忙为自己辩解。其实我也很喜欢赵黄瓜这样的。我的想法是，如果我是我，我会像赵黄瓜这样做，如果我是我弟弟，我就不会让我这样做。

什么如果我是我，什么如果我是我弟弟。你们这些穷酸文人除了玩弄这些绕口令一样的文字游戏，还有什么用处？

你别老把我说得这么难听！你不也是个青年作家吗？见招拆招有些气急败坏。难道我说的不对吗？我自己可以那么做，但我不愿意让我弟弟承担那种危险。

是吗？是吗？你连连冷笑。你敢那么做吗？你什么时候是处在"如果我是我"的状态下？什么时候以"我是我"的状态做出过什么决定，干成过什么事儿？

见招拆招张了张嘴，但除了亮一下他那口糟烂的牙外，没发出任何声响。他闷头喝了一口酒，又过了一会儿，才说。是啊，我们一直嚷嚷着要成为"我"，结果却概莫能外地成为了"我弟弟"。

你突然不忍再嘲笑见招拆招，而是打心眼里涌起一阵伤痛。你与他碰了碰杯，喝下一大口酒。为什么我们的身边，包括我们自己的心中，总有那么多爱我们的亲人？他们慈祥地向我们的异端思想冲杀过来，兵强马壮，盔甲鲜明，八杆护背旗迎风飘扬，上面掐金边走银线，还绣着八个斗大的字——一切都是为了你好。

见招拆招干笑了一下。我觉得应该是另外八个字——不能没有对你的爱。要不，就显不出我的作用了，就没人来感恩了，就没人可以控制了。

我恨你们这些文人。面对见招拆招卖弄他的浅薄灵感，你开始反戈一击。你们把一些字眼的门槛设计得那么高，非得怎么着怎么着才够得上，其实，看看你们自己那份儿可怜样吧！

像"浪漫"这个词儿，没有你们规定的那种层次那种模样，难道就不是了吗？当然，你们把握着话语权，尽管你们文思泉涌，尽管你们年老色衰，尽管你们有贼心没贼胆，尽管你们意淫的次数比手淫还多，手淫的次数比做爱还多。

就拿吴紫菜和钱丁香来说吧，丁香小姐对着身边的一堆男人媚眼横流，指东打西，独独对吴紫菜那小子横挑鼻子竖挑眼，就连紫菜放个屁，都嫌人家的烟台口音不好听。吴紫菜自己个儿怎么也想不明白，就趁只有两个人饭局的时候舰着脸问丁香，你是不是喜欢上我了，才这么摧残我？你怎么现在才回过味儿来？丁香小姐长出一口气，把原来送给那些男人的媚眼以"满天花雨"的手法一股脑全甩给吴紫菜，吴紫菜的脸顿时兴奋得比紫菜还紫……难道这不是浪漫吗？

就拿周蘑菇和陈百合来说吧，两人经过漫长的考验与等待，终于要去办结婚证了。一系列手续办下来，蘑菇与百合成为法律承认的夫妻。总得庆祝一点儿什么吧。蘑菇问百合有什么心愿，百合说，咱们去吃陕西凉皮吧。两人就以两份凉皮结束了这一天的战斗，然后蘑菇动情地吻了百合，两人的嘴里全是凉皮、面筋、辣椒和蒜汁的味道……难道这不是浪漫吗？

就拿孙玉米和钱牡丹来说吧，玉米老弟是个老实人，尽管喜欢钱牡丹好长时间了，但就是爱她在心口难开。某一次聚会，牡丹旁边坐了几个文化人，纷纷鼓动如簧之舌向她发出求偶之声，玉米这才急了。人一急喝酒就疯，玉米迅速把自己喝高，然后越看牡丹越美丽，越看牡丹底气越足。他终于当着一众傻蛋的面，将牡丹叫到外面。夜色阑珊，他告诉她，他喜欢她，又问她，你喜欢我吗？牡丹小姐说，不，我喜欢你是第二位的。玉米的心马上从酒窖转到了冰窖。牡丹继续说，我第一喜欢的是酒，因为是它帮你喜欢我的。玉米又急忙伸手往冰窖里一抄，把自己的心捞回到酒窖……难道这不是浪漫吗？

就拿李韭菜和王兰草来说吧，两人终于有机会肉帛相见，做了一次充分饱满的爱。王兰草浑身瘫软地躺在那里，喘匀气儿后骂了一句："做爱，真他妈好！"见惯兰草淑女形象的李韭菜顿时变成了李黄瓜……难道这不是浪漫吗？

你越说越过瘾，茄子豆角西红柿们的所有风流韵事都被你编排出来。

对啊，对啊，这就是浪漫，浪漫就在你身边。见招拆招搬出本《现代汉语词典》,一边查词,一边抒发人生格言。也许,当你发觉自己不由自主(或可替换为:不能自已/不由分说/不假思索/不管不顾/不哼不哈/不可救药/不可思议/不可开交/不可收拾/不成体统/不知进退/不自量力/不遗余力)地爱上她时,就已经是浪漫了。

操。你暗骂一声,又让这小子占了先。

四

妞。

这个词儿,让人想起小鸟依人,想起可爱可怜,反正,是一种柔弱又怜惜的触动。但在一个男人还长着青春痘的春心中,往往迷恋的是成熟的女性,来包容他们年轻懵懂的情与欲。

杨蒜苗大学毕业后,来到被分配的单位。就像所有的年轻人一样,他一边怯怯地熟悉新单位的章程,一边色迷迷地打量新单位的女同事,好憧憬自己以后的艳遇。跟几个同年分来的哥们在办公楼下徜徉的时候,黄红梅出现在他眼前——用两个庸俗的形容词吧——身材高挑,成熟美艳。杨蒜苗一下子就被她迷住了。

如果把这个故事拍成电影,此时的运镜一定是这样的:镜头围着杨蒜苗痴呆的脸做三百六十五度旋转;所有背景都成为模糊的一团,除了黄红梅;柔情的音乐同时响起,像淌在每一个人的心头;黄红梅嫣然一笑,用慢动作翩然转身……到这个节骨眼上,只要稍微看过一两部爱情片的人都知道,两人来电了,两人有戏了。

但在那一天，既没有慢动作，也没有轻音乐，甚至，杨蒜苗连多看黄红梅一眼都不敢，脸上更不敢有任何痴呆的表情，造物主的镜头根本没有给他来什么大特写。至于黄红梅，也只是扫了这几个毛头小伙子一眼。

住进集体宿舍后，哥几个把那些女同事迅速扫描一遍，定出一个排行榜，作为以后自己泡妞的根据。许多人都把黄红梅列到榜首，杨蒜苗也随声附和着。

在以后的一段时间里，黄红梅依然是导致他们流哈喇子的招牌菜，杨蒜苗也慢慢知道了，她在市场部，已经结婚。但，结婚算什么呢？并不妨碍大家在聊天时赞美她啊，也不妨碍蒜苗有事没事的时候想起她啊，包括在楼道里大声说话，也是为了能让她听到。

上岗培训和思想教育结束后，人事处要把他们分到各部门，杨蒜苗不露声色地说，他喜欢去市场部。没有人知道他去大家都不爱去的市场部是为了什么，经常要出差，干一些杂碎事儿，还要承担很大的指标压力。蒜苗自己也不愿意承认，就是为了黄红梅。

如同所有刚走上工作岗位的年轻人一样，杨蒜苗的第一天上班去得特别早。他把市场部办公室的地拖了一遍，打量了一下那几张办公桌，很遗憾，黄红梅的桌上没有摆她的照片。他又把所有的暖瓶都打上水——那年头还没有饮水机，做这些事儿的时候，他心中是有一种隐隐的兴奋的。

提着几个灌满热水的暖瓶，用脚踢开办公室的门后，他看到，黄红梅已经来了，把包挂在椅子上，正转身出门。“早啊。哈，你真勤快。”

她冲他说。他笑了一下，侧身让她走过他身边。

"等等。"她让他站住，伸出手，鳖了整他的T恤领子，"嗯。"

他觉得自己几乎要炸了。

那一天真过瘾啊，只要没有人注意，他就可以充分看着她，她从鼻子到嘴角的两道浅浅的笑纹；她被头发盖住的耳垂；她挺一下身子，双手伸到后面，揉一下纤纤的背；她在办公室走来走去，短裙下两条长长的腿在他眼前晃动，不太高的高跟鞋踩得他头皮痒酥酥的。偶尔闲下来，她会跟他聊几句天。哦，她大概是戴着隐形眼镜吧。等挣了第一个月工资，也该换个眼镜了。

整整那一天，他都忍不住要放声歌唱，歌唱莫名其妙的电话，歌唱单位为他印的新名片，歌唱食堂的蒜薹炒肉，歌唱突如其来的一场雨，歌唱马路上汽车的嘈杂和油炸臭豆腐的香气，歌唱沾在脚上的甘蔗渣，歌唱一切能看到的东西。

那一天，是1988年9月27日。

如果把这个故事拍成电影，那杨蒜苗和黄红梅肯定是男女主角。根据明星制，一号角色肯定要找一线明星来演，比如布拉德·皮特演杨蒜苗，而演配角的就是那些二线演员，比如，丹尼斯·奎德吧。观众看这部电影，就会觉得布拉德·皮特对黄红梅做什么都是应该的，而丹尼斯·奎德，怎么看他跟黄红梅在一起都别扭。所以，拥有两千万美金片酬的布拉德·皮特横刀夺爱就显得那么顺理成章，而两百万片酬的丹尼斯·奎德，哪怕他是合法丈夫，也只有乖乖出让老婆的份儿。而对于看多了爱情电影的观众来说，只要看一眼演员表，就知道该谁跟谁好了。

电影的结局是这样的，布拉德·皮特勇敢地向黄红梅表达了他不由自主（或可替换为：不能自已/不由分说/不假思索/不管不顾/不哼不哈/不可救药/不可思议/不可开交/不可收拾/不成体统/不知进退/不自量力/不遗余力）的爱，黄红梅投怀送抱，两人幸福地拥吻在一起，全世界的灯火都为他们闪亮。至于丹尼斯·奎德，谁他妈管他呢？

可惜，生活永远不是电影，杨蒜苗也从来就不觉得自己是理所当然的男主角，周围也没有人觉得该他俩天经地义在一起。接下来的日子像缎子一样滑溜：两年后，黄红梅怀孕生子，杨蒜苗经过几次相亲（其中黄红梅还给介绍过两次）和恋爱后，也和康乃馨小姐结了婚，被人们视为郎才女貌的一对。并且，他也真的是爱康乃馨。

当年那些年轻人，他们都老了吧？他们在哪里呀？大家纷纷恋爱、结婚、离婚，美女排行榜上，也逐渐换成了更年轻美丽的女孩。随着头发的稀疏和肚子的隆起，他们的性趣所在，也由成熟风韵的女人转移到活泼天真的少女身上。

身边的人事变幻不停，杨蒜苗和黄红梅，始终还在一个部门，黄红梅逐渐成了部门主管，杨蒜苗有几次换部门的机会，甚至朋友撺掇他辞职南下，去干一番属于男人的伟大挣钱事业，也被他拒绝了。慢慢地，他们成为市场部相识时间最长的同事，最亲近的朋友。

他们中午在一起吃饭，然后一起打拖拉机，两人永远是拍档，她的牌技很差，经常一上手就知道往死里吊主，其实就是最傻的瓜也看出大王在杨蒜苗手里，但他很少发脾气，而原来他在学校打拖拉机时是经常气得摔牌的。

在办公室闲下来的光景，两人就唠家常，永远是最琐碎的事儿，她跟丈夫闹了别扭，她对弟弟的女朋友很不满意，她的学历不好所以评职称总是不太如意，有时候她会叹口气，说如果不是为了孩子，她就要离婚…… 他总是耐心地听着，并且很是津津有味。他并没有意识到，妻子康乃馨的这些话，他是不耐烦听的。

她爱看那些软绵绵的女性杂志，于是他每次骑车去报刊亭，除了电影画报和《兵器知识》外，又多了《知音》、《家庭》和《女友》。那些杂志真肉麻啊，除了充满用各种名牌（最好直接用外文原称）装饰起来的情调和身份外，然后就是："我转过身，这时已是泪流满面"。但是，她喜欢。

下雨了，他会飞奔回宿舍，再拿上雨伞给她送到办公室。她说"倒霉"了，他就去食堂帮她把饭买回办公室，或骑自行车跑两站地，拎回一兜她爱吃的蟹黄汤包。他和她共同征战商界，他为她挡酒，挡那些不怀好意的男人对她的骚扰，最终变成她为他挡酒……

她生孩子时，他去看坐月子的她，她喂奶，当着他的面，她的妈妈端来一盆鲫鱼汤，她会跟他解释，这是下奶的；他婚后，康乃馨一次宫外孕，她到医院照顾了他妻子两天，还毫不避讳地说，她也经过这么一遭，流了许多血，差点儿死掉。

有时候，她会走到他面前，再转过身，让他帮她整理后背的束带；有时候，他会故意逗她生气，她笑着打他；有时候，他会拉着她的胳膊求她什么事儿，感受她的柔软和滑腻；有时候，他没有心情和妻子做爱，就会幻想是她……

日子就这样一天天地过去。

杨蒜苗并不是没有性冲动的柳下惠，或只愿意给陈圆圆挑粪种花的胡逸之，他也幻想过很多次与黄红梅上床，甚至还精心设计过这样的机会，但当机会真的来临时，他总觉得跟趁火打劫似的，于是结果无一例外，他灰溜溜地闭上了自己的嘴巴和心思。

终于有一次，他和她一起去无锡出差。这时候他才意识到，他和她成为同事好些年了，均分别出差无数，这次却是第一次同时有他和她，并且也只有他和她。所以在去无锡的火车上，他就开始憧憬那一幕的情景了：在宾馆，他到她的房间，坐到深夜，要回自己房间的当儿，他站起身，突然抱住她，两人如干柴烈火般动情不已，迫不及待地撕扯着对方的衣服，然后喘息着滚倒在床上……

到达无锡，与合作单位吃过饭，好在无锡人的酒风比较绵软，也不强灌人，所以他和她均得以保持清醒头脑。这样最好，他可不想在跟她第一次上床时醉醺醺的。

回到宾馆，在自己的房间洗完澡，然后他敲响了她的房门。她开门，放他进来。她也已经洗过，穿着睡衣，头发湿漉漉的。他们分别坐在两张床边，聊着天。他频繁地用眼瞄她，她裸露在睡衣外的肌肤泛着一种光洁的色泽，一笑起来，脚弯成一种很动人的弧度。用句鸳鸯蝴蝶的笔法吧——他的心弦拨动着幸福的颤音。

终于，夜深了，终于，她在看表了。他站起身来要走，她也站起身来送他。他一下子抱着她，用一个想象了千百次的动作。她挣了一下，然后也环抱住他。

进展到这里，情节还跟他设想的一样，但就在她回抱他的那一刹那，他顿时头晕目眩，原本设计的迫不及待地撕扯对方衣服的程序也忘得一干二净。他只是和她拥抱在那里，两人均一言不发，时间过了那么长，那么长，他觉得她比他还小，让他怜惜，他觉得自己拥有的幸福足以傲视整个世界，他觉得地毯柔软，灯光温柔。

他凑过去亲她，手也开始摸索，但都被她身体的扭动制止了。她说："你该回去了。"他说："让我不走吧。"她摇摇头。

"好吧。"他亲了一下她的脸，离开她的房间。

接下来在无锡的几天，他和她看了锡惠山的杜鹃花，饱览了太湖秀色，在灵山大佛前许了愿，寻找段誉和乔峰"剧饮千杯男儿事"的松鹤楼未果，晚上到了宾馆，他仍是洗过澡后去她的房间，聊天，欣赏她的身体，起身告别时拥抱在一起，求她别让他走，灰溜溜地回自己房间。

如果他再坚持一下，如果他用些蛮力，如果他的脸皮再厚些……但是，没有如果。那些情色、色情小说的作者，那些情色、色情电影的导演，他开始怀疑他们是不是真的泡过妞，或者，他们是用虚构的热辣场面来弥补自己的失败？他将那些人的三代直系女眷问候了一遍，以消解自己被误导的性爱方式。

他只能让自己独自上床，脸上带着空落落的笑意。而那些被他惦记着扯坏的衣服,全都得以保全。

离开无锡后,他和她坐在火车上,他悄悄握住她的手,她的手渐渐变得温热。他不知道自己的心中是满足还是缺失,是幸福还是痛楚?

日子继续一天天地过去,杨蒜苗和黄红梅仍然像从前一样,同事。只是在没有旁人的时候,蒜苗才用渴慕的眼神看着黄红梅,身体依然是不动声色。

只是在那一个夜晚,他第一次为她流泪,尽管这世界上却只有他一个人知道,他的泪水是为了谁。

康乃馨要去新加坡工作,那天是大家为她饯行,喝得不亦乐乎,包括黄红梅一家三口。耳花眼热后,意气素霓生,大家又去歌厅卡拉OK。在酒精的作用下,杨蒜苗的眼神变得像蒜苗一样火辣辣,也狂放起来,和黄红梅的儿子争夺着话筒。最终,他向大家展露了一手深藏不露的手艺:居然会唱京剧,铜锤花脸。

他唱的是《铡美案》中的一段散板。民女秦香莲被她丈夫的公主二奶和皇帝的老婆宣召上堂,她哪儿见过这等世面?包拯便拍着胸脯唱了几句来为她鼓劲,特别是最后一句"天塌地陷有老包",格外声情并茂,浑厚悠长。康乃馨明显被感动了,动情地搂住他的肩头,当作是他的临别决心。而他,却借着酒劲痴痴地看着黄红梅,想到她正在为老公的婚外恋伤心,想到她还要努力装作生活圆满的样子,想到她正遭到与她竞聘副总经理的男人排挤。"天塌地陷有老包",这句话让他豪情万丈。我会和你在一起,不让你受委屈。他心里在说,又痛又怜,眼中有泪光闪动。

“唱得真有气势。”黄红梅攥着儿子的手鼓掌，然后对康乃馨说，“我还老想他是当年那个小伙子的样子，其实人家都是个大男人了，让人靠得住。”

康乃馨骄傲地看着蒜苗。

妻子走了，日子继续一天天地过去。

经过康乃馨两年的艰苦打拼，杨蒜苗也可以移民新加坡了。他来北京办签证的时候，黄红梅正巧也在北京，给在医院治病的老母亲陪床。

接到他的电话，黄红梅马上从医院跑了出来，两人得以在北京相聚。

“那里还好吧？”饭桌上沉默了许久，她才问他。其实这个问题她早就问过了，在他去新加坡探过一次亲之后。

“还好吧，我对那个规规矩矩的国家很是喜欢，也喜欢河以南的‘老巴刹’，跟咱们的大排档一样，全是各种好吃的。”他答道，也跟以前的答案一样。

“不知道你什么时候才能回来。”

“哦，用新加坡式华语，‘不知道’要说‘不懂’。”他笑着说。

“好吧，我不懂你。”

他的心颤了一下。

吃过饭，他和她坐上一辆出租车，先奔向他住的宾馆。他产生了一个淡淡的想法，希望能和她有最后一夜。到了宾馆，她却要接着走，说母亲还在医院。他握住她的手，扭头看她，脸色劳顿。他和她一起来到医院，看了她的母亲。

他执意让她去宾馆住一晚，他来陪床。两人又打车，他送她回宾馆。

他领她进了房间，然后要返回医院。

两人的眼光交织在一起。他摊开手，她走过来，贴在他身上。他合上双手，将她拥在怀里，爱抚着她几天没洗的头发。

他突然想到，她原来已经四十二岁了。

你的故事讲到这里，看到见招拆招脸上挂了两行泪。

杨蒜苗然后去了医院，陪了一夜床，等到第二天上午，黄红梅来接他的班。然后，他就去了新加坡。两个人的肉体接触，就以在无锡的一个拥抱为起点，在北京的拥抱为终点，故事就是这样。

如果让你们这些文人来写，这肯定是个凄凉的调子，但我看蒜苗和红梅都挺开心的。这世界很不公平，大家都在泡妞，却只有文人的泡妞历程才被记录下来，并且因为文人那种得陇望蜀的不知足心理，所以还总带有深深的怨妇情结，好像谁都对不起他似的。

见招拆招长出了一口气，不再反驳你。

杨蒜苗跟我说起他的故事的时候，是那种很幸福又留恋的神情，天高云淡。他在那个单位上了十五年班，也就是和黄红梅在一起待了十五年。他舍不得迟到、早退、旷工，因为爱黄红梅而成了劳模，大概黄红悔也是吧。一个人每天醒着的时间大概也就是十来个小时，而在这十几个小时中，他却有八个多小时和她在一起；一个人生命的黄金岁月也就是二三十年，他却有十五年的时间和她在一起——老天实在是太仁慈了。所以，这不应该是个忧伤的故事，你看你都没出息地哭了，真让俺鄙视你。

我想起我心爱的姑娘曾经问，你痛苦吗？

有一个人可以喜欢，怎么会痛苦呢？

五

两瓶二锅头已经在不知不觉间被干掉，这时不到凌晨三点，你和见招拆招酒兴大发，都不想就此打住。见招拆招去厨房翻箱倒柜，试图挖掘出珍藏的陈酒。

泰戈尔说："天空中没有留下我的痕迹，但我曾经飞过。"

"我从天空中飞过，但没有留下任何痕迹。"悲观主义者将这两句诗颠倒了一下，以抒胸臆。

在泡妞这桩行为艺术上，你是泰戈尔，还是悲歌尔？你喃喃地说。

见招拆招终于翻出一瓶酒，重新归位，将其打开。我发现泡妞就像烤红薯，吃着不如闻着香。至少写起来，泡不着的泡妞过程更好看。或者，我们现在老了。年轻时的口号是"更快更高更强"，现在却成了"重要的是参与"；年轻时的泡妞奥运会恨不得一年开四届，现在能四年开一届就不错了。

重要的是参与,重要的是过程,其实结果都是一样的。你说。

见招拆招点头称是。就像我们看的那些电影,一个女孩险些被一个歹徒强迫上了床,幸有英雄救美,最后女孩就跟英雄上了床。早知道是这个结局,还不如一开始就从了。

但真不能这样说,泡妞嘛,一定要把过程弄得患得患失些,若即若离些。要不,岂不是太不好玩了?其实所有的爱情故事,都是在中间那个过程上玩花样,并且看谁玩得有趣,玩得新鲜。

好吧,那就让我们说点儿不太伤感的泡不着的故事,缓和一下被你这头猪弄得抑郁起来的气氛。见招拆招说。

近水楼台先得月,世上的泡妞千万种,却只有作家们的泡妞被讴歌得最多。其中最常见的段落——至少出现在文学作品中的常见段落是,某作家在火车上,邻座有个美丽的女孩,丁香一样结着愁怨,手里拿着一本书,正是这位作家的大作。作家与那女孩做一席谈,帮助那女孩鼓起生活的风帆,最后那女孩会给他留一个写着地址、电话、E-mail、QQ号和个人主页的纸条,两人从此就搭鼓上了。

孙冬瓜对这样的泡妞方式充满艳羡,因为,其一,尽管他不是个作家,但也算是个记者,这年头记者出的书比作家都多;其二,他经常坐火车出差采访,有充足的平台让他结识那些丁香姑娘。

但说来奇怪,他坐火车无数次,邻座及对座却全是散发着汗臭、打开一袋花生米和一瓶橘子罐头,然后用粗大的手指顶开一瓶啤酒的男人,留着猪鬃一样的胡子。只要他用眼一瞟,对方的话就会紧紧跟进,与他称兄道弟起来。每次坐火车，都是这样。他一方面怀疑中国人口的男女比例严重失调，一方面因为满腔的春心得不到发泄，而让自己结了一身丁香般的愁怨。

命运终于等到了转机。这次，孙冬瓜由北京去上海出差，往返于两个中国最繁华时髦的都市，怎么着也得换换手气吧。

果然不错，从北京去上海的火车上，孙冬瓜的身边是一位老太太。

孙冬瓜已经很满意了。老太太就老太太吧，他坐火车这么多年，还是第一次跟一位异性比邻而坐。

采访结束后，要从上海返回北京。孙冬瓜这次长了个心眼，委托《新民晚报》的朋友给买了张软卧车票。单独一个车厢，一位从上海去北京的美女与他连榻而卧，雍容又华贵，时髦又大方。上海人在北京办事可不是很方便呀，他可以为她提供有私的帮助……

孙冬瓜就带着这样美好的憧憬来到车站。走进属于他的车厢，张眼一瞧，他不禁满意地笑了。

——是两个老太太。

不知道是一种什么样的心理在作怪，一个青春期的小男人，往往把自己的泡妞行为弄得很不痛快。比如吧，你把枪口瞄向了陈月季，但如果这会儿旁边有人来欣赏你的枪法，你就会说："看我要向李芍药开枪了。让你开开眼，哥们儿的枪法真如神。"

王土豆就犯这毛病。他们宿舍跟邻校的一个女生宿舍结成友好邻邦，经过一两次香山秋游和紫竹院划船后，他暗暗喜欢上了对方的陈月季。但不知怎么搞的,跟同宿舍的哥几个汇报起心得来,他却不绝口地夸起李芍药来,芍药的嘴啊,就像糖葫芦串,真诱人啊。不仅如此,他还口是心非地贬起陈月季来,月季的嘴啊,就像烤羊肉串,真没劲啊。

没有人知道他喜欢烤羊肉串胜过糖葫芦串。

接下来,他与陈月季书信往来,暗度陈仓,表面上,他却在宿舍里散布着谣言,说自己喜欢李芍药,不得了呀不得了。

当他跟陈月季的感情已逐渐酝酿成熟并有过几次成功幽会时,几乎全班的男生都已经知道,他喜欢上了一个叫李芍药的女孩,又甜又酸的嘴就像糖葫芦串。

不幸的时刻终于来了。这一天,陈月季来学校找他,被拦在楼下传达室,而此时王土豆的宿舍里正在激战拖拉机,土豆手攥一套隐藏很深的拖拉机,准备抠底。对讲机呼唤土豆楼下有人找时,这个年轻贪玩的男人正在酝酿将对手搞得惨叫不止的盛况,便央求对门宿舍的吴番茄替他下楼接人。

当貌美如花的陈月季出现在吴番茄面前时,他口干舌燥,内心涌起要为哥们两肋插刀成全其美事儿的无限冲动。他清了清嗓子,用邱岳峰对简·爱的口吻说道:"芍药小姐?真的是你?可把我们土豆兄弟想死了,他一直念叨你来着,还为你写了许多情深意长的诗,像什么'小嘴又甜又酸,就像糖葫芦串',把我们给感动坏了。"

七年后,韩青椒出差去南方那个小城,终于见到了毕业后就一直没有见过的大学同学周芭蕉。

“芭蕉吗?”找到周芭蕉所在的当地广播电视局,韩青椒拨通了她的电话。

“青椒吗?”周芭蕉问。

韩青椒有些失望,他本来要让她根据声音辨认一下他是谁的。他努力控制了一下情绪,想用若无其事的口吻说,你猜我在哪里,我就在你们单位门口啊,哈哈没想到吧。

“你是不是来我们这儿了?”芭蕉却说。

韩青椒计划中的话都没说出来,差点儿把自己呛死。

周芭蕉迅速出现在他的眼前。她真的没有七年前年轻了,听说孩子都已经三岁。韩青椒想。

轻轻地打过招呼,两人去吃饭。开始喝酒,开始神思恍惚,开始意乱情迷。周芭蕉说,我有一种预感,是你来了。韩青椒看着眼前的周芭蕉,想起毕业前的那一幕。

那天的散伙饭吃完后,全班人在马路上开始高歌,明天,就有同学陆续要走,从此天各一方。忘了是谁第一个哭的,然后就是泪水交织在一起。大家不再拘谨,一边唱着不成腔调的歌,一边开始相互拥抱。当陈青椒拥抱到周芭蕉时,正唱到一句“我却忘了告诉你,你一直在我心中”,他的嗓子一堵,顿时像个迷途羔羊一样鼻涕眼泪全下来了。其实,他是一直喜欢她的,即使在她跟金融系的蔡苦瓜恋爱后,即使在她跟蔡苦瓜分手后。

周芭蕉环抱着他的胳膊的力度明显超出了同学的界限。他期待着她有所表示,而她果然说:“我后天走,你来送我吧。”

陈青椒顿时幸福得几乎晕眩。那一夜,他都没有睡好。

我离校那天你为什么没来送我呢?周芭蕉问,将陈青椒的回忆拉回到现实中。

如果我说实话,你能相信吗?陈青椒说。

周芭蕉静静地看着他。

第二天,我嘴上突然长了个口疮,特别难看。所以我不好意思去送你,怕万一要跟你亲吻,太丢人了。

周芭蕉低下头,不说话。

你能相信是这个理由吗?陈青椒苦笑了一下,但当时就是这样的。

周芭蕉将一杯酒安静地喝完,然后,抬起眼,扭头望着远方。

饭后,周芭蕉向丈夫和孩子请了假,又陪他来到一家酒吧,两人继续相对无言。

新一阕音乐响起的时候,陈青椒拉着周芭蕉踏进舞池。

他感觉到她的腰身不再纤细,眼角也有细细的皱纹。而他自己,也是脚气口臭牙松动。当年那个体态挺拔眉清目朗,为了一个口疮都要坚持自己完美形象的少年,再也没有了。

芭蕉把头靠在他的肩上,头发蹭了一下他的下巴。他忽然又想起那句歌词。

“我却忘了告诉你,你一直在我心中。”

这里躺着一个生病的学生,

他的命运已不可变更。

请把所有的药都拿走吧，

爱情的病是不治之症。

普希金有诗吟道。

李萝卜就得了这样的不治之症，他不可救药地喜欢上了美丽的同事张文竹。文竹小姐漂亮又能干，经营业绩是全公司最好的，买车买房是全公司最早的。文竹小姐潮流又时尚，是这个城市里最骄傲的女子，永远被数不清的人和事充实着纠缠着。这样的美女，李萝卜能不喜欢吗？

李萝卜的身边不是没有旁观者清的朋友，纷纷劝他，你丫也不看看你口袋里趁几个钱，连房租都快交不起了。为了断绝他的念想，他们用了一个很恶毒的字眼来形容张文竹：势利眼。——人家也能看上你？

爱情这种事情，道理人人都懂，做来个个不同。李萝卜怎么也说服不了自己不喜欢她，于是就只能无能为力地喜欢着她：陪她去豪华商场逛街，听她吐出他永远不知道的洋字码品牌；陪她去音乐厅看演出，培育出了自己对古典音乐的浓厚兴趣；她喜欢喝豆汁，他就也逼着自己咽下那令人欲呕的淡绿色液体，还对她保持这样大雅大俗的生活习性暗自欣赏；她说要去远方，他就买下一身行头跟她去了西藏，被那里的天和云把心都溶化了……

两年下来，李萝卜觉得时机日益成熟，就在一次应酬酒会之后，他和张文竹去宾馆大堂的咖啡厅里醒酒时，向她吐露了心声。

文竹小姐却说："对不起。我不知道你是这样想的，我没有这种心理准备，我一直以为我们只是关系很好的朋友……"云云。

李萝卜一下子僵在那里。

因为知道要喝酒，所以张文竹没开车。两人沉默地坐了一会儿，一块打车回公司。出租车里正在播放单田芳的评书，李萝卜听到单先生喑哑的嗓子里吐出一个词儿叫“烧鸡大窝脖”，不禁哑然失笑。你怎么会看不出我一直对你很有意思呢？你怎么会没有这种心理准备呢？难道你跟卫生部长张文康真是一家子，就知道睁着眼说瞎话吗？

“你听到那个词儿了吗？烧鸡大窝脖。”他问她。

“我不喜欢听评书，我的车里从来不放这个。”文竹轻淡地说。

是啊，也许，他和她本来就不是一个世界里的人。他在心中深深、深深地叹了口气。

到了公司，张文竹看他脸色不好，关切地问他怎么了。他摇摇头。文竹提议去顶层的咖啡厅继续醒醒酒。他想拒绝，却说不出口。

公司的这栋楼处于东二环的边上。坐在顶楼鸟瞰这座城市，李萝卜发现他们所处的位置正是一个三岔口，一条通向 CBD 商务中心，那里是文竹小姐实现经济理想的地方；一条通向使馆区，那里是文竹小姐实现社交梦想的地方；而他，只能陪她去簋街吃吃羊蝎子、酸汤鱼和麻辣小龙虾。原来，他只是与三分之一的她同行了两年。

张文竹搅拌着咖啡，看着眼前这个男人，他的脸色“自迷惘而羞愧，自激动而凝定，却不知他所思何事”。

李萝卜搅拌着咖啡，看着眼前这个女人，她的眼睛不管是不是势利的，但至少是美丽的。这双美丽的势利眼，曾经在他的身上驻足过，也应该值得感谢吧。他在心中暗暗抱了抱拳，似乎是向那个美丽的身影珍重道别，还有那遥远的过去，未曾实现的梦。

"你怎么了？"张文竹问。

"挺好的。"李萝卜站起身，神清气爽地说，"我该去上班了。"

"在北京的东边通县的西边有一群蓝精灵，他们活泼又聪明，他们调皮又色情……"还记得这首脍炙人口的歌吗？描述的就是北京这个文化之都里的一些文化之人的面貌。

刘芹菜无疑是这群蓝精灵中的佼佼者。首先，他的泡妞成功率无比之高，凡是被他瞄上的妞基本上无一漏网；其次，他的泡妞速度无比之高，这年头一个非典隔离者还需要半个月的观察期，他却能在半个月内至少将两个妞泡到手；再次，他的泡妞档次都无比之高，不是艺青，就是文青，不是愤青，就是颓青，反正也算是能在媒体上频频露面的社会名流了；再再次，他的泡妞技术不仅体现在能把那些妞成功地泡到手，更体现在能把那些泡到手的妞成功安全地甩掉，而不留下什么仇恨或谴责的种子。

有了被泡之妞的理解和捧场，刘芹菜也就不再讳言自己的泡妞爱好和良好胃口。长此以往，通过媒体的报道和打造，他成为北京文化名流圈里的泡妞明星。甚至，人们已经忘记了他的本来身份，他是个画家、作家、音乐家，还是个行为艺术家来着？没有人再关心。

刘芹菜继续高歌猛进，不知疲倦。

经过他的肉体经营和媒体炒作，刘芹菜的公共形象更上一层楼：凡是被他泡上的妞，都是上得了娱乐版面的角色，都是有档次的美女。反过来说，一个女人如果想上得了娱乐版，成为有档次的美女，最佳捷径就是让芹菜泡上一泡——刘芹菜无疑成了行业标准，许多想成为艺青、文青、愤青、颓青的女人，都欲让他泡之而后快。

刘芹菜继续高歌猛进，不死不散。

这一天，一个欲投身模特界的高挑女孩成功地让刘芹菜泡了。《欲望都市》一集中有一个花花公子，总是跟超级名模上床。萨曼莎心里不服气，就跟这哥们上了床，好证明自己具备超级名模的素质。当刘芹菜在床上高歌猛进的时候，突然想到自己原来也只是一个被引用的定理。

一夜情后，女孩从他的床上离开，连个离别之吻都免了。刘芹菜可不是傻子，他马上得出结论：按照这个女孩的明快作风，很快就可以成为超级名模。

唉，一个人要成为超级名模真不容易啊，要跟那么多男人睡觉。刘芹菜想，揉了揉酸痛的腰，又想自己也真不容易啊，要跟跟那么多男人睡觉的女人睡觉。

接下来，刘芹菜做了件很丢人的事儿：他为自己以及那些曾为之勃起过的女人哭了。

刘芹菜深深知道，在这座城市里，情场中的泪水是最被人鄙视的东西。但他就是他娘的忍不住，于是为了免遭鄙视，他只有退出情场。

从此，刘芹菜刀枪入库，马放南山。

半年后，那个女孩成为超级名模，名利双收，出书成了业余爱好。发行商为她的书制定的推广策略是：情场浪子刘芹菜最后喜欢的女人。

六

咦?

你喝断见招拆招,怎么说着说着又颓唐起来了?

我也不知道是怎么回事儿,其实我是努力想证明泡妞也可以泡成喜剧的,哪怕是分手,也不该是伤别离。你若无心我便休啊。见招拆招说。没想到聊着聊着,又绕到了分别和放弃。

贱啊。你说。

对了,记得大学的时候你发明出一种“拍桌子”的理论。见招拆招说。

是的,是的。你想起那一幕,你与她的那一幕。

那一天,在后海的湖边,她提出要分手。然后,你和她之间出现了一段长长的沉默,天地一下子寂静下来。——那时候的后海,还没有成为北京的一大恶俗去处,访者寥寥。

你还有些不甘心。两人分手的理由并不充分,但相处的理由也同样不充分。还有什么好说的呢?

天色也阴沉下来,远处传来几声闷雷。

“其实你这一辈子应该和谁在一起,你并不知道。”你对她说。

她点点头。不知道她能不能想起你与她相恋之初曾经兴奋地说,谁能知道自己的遭遇,又会有什么样的邂逅呢?

“可上帝知道。”你说,“他没事就俯瞰人间,见到应该在一起的人走在了一起,他就高兴,乐出声来;见到本来有缘分的人擦肩而过,可当事人并不知道错过了最不该错过的,上帝就着急,急得直拍桌子。”我们是该擦肩而过呢,还是驻足停留?你想,继续说,“你听,现在上帝就急了,他看到我们要分手。那雷声,就是他老人家拍桌子的声音。他说:‘真他娘可惜呀!’”

她低下头。

那时天上飘下了如织的细雨。

“你看,上帝急得都哭了。”你突然笑了。

“咱还是别让他拍桌子了。”她轻声说。

但最终,你还是与她擦肩而过。你沮丧地想。

如今雨水已经很少了,雷声更是遥不可闻。原来我们一直以为活的是未来,以为能不离不弃,以为能长相厮守,其实现在才知道,拥有的只有记忆。见招拆招向你端起酒杯,长出一口气,在这个也无风雨也无晴的季节,让我们想想我们心爱的女人吧。然后,他喝下一大口酒。

把酒咽下,你突然有一种倾诉的冲动。你知道为什么今天我想起她吗?是因为我发现,我连记忆都没有办法保留。

怎么了?见招拆招酒后浑浊的八卦眼迅速亮了一下。

她的日记被她老公发现了,上面有我们的记录,所以吵得不可开交。

靠!那都是多少年前的事儿了?见招拆招骂道。那哥们应该感谢你啊,是你与她曾经的相爱,让她变成一个这么好的女人,这么值得他爱的。

你说得跟诗似的，但她老公确实很受不了，她确是不快活。

这跟你有什么关系呢？你又能怎么做呢？见招拆招说。

你知道他是在开导你，这样的话你又何尝没有对自己说过，但在这样的时刻，你只想一拳抡到见招拆招的脸上。

好好，当我没说。见招拆招明显感觉到了你眼中的怒火，急忙举手撇清自己。

你死死地咬住嘴唇。是的，我又能怎么做呢？过了这一夜，我不会再说这些了。

一个人怎么会没有记忆呢？只有你这样的傻瓜才会说什么“过了这一晚，再也不会想起她”。见招拆招长长地打了个哈欠，我去换一下睡裤，然后咱们接着喝。然后走进卧室。

难道我们真的连记忆都不该留下吗？你问。

是啊。见招拆招在卧室说。

但你不是在写你的记忆碎片吗？我们只能让自己活在记忆里。

是啊。见招拆招在卧室说。

把碎片整理完毕呢？……其实我看你的生活也真是够没劲的。

是啊。见招拆招在卧室说。

你的现在更可怜，不是活在自己的生活里，而是生活在别人的生活里。

是啊。见招拆招在卧室说。

你看书，把别人的思想注入你自己的脑中；你看碟，在别人的故事里流着自己的泪；你上班，尽管烦死了上司和同事，但那是你的饭碗，你就让自己乖乖就范；你动情，然后想到“又能怎么样呢”，就让自己静下心来，像什么也没有发生；你兴致盎然地偷窥着明星的绯闻，你津津有味地传播着朋友的八卦；你该学车买车了，因为再打车奔赴饭局，就显得跟你的身份不相称；你甚至开始翻高尔夫杂志，想步入更高一层的别人的生活；你君子不立于危墙之下，你刻意地追求一种纯自然；你知道怎么合适地表现你的智商学识，你知道什么样的谈吐是礼仪和个性之间的黄金分割点；你成功着别人眼中的成功，你中产着社会规定的中产，你批判着安全第一的批判，你放荡着规规矩矩的放荡……你有劲吗？你这样活着很有劲吗？在随酒而高的智商的催化下，你对见招拆招发出连珠炮般的追问。

是啊，是啊。见招拆招不停地在卧室说。

你说，你是不是活在别人的生活里？

不等见招拆招再答出没原则的“是啊”，你就冲进卧室，想揪住他的衣领，用喷着酒气的大嘴向他发出灵魂的拷问。

卧室里，见招拆招已经手脚朝天地躺在床上进入了梦乡，嘴角是一摊口水，却能不时发出“是啊”“是啊”的声音，来配合你的慷慨陈词。

你狠狠地甩了一下门，然后一头栽倒在客厅的沙发上。

记忆。这个词令人忧伤。

你的记忆在哪里呢？在你的脑海里，即使说梦话，你都不会进行真实的表达;在你的酒后疯话里,这时的倾诉是一种自说自话,没有人能记住你的心声,包括你自己;在你与他或她的倾心长谈里,这时的倾诉与倾听都成为一种交换,他的倾听是为了能够同样向你倾诉。对了,记忆还在你不再坚持的日记里,在你不再手写的信里,在你已经被删掉的手机通话记录里,在你不停变换密码的电子信箱里,在你莫名其妙冒出一股熟悉味道的嘴里,在你突然不知道说什么才好的失语空当里。

等你死了,这些就都不再存在。所有的一切就那么消失了,消失得干干净净,你一切的挽留都是徒劳,你一切的心血都化为乌有。你将无声无息地在这个世界上走过,没有人知道你经历了什么,你做了些什么,你做的那些傻事儿又是为了什么。可怕的是你自己也不再存在了,连痛惜一下的心情都无从依归。

不管做什么,你都摆脱不了这个绝望的宿命。

于是,你现在就开始绝望,躺在一个陌生的沙发上,坠入无边无际的黑暗与恐惧中。隔壁,鼾声如雷。

你控制不住自己不去想死亡。张国荣从楼上跃身一跳的时候,是什么样的心情呢?想象一下吧。人永远是脚踏大地头望蓝天,但只有像他那样时,低一下头却看到,双脚能踩在蓝天上。

想象一下吧,你下落得越来越快,越来越强劲的风扑在你的脸上,在你落地前,就已经窒息。呼——

你一下子从沙发上坐起来。

你从见招拆招家里逃脱出来,走在已经天色放亮的大街上。

你知道自己没有喝醉，是的，手机在左边的裤兜里，钥匙在右边的裤兜里，这些能证明你没有喝醉。你知道自己有一只鞋没有把鞋带系好，因为你弯腰时间一长就忍不住要吐，你清楚地知道，是右脚的鞋没有系鞋带，这些能证明你没有喝醉。

大街上怎么没有一个人、一辆车？北京是永远不会平静的，即使在最黑的夜晚。对了，现在是非典时期，所以才这么空旷，像一座死城。你想，这些判断证明你没有喝醉。

你只好让自己一步步走回家中。你没有喝醉，因为你还知道回家的路。

她又占据了你的脑海。亲爱的，你知道吗？我也是个独特的人。全世界有六十多亿人，却只有我一个人知道，你是那么的好。

长的街，冷的夜，交错纠缠的时间空间，没有感觉的感觉。宝贝，如果你在我身边，我会为你歌唱。但是，没有了你，没有了你，生命的路就显得太长了些。

你想躺在马路上，你就躺下去了。整整一条路，整整一座静静的城市，整个世界的寂寞，都是你的。

你躺在马路中间，感觉从来没有这么舒服过。你知道自己没有喝醉，因为刚才跟见招拆招的对话你还记得。见招拆招说，我们一直以为活的是未来，其实拥有的只有回忆。亲爱的，我没有未来，也不能保有记忆，而现在，也将转瞬即逝。明天，我将像一个正常人一样生活。

你把头歪过去，看着竖起来的世界。是的，你失去了她，是一件永远不能修复的瓷器，是一阕再也唱不下去的歌曲，是一副听了豪华七对却被劫和的牌局。

上帝是在拍桌子吗？为什么会有轰鸣声？

你知道，是终于有车碾了过来。你是要避让的，但你根本抬不起沉重的身体，只好把自己的双腿抬起来，想让自己躺到马路的中线。

顺着双腿，你看到蓝天，真的被你踩在了脚下。

关于麻将的记忆碎片

十三不靠

一　行无忌

从人本主义的角度出发，我认为人是有权处理自己的生命的。有记者问北大一位学贯中西的大学者，您老人家的养生之道是什么？老先生很痛快地答道："抽烟、喝酒、打麻将。"他的学生谨遵恩师教诲，一个个给弄得面黄肌瘦，英年早逝。

这是他们的权利。

一位朋友当年喜欢上一个女孩，酷爱打麻将，并且长得无比纤弱，玲珑玉指大概也只有拿得起十三张牌的力气。如今他们已经结婚好几年了，可能是让麻将熬的，她的身段依然魔鬼般苗条，成为一众为体重发愁的女子艳羡的对象。

这是他的权利。

一天，一位同事热情地邀请我去打羽毛球，我予以拒绝。

“从来就没见你运动过。”她娇嗔道。

“别瞎说，我可是健将级的呢。”

“什么？”她像听到李白戒酒一样惊讶。

“麻将跟拖拉机两项。”我得意地答道。

这是我的权利。

二　少年游

如今已记不清是谁第一个把麻将引入大学宿舍的了，这个问题也成为我们毕业十年聚会时争论的疑案之一，有好几人希望组织上认定那个沙漠上的布道者是他，为此吵得脸红脖子粗。

我们玩的第一副麻将是竹子刻的，这一点倒很符合它的文化渊源和品位。到第二天，一副就不够用了。另一副马上被人抱来，估计是家里淘汰下来的，每张牌由绿白两色劣质塑料壳组成，以劣质胶水黏合在一起，中空，内装优质泥沙以增加分量。几圈下来，用做麻毯的床单别说睡人，就是睡刺猬都嫌硌得慌。

看了两圈消化掉规则之后，我战战兢兢地上手，十三张牌不能摆放成一条线，必须得三一群俩一伙搁成几个小堡垒才能算清楚。第一把听的是东风与六万对倒，以我精深的数学知识马上得出结论，六万出现的概率远远低于东风，而我当时混乱运转的脑子是记不住这两口叫的，只能把东风一张牌像情人的名字一样在心中紧张地念叨着，所以当有人打出六万的时候，我根本没有反应，两圈之后才后悔得恨不能坐科幻电影中的时间机器回到那张六万被打出手的瞬间。

在以后十几年的麻将生涯中，我屡次被一个笨手笨脚的新手摧残。事实上那天我也以同样的方式摧残了别人——与六万失之交臂后的第三圈，我亲手将东风抓到了手里。

确认无误后，我擦擦汗稳定了一下情绪，学别人和牌后的潇洒姿势将牌摊开，处女和就这样诞生了。

三　永遇乐

那年寒假回到家中，看父亲跟邻居玩牌，我手痒地坐在他旁边，听牌后帮他抓牌，以准确的手感摸出是不是他需要的那张。那时的我混蛋地得意着，但以现在的心情看，作为一个大学一年级的学生，我对麻将的熟练掌握肯定令老父亲痛心不已。

但当时我和我的同学们对麻将的痴迷情感已经不是其他任何东西能够代替的了。客观地评价，这种狂热让我们的青春显得十分轻狂，但以当时枯燥的学生生活来看，麻将是为数不多的调剂，不像现在的年轻人有网络、DVD和电子游戏可供挥霍，他们甚至奢侈到每个宿舍都有电话，一些人还有手机。

很快，麻将成为我们生活中绝对不可或缺的一部分，这点可以从大家的外号中窥见一斑。有了麻将之后，我们的外号迅速由原来的家畜、家禽、蔬菜、身体部位类扩展出新的内容，比如一个人叫“田五根”，那很明显地说明此人擅长和五条,跟他一块儿玩牌时一定要把五条早早跑出去或在牌局后期捂得严严实实的。

十几年过去了,居然有一些同学混成了名人,但如果那些追星族知道他们青春期时的行径,光环肯定荡然无存。比如一个被别人视为作家的同学,他的外号叫"王四筒",不言而喻,他擅长开四饼的暗杠。那个著名节目主持人衣着光鲜地出现在电视屏幕上,但你要知道他的外号后恐怕要吓一跳——麻风病——这个令人恶心的称呼是因为他曾经在某一夜像个疯子似的连庄七把。

某IT英雄向别人吹嘘他刻苦求学的经历,但知道他老底的人都知道,当年他看别人打张四万没事儿,就跟了张七万,结果点了个清一色一条龙,这一奇耻大辱令他当场口吐白沫,被人掐了几下人中后,才又接着玩下去。他的这一笑柄和敬业精神成为当时我们好几周内的谈资,甚至女生在熄灯后的床上聊的也是那张七万是多么极度危险。

四　恨无常

百年树人的学校是不允许我们这么胡来的,于是猫捉耗子的游戏就这样开始。两条路线的斗争持续了我们整个的大学生活。

野火烧不尽,春风吹又生。麻将第N次被没收之后,受组织上委派,我和斌斌怀揣大家凑的一百斤粮票,骑自行车赶到海淀镇,用九十斤的侃价抱回了第N+1副麻将——粮票是那个时代的另一种一般等价物,我们身上的许多行头都是靠这种硬通货换来的,比如袜子、电子表，以及那种铜扣上镶着“梦特娇”标志、带身上印着“金利来”字样的地道的人造革腰带。

当晚是隆重的新麻将启用仪式，由几个老麻师负责为新牌开光。本来这一荣耀包括我，但平时很少玩的斌斌非要来第一把，这一要求是他下午用自行车驮我去换麻将时就提出的，我不能食言，只好坐在旁边帮他看牌。

新手的手气就是好，斌斌第一把牌起手就有三个西风。我热心地把西风攥在手里等着开杠，让他整理其他牌。就在这时，学生宿舍管理科的张科长出现在我们身边……

人被带走了，牌被带走了，只有三张西风骨肉离散在我的手里。

一念之差，受处分的人由我变成了斌斌，这一处分严重地影响了他毕业时分配到理想的单位，而我本善良，非但没有侥幸逃脱的幸灾乐祸，还惦记着张科长用我们那副新牌玩麻将，少三个西风多恶心，要不——给人家送去？

张科长啊，你那瘦弱憔悴的身影，多少次出现在成百上千的男生的噩梦中？

五　迷离劫

我到北京上大学后做的第一件事儿是去了趟动物园，满足了一下儿时的梦想；大学毕业后几个同学重逢，做的第一件事儿是吆五喝六地在自己的屋子里打了几圈麻将，满足了一下大学时的梦想——在不用担惊受怕的环境里痛痛快快地打麻将。

毕业几年后,又见到了已经退休的张科长。这时也成为上班族的我已经能跟他平等对话了,但仍有余悸,就邀请他打了两圈麻将,消解一下心中的阴影。

“你们这些学生啊,真不懂事,你们的条件这么好,就是不知道好好珍惜,哪像我们,当年想学习都没地方……”在饭桌上,张科长又开始了他语重心长的唠叨,但这一次我们却真的是听进去了,尽管已晚。

像张科长这样的学校行政人员往往有一个被蹉跎掉的青春,所以他们一见我们这种败家子就气不打一处来。这样的人还包括另一所兄弟院校的另一位科长,这样的话也被这位科长在一个男生宿舍中说出来过。

当时的情景是这样的:他隐隐约约听到这个宿舍中有麻将声,就敲响门。报明身份后,等了颇有一会儿,他才被请进去——宿舍里只有三个人,看起来不像在打麻将。

扑空后的他略显失望,准备好的一肚子训话也得说出来才不至于憋得慌,于是就坐到床边,跟这三个学生开始了苦口婆心的思想教育,与张科长那番话相差仿佛。

他没有想到的是,当时屋里确有四个人正在玩牌。为了伪造现场,他们急中生不智,让一个人爬到了窗外手扒窗台隐藏起来。

科长的忆苦思甜刚进行了不到六分之一处,窗外传来一声惨叫……

一个学生从二楼掉下,摔致小腿骨折。

打麻将的人有手疼的，有眼疼的，有头疼的，有心疼的，从 1989 年那个秋天开始，又多了个一打麻将就腿疼的。

六　踏莎行

大学毕业后，我被分回老家去，割舍不断的麻将情谊让我和几个大学同学像走亲戚一样经常来往。

一般的情景是这样的，我坐火车到北京，北京站（那时还没有建成北京西站这坨豆腐渣工程）人头攒动的出站口会站着三个或四个神情肃穆的人，其中一人拎着一个跟公文包似的麻将盒，内装一百三十六张被摸得滚瓜烂熟的麻将牌和两粒晶莹剔透的色子，等我出来，二话不说，坐公共汽车（那时北京很少见到出租车，并且也坐不起，更甭提私家车了）赶到和平里某人的集体宿舍处，麻至三巡，一个突然顾念到友谊的人会抬头问我："老六，这次在北京呆几天？"

我也抬起头："哎吆，你脸上怎么裹纱布了？"

"唉，前两天喝多了酒摔的。"

一夜无话。

小强打得兴起，便想赖掉与新交女友的约会，抽空到公用电话处打个电话，用忧急如焚的口吻说："小红啊，我的同学喝多了，正在医院打吊针呢，我得伺候他，你看……"

姑娘被这个义薄云天的男人深深感动了，完全谅解了他的爽约，还口气缠绵地表达了对他的敬仰。

那真是一个细心又善良的姑娘，半年后他们的好事儿成了，我赶到北京贺喜，她还劝我们少喝些酒："别跟那次似的，喝到医院里去。"

"医院？"我对这一忠告嗤之以鼻，"我的酒量怎么可能进医院？告诉你吧，从青春期到更年期，我就从来没有跟医院发生过任何关系！"

一片乌云在我的眼前升起。

七　煞风景

刚工作那会儿，时间跟口袋里的钱一样空，我们穷得闲得只能打麻将了。

社会的进步是这样完成的：如今一部手机的价格在前些年只够买个数字 BP 机的，而当年买一部手机的钱拿到现在，几乎就能买一辆降价后的汽车。当年的我们，只能用得起数字 BP 机，很不方便，智慧就在这样的不方便中应运而生。

一个人只要起了麻意，就给他的老麻友打个传呼，数字留言是 1003，表示目前的状态是一缺三。对方有了回应后，下一个求偶信号就成了 2002，直至 3001。

麻桌上有一个很奇妙的规律，一般主动张罗打牌的人肯定要输，而胜利则多属于那些半推半就的人，所以有人在接到邀请时往往要给自己建一个贞节牌坊："哎呀，我不太想玩。"

遇到这种情况你一定不要死缠烂打，而要很豁达地说："那我再找阿牛吧。"

那人就扛不住了，不过还要做一下姿态："求求你再多求我两遍吧。"

这种坏毛病流毒甚广，去年我过生日时，把哥几个拉到一个度假村欢度良宵。一进房间，只见几个男人有的搬桌子，有的找麻毯，有的摆麻将，有的预备烟灰缸，却都扭着屁股娇滴滴地说："其实我一点儿也不想玩。"然后就像饥饿的人见到面包一样向麻将扑去。

打到天亮，兴尽而归，却发现那个度假村山清水秀，曲径通幽，可惜碰上的是浑身上下没半根雅骨的我们，真是媚眼做给瞎子看了。

八　魂不归

没有人愿意承认打麻将是一件风雅的活动，但我要提一桩跟麻将有关的韵事。

梁启超在人们心目中的形象首先是个提倡维新的政治家，事实上他更是一个文豪兼麻将爱好者。居天津时，他为几家报社撰写时评文章，当时都是报纸付印在即，催稿的人等在旁边，他老人家依然像个铁血战士一样战斗在麻桌上。等到最后一刻，催稿的人抓耳挠腮都要自杀了，他才将牌一推，不慌不忙地将规定好字数的文章一挥而就，文采斐然，满齿留香。

我到天津，特地到梁先生的故居"饮冰室"一游。那是一个小洋楼，去的时候已是一个大杂楼，住了若干户人家。

还真找到一间房，注明是"棋牌室"，内有老梁手书条幅："手一舞之，文思汩汩而来”。

站在那里，睹物思人，更可喜的是，尽管梁氏的文采风流已是芳踪难觅，但周遭住户的麻将声“哗哗”不断，源远流长，先生若地下有知，也是如闻仙乐耳暂明吧。他若手里已持有五对牌，不知道这时候他老人家是下定决心弄把七对呢，还是随便一个小和了账？

去年，听说天津市有关部门已着手修缮“饮冰室”，这确是件有功德的事，但遗憾的是，那麻将战局不能保持下去了。对梁启超而言，幸，抑或不幸？

九　长别离

说到保持传统，麻将当然是国粹的一种了。美国有一部科幻片名曰《天茧》（Cocoon），描述的是发生在一家养老院里的老人和外星人之间的离奇故事。其中一个场面是几个美国老头在打麻将，突然从英文对白中冒出一个响亮的词：“peng！”仔细一想，这位老大爷肯定是要“碰”一对牌吧。瞧，外国的麻将语汇都来自我们。难道，洋老头最后要来个碰碰和？

并且，麻将在民间的生命力顽强到根本不需要有人费心去保护，反而需要张科长这样的人去打击的地步。破“四旧”和“文革”的时候，我外婆没有麻将可打，就跟几个老太太斗起了纸牌，一玩也是十几年。

外婆从六十岁以后，生命基本上都献给了麻将，但这一点也不影响她在我心目中是个伟大的人。她以瘦弱的身躯拉扯起一个偌大的家庭，还把儿女们的儿女一个个带大，其中包括我。

外婆心中的好日子可能就是高高兴兴打麻将了，可惜这样的好日子没过几年她就撒手人世。入土那天，母亲和她的姐妹们在外婆的骨灰盒旁放了一副新麻将。

我相信外婆的天堂肯定是由麻将构成的，房间号都是麻将名，里面都是狂爱打麻将的人，不用吃饭睡觉，没人耍赖，就是一个玩，天堂里的背景音乐也都是麻将洗牌时的撞击声。

后来跟一个朋友聊天，她的外婆入土的时候，家里人往老人的墓里放了一副现成码好的捉“五魁”门清一条龙。

这是我见过的最有灵感和孝心的殉葬。

十　有所思

麻将与人生哲理有关，诸如“炮牌先行”、“先胖不叫胖，后胖压塌炕”之类。当你输得裤子都没了，那些得理不饶人的战士还在旁边笑眯眯地给别人发短信：“此处钱多人傻，速来。”

这样的折辱经受多了，不用看什么刘墉卡耐基，自然就能成为事理通达心气和平的人。

某天深夜，我与三个人激战正酣，一个注定要被载入史册的时刻来临了，我来了一把三连杠然后杠上开花——一把对我而言空前绝后的牌，当时我恨不能揪起自己的头发往半空里跳，相信那栋楼的许多住户和他们的宠物狗都被我回荡在夜空中的欢乐嚎叫惊醒了。

等我平静下来，看那三个人无动于衷地看着我，心中马上就是一凉——把欢乐建筑在别人痛苦上的人是没有好下场的。

“咱们事先可没讲好这种规矩。”一个人一脸坏笑地说。

那两人把头点得跟鼠标似的。

如果这会儿能有一两个看客，还有可能让他们帮我说上两句，现在我的胜利可是处于人单势孤无人喝彩的地步。我几乎要哭出来：“哥儿几个，求求你们，承认俺这是把大牌吧，你看俺多不容易。”

最后他们高抬贵手，算我开三个杠（而不是三连杠）加一个杠上开花。

从此我明白了，一个太过得意的人，如果周围都是因为他的得意而失意的人，那么他就有被其余人联合起来废掉的可能。我学会了老老实实做人。

再看到那些当着下岗职工的面玩小姐的志满意得的贪官富商们，我不禁替他们担了把汗。

十一　大风歌

麻如其人，一个人的牌品如果很好，人品也差不到哪儿去。《鹿鼎记》中有一个佟国纲，尽管父亲的名字叫佟图赖，被韦小宝怀疑人家要赖账，但他打牌很是爽快，“六百两的银票推了出去，满不在乎，毫无图赖之意”，他是我的偶像。

刚把八九条的搭子拆了，七条随后抓来。尽管碰到这种时候我也气急败坏地扇自己耳光，但还是一直提醒自己，做一个牌风浩荡的人。

牌风浩荡的人不一定有好报，但牌风不浩荡的人一定没有好报。一个女孩交了一个男朋友。第一次带到家里拜见父母大人的时候，那小伙子表现尚好，可惜她不知道那纯属外交麻将，当不得真。

日子一长，此人牌风毕露，打一张危险牌，得在手里攥半天，嘴里还哆哆嗦嗦地问："三饼……有人和吗？"这会儿真要有人和三饼，这哥们儿都有可能说："我可没说要打呀。"然后再收回去。

每当看到他这副窝囊相，那姑娘都直想抡起玉腿，将其踢到旧时的皇宫里去当太监。

每次见到这样的人，我都提醒自己，如果以后有了儿子，一定要告诫他做一个牌风浩荡的人；如果是女儿，就告诫她，至少不能嫁给一个牌风不浩荡的人。

十二　离魂月

一个人说起自己的麻将史，津津乐道的多是那些辉煌战绩，而现实生活中的麻将多是由失意组成的，比如你刚听了牌，那张打出去的闲张给别人放了炮；比如你拆了边三万留下四七饼的搭子后，连抓四张三万；比如你刚决定不做七对，却像娶了李双双一样连抓九对；又比如你连续多少圈连个杠都开不出来，让你不得不怀疑数学概率的非科学性……

一沙一世界，一树一菩提，人生莫不如此。

面对麻桌上的逆境，每个人表现出不同的风格：有人如履薄冰，有人如丧考妣，有人风雨不动安如山，有人使我不得开心颜，有人指桑骂槐，有人指天骂地，有人感到万分沮丧，有人开始怀疑人生。

我一般情况下是哀叹："我的母亲啊，你的长子被他们欺负了。"

母爱的力量往往令她的大儿子咸鱼翻身。

最极端的例子发生在老赵身上。那一夜在我家打麻将，经历了大半夜如同金子般的沉默后他终于崩溃，走到窗前，拉开窗帘，对着天空中那一轮明月哀嚎："我的嫦娥姐姐啊！你快可怜可怜我这只迷途的羊羔吧！"

月辉如水，静谧地照着我们这些芸芸众生。

十三　贺新郎

北京的房子对许多人来说像大熊猫一样珍贵，也像大熊猫一样养不起。这使得这座城市显得很没有人情味儿。

而在其他城市，一个人要想得到一套房子并不是很困难的事情。我当年一结婚就分了套房子，惹得北京的朋友垂涎三尺，杀奔我家庆贺。新房不太好用，专门用做麻将室的小厅暖气尤其不足，宛若露天，大家围着围脖喷着响鼻打了一晚上的麻将，到天亮时腿都木了。我请他们去某宾馆吃早茶，里面暖洋洋的，久寒乍暖，大家全都浑身发痒，犹如冻伤，可以与《林海雪原》里的剿匪战士相媲美。

又有一次，我与太太饭后在楼下散步，远远看见停下一辆出租车，下来斌斌、小强、老赵三人，原来是不宣而来战。我对太太说：“你看来了几个人。”

“那哪儿是人啊？分明是三块麻将。”太太产生了深深的幻觉。

当晚，四块麻将欢聚一堂，其乐融融。

几年后，我又回到了北京。下车的瞬间，已经没有一点儿是块麻将的感觉。忙与盲的生活就这样开始，我融入北京奔波操劳的人流中，再提起打麻将的事儿，已是心有余而力不足，力有余而人不足，人有余而时间不足了。

每天起个大早去上班，偶尔会在路上看到几个脸色介于臭豆腐与酱豆腐之间的哥们儿挥手拦出租车，一看就是宵战欲归的情景。抬起眼，又见白色的鸽子在钢筋水泥的丛林里掠过，便会想起那段与麻将为伴的闲适时光。

关于喝酒的记忆碎片

我没有喝醉,胡言乱语的是酒杯

一

“我没有喝醉,胡言乱语的是酒杯。”

这句话出自一个当年的校园诗人,笔名骆驼。我跟他已经快二十年没见了。如同大部分酒友记忆中的片尾一幕,我俩的最后一次联系,是在电话里说“哪天喝顿酒吧”,然后一晃二十年,人还是没影。先把他的诗拿来用用。

促使我写下这篇文章的,则是最近的一次酒局。一起吃饭的是八头男人,大家相识已经三十二年,年龄加起来也超过了四百岁。

我喝酒的一条重要原则是:不要跟那种成心要把别人灌翻的人喝酒,不要喝那种不能把自己灌翻的酒。这天的饭局对于前一句来说完全不是问题,大家都抢着把自己搞倒,所以不到八点半,哥几个带来的几瓶白酒就见底儿了。

而后一句对我来说有点儿问题，因为某些原因，俺只要了一瓶红酒，虽然也频频举杯，虽然其他人也没有逼迫，但自己却深深体会到了不能同桌同步畅饮的痛苦。尤其是饭局结束，没醉的人当仁不让世界充满爱谁谁地要担当起清理战场的善后重任。

我走出饭馆，先清点人数，发现少了三头。其中小牛和小强最后时刻的脸色还算正常，应该属于一秒钟都不耽误赶回家去吐的类型，而另一个不见踪影的老谷却很让人担心，因为他刚刚在饭桌上就吐了。我掏出手机，想给他打个电话。这时阿光还爱抚着我的脑袋，强烈要求叫代驾开上他的车，先送俺回家。拨了几次，终于通了，原来老谷出饭馆后自己蹲在马路边，不愿见哥几个，只是一个人想静静，思考一下人生。我开始做他的工作，试图把他从草丛里劝出来。一番苦口婆心之后，老谷还是选择了跟灌木丛待在一起，而我打电话的时候，阿光的代驾已经抵达，被比较清醒的康师傅架到车上绝尘而去，完全忘了要先送俺回家的反复承诺。我望着马路兀自发愣，又见胡尼拖着泪汪汪的小顾往好不容易拦下的出租车里塞，而小顾还在慷慨激昂地嚎叫。这人上大学时的外号就叫“骡子”。

没过一会儿，饭馆门口就只剩下了孤零零、没喝多的一个我。

二

这次喝酒，是受春节期间一次饭局的刺激。

那次饭局我没有参加，这导致了更痛苦的局面，因为饭局会有人通过微信现场直播，让外面的人干巴巴看着，或眼热嘴馋，或鼓劲撤火。

开喝没一会儿，就有人发上来一张现场图片，是阿光和大朱两位，垂头丧气，臊眉搭眼。

看这俩很像公安部门扫荡非法色情场所时那些被抓获的客户，我心里有种莫名其妙的快感。

事实上不到八点，阿光就不省人事了，熬到饭局结束也没醒过来，而他们吃饭的包间是在二楼，只好由几个加起来快一千岁的老战士，喊着号子，顺着陡峭的楼梯，把他抬将下来。其间还有人喊“大家往这儿看”，拍照留念。

写到这里，不得不插一句：要想喝得尽兴，千万不能在那种富丽堂皇的饭店里开搞，那种地方会让你不由自主地端庄起来。只有在那种乱七八糟的小酒馆，才能把自己喝得乱七八糟的。

这次饭局是在 2019 年的大年初三，据说一直持续到初八，大朱只要看到当天的照片，还仿佛能闻到酒味，中人欲醉。

三

没喝多的人跟喝多的人在一起，痛苦之处并不在于要干一些力气活甚至买单，而是那种众人皆醉我独醒的尴尬和孤独。

如果大家都处在理智的水平线上，很好，朋友就是这样交出来的；如果大家都开始骚情，也很好，朋友就是这样交下去的。最可怕的是骚情的频率不一致，因此不能共振。

比如喝多的人，自己的身体好像是别人的，既能做出无比笨拙的动作，也能产生远超平时的灵敏反应；而别人的身体却像是自己的，可以拍，可以掐，可以亲密无间。两个喝多的人正好，你的是我的，我的是你的，两两相抵；最怕你的是我的，我的还是我的。

喝多的人说一些自己认为很重要的蠢话，能够反复说无数遍。如果听的人也是喝多的状态，便会一遍遍地呼应，甚至一次次地落泪，不觉其累，不厌其烦，换一个清醒的人试试？

跑调到让人捂耳朵的歌唱，肉麻到令人起鸡皮疙瘩的动作，保留节目只有保留到这时候才好释放出来，尽管此前已经上演过无数次，但照样自己陶醉，同桌喝彩，不演反倒不够意思。可要是观者清醒得有正常艺术鉴赏力，只会觉得不好意思。

更不要说那些章鱼般的拥抱，熨斗般的抚摸，交杯酒达人频频举杯，钢铁直男开始同性间的海誓山盟甚至强吻，有人迈着凌波微步踉踉跄跄就是撂不倒，有人横冲直撞猝不及防摔个钻老头被窝。

然后再抖搂些相互间以前的糗事，还多是发生在酒桌上的。这些无聊又肉麻的话，一定能把一个正常人逼疯。

所以，不喝酒的人，不要跟喝酒的人在一起喝酒。

敲黑板。我说的“不喝酒的人”，指的是不享受喝酒、不愿意喝酒的人，并不是不能喝酒或酒量很小的人。这就说到了酒桌上的第二条法则：“我干了，你随意”，只把自己喝好就够了，不要眼睛盯着别人。

仗着自己能喝，就要求对方也得跟自己喝一样多的家伙，哪怕是口酒井，也属于酒风不浩荡的人。

如果饭桌上的大部分时间，都用来打酒官司，为我比你多喝了一口、你的杯子没我的满我再给你加点儿而缠斗不已，那不是共振，是相互祸害，是共同浪费。

四

客观地说，喝酒并不是什么值得夸耀的事儿，尤其是给别人带来打扰和麻烦的时候。但一个人要没有年少轻狂时光，也确实苍白乏味了些。我曾经在网上看过一张照片，几个年轻人像拖死狗一样拉扯着一个烂醉如泥的兄弟，各自的脸上也是酒水混杂着泪水，标题叫“说好不哭的分手饭”，顿时想起俺毕业时那些同样掏心吐肺的场景，老泪纵横。

当然，最恶劣的就是酒后驾车。这一点无可争议。如今大家只要一开喝，就毫不犹豫地提醒开车的彼此叫代驾。但这个意识和法律规定也就是近几年才有，再往前追溯，“爱的代驾”是没有的，只能庆幸那会儿大家的命好。

杨葵酒量大，性子稳，当年虽然酒后开过几次车，但都很稳健地完成了任务。嗯哼，只有一次例外。

那次酒后，葵老开车，我和非非搭车。先送非非到家。进了那个小区，等非非下了车，杨葵端详了一下周围的地形：我得开到前面掉个头。

好啊，正好让俺下车撒泡野尿。我说。下车。

等我找到一块人见不得的地方,解决了内急,然后回到下车的地方,等掉好头的杨葵回来。

几分钟过去了,寒风呼啸,我感觉像过去了几十分钟,终于忍不下去掏出手机,委屈得都要哭了:大婶,你在哪儿呢?

啊?你没在车上吗?稍等,马上马上。杨葵在电话里应道。

等到他的车过来,我上车。葵老说,他调头回来之后,不知怎么的就感觉我已经上了车,坐在后座上,就开车驰去。路上还一直跟我探讨人生呢,直到接到我的电话……

没过多久,我看到一条社会新闻。哥几个喝酒,结束后送一个喝大的哥们回家。那兄弟住大院里,到胡同门口,说马上就到家了,跟几个朋友告别。结果,他在走回家的途中,看到路边有座拆了屋顶和窗户的废弃房子,人困马乏的他就忍不住进去,想歇会儿再走……冰天雪地的,这一下就再没起来。

据说死者家属还把那几个朋友告上法庭,赔了一笔钱。

这件事儿为我以及我所认识的铁血战士敲了警钟:酒后送朋友,必须全须全尾的,送到家,送上床。

五

“送到家,送上床”的事儿,我做得很少,大多是被送的,因为俺也属于抢先把自己喝倒的角色,但从来没有享受过被送上床的待遇,哼。

可要是两人都喝大了,那就只能两害相较取其轻,由说话较利索、智商残存较多的人来承担护送任务。这在我和阿光之间较常发生。

某次酒后，我架着不知所云却喋喋不休的阿光来到路边，努力腾出一只手来叫出租车，但过往车辆无不机敏地绕我俩而行。

那次漫长的打车啊，等车过程中，阿光向我掏了隐藏在他心窝子最深处的八卦，听得我耳热心跳，不住叹天，又忍不住担心自己酒醒后再也记不起来。果然，第二天真就什么印象也没有了。娘的。

失败了十几次之后，我不得不把阿光横卧在路边的松墙后面，隐藏好之后，一个人若无其事地站在那里，伸手拦车。嘿，马上就停下来一辆。

我先打开后车门，以防对方见势不好启动油门，礼貌地说句"师傅等一下"，再蹒跚到松墙后，把阿光扶上车。

折腾这些的时候，我听到清脆的肉响。估计是司机师傅在抽自己的耳光，恨自己不长眼，上了当。

出租车开动，阿光越来越沉醉，既不能抒发感情，也没法探讨人生，只会不停地呻吟，依稀说着"想吐"。

对不起师傅。我歉意地说。

司机的嘴也没闲着，开始向我描述他自己个儿。听起来这是位黑道大哥，江湖人称"石景山一条龙"，好像还蹲过大狱。

我这边肃然起敬，司机继续从容不迫地讲述自己的事迹，拳打西城，脚踢海淀，威名镇通县。然后说，前两天有醉鬼吐他车上了，还不给钱，他把那小子好好修理了一顿。

这时我才回过味儿来，急忙表态：师傅您放心，他要吐您车上，我赔您三十块洗车钱。肯定的。

司机顿时卸下包袱，露出首钢工人阶级的憨厚本色，嘴巴也调到温馨又从容的夕阳红频道。等到阿光家，车刚停稳，我还没做任何动作，师傅已经迅雷不及掩耳地来到了我们旁边，迅速打开车门，帮我把阿光扶了出来。

然后，我听到司机师傅长长长长地出了一口气。

六

确实，吐人车里这事儿，比吃饭时争着结账还不地道。所以老酒鬼即使不能约束自己的色心、贼胆、粗口，也会努力掌控好呕吐欲。

比如“交杯酒达人”牟森，平时没少让住得很近的杨葵开车送回家。只要上了车，他就开始全身运气，发觉情况不好，及时透明地上报。

刻不容缓之际，平时威风凛凛的牟老更加惜字如金：葵，停。

葵停，他下车，吐，再上车。到小区，并不上楼，而是抱着楼下那棵郁郁苍苍的大叶杨，把自己彻底吐干净了再回家。

十几年下来，牟老抱着的，始终是固定的那棵树。听，树叶飒飒作响。也不知道相较周围其他树们，它现在，是怎样的心情。

但吐在车里的后果，我是知道的。

某次酒后，彤彤执意要开车送我回家。行车路线会是这样的：我们吃饭的地点是在东南五环外，我家是在西北四环附近，而彤彤家又在东五环外。即使你的数学能力比证监会官员还要弱智，都可以算出这是一个多么违背经济规律的建议。但喝酒的另一条铁律这时又发挥了作用:不要跟喝大的人比谁的主意大。

最终,我还是乖乖上了彤彤牌小轿车,由没有喝酒的彤嫂掌舵。彤彤坐在副座上,发出一些完全没必要发出、完全没必要听从的行车指令。

来到我家小区门口,我下车,彤彤也下车,哥俩拥抱,相互伸手把俩人掰开,然后目送彤彤上车、彤嫂发动,俺再深一脚浅一脚地回到六必居。

估摸着时间差不多了,给彤嫂打电话,得知他们已经回到家中。奇怪的是,送俺的一路,彤彤一切如常,但往自家返的路上突然发作,吐在了车里。

事情的后续是这样的:

第二天,彤嫂把昨晚草草收拾的车内又清理了一番,然后开车上班。

到第三天,彤嫂依然感觉到车内味道难闻,就去洗车处,让专业师傅来清理一番。

洗车的小伙子捏着鼻子,把车内七七八八收拾好,然后一扭头,弯腰哇哇大吐。

关于杂志的记忆碎片

四十年前的那道光

1981年初的一天早晨，炕上的被褥已收拾好，就着天亮，我便看到了光溜溜的铺炕被上平躺的那本——当时我并不知道“杂志”这个称谓，村里都管这种有彩色封面的大开本出版物叫“画报”——《新观察》。

那间屋里，那席炕上，每晚睡着父母、我和两个弟弟，一家五口。这本画报应该是父亲昨天晚上带回家的，像往常一样，他都是躺在被窝里，在油灯下看书，其他人陆续入睡。第二天早晨，他很早起床，先去地里干会儿农活，然后回家，吃过母亲做好的早饭，再骑着自行车去县城上班，书就留给了我。

这些都是在无言中进行，父亲并不会告诉我他带回来什么书，那些书他也不会说是否适合我看。反正他看什么，我就看什么。

我匆匆扫了一眼《新观察》，牵牵挂挂地出门上学。学校就在本村，中午回家，再仔细地把那本杂志一页页翻阅，一字字、一行行地读下去。

封面上用圆珠笔写着父亲的名字，字迹我很熟悉，是县邮局负责投递报刊的那个人。此前父亲已经为我订了两年的《中国少年报》，每周一期的报纸上，也是这个人写的我父亲的名字。这意味着，这本杂志不是父亲零星买的，而是通过邮局订阅的，那我就能看一年的了；并且它还是半月刊，一年就是二十四本。

我内心的狂喜莫可名状。

这一年，我十二岁，我的父亲三十六岁。

来到我家的第 1 期《新观察》并不好看，封面是一个不知道是谁的男人，站在一处不知道是哪里的所在。配的文字是“陈爱武在思考”，莫名其妙。（参见图一）

若干年后，我才知道这个陈爱武是北京丰泽园饭庄的厨师，向中纪委检举商业部部长王磊搞特权：吃一顿饭，交的钱不够买一碗汤。检举信在《中国青年报》上发表，王磊被撤职，陈爱武成了与腐败现象勇敢斗争的全国劳动模范、新长征突击手。他站立的背景，是我从来没有去过的故宫宫门。

那时整个村子里（我们还是个有两千多人的大村）全部加起来也没几本书，要是听到谁家里有本什么书，就会在识字的人中奔走相告，传来借去，我的《中国少年报》就经常被老师在课堂上念，学校都没有这份报呢。

但这本杂志并没有多少人来看，因为它的内容远远超出了村里人的认知。

这时我在读小学五年级,半年后上初中,《新观察》对我来说,里面的内容确实过于深奥了,大部分东西都是第一次看到,即使是那些照片和图画,理解起来都有难度,也过于遥远,每篇文章都跟我眼前的生活毫无关系,格格不入。

但它量大,每半个月就有一期,每期有三十二页正文,中缝还有四个插页,十六开的页面排得密密麻麻满满当当。当然,即使量大,也不够我看的,因为家里能看的读物寥寥无几,所以每一张印有内容的纸,都被我翻来覆去看过无数遍。

而这种如狼似虎、生冷不忌的胃口,《新观察》恰恰能特别满足我,因为它的内容够杂。这是一份"综合性半月刊",涉及时事政治、社会生活、文学艺术。父亲起订的1981年第1期,目录是这样的(如果你看不清图片上的小字,我可以复述其中一篇文章的标题《渤海二号翻沉真相》。作者:杨继绳)(参见图二)

"观察哨"是各界人士对时政新闻、社会热点的点评;"世界点滴"坐地日行八万里,介绍各国动向和趣闻;"科学窗"传递科技前沿知识,这几个集锦式栏目信息量巨大,并且话题新鲜。每期还有配有插图的短篇小说,配有照片的文坛掌故,以及短小精悍的杂文、针砭时弊的漫画、各类美术作品(中缝插页为彩色印刷)。(参见图三)

每期《新观察》会有四五篇纪实类特稿,篇幅在三五千字之间,在一定程度上保留了那个年代的社会生态标本。这应该是这本杂志最重要的内容，反倒是我最不爱看的，基本都是草草翻过。即便是这样，我也知道了深圳，距华北小村庄几千公里之外的那片热土，那个只有两万人的边防小镇日新月异的变化。关于深圳的报道，《新观察》做过若干次，其中有篇《深圳经济特区见闻》，说深圳的农村（那还是人民公社时期），“社员人平分配比上年增长一点九倍。群众形容说：两年胜过三十年”，瞧瞧我们这里的社员，艳羡不已。还记得有《深圳速写》美术专题，高楼大厦，塔吊林立。还有一篇《为改革者鸣不平》，写的是深圳友谊餐厅的副总经理，里面争论的各种问题，如今看来，只能让人觉得，那些都不是问题。1984 年某期，深圳的报道有三页，名字就叫《八十年代的冲击波》，一语中的。

1982 年第 1 期那篇《我们本来可以干得更好——访北京地下铁道工程》，作者贺捷生、杨匡满。文章的开头我至今记忆犹新——

“北京什么最长？”

“地铁工程拖的时间最长。”

马季的相声引起了听众的哄笑。马季说的是事实，地铁二期工程跨过了十一个年头，比十年动乱的时间还长。

通过《新观察》，我知道了外面光怪陆离、闻所未闻的世界。一篇将近三千字的文章，标题就叫《“甲壳虫”、迪斯科、流行音乐》；叶永烈写《韩素音谈科学幻想小说》，里面提到了“机器人三原则”、火星人，尤其是，还有高维空间……你能想象那个脑洞吗？

1982 年世界杯中国已有转播，但我们村子里还没有电视机。这一年《新观察》第 15 期上，有年维泗和另一个人写的《从世界杯足球赛得到的启示》，三页半的篇幅。那一年的杂志上还有《一位中国科学家在南极》，第七大洲成为我的神往之地；同期“科学窗”栏目里有篇《争先飞跃太阳系》，“先驱者”“旅行者”上携带着给外星人的信息，插页是日本太空美术家岩崎贺都彰作品选，木星表面的“大红斑”居然能装下三四个地球……

还记得硬着头皮，一知半解看的《官场病（帕金森定律）》，居然连载了两期。很好奇英国人怎么可以这样说话，这样的文字组合，尽管已经被翻译成中文，也是我从未见过的。

通过《新观察》，我知道了华君武方成的漫画，叶浅予赵士英的速写，吴冠中张大千的国画，还有丁聪先生为老舍小说画的插图。上初中后，美术课上老师（这些民办老师，也是下了课就要去种地的农民）说到，有个画家叫黄胃，他画的驴一幅要卖一千块，比农村一头真驴的价格都贵。那时我已经在《新观察》上看过那些画，知道老师说的黄胃其实叫黄胄。

我一开始喜欢的是传统的“高红亮”，于是《有志者》这样的作品让我励志不已。（参见图四）

但罗中立的《父亲》更把我震撼得不敢直视，偏又一看再看。（参见图五、图六）

看到张大千的画，我同样纳闷：这样的画有什么好看的？好在旁边

有黄苗子的导读《张大千的山水画》,让我知道了一些粗浅的门道。(参见图七)

一个少年的审美就是这样慢慢长成的:我在《新观察》上看到了中缝大跨页、彩色印刷的米勒《拾穗者》;以及1982年第4期封底的《蒙娜丽莎》,内页配文《从眼科学角度看〈蒙娜丽莎〉》。

1983年,毕加索的三十多幅作品在北京中国美术馆展出,我们哪能看得到啊,没关系,第12期《新观察》上,四个插页印的全是毕加索的画;我们哪能看得懂啊,没关系,还有张仃先生撰写的一篇《毕加索》,洋洋三页,足以让一个初中生理解毕加索。

大手笔写小文章,在《新观察》上比比皆是。中国和意大利合拍《马可·波罗》,1981年第20期,英若诚撰写了将近五千字的专文。我还记得有一期上是叶浅予画的张大千,可爱极了。这次找出那期杂志,翻拍下那两页内容,才发现旁边顺排的一篇文章,作者是梁羽生。(参见图八)

对于一个孩子来说,最喜欢的当然是视听声色产品,但实在没有条件看到原片原著,当年大热的《天书奇谭》《金猴降妖》,我都是在《新观察》上流着口水过的干瘾(还用了跨页的彩插),张天翼的《大林和小林》,我也是在《新观察》看的插图选。这种纸上谈兵除了勾起馋虫、对外面的世界充满向往外,日后再在大学里见到城市里的同学,也算不输谈资了。

那时我家的电器就是一台收音机和一个手电筒，家具除了一桌两椅，其他多是用土坯或砖头砌就。这样的生活环境中，存在着这样一份杂志，确实有奇妙的违和感。

我大多数的阅读状态是两脚站在土炕前，书摊在炕上，我上半身也趴在上面，读得浑然忘我。有来串门的乡亲，会夺过去看一眼，然后说“这女的真好看”。他们说的是封面上的跳水运动员陈肖霞。（参见图九）

其实有更漂亮的封面人物，是青年歌唱家李谷一。但这是 1981 年，村子里要过一两年才会逐渐有黑白电视机，中央电视台的第一届春晚也要到两年后才举行，乡亲们此时并不知道这个唱歌的，只有我，读了她在这期杂志上的自述《三言两语》。（参见图十）

女排姑娘只是获得第十一届世界大学生运动会冠军，就登上了 1981 年第 17 期的封面。李连杰上第 16 期封面的理由是他连获五次全国武术冠军，只是内页的文章中提到他参与了香港电影《少林寺》的拍摄，第二年那部电影大热，再与此前掌握的信息接上头，我内心的兴奋满满当当。（参见图十一）

那时候，村里乃至县城传阅的“画报”只有《大众电影》之类，尽管还没有“偶像”这种字眼，“娱乐”这种说法甚至还有些大逆不道。一年后，《读者文摘》杂志才创刊，几年后，花花绿绿的通俗文学杂志又铺天盖地，相较于身边这样的大环境，《新观察》实在太不讨人喜欢了。

图一

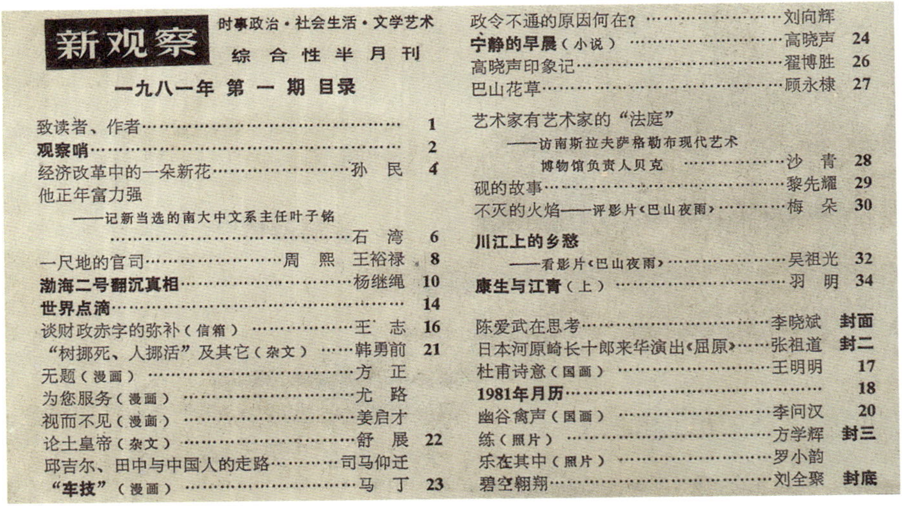

新观察

时事政治·社会生活·文学艺术

综合性半月刊

一九八一年 第一期 目录

图二

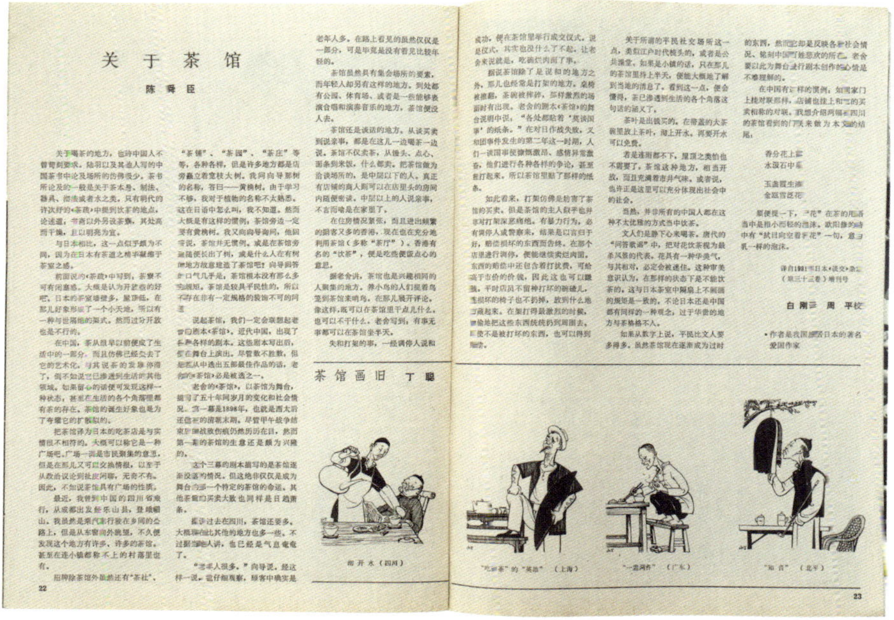

关于茶馆

陈舜臣

关于喝茶的地方，也许中国人不曾苛刻要求。陆羽以及其他人写的中国茶书中论及场所的仿佛很少。茶书所论及的一般是关于茶本身、制法、器具、泡法或者水之类。只有明代的许次纾的《茶疏》中提到饮茶的地点，论述道：书斋以外另设茶寮，其处高而干燥，且以明亮为宜。

与日本相比，这一点似乎颇为不同，因为在日本有茶道之精华凝缩于茶室之感。

前面说的《茶疏》中写到，茶寮不可有闭塞感。大概是认为开放性的好吧。日本的茶室墙壁多，屋顶低，在那儿好象形成了一个小天地，所以有一种与世隔绝的架式。然而过分开放也是不行的。

在中国，茶从很早以前便成了生活中的一部分，而且仿佛已经失去了它的艺术化。与其说茶的发展停滞了，倒不如说它已渗透到生活的其他领域。如果留心的话便可发现这样一种状态，甚至在生活的各个角落里都有茶的存在。茶馆的诞生好象也是为了夸耀它的扩散似的。

把茶馆译为日本的吃茶店是与实情很不相符的。大概可以称它是一种广场吧。广场一词是市民聚集的意思，但是在那儿又可以交换情报，以至于从政治议论到扯皮闲聊，无奇不有。因此，不如说茶馆具有广场的性质。

最近，我曾到中国的四川省旅行，从成都出发经乐山县，登峨嵋山。我虽然是乘汽车行驶在乡间的公路上，但是从车窗向外眺望，不久便发现这个地方有许多、许多的茶馆。甚至在连小镇都称不上的村落里也有。

招牌除茶馆外虽然还有“茶社”、“茶铺”、“茶园”、“茶庄”等等，各种各样，但是许多地方都是店旁矗立着宽枝大树。我问向导那树的名称，答曰——黄桷树。由于学习不够，我对于植物的名称不太熟悉。这在日语中怎么叫，我不知道。然而大概是有这样的惯例，茶馆旁边一定要有黄桷树。我又向向导询问，他回答说，茶馆并无惯例。或是在茶馆旁边随便长出了树，或是什么人在有树的地方故意建造了茶馆吧？向导回答的口气几乎是，茶馆根本没有那么多的规矩。茶馆是较具平民性的，所以不存在非有一定规格的装饰不可的问题。

说起茶馆，我们一定会联想起老舍的剧本《茶馆》。近代中国，出现了各种各样的剧本。这些剧本写出后，便在舞台上演出。尽管数不胜数，但是若从中选出五部最佳作品的话，老舍的《茶馆》必是被选之一。

老舍的《茶馆》，以茶馆为舞台，描写了五十年间岁月的变化和社会情况。第一幕是1898年，也就是西太后还健在的清朝末期。尽管甲午战争结束后的战败伤痕仍然历历在目，然而第一幕的茶馆的生意还是颇为兴隆的。

这个三幕的剧本描写的是茶馆逐渐没落的情况。但这绝非仅仅是成为舞台的那一个特定的茶馆的命运。其他茶馆的买卖大致也同样是日趋萧条。

据说过去在四川，茶馆还要多。大概现在也比其他的地方也多一些。不过据当地人讲，也已经是气息奄奄了。

“老年人很多。”向导说。经这样一说，我仔细观察，顾客中确实是老年人多。在路上看见的虽然仅仅是一部分，可是毕竟是没有看见比较年轻的。

茶馆虽然具有集会场所的要素，而年轻人却另有这样的地方。到处都有公园、体育场，或者是一些能够表演合唱和演奏音乐的地方，茶馆便没人去。

茶馆还是谈话的地方。从谈买卖到说亲事，都是在这儿一边喝茶一边说。茶馆不仅卖茶，从馒头、点心、面条到米饭，什么都卖。把茶馆做为洽谈场所的，是中层以下的人。真正有店铺的商人则可以在店里头的房间内随便密谈。中层以上的人说亲事，不言而喻是在家里了。

在住房情况紧张，而且进出频繁的顾客又多的香港，现在也在充分地利用茶馆（多称“茶厅”）。香港有名的“饮茶”，便是吃些便饭点心的意思。

据老舍讲，茶馆也是兴趣相同的人聚集的地方。养小鸟的人们提着鸟笼到茶馆来哨鸟，在那儿展开评论。像这样，既可以在茶馆里干点儿什么，也可以不干什么。老舍写到：有事无事都可以在茶馆坐半天。

失和打架的事，一经调停人说和成功，便在茶馆里举行成交仪式。说是仪式，其实也没什么了不起，让老舍来说就是，吃碗烂肉面了事。

据说茶馆除了是说和的地方之外，那儿也经常是打架的地方。桌椅被推翻，茶碗被摔碎，那样激烈的场面时有出现。老舍的剧本《茶馆》的舞台说明中说：“各处都贴着‘莫谈国事’的纸条。”在对日作战失败，义和团事件发生的第二年这一时期，人们一谈国事便慷慨激昂、感情异常激奋，他们进行各种各样的争论，甚至扭打起来。所以茶馆里贴了那样的纸条。

如此看来，打架仿佛是妨害了茶馆的买卖。但是茶馆的主人似乎也并非对打架深恶痛绝。有暴力行为，必有调停人或警察来，结果是以言归于好，赔偿损坏的东西而告终。在那个店里进行调停，便能继续卖烂肉面。东西的赔偿中还包含着打扰费，可给高于市价的价钱，因此这也可以赚钱。平时店员不留神打坏的碗碴儿，坐损坏的椅子也不扔掉，放到什么地方藏起来。在架打得最激烈的时候，偷偷地把这些东西统统扔到周围去。即使不是被打坏的东西，也可以得到赔偿。

关于所谓的平民社交场所这一点，类似江户时代的澡堂，或者是公共澡堂。如果是小镇的话，只在那儿的茶馆里待上半天，便能大概地了解到当地的消息了。看到这一点，便会懂得，茶已渗透到生活的各个角落这句话的涵义了。

茶叶是出钱买的。在带盖的大茶碗里放上茶叶，沏上开水。再要开水可以免费。

若是连雨都不下，屋顶之类怕也不需要了。茶馆这种地方，相当开放，而且充满着市井气味。或者说，也许正是这里可以充分体现出社会中的社会。

当然，并非所有的中国人都在这种不太优雅的方式当中饮茶。

文人们是静下心来喝茶。唐代的“问答歌谣”中，把对花饮茶视为最杀风景的代表。花具有一种华贵气，与其相对，必定会被遮住。这种审美意识认为，在那样的状态下是不能饮茶的。这与日本茶室中隔扇上不画画的规矩是一致的。不论日本还是中国都有同样的一种观念，过于华贵的地方与茶格格不入。

如果从数字上说，平民比文人要多得多。虽然茶馆现在逐渐成为过时的东西，然而它却是反映各种社会情况、铭刻中国百姓悲欢的所在。老舍要以此为舞台进行剧本创作的心情是不难理解的。

在中国有这样的惯例，如同家门上挂对联那样，店铺也挂上和它的买卖相称的对联。我想介绍两幅在四川的茶馆看到的门头来做为本文的结尾：

春分花上[illegible]
水汲石中[illegible]

玉盏霞生[illegible]
金瓯雪泛花

顺便提一下，“花”在茶的用语当中是指小而轻的泡沫。欧阳修的诗中有“拭目向空看乳花”一句，意为乳一样的泡沫。

译自1981年日本《谈交》杂志（第三十二卷）增刊号

白刚[illegible] 周平校

•作者是我国旅居日本的著名爱国作家

茶馆画旧 丁聪

闹开水（四川）

“吃讲茶”的“英雄”（上海）

“一盅两件”（广东）

“知音”（北平）

22 23

图三

图四

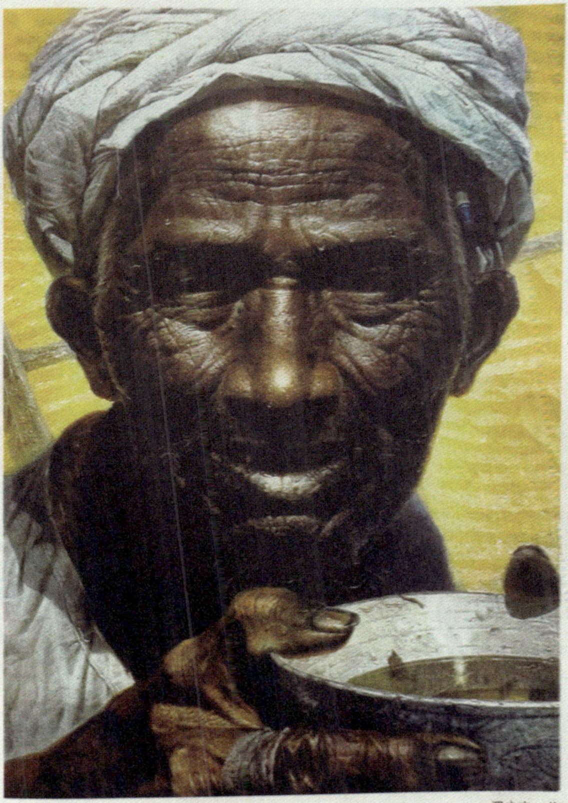

父　亲（油画）　　罗中立　作

17

图五

为什么有人在《父亲》面前流泪？

——看油画《父亲》和版画《秋瑾》有感

何 溶

有个大学一年级的青年朋友在参观了第二届青年美展后告诉我，他在罗中立的油画《父亲》面前未敢久留，因为他看着看着流下了眼泪，为了抑制住自己内心的激动，他走开了。在这件作品面前流泪的，不止是他一个人。

我第一次看见这件作品，是去年十月在成都参观四川省的青年美展。当时我们有四个人在采访，都有类似的心情，觉得此画感情逼人，逼得我们酸泪盈眶。

这件作品原题是《我的父亲》，不知是哪位高明之士的手把“我的”二字删掉了。大概考虑：这位“父亲”是大家的“父亲”，而“我的”似乎只是“一个人”的“父亲”；若改为“我们的父亲”又觉得噜嗦，索性就改成《父亲》了。虽是一二个字的改动，却使我觉得有点儿“左”的味道。罗中立画《我的父亲》，本不是画他一个人的父亲，画的正是大家的“父亲”，让每个看画的人都觉得是自己的“父亲”。此画之所以令人动情以至流泪，大概正因为站在它面前，似乎骤然发现，面对自己的竟是自己的“父亲”，是养育自己的“父亲”。而他，劳动了大半辈子，不知用汗水换来过多少个丰收（如画的背景所显示的那样），自己却依然生活在贫困之中（他如今使用的碗，可能还是他父辈、或他自己在旧社会当长工时用的遗产）。劳动在他脸上、手上的皱纹实在太多了，看了叫人心酸；而更叫人心酸的是他的神情，那老实巴交的、似悲楚而又没有哀怨的、忠厚而又慈祥的神情。在旧社会，我们可能看见这样的神情，那是逃荒要饭的乞丐的神情；他不是乞丐，他是给我们饭吃的“父亲”，而他的神情为什么与那逃荒要饭的乞丐的神情那么近似？……这个巨大的头像没有任何文字说明，但却是一篇深刻的历史的记录，记录着“共产风”、“穷过渡”、“学大寨”等等极左错误给人民造成的灾难。它不也在启示我们，必须改变这种可悲的状况吗？

青年画家罗中立用严格的现实主义的表现手法，通过他的这件作品不仅为我国社会主义造型艺术赢得了光采，而且具有一定的划时代的意义——一扫过去的造神艺术的浮夸，为创造大写的“人”字的形象开创了道路，把浮在天上的神又拉回到人间、地上。这件作品获得了此次青年美展一等奖的第一名，是完全符合广大观众的愿望的。许多青年画家进行着同样的探索，如李斌的油画《舍得一身剐》、葛运波的油画《孺子牛》……

我国造型艺术的革命传统主要表现在版画方面，以鲁迅为旗手的三十年代的版画战斗精神，今天应当更为发扬光大。

王公懿的版画组画《秋瑾》之所以获奖，名列一等奖的第二名，我以为，主要还不在于它的豪放的刀法或黑白木刻所应有的那种“板画味”，而在于它那严肃的、具有革命战斗精神的内容。

秋瑾女士，是清末的一位革命党人，是反清革命团体光复会主要成员之一。1875年生于浙江绍兴，1907年由于大地主章介眉告密，被害于绍兴城内轩亭口。

鲁迅在《论‘费厄泼赖’应该缓行》一文的《论不“打落水狗”是误人子弟的》的一节中，曾告诫过我们，“狗性总不大会改变的”，就象“那性格却何等地老实”的霍乱病菌，医生也决不肯放过它一样，对落水狗一定要痛打，以防它爬上岸来再咬人。鲁迅当时总结了“二次革命”（1913年7月孙中山领导国民党军队讨伐袁世凯的战争）的经验，指出：爬上岸来帮着袁世凯咬死了许多革命人的遗老、遗少之所以还那么多，“这就因为先烈的好心，对于鬼蜮的慈悲，使它们繁殖起来，而此后的明白青年，为反抗黑暗计，也就要花费更多更多的气力和生命。”

版画组画《秋瑾》，仅仅用了六七个画面（1.秋风秋雨2.求索3.热血4.结党5.起义6.牺牲〔一〕7.牺牲〔二〕），概括地表现了秋瑾的战斗的一生。画家用自己的艺术纪念死者，也用以学习死者的革命精神。秋瑾的时代早已成为过去，鲁迅所说的那些爬上岸来咬人的遗老遗少大概也早已死绝，但是，曾经杀死过革命者秋瑾的封建主义，却至今阴魂未散，它也是落水狗，是必须痛打的。

版画组画《秋瑾》之所以感人，当然不仅仅因为它的内容，同样的内容在别的画家的笔下也表现过，如果青年女版画家王公懿在刀法上、在黑白版画的黑白对比的运用上没有过人之处，即使内容的革命性再强，恐怕也要失于平庸。这套组画给人以强烈的印象和感染力，正因为画家运用了豪放的刀法，粗犷的线条，强烈的黑白对比，是用有力的刀笔，一气呵成地把人物和内容写出来的。

图六

图七

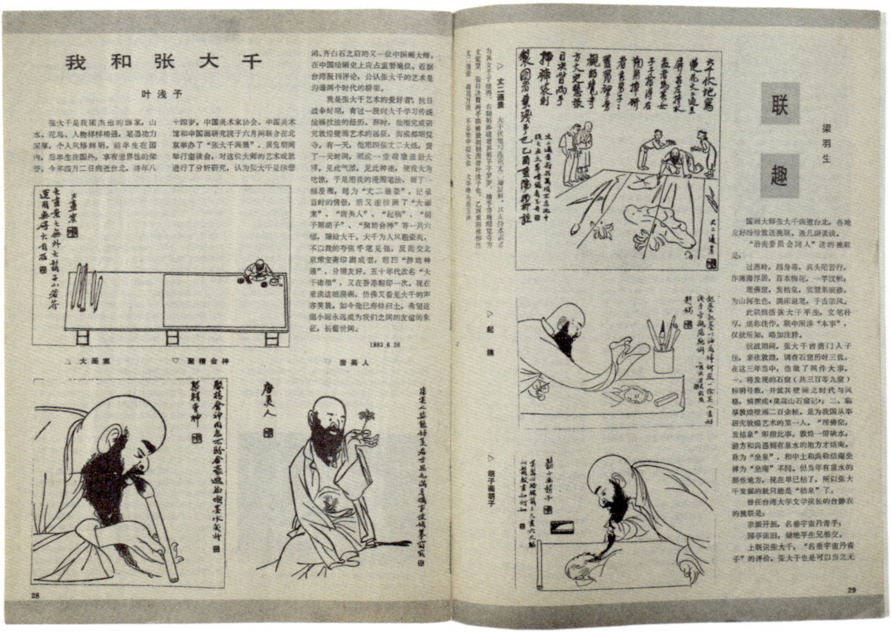

我和张大千

叶浅予

张大千是我国杰出的画家，山水、花鸟、人物样样精通，笔墨功力深厚，个人风格鲜明，前半生在国内，后半生在国外，享有世界性的荣誉。今年四月二日病逝台北，终年八十四岁。中国美术家协会、中国美术馆和中国画研究院于六月间联合在北京举办了“张大千画展”，展览期间举行座谈会，对这位大师的艺术成就进行了分析研究，认为张大千是徐悲鸿、齐白石之后的又一位中国画大师，在中国绘画史上应占重要地位。近据台湾报刊评论，公认张大千的艺术是沟通两个时代的桥梁。

我是张大千艺术的爱好者。抗日战争时期，有过一段向大千学习传统绘画技法的经历。那时，他刚完成研究敦煌壁画艺术的远征，寓成都昭觉寺，有一天，他用四张丈二大纸，费了一天时间，画成一堂荷塘通景大屏，见此气派，见此神速，使我大为吃惊，于是用我的漫画笔法，画了一幅漫画，题为“丈二通景”，记录当时的情景，后又连续画了“大画案”、“唐美人”、“起稿”、“胡子画胡子”、“聚精会神”等一共六幅，赠给大千。大千为人风趣豪爽，不以我的夸张手笔见怪，反而交北京荣宝斋印刷成套，题曰“游戏神通”，分赠友好。五十年代改名“大千诸相”，又在香港翻印一次。现在重读这组漫画，仿佛又看见大千的声容笑貌。如今他已寿终归土，希望这组小画永远成为我们之间的友谊的象征，长留世间。

1983.6.20

△ 大画案　▽ 聚精会神　▽ 唐美人

▷ 丈二通景　▷ 起稿　▷ 胡子画胡子

联趣

梁羽生

国画大师张大千病逝台北，各地友好纷纷致送挽联。选几副谈谈。

“治丧委员会同人”送的挽联是：

过葱岭，越身毒，真头陀苦行，作瀛海浮居，百本梅花，一竿汉帜；

理佛窟，发枯泉，实慧果前修，为山河生色，满床退笔，千古宗风。

此联概括张大千平生，文笔朴茂，堪称佳作。联中所涉“本事”，仅就所知，略加注释。

抗战期间，张大千曾携门人子侄，远往敦煌，调查石窟历时三载。在这三年当中，他做了两件大事。一、将发现的石窟（共三百零九窟）标明号数，并就其壁画之时代与风格，编撰成《莫高山石窟记》；二、临摹敦煌壁画二百余帧。是为我国从事研究敦煌艺术的第一人。“理佛窟，发枯泉”即指此事。敦煌一带缺水，游方和尚遇到有泉水的地方才结庵，称为“坐泉”，和中土和尚称结庵坐禅为“坐庵”不同。但当年有泉水的那些地方，现在早已枯了，所以张大千发掘的就只能是“枯泉”了。

曾任台湾大学文学院长的台静农的挽联是：

宗派开新，名垂宇宙丹青手；

园亭依旧，缘绝平生兄弟交。

上联说张大千，“名垂宇宙丹青手”的评价，张大千也是可以当之无

28　29

图八

图九

图十

图十一

图十二

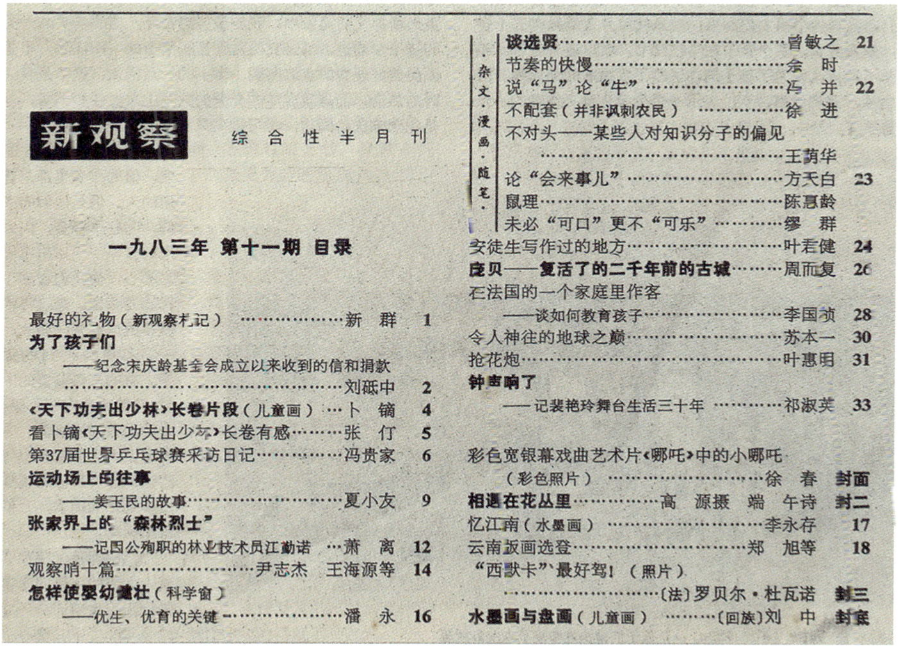

新观察 综合性半月刊

一九八三年 第十一期 目录

最好的礼物（新观察札记）……新 群 1
为了孩子们
——纪念宋庆龄基金会成立以来收到的信和捐款……刘砥中 2
《天下功夫出少林》长卷片段（儿童画）…卜 镝 4
看卜镝《天下功夫出少林》长卷有感……张 仃 5
第37届世界乒乓球赛采访日记……冯贵家 6
运动场上的往事
——姜玉民的故事……夏小友 9
张家界上的"森林烈士"
——记因公殉职的林业技术员江勤诺…萧 离 12
观察哨十篇……尹志杰 王海源等 14
怎样使婴幼健壮（科学窗）
——优生、优育的关键……潘 永 16

杂文·漫画·随笔
谈选贤……曾敏之 21
节奏的快慢……余 时
说"马"论"牛"……冯 并 22
不配套（并非讽刺农民）……徐 进
不对头——某些人对知识分子的偏见
……王莳华
论"会来事儿"……方天白 23
鼠理……陈惠龄
未必"可口"更不"可乐"……缪 群
安徒生写作过的地方……叶君健 24
庞贝——复活了的二千年前的古城……周而复 26
在法国的一个家庭里作客
——谈如何教育孩子……李国祯 28
令人神往的地球之巅……苏本一 30
抢花炮……叶惠明 31
钟声响了
——记裴艳玲舞台生活三十年……祁淑英 33

彩色宽银幕戏曲艺术片《哪吒》中的小哪吒
（彩色照片）……徐 春 封面
相逢在花丛里……高 源摄 端 午诗 封二
忆江南（水墨画）……李永存 17
云南版画选登……郑 旭等 18
"西默卡"最好驾！（照片）
……（法）罗贝尔·杜瓦诺 封三
水墨画与盘画（儿童画）……（回族）刘 中 封底

图十三

闪开，
让我歌唱
八十年代

演艺明星上《新观察》封面的，有豫剧演员王清芬、舞蹈演员陈爱莲、歌唱演员胡晓平……看到封面上的茅善玉在沪剧《一个明星的遭遇》中饰周璇，我才第一次知道还有这样一个剧种。跟人见人爱的《大众电影》不同，《新观察》封面上的电影明星屈指可数，我记得有饰演《知音》中小凤仙的张瑜，还有潘虹。她忧郁的神情也与那些巧笑倩兮的明星大相径庭。（参见图十二）

《新观察》封面的女性人物，有乒乓球冠军童玲、北京国棉二厂挡车工刘君茹、优秀投递员刘福明、驯虎女演员朱建华、优秀护士曹新妹、国际象棋特级大师刘适兰……这样的杂志老百姓不那么喜闻乐见，完全在情理之中。我只记得自己羡慕甚至迷恋过那些别致的名字：女工程师嵇汉雄、女律师周纳新、电子学女博士韦钰。

用如今的字眼来说，这应该是很"硬核"的内容了。在革故鼎新、生机勃勃的八十年代，我得到的就是这样一本杂志的精神滋养。

至今还记得《未必"可口"更不"可乐"》（缪群）这篇文章。当时我是一个乡村中学的初二学生，第一，从来没有见过更没喝过"可口可乐"；第二，觉得作者说得对极了：

> 假日应友人之约，在某饭店用餐，看到大吹"可口可乐"之广告，以及销售"可口可乐"之情景，勾起久蓄于心的一些话想说出来。
>
> "可口可乐"是否"可口"，我看很难作出结论。对于一些喜欢开洋荤的人来说，也许会觉得"可口"，而对于大多数中国人来说，

却未必“可口”,因为,“美不美,家乡水”。这不仅有一个口味和习惯的问题,而且也有一个民族的感情问题。我们国产的“冰川”、“北冰洋”汽水和“崂山矿泉水”,不也是清凉可口,而且能使爱国志士们心畅神爽的吗?是否“可乐”?我看“乐”不起来。一则据有人验证“可口可乐”中含咖啡因较多,久服有害于人体健康;二则“可口可乐”价格大大超过我国汽水,有损于个人收入;三则我国百业待兴,外汇短缺,买这类并不当紧的东西,使财源外流,有碍于民族经济。无论于身于财,于人于国,都是弊多利少,明乎此,又怎能“乐”的起来呢?然而,某些人却为此广为招徕,这是很耐人寻“味”的。

对外开放政策的目的,是为了更好地进行社会主义事业的建设,这是我们国家和民族利益所在,无疑是正确的。但是,决不能在执行对外开放政策时忘乎所以,作那些不利于民族经济的事。然而,事实上却是,不只是高级奢侈消费品挤进了我们国内市场,就连“可口可乐”汽水这类普通生活用品也被引进了市场,这是让人莫名其妙的。

至于那种受了资本主义腐蚀而丧失了民族自豪感,不惜损害国家和民族根本利益去迎合外国资本财团的利润欲望,充当外国掮客的买办洋奴式的人,是可耻的和有罪的,为人所不齿,又难与此相提并论了。

不用担心会被这样的文章洗脑,我把刊发这篇文章的1983年第

11期目录拍下来，便可以看到它处于什么样的传播生态中。（参见图十三）

比传授正确知识和观念更重要的是：信息对冲。只要有自然、自由的流动，符合逻辑和人性的思维、理性，必定能因势利导，找到出口。

浪奔浪流，泥沙俱下之际，轻舟已过万重山，不尽长江滚滚来。

《新观察》中也有我跳过不看的文章，像1981年第4期的《婚姻问题初探》，作者署名李银河，五年级小学生完全没兴趣。在第8期，又有署名“北京大学哲学系77级调查组”的《关于北京市27岁以上女青年恋爱婚姻问题的调查报告》，我只记住了这篇文章的主标题：解铃还须系铃人。

到1984年的第24期，我已上高中，对男女之事有了懵懵懂懂的了解，便能看进去一篇近千字的读者来信，《一个独身女子的呼声》。第一段就是：“我是个中学教师，也是个将近40岁的老处女。年轻时蹉跎岁月，没顾及解决个人生活问题，而今体弱多病，也不再考虑这方面的事了。我想好好工作，了此一生。遗憾的是，近几年周围的人们对我实在不友好。为此，想通过贵刊，呼吁社会理解我们。”写信人是河北怀来县新保安中学的一位老师，名叫栗争。如今再看，发现信中讲到其父流亡台湾，母亲受牵连病故，她直到“文革”结束后才考上大专，成为教师。这位栗争老师现在也八十岁了，不知她的晚年如何，有没有与父亲团聚？

查资料可知，《新观察》创刊于1950年，号称“中国面向知识界的综合性期刊”,1960 年停刊。“文革”结束后于 1980 年复刊,1989 年 5 月之后再次停刊。其复刊第二年,父亲即开始订阅。

感谢万能的网络,我得以把复刊至停刊的全部《新观察》搜集齐整,再翻阅当年出现在我家土炕上的一期期杂志,客观地说,其中具备较为久远价值的内容不到一半,而我认真读过或读懂的,不过五分之一。但就是这些支离破碎、囫囵吞枣的内容,在毫无察觉之间,形成了我隐秘的精神图谱和心灵视野,让一个乡村少年初步奠定了自己的知识储备和三观基石。

四十年后,重拾对这本杂志的兴趣,是想追溯一下自己早期阅读所形成的精神源头,尽管那些内容早已在记忆中消散。白岩松曾经说过自己少年时读过的一套书,如今想起来,似乎什么都记不起来了,但是,“它成了我”。

更重要的是,通过《新观察》,探究并理解我的父亲。

父亲尚未小学毕业时,便失去了他的父亲,只得辍学养家。到我出生时,他已经在县城有了一份工作,后来又慢慢熬到转干。他这辈子,就是永远在找书读的一生。

1981 年的《新观察》,每期定价二角八分,全年订费六块七毛二。这笔钱是什么概念?那时我夏天穿的背心是从村里供销社买的,九毛一件,一穿就是四五年。并且,全村男娃穿的几乎全是这款背心。而我在上高中之前,也从来没有拥有过一元钱以上的个人财富。生活清苦到什么地步?白面馒头只有走亲戚或逢年过节时才能吃到。

在这样的家境中,父亲为他和我订阅了《新观察》半月刊。

等我上初中，我的《中国少年报》改为《中学生》。他还订了《旅游》《文史知识》，以及如今《中国国家地理》杂志的前身《地理知识》。后来每到年末，是父亲把邮局的报刊订阅目录拿回家，让我参与意见，看明年订什么。到初三时，我自作主张，把《中学生》改成了《作品与争鸣》。

生活中总有远比订这些杂志更重要的事情，但在每个诗书传家的家庭里，从牙缝里挤出钱来让孩子有书看，都并不少见。真正让我感佩的，是父亲没有依附那种强大的文化惯性，只让我看其他人都在看的、所谓有用处的正统书刊，而是与当下生活毫不相干、与初中生并不匹配的《新观察》。

尽管很长一段时间只是单位里没有干部身份、不吃商品粮的合同工，但父亲也算当地的一个文化人，可他没有局限于"物华天宝人杰地灵"的故土，整天沉迷于吟咏当地风物，而是把更为高远的眼光，投向了外面遥远而宽广的世界。他同时把这样的襟怀、这样的期待，投射在我的身上。

在那个贫瘠到干裂的年代，那片封闭到固结的土地上，估计整个县城订阅《新观察》杂志的，也就我家这一份。

说一下带些功利色彩的光明结局吧。1984 年，我以绝对的高分完成中考，进入一所寄宿制高中，我家的《新观察》也订到了这一年。在那个离家近百公里的校园里，其他同学看《中学生数理化》《语文报》的时候，我用父亲汇来的专款，订阅了《作品与争鸣》《文学评论》《文艺报》。三年后，我骑自行车把一张大学录取通知书带回县城，父亲当即请同事去吃饭,大醉。

当年的杂志版权页上不显示编辑的名字,若干年后,我才知道了《新观察》的主编叫戈扬。又知道了筹备复刊工作的杨犁先生于1980至1983年担任副主编,然后再去筹备中国现代文学馆。算起来,他担任《新观察》副主编时,正是我们父子俩读这本杂志如饥似渴的年代。

我成年后,也开始从事编辑出版工作,杨犁的儿子杨葵,是我的同行、挚友。

《新观察》1981年第3期,有署名高瑜的文章《一生身世一篇诗——记弘一大师》。若干年后,我有幸编辑出版了弘一法师及其弟子丰子恺的著作。

《新观察》1984年第10期封面是昆剧演员张继青,摄影:张祖道。若干年后,我开始与张祖道先生的门生吴钢老师合作,陆续编辑出版他拍摄的舞台人物剧照。

读过《新观察》某期毕克官先生写的《捡瓷片》,还配着他自己绘制的插图,我后来见到陶艺家高振宇。他分享自己去大运河公园河床上捡的一筐筐瓷片时,我暗暗擦了把冷汗,知道这可不是闲极无聊的折腾、毫无价值的瓦砾。

1984年第15期《新观察》用两页半的篇幅,刊发了一篇名叫《不要忘记南通的张謇》的文章,作者邱健。2020年上半年,读库库房搬迁至南通,下半年,我们出版了反映张謇先生生平的《大商人》。

有少年时《新观察》以及其他信息载体埋在心中的知识颗粒,让我后来邂逅相关的人与事,能够接得住,打得通。

是我的父亲,在那个吃不饱穿不暖的年代,给了我他视野范围内最好的精神食粮。这就是他自己的判断,周围的别人肯定不会认为这本杂志有什么好。

2018 年 1 月 14 日凌晨,我的父亲病逝。在我的心中,他从未远离。

后记一

由于从事的是编辑工作，加之需要卖文谋生，所以这些年零零散散地写了不少文字，但大多经不起时间的盘问，于是也就免了敝帚自珍那一套。可是，从2002年开始写的“记忆碎片”系列，却是我最珍视的写作成果。

第一篇《关于麻将的记忆碎片》本来是工作任务，记得似乎是在成都找家网吧写了个骨架，回京后顺了一遍给单位交差，并贴在西祠胡同的“北纬二十度”论坛，还打印成长长的一卷向朋友炫耀。因为在我心中，的确是很得意的，这篇文章确立了“记忆碎片”这个名字，也确立了一种想起来就写、拎起来就说的文风。

然后，我在西祠胡同也开了一个讨论版，名曰“饭局通知”。那是一段意气风发的岁月，不管是新友还是故交，大家用各种各样的方式抖搂自己那一身斑斓羽毛，相互掏着心窝子，寻找着驴味相投的知己。在这样的背景下，我又写了毛片、打架、买碟、评书等记忆碎片。

是什么让俺乐此不疲地写下去了呢？

是的，是那种让你的写作变得像呼吸一样自然的状态。

是的，是你经历过又被那些弟弟妹妹继续咀嚼的青春。

是的，是你可以放心羞辱他也受得了他的羞辱的友情。

是的，是你突然想扑到地上亲吻这片肮脏土地的感动。

写作伊始，我就把它定位成网络写作。在线写作的功利心不是出书或挣稿费，可能更在乎的是倾诉与倾听之间的互动，以及那些很具体的虚荣心的满足。至今仍清楚地记得，把一个帖子抡到版里，然后眼巴巴地看着，一有了新的跟帖，就急忙点开来看，嘿嘿傻乐半天。所幸我是"斑竹"，这个身份是很占便宜的，只要是还交代得过去的文字，大家一般都会捧场夸上几句。而另外一些普通身份的战士，尽管他们华章锦绣，却没有我这样的待遇。

网络世界的无限复制性，使几个碎片被广为传播。这些反馈折射入俺的耳朵，不是不得意的。

记忆碎片系列对我写作生涯的帮助是巨大的。通过码这些字儿，我原本像猪头一样的脑子慢慢开了些窍，发现写东西嘛，并不是一件很累很苦的事儿，其实只要做到像呼吸一样自然。庶几可矣。

像呼吸一样自然，自己写着就不会那么累。事实上我经常在写完某一段后，会有那种酣畅淋漓的感觉，就像武林高手进行内功修炼，走完了一个大、小周天。像呼吸一样自然，许多朋友看着也不累，这才奠定了我将其汇编成书的信心。

写作《关于电脑的记忆碎片》时，我陷入了深深的怀疑人生之中。

怀疑自己写的字，存在不存在真实的表达？怀疑自己所从事的职业，难道就这样不停地生产垃圾？怀疑每一天滑过的日子，是活在自己的生活里，还是活在别人的生活里？是活着，还是活掉？是活着，还是被活着？

我整天心如死灰，不可终日。

人到中年，突然发现自己一脚踩空了，所拥有的一切都禁不起推敲。这种感觉实在是不爽。我甚至不止一次地想到了自杀。

但是，像我这样怯懦的男人，还是有办法调理好自己个儿的。因为，这些问题是人类共有的，凭什么就让俺一个人背着扛着不快活呢？

慢慢地，就让自己平静下来，至少，维持正常的生活还挺富裕。

这时候，里里外外的朋友撺掇把记忆碎片整理出书。翻看一个个旧帖，昔日情事历历在目，我也有了些底气，相信自己生产的并不全是垃圾。

接下来写的读书与泡妞，就开始有意无意向出书靠拢了。此前的几个碎片，我是想挖掘一下我们这一代人那些共同的基因密码，以及歌唱我们的八十年代，但到了《关于读书的记忆碎片》（这是我自我感觉最得意的一篇），便加入了一些个人的东西。既然每一个生命都是不可轻视的，那么，愈是个人的，就愈是大家的。

读书碎片写完时，我满怀疲惫地走在紫竹院公园的小桥流水旁，统计了一下自己那一个月的工作量，真的是很惊人的，还不包括近四万字的读书碎片。

我这样一个男人，为什么能像个大牲口一样不辞劳苦呢？原来，我一直是将记忆碎片的写作，当作一种休息，当作一种享受，当作一条自我救赎的路途，当作一段过往岁月的结语。

是该做个了断了。

2003年10月

后记二

第一篇《关于麻将的记忆碎片》写作距今已有六年了。该系列2003年结集出版时，书名《记忆碎片》，编辑为书加了一个竖的腰封，上面印着一句话：闪开，让我歌唱八十年代。

如今再出修订版，这句话直接变成了书名。

为八十年代吟唱。事实上进行这些写作的时候，并没有这么鲜明的主题。那只是一种按捺不住的倾诉冲动，不得不发的心声流淌。所幸如此，我体会到了一种写作的快乐，朋友们也得到了一种阅读的快乐，所谓“像呼吸一样自然”。回过头来再看，一些写得不太好的文章，不是因为别的，而是因为作者太想把它写好了。

我像一个漫无目的的旅人，走走停停，转过头去看看时，却走到了一个心灵深处最温暖的角落：向光荣的八十年代献上一曲朴素而喑哑的赞歌，兼为自己轻狂仓促的青春期做一个留恋又抱歉的手势。

所谓六十年代出生、八十年代成长的“六八式”，谁对那个年代不心存感激呢？懵懂叛逆的青春，与时代激荡的风云一起左冲右突，那是一个意气风发的年代，那是一个太阳每天都是新的年代，那是一个人们需要诗而诗歌也可以被大声朗诵的年代，那是一个渴望冒险而社会也为你提供变化可能的年代……对于我们而言，那是一个最好的年代。

“一代人去那里相互问好。”我曾经引用过有人评价伍德斯托克音乐节的这句话，来概括碎片系列的主题。在我看来，这只是“六八式”的生活经历和集体记忆，与网友和读者之间交流，大家多称呼我“老六”、“六哥”或“六弟”，明显是同龄人的感觉。但六年以来，“记忆碎片”依然在网络世界流传，那本书也已经脱销，而读者群体悄然增容，许多小朋友开始称呼我为“六叔”。

这些文字能够让这些开始成长还没有长成的年轻人感到亲切，也使我意识到，不管形态如何变化，任何一代人的青春、激情和痛苦都是同样的。他们对自己所处时代的感念之情也是一样的，一个人的青春在什么时代度过，那就是他最好的年代。从这个角度来说，本书“八十年代”这个标签并不重要。

但八十年代又是重要的。六年间，就我个人的职业来说，编辑理念发生了很大变化。我越来越看重生活细节的可贵，以及打捞和留存这些细节的必要性。比如我曾编辑的1949年的中国史，远不是“解放”一个词和“中国人民从此站起来了”一句话这么简单。一个词、一句话，是由千千万万的个人命运和方方面面的生活场景的改变组成。朋友展示他整理的抗战八年间的报章资料，我才知道国破山河在，延安的抗日根据地周末也要举行舞会，重庆的联大学生也要从菜金中挤出钱来看一场《翠堤春晓》，就连沦陷区的人民，也照样要过日子，他们要挣钱，要恋爱，要娱乐。如果这八年只用“山河变色，慷慨赴战”来概括，远不是历史的全部。

《记忆碎片》出版后不久，就收到台湾朋友寄来的两本书：《七〇年代：理想继续燃烧》、《狂飙八〇》，记录的是作为个体的人对台湾社会在那两个年代中的记忆，名曰“个人历史”——这个词让我颇有感触。后来又从一些做纪录片的朋友嘴中听到了“年鉴学派”、“微观史学”这些字眼，便暗自盘算，但愿我的这些文章能够为光荣的八十年代保留一些生活标本。

好了。任何东西只要上升到意义的角度，就变得没意思。转过头来说自己。如今再看三年前写的后记一，不禁哑然失笑。一副活脱脱的中年危机状态跃然纸上。如今，那种焦虑感有所缓解。我曾将写作当作一条自我救赎的路途，而真正完成拯救任务的，却是寻常日子的打磨。

说点具体的事儿吧。好莱坞电影《生死豪情》中，丹泽尔·华盛顿饰演一个美国军官，在单位遇到难题，下班回到家中，还是一副郁闷嘴脸。他的太太凑了上来：“需要我给你放松一下吗？”丹泽尔点点头。太太就开始唠叨，洗衣机又不转了，孩子在学校跟别人打了架，汽车保险明天就要到期……过了没一会儿，丹大哥就轻松地长舒一口气，向太太致谢：“感觉好多了。”

我已经明白，每个人都渴望找到的穿透平凡现实的力量和勇气，也许就蕴涵在庸庸碌碌的生活中，而并不是超越在现实之外。我曾经在纪念“饭局通知”六周年的一篇帖子里肉麻地写道:我曾经以为自己可以有无数的时间来演绎种种邂逅,现在却连一张影碟如果看不完就顺手扔掉,因为已知道这辈子没有时间再看;我曾经以为我们能成为朋友是因为你那么可爱,现在却知道还能在一起厮混是因为你有着和我一样多的臭毛病;我曾经以为你能过得比我光鲜些更意气风发,现在却知道穷尽一生只为自己在人生的炼狱里能多一些放风的机会;我曾经以为爱你就要说出口,现在却宁肯为你做一碗西红柿鸡蛋面,就像我已经知道理想主义者不会把理想挂在嘴边,传奇也永远不是传奇人物书写出来的。

一些同样陷入或忧郁或狂躁心境中的朋友向我取经,我便现身说法,原来的我,只知道破,不知道立,成天价思考人生,探讨人生,怀疑人生,却不愿在人生的旅途中迈出切切实实的半步。其实只要放手去做,就是意想不到的转机和新生。

再拿电影说事儿。科幻片《回到未来》中神神道道的布朗教授,他就是我的偶像。他永远不会停止琢磨事情,哪怕被时间抛到荒蛮的西部拓荒时代,也丝毫不减自己的发明热情。瞧他鼓捣出来的那个足有一间房子大的笨重玩意,机器轰鸣半天,烟囱冒出滚滚浓烟和冲天热浪,最后从输出孔中掉下一小块冰。教授在夏日的炎阳下惬意地喝一口冰镇啤酒……这也许就是人生的意义和乐趣吧。

最近两年来,我的工作和生活基本都用来编辑《读库》丛书。创业伊始,每天都需要拎着书去邮局为读者邮寄。曾经有一次,我和太太拎着两袋书,坐公共汽车到邮局——我后来在《读库 0700》中的后记中写道：

下得车来横穿马路，看正是绿灯，便一溜小跑。太太比我腿脚利索，跑在前面。在污浊喧嚣的人行道上，我看着行色匆匆的人流，阳光洒在大家的身上，那一张张神色劳顿、紧张局促的脸，我融入其中，体味到生活的全部诗意和梦想。

谢谢你有耐心看了这本书。

2008年3月

后记三

这本小书自2008年由人民文学出版社出版至今，行销已有五年。其间不时听到加印的消息。直至最近，责任编辑杜丽老师嘱我再写一篇后记，出插图版要用。所谓插图版，是把五年前延请王增延老师绘制的十二幅插图用在书中，再重新设计排版，内文并无变化。

我的本职工作是编辑，为他人的文字服务，而自己写的东西，则越来越少。目前来看，《闪开，让我歌唱八十年代》是我唯一拿得出手的写作成果，再为它生产一篇后记，理所应该。

另一个动因，则是这个时代的变化之剧。

2011年，是我们这一届同学大学毕业二十周年，学校特意组织了很隆重的返校庆典。两天的欢聚结束后，我内心叹息：衷心祝愿我的母校，能够不炫耀哪个领导人来视察过又如何夸过我们，不吹牛招来多少状元又出过多少富豪，不斤斤计较于大学排位、国家拨款和重点科目数量，不洋洋得意于有多少房产和资产。之所以有这个感慨，是因为现实并非如此。

如今的大学校园，已经发生了很大的变化。男女比例失衡，应试教育结硕果，一个上百人的院系，男生的数量已不够组成一支足球队；城乡差距拉大，当年我们班有三分之二的农村学生，如今重点大学里的农村孩子据说不足五分之一；成功学的气息弥漫在校园，如何找到工作，如何搞好关系，如何挣钱——多少都不嫌够，成为最消耗师生智商和情商的事情。

而他们正处在青春期，一个人生命中最美好的年华，本应该是又傻又愣，既骄傲又热忱，能务实更能务虚，敢珍惜更敢挥霍的样子。

去年我见到一位意大利女生，已经在中国实习半年。当初入学选专业时，她本来想学日本文化，但那个系在六楼，她爬到五楼，觉得有些累，就顺势选了位于这一层的中国文化专业。实习期间，她经常与中国年轻人结伴旅行。她不客气地说这些旅伴非常不可爱，他们想的、说的，都是怎么挣钱，怎么买房子。

听着这些严重伤害中国人民感情的话，想到远去的八十年代，我书中所描摹的那个时代，已渐成一曲挽歌。

如今我们的国家已变得超有钱，人民却不能判断什么是幸福。大家有一种感觉，似乎越来越没地方说理，劫贫济富的事情每天都在上演，越没有底线的人活得越好，于是许多人擦干嘴边道德的口水，一转身甘心把自己变成魔鬼。

在这个充满怨气与戾气的大环境中，又怎能要求大学校园独善其身，要求我们的年轻人超然物外呢？

最近六年我的工作与生活，基本都用来编辑《读库》丛书。拜工作所赐，得以见识一些能够让我安静下来的人。他们让我看到了在末世狂欢的人群中可以做到沉默，在四周纷纷噤声或跪下的时候可以独自站立，并发出自己的声音。他们让我看到了抗拒某种生活方式并不需要多么悲壮，在这个夸夸其谈的国度里还可以行动。他们在这个怨夫与怨妇充斥的世道里没有申诉个人的冤屈，他们打心眼里爱自己，也爱这个世界，他们的爱是一种切实的行动和勇气，是一种不屑于向你张扬的骄傲和充实。

而我们身处的这个以人为本的时代，已经荒唐到什么程度？北京市区里的一套房子，基本都在五百万以上，而各种事故的法定死亡赔偿标准，最多几十万元。换言之，一套房能抵几十条人命。再换一种算法，如今中国已跻身奢侈品消费第一大国，一瓶红酒、一个包或一块手表，几乎就是一条人命。

这个滑稽的换算，让我们看到人生的残酷本质。贫富日益分化，但死亡面前人人平等，不同的是，有钱人死时，屋里所有的物件，都比他的那条命值钱——可我们都致力于让自己成为这样的人。

在这个人命贱过物件的时代，我们如何自处？选择怎样的生活？

2011年11月12日

后记四

再版之际,责编杜丽老师来催要关于这本书的第四篇后记。我也借机翻看了此前的三篇,不禁哑然失笑:基本每篇都在强调自己的编辑身份,进而给做为作者可能招致的批评开脱;基本每篇都在感慨这个时代变化之巨,而当下的时局与事态更超出了最天才编剧的想象。

从为第一版撰写第一篇后记至今,已经过去了十八年。这十几年来,我的职业生涯单调到只是编辑《读库》以及维护“读库”这个出版机构的运营;丰富到与上千位作者、上百万名读者同行。我成就了《读库》,《读库》也成就了我,这是我最充实而幸福的十几年,我已经想不出比这更好的路途。

从第三篇后记至今,也已经过去了十年。这十年来,我做了父亲,也失去了父亲,中年况味一一体会;人们的阅读也由纸本越来越多地转向电子屏幕,信息形态则由纯文本转向富文本——这次增加的文章之一,《关于杂志的记忆碎片》,就不得不配了图片,而流媒体中的音频、视频、表情包、火星文、截屏图片，甚至已经失去了纸质书上的呈现可能。

更让人感慨的是，我已经成了年过半百的"老男人"，与我一同老去的，是这本书里所记载的八十年代。相信这一版的许多读者，在那个时候还没有出生。

再缅怀遥不可及的八十年代，还有什么意义呢？

我想其中一个原因是，它讴歌的是青春，亘古不变的热血与浪漫，自由和为自由付出的代价，成长的伤痛以及向命运做的那个鬼脸。

不管身处哪个时代，老天分配给你的焦虑与迷惘、困顿与失落，既不比别人多，也不比别人少。

面对当下的年轻人，我很喜欢引用这样的大数据报告：2013 年需求度最高的十个职业，在十年前的 2004 年，都还没有出现。这意味着，在这个技术爆炸、快速升级刷新的时代，我们的学校是在为还不存在的工作培养学生。他们未来将使用我们现在还没有发明出来的技术，去解决我们现在还不知道是什么的问题。

我们面临的处境是一样的，如何夯实你的知识储备、人格锻造，如何培养你的想象力，对美好事物的感知能力，还有对世间万物的好奇心、反应能力和链接能力，包括你那时还没有出生的八十年代。

遗憾的是，我们当年奋力打破的，社会现实居然变本加厉，时时刻刻提醒如今的年轻人：某一种人生、某一类生活，是你不要去想的，不配拥有的，不应该去追求的。顺从、麻木、妥协、窒息，就这样渗入到与大家年龄极不相衬的血液中。

但青春不会轻易就范，思维如火山活跃，激情如大雨滂沱，阅读与思考的胃口惊人、体力吓人，想象力左冲右突，没有成见的束缚，没有物质的负担，没有世俗的压力，有同伴在一起，探讨人生，思考人生，怀疑人生。你和日后再也难以交到的好朋友在一起，相互给予对方勇气，也彼此扶持，得以选择残酷现实的另一面，也尝试生活的另外一种可能：不甘心只是在别人指定的圈子里跳舞，不情愿重复已经被无数人重复过的人生轨迹。

这也是这本书里的世界，与你遥相呼应、彼此感知。我们并没老去，也未远离。

2021年9月9日

闪开，
让我歌唱
八十年代

×××是